Green Sugar

Rue des Écoles

Collection dirigée par Jérôme Martin

La collection « Rue des Écoles » est dédiée à l'édition de travaux personnels, venus de tous horizons : historique, philosophique, politique, etc. Elle accueille également des œuvres de fiction (romans) et des textes autobiographiques.

Déjà parus

Adriaensen (Walther), *Oscar et le lac*, roman, 2022.

Messali (Pierre), *Une vague idée du paradis*, roman, 2022.

Lenz (Gil René), *Avis de passage* suivi de *Chandelles,* journal, 2022.

Alambre (Jean), *Requiem pour la République des cloportes,* 2022.

Ducruet (Sophie), *Jardins de plumes. Hommage à Jude Stéfan*, 2022.

Igot (Jean-Pierre), *Passio*, 2022.

Nieto Sandoval (Antoine), *Notre guerre d'Espagne. Lettres à Elvire. 1936-1948*, 2022.

Gaba (Alain), *Simon, maitre d'école,* 2022.

Catherine (Xavier), *Amours tors* suivi de *Les perdus*, 2022.

Becker (Laurent), *Schiller est mort,* 2022.

Allouch (Hanen), *La plus vieille chaise du café Hasard,* 2022.

Cerchiari (Philippe), *Le Jardin des simples,* 2022.

Ces douze derniers titres de la collection sont classés par ordre chronologique en commençant par le plus récent.
La liste complète des parutions, avec une courte présentation du contenu des ouvrages, peut être consultée sur le site www.editions-harmattan.fr

Émilie LOUSTAUNAU-APONS

GREEN SUGAR

Roman

L'Harmattan

5-7, rue de l'École-Polytechnique ; 75005 Paris

http://www.editions-harmattan.fr

ISBN : 978-2-14-025725-4

EAN : 9782140257254

Pour n'être pas refusé par la destinée, je ne lui ai rien demandé. Pour ne pas être humilié, je n'ai rien voulu. Pour ne pas être vaincu, je n'ai pas lutté. Pour ne pas me tromper, je n'ai rien affirmé et je n'ai pas choisi. Pour rester indépendant, j'ai abdiqué toute ambition et renoncé à tout pouvoir.

Henry-Frédéric AMIEL

Préface

L'action se déroule en 2023 dans l'archipel des Baléares, sur la petite île de Binkara située à environ cinq mille marins au sud-est de l'îlot de Cabrera. Trois ans plus tôt, en avril 2020, les ministères de la Justice espagnol et français ont entamé des discussions visant à établir une prison pour femmes sur ce no man's land totalement oublié mais potentiellement très intéressant pour chacun de leurs deux pays confrontés à un problème de surpopulation carcérale croissant. Les choses ne traînent pas. Dès l'accord signé en janvier 2021, la première pelleteuse plante ses crocs sur l'île déserte. En mars 2022, après treize mois d'un chantier pharaonique, on inaugure en grande pompe la prison de haute sécurité flambant neuve.

Vue d'avion, la maison d'arrêt de Binkara ressemble à une tortue géante qu'un volcan aurait figée, les pattes rentrées, tête et queue carbonisées. Jour et nuit, hélicoptères, bateaux de livraison, garde-côtes, miradors et personnel pénitentiaire s'affairent en un sombre ballet parfaitement bien huilé. Seuls le vol majestueux du goéland, les longs toilettages au soleil de la foulque caronculée et les vocalises de chanteuse d'opérette de la bergeronnette contrastent avec l'incessante cacophonie métallique des humains et le caractère glacial du gigantesque blockhaus.

Les cent trente détenues, toutes condamnées pour homicide aggravé, sont réparties sur pas moins de soixante cellules : quarante de deux personnes, quinze de trois et cinq mitards utilisés en permanence. Dans la cellule 18 B cohabitent trois Françaises inculpées pour assassinat : Poppy, 53 ans, arrivée dès juin 2022, a dix-sept ans à purger. Maritzé, 28 ans, incarcérée en janvier 2023 en a pris pour quinze ans, une année de plus que Lisa, 62 ans, emprisonnée en juillet de la même année.

MARITZE

Mercredi 5 juillet 2023

Un jour, je devais avoir huit ou neuf ans... huit ans, je crois... J'habitais chez cette affreuse de Viquoque à Saint-Martin-d'Oney dans les Landes... J'habitais chez elle depuis une grosse année, il me semble, après avoir traîné mes guêtres chez deux autres familles d'accueil tout aussi folichonnes quand, à notre plus grande stupeur, la Viquoque nous a fichus dans la fourgonnette, moi et mes compagnons de galère — mes neuf frères et sœurs tous récupérés de-ci de-là, d'un malheur ou d'un autre — pour nous emmener au lac. Comment qui s'appelait déjà ce lac, franchement, j'en ai plus la moindre idée. Je me souviens juste que sur le chemin, coincée à l'arrière entre la grosse Lili qui sentait pas la rose et le Jean-Marc qu'était tout tremblant de peur comme à son habitude, je me suis demandé où qu'elle allait nous laisser la sorcière. Sur le bord de la route ? Dans les bois ? Dans les cabinets d'une station-service ? Je me suis surtout demandé quel serait celui — celle ? ceux ? — qui aurait la chance d'être abandonné. Parce qu'elle allait pas se débarrasser d'un coup de toute sa marmaille qui lui rapportait un max de pognon et qui la faisait passer pour une sainte, la Viquoque ; pas folle la guêpe, elle allait plutôt en balancer un ou deux par-dessus la portière, trois tout au plus, histoire de rester discrète. Ceux qui becquetaient un max certainement... Pas d'bol, j'étais maigre comme un clou, je bouffais rien, une biafraise... Alors, j'ai fermé les yeux et j'ai serré très fort mes mains sur mon ventre en priant pour que ce soit moi et Jean-Marc les gros veinards. J'ai demandé au petit Jésus d'être sympa avec nous juste une fois, une seule, après pour la vie entière, on se débrouillerait sans lui, Jean-Marc et moi (enfin surtout moi), on lui demanderait plus jamais rien. J'ai serré, serré, serré en me disant qu'une cliente de la station-service, une dame blonde, très grande, très parfumée, très gentille surtout, finirait par nous découvrir dans les cabinets en venant se remettre du rouge à lèvres devant la glace. Sans rien dire à personne, elle nous cacherait dans sa voiture pour nous embarquer dans son immense maison où on aurait chacun notre chambre et où on resterait comme des coqs en pâte au moins jusqu'à nos trente ans. Un énorme bonus, histoire de récupérer le malus du début de nos vies de chiotte à tous les deux. Quand j'ai rouvert les yeux et desserré les mains de mon ventre, stupéfaction, on était au lac et tout le monde m'a demandé pourquoi j'avais les joues rouges comme un piment et l'air si constipé. Ce con de Roberto a même fait exprès de balancer tout fort : « C'est bien la peine d'avoir des origines tziganes si c'est pour pas supporter la bagnole. Dire que si t'étais pas tombée chez la Viquoque, tu vivrais dans une roulotte ! »

La Viquoque a eu la bonne idée de pas se mettre en maillot, elle devait pas en avoir de toute façon. Elle s'est assise à l'ombre sous un arbre avec sa robe combinaison en nylon pas trop cradingue curieusement. Nous, on s'est dessapés. Une fois en culotte, on s'est amusés à se balancer du sable partout dans les oreilles avant de commencer à construire une forteresse du tonnerre. Faut dire que dix gosses qui sortent jamais, lâchés sur un terrain de jeu pareil, ça fait du bocson mais aussi des merveilles ! Petit à petit, des tas de gens sont venus admirer notre super méga château fort et nous ont félicités pour la prouesse. À un moment, une dame s'est agenouillée à côté de moi et m'a gratouillé la tête en souriant, comme ça, juste pour le plaisir on aurait dit. Quand elle s'est éloignée, je me suis demandé si elle mettait du rouge à lèvres et si elle allait dans les stations-service de temps en temps... Ensuite, alors que les badauds étaient en train de se disperser, la Viquoque a lancé : « Non mais regardez-moi ça, les riches, on les renifle même à poil ! » « Hein ? », a grogné Roberto qui manquait jamais une occase de faire son fayot. La Viquoque en a remis une couche : « Ben oui, c'est comme ça, j'invente rien. Même en maillot de bain, on reconnaît les riches des pauvres, ouvrez vos mirettes un peu, les mioches ! » On a levé le nez du château fort et on s'est tous dit : « Putain crotte, pour une fois elle a raison, la Viquoque. » Les gens avaient beau être tous à oualpé, c'était comme si c'était marqué sur leur front qui était pouilleux et qui était trop classe friqué. Trop station-essence quoi...

Bon, bref, tout ça pour dire qu'hier matin, quand elle a rappliqué dans son uniforme vert sapin, la Lisa, le même que le nôtre, exactement le même que celui de Poppy et moi, j'ai immédiatement pensé : « C'est de la bourge celle-là, de la bonne grosse bourge qui va en chier grave à Binkara... » et je l'ai aussitôt détestée. Oh pas parce qu'elle puait le fric, pas parce qu'elle avait dû se la couler douce toute sa putain de vie de grosse feignasse, oh non pas pour ça, mais parce qu'elle venait de me refoutre d'un coup en enfer. Elle venait de me replonger direct dans la pire des mouises, elle venait de me recoller le plus abject des cancers, à savoir le souvenir de la Viquoque ! Rien que pour ça, j'aurais pu lui planter un couteau dans le bide à Lisa alors qu'elle avait pas encore fait trois pas dans la cellule.

POPPY

Ça n'a pas loupé, cette nuit encore je me suis réveillée en nage à deux heures du matin. Chaque fois que je rêve de mon taxi, c'est comme ça, je suis arrachée à mon sommeil, trempée et toute fiévreuse. Il faut dire que ça me met l'esprit cul par-dessus tête quand je me revois en train de conduire dans Bordeaux, à Talence, à Blanquefort ou même à Arcachon…

Je me souviens qu'en 2018, j'ai fait une course Bordeaux-Pau aller-retour dans la journée pour une dame qui n'était pas vraiment regardante sur la dépense et qui a payé en liquide. Eh bien, depuis que je suis à Binkara, j'ai refait le trajet une bonne vingtaine de fois déjà ! Le plus drôle, c'est que parfois j'emprunte l'autoroute et d'autres fois je passe par la nationale. Je me suis toujours demandé si quand je passe par la nationale, le rêve dure plus longtemps… Bah, qu'importe après tout, nationale ou autoroute, toujours est-il que le kif est toujours aussi fantastique. Je roule en sentant l'odeur incomparable de l'intérieur cuir de ma *Mercedes*, le dos et les fesses bien calés au fond du siège. Je caresse le guidon, j'ajuste le rétroviseur, je remets le compteur à zéro, je monte le son de la radio, je vérifie que les clients n'ont rien oublié à l'arrière. C'est arrivé plus d'une fois que des étourdis me laissent leur portefeuille, leur ordinateur ou bien des fleurs. Dans la vraie vie, j'entends. J'ai retrouvé un doudou un jour, du vernis à ongles, des bijoux, des outils de jardin, un manteau de fourrure, une paire de bottes et même un perroquet. Dans mes rêves, je ne retrouve jamais rien, je suis toute à mes sensations, je me concentre sur elles, pas question d'en perdre une miette. J'écoute le ronflement du moteur, je frémis en appuyant sur l'accélérateur juste avant de doubler un péquin à cent quatre-vingts kilomètres-heure. Tout juste si je ne lui fais pas un bras d'honneur à ce corniaud alors que je le dépasse.

Quand je rêve de mon taxi, impossible de me rendormir une fois que j'ai ouvert les yeux. Au début, j'avais un blues d'enfer qui durait toute la nuit et parfois même trois ou quatre jours mais j'ai vite compris que si je me laissais gagner par le spleen, j'étais fichue : il m'arracherait le cœur comme les pinces d'un crabe. Alors tant pis, je prends mon mal en patience et comme je dors sur le lit du haut au-dessus de celui de Maritzé, je fixe le plafond. Parfois, je

POPPY

Régner c'est déstabiliser. Brouiller les pistes pour mieux fragiliser l'adversaire. Depuis deux jours, je suis sainte Thérèse d'Avila. Maritzé s'est grattée toute la nuit ? Je ne lui ai fait aucune remarque. Pas un mot. Rien. Au contraire, je lui ai proposé une partie de dominos à son retour de chez la psy et au réfectoire, je lui ai donné ma part de macaronis et mon yaourt au citron. Quant à Lisa, j'ai viré quelques-unes de mes babioles personnelles pour qu'elle puisse installer ses affaires et j'ai fait marcher mes relations pour lui faciliter l'accès aux douches les plus propres. Je me délecte intérieurement. Ma soudaine aménité me fait penser à ces serpents que l'on croit inoffensifs mais dont le venin se répand si insidieusement dans le corps de leur victime que c'est la promesse d'une mort aussi lente que certaine.

Maritzé et Lisa se méfient bien sûr, néanmoins elles sont loin de prendre toute la mesure de ma fourberie. Elles ne voient pas à quel point je suis sans empathie. Je n'ai pitié de personne et certainement pas de ces deux morues qui se sont jetées dans la gueule du loup. Ça n'est pas moi que je sache qui les ai tenues par la main, elles sont venues d'elles-mêmes s'enterrer vivantes entre les murs de cette taule innommable. Et puis c'est comme ça, moi les bonnes femmes, je ne peux pas les saquer de toute façon.

LISA

Je suis si exténuée que hormis les repas, les promenades obligatoires et les douches, je ne peux rien faire d'autre que rester allongée sur mon lit du matin au soir. Je n'exclus pas d'aller voir la psy dans quelques mois, je n'exclus pas non plus de me rendre à la bibliothèque mais pour l'instant, je n'en ai tout simplement pas l'énergie. Je le sais, il me faudra sûrement un temps considérable pour refaire surface… à supposer que j'y parvienne un jour d'ailleurs… Réfugiée sous mes draps, j'ai passé ma journée à observer mes codétenues. Jusqu'ici, je les voyais sans les voir. J'étais à ce point dans le flou que si j'avais dû les décrire, j'en aurais été parfaitement incapable bien que vivant quasiment vingt-quatre heures sur vingt-quatre à leur côté. Il va sans dire que c'est l'état de complète sidération dans lequel je me trouve depuis bientôt dix jours qui empêche mon esprit et mes sens de fonctionner normalement, de là à croire que je suis en train d'en sortir parce que le brouillard s'est un tant soit peu dissipé, il y a de la marge…

Maritzé a vingt-huit ans mais elle ressemble à une adolescente. Plutôt grande, elle est d'une maigreur assez impressionnante. Une maigreur qui me laisse à penser qu'elle a probablement passé une bonne partie de son existence à se droguer. J'entends par là que sa minceur n'est ni harmonieuse ni douce mais qu'elle trahit un passé dissolu, nombre d'addictions et d'excès il y a fort à parier, quoi qu'il en soit, un mode de vie forcément déséquilibré. En Californie, j'ai croisé tellement de gens sous psychotropes — sous stimulants comme on dit pudiquement là-bas — que depuis je les renifle à plein nez. Maritzé a le teint mat, ses cheveux châtains sont longs, raides avec une frange qui lui tombe sur les yeux et derrière laquelle elle regarde le monde avec méfiance quand ça n'est pas avec effroi. C'est dommage, son regard bleu-vert pourrait être vraiment très beau s'il n'était dévoré par cette affreuse tristesse qui vire souvent à la détresse. Sur l'intérieur de son avant-bras droit strié d'une colonie de veines saillantes, est tatoué *VICKY* en gros et en rouge tandis que le long de son épaule gauche est immortalisé un *Jean-Marc* beaucoup plus discret. Enfin sur sa nuque, on devine un LOVE F très mal réalisé dont on se demande même s'il a réellement été terminé.

Maritzé a une nature particulièrement bilieuse. Ses ongles rongés en témoignent tout comme son envie irrépressible de se gratter qui exprime au moins autant son angoisse que les efforts constants qu'elle produit pour ne pas y céder. Au premier abord, elle donne l'impression d'être continuellement sous pression, un peu comme une cocotte-minute sur le point d'exploser. Est-ce dû à son incarcération, à sa maladie de peau, à Poppy qui lui mène la vie dure — un euphémisme ! — ou tout simplement à sa personnalité propre ? difficile à dire. Je ne la connais pas encore suffisamment pour me prononcer. Toujours est-il qu'elle ne m'est pas franchement antipathique malgré le fait qu'elle m'ait agressée avec une extrême sauvagerie l'autre jour. Si je suis plutôt clémente à son égard — certainement trop du reste —, c'est parce que la rancune est un sentiment qui m'est totalement étranger mais c'est surtout parce que je pressens que c'est avant tout contre elle-même que Maritzé a coutume de lutter, contrairement à Poppy qui est ostensiblement en guerre ouverte contre le monde entier. Cette intuition ne m'empêche pas de rester sur mes gardes cependant. Pour tout dire, je me méfie davantage de Maritzé que de Poppy car je sais d'expérience qu'il faut garder une extrême prudence envers les individus influençables qui se révèlent souvent beaucoup plus dangereux que ceux qui les manipulent, compte tenu du fait qu'ils sont prêts à tout pour leur plaire...

Un tank, voilà ce qu'est Poppy. La cinquantaine bien sonnée, petite, râblée avec « des hanches de campagnarde », comme disait mon père toujours très charitable lorsqu'il parlait de notre cuisinière, elle fonce dans le tas avec une énergie éminemment masculine. Si la violence qui l'habite est mieux canalisée que celle de Maritzé, elle n'en est pas moins omniprésente. Il n'y a qu'à scruter ses petits yeux marron extrêmement vifs qui balaient en permanence la cellule, la cour, le réfectoire ou les douches communes pour ne rien louper de ce qui s'y passe. On sent bien qu'elle est prête à bondir sur le premier incident venu, sur la moindre occasion de semer la discorde. Cette tempête intérieure se niche jusque dans ses cheveux coiffés en pétard et à la garçonne dont le blond peroxydé est on ne peut plus agressif en plus d'être franchement hideux... sa façon à elle d'annoncer la couleur probablement... Sa rage inextinguible s'exprime aussi à travers ses gestes brusques pour ne pas dire brutaux, sa démarche et son débit de parole ultrarapides sans parler de son hyperactivité. Poppy ne reste jamais sans rien faire ni sans ouvrir la bouche. On dirait qu'elle ne connaît aucun répit, son cerveau non plus du reste qui me fait penser à un moteur de voiture poussé à plein régime, et ce, en continu. Quand elle n'est pas en train de fomenter un plan contre celle-ci, c'est qu'elle se prépare à tendre un piège à telle autre. C'est bien simple, Poppy est très ordinaire physiquement mais il se dégage d'elle une telle colère et des vibrations si négatives qu'on ne voit qu'elle à Binkara.

Poppy, c'est une femme feu qui brûle tout sur son passage tant elle sait qu'elle aura forcément le dessus. Tant elle se débrouille aussi pour bien vous le faire savoir ! Poppy, c'est une femme sans limite qui ne se départit jamais de son sourire moqueur pour asséner le coup fatal. Poppy… c'est la femme que je n'aurais jamais voulu rencontrer.

MARITZÉ

Jeudi 20 juillet 2023

Tremblement de terre ce matin. La psy m'a pas accueillie avec son traditionnel : « Ah Maritzé, je vous attendais, comment allez-vous aujourd'hui ? » Le pire, c'est qu'elle était encore plus belle que d'habitude. Un soleil, une sirène, une princesse des mille et une nuits, la femme parfaite à la vie parfaite dont tous les hommes doivent rêver en secret. Quand je l'ai aperçue dans sa petite robe à manches bouffantes, une robe vaporeuse vert anis qui faisait que ses yeux étaient plus vraiment des yeux mais deux superbes émeraudes scintillantes, je sais pas pourquoi mais j'ai pensé à la mère de Bambi et j'ai immédiatement eu envie d'aller me réfugier au creux de son ventre comme une gamine de quatre ans. Au même moment, je me suis demandé si elle avait des enfants. « Oui, à coup sûr, une fille et un garçon, j'ai pensé. Son mari et elle — un mari parfait évidemment — doivent même projeter d'en faire un troisième. Trois enfants, c'est parfait dans une existence parfaite ! » J'ai aussitôt ressenti une pointe de jalousie. Non pas une pointe, je raconte des bobards, j'ai aussitôt crevé de jalousie envers ces gosses gâtés pourris. C'est affreux mais j'ai toujours envié le bonheur des autres, surtout celui des mioches hyper heureux qui se complaisent dans leur vie de conte de fées sans même réaliser qu'ils ont le cul bordé de nouilles.

— Et si nous parlions du monstre ? elle a fait de but en blanc, la maman de Bambi.

— Lequel ? j'ai répondu en commençant à transpirer, la gorge serrée.

— Celui dont vous m'avez parlé la semaine dernière.

— C'était une expression, madame.

— Qui désigne qui ou plutôt quoi ?

— Ben, je sais plus là, ça fait longtemps… surtout ici, le temps compte double, triple même !

— Vous avez évoqué la Viquoque et Lisa aussi, si je me souviens bien.

— Peut-être.

— Lisa est un monstre ?

— Oui… euh non… quand même pas mais bon… des fois oui… enfin… c'est que… elle est…

— Elle est un monstre ou elle ne l'est pas ?

— Je sais plus là, j'suis lessivée. J'ai mal dormi à cause qu'on crève de chaud dans les cellules. J'me sens pas bien, je reviendrai jeudi, madame Bamb… oui, c'est ça, jeudi je reviens.

— Buvez un verre d'eau et essayez de faire un effort, Maritzé, je suis sûre qu'on peut avancer un peu plus aujourd'hui.

— …

— Maritzé ?

— J'ai de la fièvre, j'vous dis… et puis vous avez qu'à vérifier par vous-même pour l'Amerloque si vous tenez tant que ça à le savoir !

— Ce qui m'importe, ça n'est pas ce que je pense moi mais ce que vous pensez vous Maritzé, c'est aussi l'état émotionnel dans lequel vous vous trouvez. Arrêtez de vous ronger les ongles et regardez-moi, s'il vous plaît.

— Non, mais vous voulez ma photo ou quoi ? Vous la connaissez par cœur ma trombine…

— Ce que je constate, c'est que vous devenez très agressive dès que je vous suggère d'approcher le monstre d'un peu plus près…

Alors là, mon sang a fait qu'un tour, je me suis levée et du tac au tac, j'ai balancé :

— Même le Dalaï-Lama, il aurait envie de vous étrangler si vous vous amusiez à le charcuter comme vous êtes en train de le faire avec moi, figurez-vous !

Dans la foulée, je lui ai serré la main sans lui demander son avis avant de prendre mes cliques et mes claques, tout ça en moins de deux secondes. C'est bien simple, je suis allée tellement vite qu'elle a à peine eu le temps de me prévenir qu'elle partait en vacances. Une fois dehors alors qu'une gardienne me raccompagnait jusqu'à ma turne, je me sentais mi-figue mi-raisin. Si j'étais bien contente d'avoir réussi à m'enfuir, je l'étais nettement moins de pas savoir combien de semaines elle serait absente. Deux certainement… trois à tout casser… Quand je me suis retrouvée au fond du couloir juste avant d'arriver à la 18 B, tout s'est brouillé dans mon esprit, je savais plus si j'étais soulagée ou bien si j'étais triste. Deux minutes plus tard quand je me suis affalée sur mon lit, j'me suis dit : « Putain crotte, elle va me manquer cette chieuse… » et ça m'a mis la rage contre moi d'être aussi gnangnan.

POPPY

Dès que je me suis réveillée, j'ai bien senti que cette journée n'allait pas être du gâteau et effectivement, je n'ai pas été déçue du voyage. Ça a commencé de bon matin au réfectoire quand j'ai entendu deux gardiens se raconter leurs vacances pendant que j'avalais mon café en mordant dans une tartine de pain beurrée. L'un revenait de Formentera. Tout bronzé, biscotos affûtés, traits reposés, rasé de près, un brin parfumé avec en prime un insolent sourire *Ultra Bright*, c'est tout juste s'il ne lui restait pas du sable derrière les oreilles à celui-là ! Quand le second a embrayé sur le séjour en Lombardie qu'il venait de passer avec toute sa petite famille dans la maison de ses beaux-parents, j'ai prétexté un malaise pour quitter les lieux. Le lac Majeur, le lac de Garde, le lac de Côme et enfin le lac d'Orta, de loin mon préféré avec sa vingtaine de superbes petites chapelles nichées sur le Sacro Monte... voilà où j'ai passé ma lune de miel à la toute fin du mois de juillet 1991, il y a précisément trente-deux ans de cela.

Une fois dans la cellule, j'ai attendu le courrier l'estomac noué. Et puis patatras, onze heures est arrivé et comme l'an dernier j'ai fait chou blanc, à part que l'an dernier c'était différent, je venais tout juste d'être incarcérée. Que mon mari n'ait pas été dans les meilleures dispositions pour fêter notre anniversaire de mariage, ça, je peux le comprendre, je ne suis pas complètement godiche, mais cette année, j'avais un espoir... mince l'espoir mais un espoir quand même...

Un peu avant la promenade de l'après-midi, j'ai fait un détour par le bureau du directeur, accompagnée d'un garde-chiourme pour savoir si des demandes de permis de visite avaient été déposées récemment. « Non, rien... rien du tout, il a fait en consultant consciencieusement son registre » avant d'ajouter après avoir levé les yeux dans ma direction : « Le mois prochain certainement, Poppy. Votre époux doit être très occupé avec son entreprise, ça bosse dur dans le BTP en juillet, vous savez. Et puis n'oubliez pas que de nos jours, c'est très difficile d'être son propre patron, les artisans ne peuvent pas se permettre de lâcher la bride comme ça. En août, ce sera plus calme, vous verrez, je suis sûr qu'il viendra avec votre aîné. »

Dans la cour, j'ai ignoré Kazimir tout autant que Maritzé et Lisa, idem avec le groupe de pisseuses qui a l'habitude de me coller aux basques pour se taper de bonnes poilades. Enfin débarrassée de tout ce petit monde, je suis allée m'isoler avec mon carnet tout près du baraquement des matons, le dernier endroit où on aurait l'idée de venir m'embêter. Avant de relire mes notes, j'ai pris le temps de me masser le haut des épaules puis j'ai tourné une dizaine de fois ma tête de l'avant à l'arrière et de l'arrière à l'avant pour décontracter ma nuque. Ensuite, j'ai fermé les yeux quelques minutes. Quand je les ai rouverts, j'ai fixé le ciel pour suivre les traînées blanches laissées par une ribambelle d'avions remplis de touristes à la noix. Une fois toutes disparues, j'ai respiré un grand coup et j'ai commencé ma lecture.

Incarcération : le jeudi 16 juin 2022

– Parloir numéro 1 : le vendredi 16 septembre 2022

Giacomo est venu seul, sans les enfants. Je l'ai tout de suite trouvé amaigri et vraiment très fatigué, il y a de fortes chances pour qu'il ait pensé la même chose me concernant. De prime abord, je ne m'attendais pas à ce qu'il soit aussi froid, en retrait disons, froid c'est affreux. Il avait l'air tellement gêné d'être là que j'ai fini par être aussi mal à l'aise que lui, ce qui m'a pas mal gâché le plaisir des retrouvailles au final. Au début, j'ai pensé qu'il se sentait coupable d'avoir mis trois mois pour se décider à venir... trois mois jour pour jour, c'est ce qui s'appelle être long à la détente en effet. Mais bon après réflexion, j'ai réalisé que c'était plutôt le temps qu'il lui avait fallu pour digérer le fait que sa femme, la mère de ses enfants, soit bel et bien une criminelle désormais, et ce, ad vitam æternam. Une fois l'embarras plus ou moins dissipé, on a parlé des études de Nino le petiot et puis on a enchaîné avec Massimo qui fait la fierté de Giacomo dans sa boîte de BTP et qui reprendra brillamment le flambeau dans quelques années. À cet instant, j'ai senti Giacomo très ému et j'ai tout de suite deviné pourquoi : c'est grâce à ses gosses que son existence n'est pas une ruine totale, c'est aussi grâce à eux qu'il peut encore à peu près garder la tête haute... Dans le parloir, on ne pouvait pas se toucher à cause de la paroi en vitre mais au bout d'un moment j'ai fini par craquer, j'ai posé une main dessus et j'ai plongé mon regard dans celui de Giacomo pour l'inviter à faire pareil. Cette fois il a réagi au quart de tour et on s'est retrouvés « mains jointes séparées », je ne sais pas trop comment dire... on s'est retrouvés à exécuter ce geste qu'on avait vu exécuter par d'autres des dizaines et des dizaines de fois dans des films de gangsters, assis devant la télé lui et moi sur notre canapé, un geste qu'on ne se serait jamais imaginé accomplir nous-mêmes un jour bien sûr... Quand un gardien est venu nous signifier que le temps qui nous était imparti était écoulé, Giacomo s'est de nouveau raidi et les yeux humides, il m'a marmonné quelque chose que je n'ai pas entendu. Je n'ai pas eu à cœur de le faire répéter de peur d'être obligée d'admettre que pendant tout le temps qu'avait duré le parloir, il ne m'avait posé aucune question, il n'avait pas davantage été attentionné ni vraiment à l'écoute, encore moins tendre, lui qui depuis la première minute de notre rencontre s'était en toute circonstance montré merveilleusement attentif, câlin et protecteur. En le regardant s'éloigner, des larmes me sont venues à moi aussi. Je me suis demandé si ce qui était en train de me flinguer le plus était cette putain de distance que Giacomo avait (volontairement ou non) instaurée entre nous ou bien si c'était d'avoir été privée de l'odeur que j'aime le plus au monde... la sienne... une odeur dont je ne me suis jamais lassée en plus de trente ans de vie commune... une odeur qui me manque à en crever...

– Parloir numéro 2 : le lundi 17 octobre 2022

Je ne sais pas si Giacomo s'en est voulu d'avoir laissé passer trois mois avant la première visite, toujours est-il qu'il s'est rattrapé pour ce second parloir. Aujourd'hui je lui ai trouvé bien meilleure mine. Je l'ai aussi trouvé moins tendu, peut-être que c'est parce qu'il connaît les lieux et qu'il m'a déjà vue dans mon uniforme de taularde, toujours est-il qu'il m'a donné l'impression de s'être un minimum habitué à la situation...

Pour commencer, Giacomo m'a parlé du trajet qu'il a trouvé très long et très compliqué pour arriver jusqu'ici, ce en quoi il a parfaitement raison. Quelle idée d'avoir construit une prison sur une île, il n'y a vraiment que des politicards pour inventer des trucs aussi tordus mais il paraît que c'est extrêmement dissuasif contre les envies d'évasion, m'a un jour confié le directeur. Bref, Giacomo m'a expliqué qu'il lui a d'abord fallu prendre l'avion à Bordeaux puis le bateau à Majorque et qu'une fois sur place alors qu'il était bien crevé, il a encore été obligé de se taper des formalités qui ont duré des plombes pour avoir le droit de pénétrer à l'intérieur de Binkara. « Un vrai bunker », il a fait avec un léger sourire qui m'a laissé entrevoir ses petites dents blanches que j'aime tant. « Des dents d'acteur italien », je lui ai souvent dit sans qu'il comprenne vraiment pourquoi mais moi, je lui ai toujours trouvé de faux airs de Marcello Mastroianni à Giacomo, d'ailleurs ils sont tous les deux originaires de la même région : Lazio.

Pour le trajet, je suis sûre que Giacomo n'a pas cherché à me faire de reproches, c'était plutôt sa manière à lui de me faire comprendre (et accepter) l'absence de Massimo. « L'aller-retour m'obligeant à partir trois jours, c'est lui qui me remplace à la boîte. Je n'ai confiance en personne d'autre de toute façon, tu le sais », il m'a dit. Ensuite, le regard fuyant, il a fait : « Nino n'a pas pu s'absenter à cause de ses examens. » Ben voyons. Autant je n'ai eu aucun doute concernant Massimo, autant je ne suis pas naïve pour ce qui est de Nino. Pour avoir toujours suivi les études de mes gosses, je sais pertinemment que lorsqu'on est en BTS, octobre c'est tout juste la rentrée, il n'y a aucune épreuve. Pour éviter d'embarrasser Giacomo, j'ai préféré passer à autre chose et je lui ai demandé comment ils s'organisaient tous les trois à la maison pour la cuisine, les courses, la vaisselle, le repassage... ce à quoi il a répondu un brin gêné : « Ça se passe... on y arrive de mieux en mieux... ». Là, il y a eu un blanc, un gouffre, un précipice ou plutôt une explosion qui a sonné comme un coup de tonnerre. Soudainement, la réalité nous a sauté au visage sans que ni lui ni moi ne nous y attendions. Au même moment, on a vu notre famille fracassée et on a tous les deux pensé à une guerre avec d'un côté Giacomo, Nino et Massimo et de l'autre moi, toute seule dans cet enfer. Oui, c'est ça... une guerre avec ses deux camps adverses, ses deux armées luttant l'une contre l'autre. Cette réalité absolument sordide, il faut bien dire que l'un comme l'autre on se débrouille comme des chefs pour la contourner avec nos petites phrases polies, nos sourires timides et nos détails pratiques, histoire de ne surtout pas avoir à mettre les pieds dans le plat en remuant toute la merde qui a fait qu'on en est là où on en est aujourd'hui. La merde, oui la merde. Appelons un chat un chat pour une fois.

– Parloir numéro 3 : le mardi 20 décembre 2022

Impossible de faire le compte-rendu de ce troisième tête-à-tête. Tout s'est effacé dans mon cerveau, le trou noir. Du début à la fin du parloir, je n'ai pensé qu'à une chose : et si Giacomo avait rencontré une autre femme ? C'est peut-être même déjà fait, je me suis dit, les yeux rivés sur la nouvelle chemise qu'il portait, une chemise vichy bleu ciel que je l'imaginais mal avoir achetée lui-même...

Bon... en toute franchise, ça m'étonnerait vraiment qu'il ait envie de fricoter vu ce qui s'est passé ces dix-huit derniers mois mais sur le moment, cette idée était si obsessionnelle, elle occupait tellement mon esprit que je ne lui ai pas raconté grand-chose, je ne l'ai pas davantage écouté d'ailleurs. C'est seulement lorsqu'un gardien est venu le chercher pour le raccompagner jusqu'à la sortie que j'ai réalisé que je n'avais même pas demandé des nouvelles des enfants. Et dire que dans cinq jours c'est Noël... Noël sous les verrous...

– Parloir numéro 4 : le vendredi 13 janvier 2023

Vu la tête que Giacomo a fait en m'apercevant, je ne dois pas être canonissime mais comment pourrait-il en être autrement, Noël a été éprouvant, très très éprouvant... le premier que je passe hors de la maison... quant au 31 décembre, je n'en parle même pas ! Cerise sur le gâteau, le 3 janvier, j'ai vu rappliquer dans ma cellule une espèce de jeune nana complètement à côté de ses pompes, une ex-camée j'ai bien l'impression, peut-être même une ancienne michetonneuse. Merci pour le cadeau, monsieur le directeur, c'est trop aimable ! Le parcours de la gamine étant si édifiant, je me suis empressée de le raconter à Giacomo, ce qui m'a permis de lui faire oublier ma tronche de déterrée entre parenthèses. Ce parcours, le voici en quelques mots.

Alors voilà, il faut bien avouer que dès le départ la pauvre fille n'a vraiment pas eu de veine puisque ses parents, des Tziganes d'origine grecque, l'ont abandonnée dans la clinique où elle venait de naître, une clinique située aux alentours de Bayonne, je crois me souvenir. Bizarrement quelques jours après, ils ont fini par refaire surface pour la reprendre pendant cinq ou six semaines avant de la ramener parce qu'elle souffrait d'une urticaire géante mais une fois le colis déposé, ils en ont profité pour de nouveau se faire la malle. Au bout d'un mois lorsque les services sociaux ont commencé à mener l'enquête pour les retrouver, ils ont découvert qu'ils venaient tout juste d'être expulsés de France. Malgré des tentatives répétées pour les localiser en Grèce et en Macédoine, rien n'a abouti. La mioche a alors été placée de pouponnière en pouponnière avant d'être bringuebalée jusqu'à ses dix-sept ans de foyers douteux en familles d'accueil pas toujours très bienveillantes, j'ai cru comprendre. « Et comme si ça ne suffisait pas, la malheureuse s'appelle Maritzé, elle est vraiment pas gâtée quand même ! », j'ai fait à Giacomo en me bidonnant à moitié avant de me mettre sérieusement à rouspéter : « Bon ça, c'était pour son pedigree, mais moi je n'ai pas vocation à être assistante sociale, alors je vais demander un rendez-vous au juge d'application des peines pour qu'on la dégage fissa de la 18 B. La 18 B, c'est chez moi ! »

Quand j'ai eu terminé mon laïus, j'ai bien compris que je m'étais démesurément étalée sur les misères de ma codétenue pour que Giacomo n'ait pas à le faire sur les réveillons passés avec les enfants. De toute façon, si c'était au-dessus de mes forces d'entendre le récit de la dinde aux marrons et de leurs soirées au coin du feu, ça devait être au-dessus des siennes de raconter leurs festivités par le menu détail… si festivités il y a eu bien sûr. Bref comme d'habitude, on (enfin j'ai !) noyé le poisson avec une habileté inégalée qui ne m'a donné qu'une envie : m'arracher la langue pour arrêter une bonne fois pour toutes de déblatérer un max de conneries.

– Parloir numéro 5 : le lundi 13 mars 2023

Il est venu, il est venu, il est enfin venu mon Massimo ! Je l'ai vu, je l'ai entendu, je l'ai dévoré du regard pendant quarante minutes ! Si j'avais pu, je l'aurais mangé tout cru ! Mon Dieu qu'il est beau, le portrait craché de son père et de son grand-père surtout, celui de Lazio. Un vrai Italien comme lui, brun, costaud avec ce qu'il faut de fierté dans l'allure et le regard, un bonhomme quoi. Je suis sûre que toutes les filles sont folles de lui, même s'il reste très discret sur le sujet. Dommage, je voudrais tellement savoir s'il a une petite amie, à vingt-deux ans ce serait de son âge.

Je n'ai cessé de le scruter pendant tout le parloir et la conclusion que j'en ai tirée est que Massimo est devenu très sérieux, trop à mon goût. Il est plein de gravité je trouve, lui qui avait constamment le sourire aux lèvres et la plaisanterie facile. Je sais par Giacomo qu'il prend vraiment très à cœur son boulot. Avant, il y passait déjà pas mal de temps mais maintenant, il ne fait plus que ça : travail maison, maison travail. Il ne sort plus faire la bringue avec les copains à Bordeaux, idem pour le surf à Biarritz et les virées au cap Ferret qu'il a abandonnées elles aussi. Massimo a perdu son insouciance à cause de moi, je me disais pendant qu'il était en train de me parler du grand chantier de Mérignac où ils bossent en ce moment lui et son père et j'avais envie de le prendre dans mes bras pour m'excuser. Non pas m'excuser, j'avais envie de lui demander pardon à genoux pour tout le mal que je lui ai fait... et que je lui fais encore...

On ne pense pas à ses gosses quand on passe à l'acte. Passer à l'acte, c'est comme ça que disent les juges au tribunal pour éviter de prononcer des expressions aussi sympas qu'éclater la cervelle à coups de tournevis, éviscérer avec les dents ou bien terminer à la hache. Ses gosses on y pense avant mais pendant, on n'en a même plus de toute façon. On n'a plus rien sauf un tsunami intérieur qui prend toute la place et dont il faut coûte que coûte se libérer. Oui, c'est ça... coûte que coûte... à tout prix... quitte à faire tout exploser y compris ceux qu'on aime le plus au monde. C'est dingue hein l'être humain quand même... comme il est autocentré, comme sa colère, sa haine et sa folie peuvent avoir raison de tout et de tous. Et le plus formidable dans tout ça, c'est que je ne regrette absolument pas ce que j'ai fait. Je regrette ce que ça a engendré, ça oui, je le regrette de tout mon être et de toute mon âme : d'abord pour mes mômes évidemment, pour Giacomo bien sûr, pour ma famille et pour le peu d'amis qu'il me reste mais autrement, je ne regrette rien. La preuve en est que si aujourd'hui j'étais confrontée à des circonstances similaires que celles qui ont tout déclenché et sachant exactement ce qu'est la prison, j'agirais strictement de la même manière.

– Parloir numéro 6 : le samedi 20 mai 2023

J'ai envie de tout casser depuis ce matin ! J'ai envie de shooter dans les portes, de défoncer les vitres et de balancer de grands coups de pied dans les murs ! J'ai surtout envie de déglinguer la tronche de cette conne de Maritzé qui m'a fait foirer vingt bonnes minutes de mon parloir ! La faute à son eczéma évidemment. Cette nuit, elle a commencé à se gratter à deux heures du matin et à six heures, elle y était encore la garce. Le pire, c'est l'entre-deux, quand elle résiste. Elle est tellement mal que ses angoisses remontent jusqu'à mon lit, ce qui fait que je me les prends en pleine poire. Cette fois, elles m'ont carrément réveillée. Cinq mois que dure ce bordel, CINQ ! Résultat, pendant le premier quart d'heure passé avec Giacomo, j'étais complètement vaseuse, présente sans l'être tout à fait. Je ne me suis réveillée que lorsqu'il m'a donné des nouvelles de Patrick et Liliane, mes deux collègues taxis absolument géniaux qui n'ont pas manqué de venir me soutenir au tribunal de Bordeaux pendant mon procès. Ensuite, ça s'est mieux passé avec Giacomo, j'ai à peu près refait surface, ce qui m'a permis d'apprécier à sa juste valeur la bonne, l'excellente nouvelle qu'il m'a annoncée : Massimo envisage de partir en Espagne avec quatre de ses copains pour les vacances d'été. Quant à Nino ça y est, c'est dit ; il ne se sent pas encore capable de venir voir sa mère en prison. Traduction : non seulement il ne m'a pas pardonné mais il n'est pas près de le faire. Je le connais mon Nino.

LISA

Aujourd'hui, j'attaque ma seizième journée à Binkara. Pendant une insomnie, il faudra que je m'amuse... enfin que je m'amuse... il faudra que je calcule combien il y a de jours dans quatorze années sachant qu'il faut faire bien attention aux années bissextiles... Mais non... non... qu'est-ce qui me prend, je deviens complètement folle ou quoi !

Après le petit-déjeuner, j'ai été convoquée chez le directeur, c'est la troisième fois depuis que je suis arrivée. « Bonjour, Lisa. Vous permettez que je vous appelle Lisa ? il a fait en m'invitant à m'asseoir. Compte tenu du fait que vous avez d'excellents diplômes et que vous avez connu une réussite professionnelle absolument exceptionnelle, j'ai pensé qu'il serait judicieux que vous ne gâchiez pas votre potentiel pendant tout le temps que durera votre incarcération. Inutile de vous dire que votre profil n'est pas commun ici. En règle générale, les filles sont peu, voire pas du tout instruites. Dans le meilleur des cas, elles n'ont connu que des petits boulots, le plus souvent elles ont vendu soit leur corps, soit de la drogue. Je pense que vous supporterez beaucoup mieux votre séjour chez nous si on vous donne la possibilité d'exploiter vos aptitudes, du moins en partie. Je sais que vous n'avez pas encore visité la bibliothèque mais peut-être serait-il bon d'y aller un de ces jours... quand vous sentirez que c'est le moment évidemment. Nous avons justement besoin de quelqu'un comme vous. J'entends par là quelqu'un qui puisse non seulement gérer l'aspect administratif : les commandes de bouquins, les enregistrements des entrées et des sorties ou encore le classement, mais quelqu'un qui soit surtout capable de donner envie de lire aux détenues. Je déplore qu'elles soient encore si peu nombreuses à emprunter des ouvrages et je suis persuadé que vous Lisa, vous pourriez changer la donne.

Vous ne comprenez pas ? Je vais essayer d'être un peu plus clair. Si les filles ne lisent pas, c'est d'abord parce qu'elles ne se reconnaissent ni dans le personnel pénitentiaire ni dans les intervenants extérieurs en charge des activités culturelles. Si l'on offrait à l'une des leurs l'opportunité de les accueillir, de les conseiller et de les guider, ce serait différent. Ça éveillerait leur curiosité et ça leur donnerait certainement envie de s'intéresser d'un peu plus près à la littérature. Je peux me tromper mais depuis le temps que je suis directeur de prison, j'ai remarqué que le phénomène d'identification fonctionne à merveille, il fait même des miracles quelquefois ; c'est la raison pour laquelle faire tenir la bibliothèque par "une étrangère" est une grossière erreur, en tous les cas ici, à Binkara. Voyez-vous, Lisa, c'est la différence avec le commun des mortels, avec les gens dits normaux qui effraie les filles. Cette différence — ou ce qu'elles considèrent comme tel — les fait automatiquement se sentir inférieures. Elle les ramène inévitablement à leurs manquements, à leurs erreurs, bref, à ce qu'elles pensent ne pas avoir ou ne pas savoir faire. Pourquoi me direz-vous ? Eh bien, parce que toutes ou presque se jugent avec la plus extrême sévérité. Elles sont convaincues d'avoir tout loupé dans leur existence contrairement aux autres, les non-détenues, qu'elles imaginent avoir tout réussi. Il faut savoir que leur manière de considérer la vie est non seulement très simpliste mais aussi extrêmement binaire. D'un côté il y a les ratées, les minables, les moins que rien, c'est-à-dire elles et de l'autre, il y a les femmes qu'elles idéalisent totalement : les institutrices, les avocates, les commerçantes, les médecins, et cætera, et cætera, qu'elles imaginent toutes irréprochables, supra intelligentes en plus d'être omnipotentes. Vous Lisa, quelque chose me dit que vous pourriez leur donner davantage confiance en elles. Peut-être même seriez-vous en mesure… petit à petit — un laps de temps du moins, celui qu'elles passeraient en votre compagnie — de les sortir un tant soit peu de ce sentiment de dévalorisation qu'elles ne connaissent que trop bien hélas et qu'elles continuent de s'infliger comme une punition… comme une deuxième peine presque, je dirais, après celle que la Justice a prononcée contre elles. »

Je m'apprêtais à prendre la parole pour décliner sa proposition lorsqu'il m'a prise de court : « Je n'oublie pas non plus que vous êtes parfaitement bilingue, Lisa. Vous pourriez également donner des leçons d'anglais si le cœur vous en dit. » « Le cœur, mais qu'est-ce que le cœur vient faire là-dedans ? », me suis-je exclamée comme une énorme bêtasse avant de me rappeler, rouge de honte, la véritable signification de cette expression. « Je vous laisse réfléchir », a alors répliqué le directeur en faisant une moue si éloquente que j'ai parfaitement compris que l'entretien était terminé. « Hum… je ne suis pas sûre de… enfin, je ne saurais plus… il y a si longtemps que je n'ai pas… non, non, c'est tout vu, je crois que vous faites erreur sur la personne, monsieur », suis-je enfin parvenue à objecter avant de faire une sortie ô combien glorieuse en me prenant lamentablement les pieds dans la chaise.

MARITZÉ

Mercredi 2 août 2023

Être en prison, on peut pas dire que ce soit tous les jours la fête à neuneu mais alors être en prison l'été, c'est carrément double peine !

L'hiver à la limite, passe encore. Il m'est même arrivé un matin du mois de février, trois semaines après mon incarcération, alors qu'il pleuvait des cordes et qu'on devait se cailler les miches sévère dehors, d'être bien contente de pouvoir me recoucher dans ma cellule juste après le petit-déj au lieu de devoir me taper cinq bornes à vélo sur des sentiers noirs de gadoue comme je l'ai fait pendant six ans à quatre heures du mat du lundi au vendredi. Tout ça pour aller à l'usine ***Farinet Viennoiseries*** de Morcenx emballer dans des sachets sous vide des tonnes et des tonnes de gâteaux bien dégueus, des putains de gâteaux bourrés de graisses hydrogénées.

« ***Farinet Viennoiseries***, c'est la racaille de la viennoiserie », je disais toujours aux collègues du temps où je bossais là-bas, même que des fois je rajoutais pour les faire marrer : « C'est la viennoiserie qu'a pas réussi, exactement comme nous, les gars ! » Et j'mentais pas en plus ! Les croissants, on aurait dit du caoutchouc et les pains au chocolat étaient si ramollos que même Vicky, elle en voulait pas pour son goûter, pas plus que les clebs errants du quartier à qui j'essayais d'en refourguer quand ça me prenait. Le pire, c'était les raisins des pains aux raisins, de vraies chiures de pigeon. *La chiure de pigeon, l'amie de votre petit-déjeuner Farinet* ; avouez que ça fait pas vraiment bon genre dans les chaumières chicos de la région... Enfin, je me moque mais je peux pas complètement cracher dans la soupe, ce serait pas tout à fait réglo quand même. Je suis bien obligée de reconnaître que c'est ***Farinet Viennoiseries*** qui nous a fait bouffer pendant six piges, ma petiote et moi.

Mais bon, c'est pas de ***Farinet Viennoiseries*** que je voulais causer avec moi-même aujourd'hui mais de l'été. Du soleil, de la chaleur, des maillots de bain, des corps bronzés, de la plage, des transats au bord de la piscine, des vacances, de l'insouciance… de la glandouille du moins, des apéros, des petites robes moulantes, de l'éclate avec les potes dans les bals de village. C'est simple, l'été, ça devrait tout bonnement être interdit d'être en cabane. Faudrait que quelqu'un trouve un moyen pour nous punir autrement à cette période de l'année, nous les mauvaises filles, les sales bonnes femmes, les grosses pouffes enfermées dans ce blockhaus de malheur. Même les criminelles méritent pas d'être privées d'été, c'est une hérésie, comme Lisa a décrété à Poppy pas plus tard que la semaine dernière à propos d'un truc hyper choquant pour elle… tremper ses madeleines dans le café, je crois. Ça doit bien exister, bon sang, une bonne méthode bien perverse pour nous mettre un fil à la patte à nous les taulardes. Quatre mois, quatre petits mois, de juin à septembre, c'est pas la mer à boire quatre mois ! Une méthode qui nous contraindrait, nous punirait, nous humilierait même si faut, une méthode qui nous rappellerait seconde après seconde qu'on est le rebut de la société, ça, on est bien d'accord, je conteste pas, mais qui nous priverait pas pour autant de ce qu'y a de meilleur au monde.

Putain crotte, y a quand même sur cette planète des masses de gugusses qu'ont été suffisamment astucieux pour inventer la guillotine, les capsules spatiales, la brosse à dents électrique, la télévision câblée, l'appareil à raclette, les extensions de cheveux… et même la roulette du dentiste ! Pourraient pas un peu se pencher sur notre cas, à nous, les recluses de Binkara à qui on a confisqué le sel de la vie ?

Quand j'étais gamine, l'été me réchauffait… et pas que le corps, le cœur aussi. Il me consolait, me redonnait de la gaieté et aussi beaucoup de courage. C'est important, le courage. L'été, j'étais « en cuisses » toutes les grandes vacances. « En cuisses », une expression de Jean-Marc pour dire en short, les jambes à l'air quoi, pas emprisonnées dans des cons de pantalons. Un génie, ce Jean-Marc. Fin juin, c'était chaque année le même refrain. L'école à peine terminée, la Viquoque nous convoquait au jardin. Nous, c'est-à-dire la bonne demi-douzaine de lardons dont elle avait la garde et dont je faisais partie, hélas. Son gros ventre et sa sale trogne en avant, elle beuglait : « Disparaissez, faites c'que vous voulez mais j'veux plus vous avoir dans mes pattes tout le temps qui fera beau ! » Pour faire beau, ça y faisait beau l'été à Saint-Martin-d'Oney, à tel point que j'ai longtemps été convaincue que le soleil y installait sa caravane pour passer ses congés, lui aussi !

Je disais donc que jusqu'à la rentrée des classes j'étais en cuisses, en tee-shirt et en claquettes. Des années plus tard, j'ai appris qu'on disait tongs dans d'autres régions de la France et j'ai trouvé ça tout à fait inapproprié ; où est passé le « clac clac » super chouette qui retentit à chaque fois que le pied touche la sandale ? Bref, tout l'été, j'étais noire comme une Africaine. Normal. À force de galoper à travers bois, à force de me vautrer dans l'herbe, à force de me cacher dans les fougères, à force de visiter en douce les champs de maïs, à force de me rouler dans le foin, à force de sillonner toute la campagne, j'avais la peau comme une belle châtaigne grillée et j'étais pas peu fière ! L'été, j'explorais le monde, je cherchais des nids, je surveillais les serpents, je scrutais les oiseaux, je respirais la terre, les feuilles et le vent, je me baignais à poil dans les étangs, je faisais pipi dedans, je chapardais des mûres, j'écrasais des tomates, je parlais aux salades, je rampais sous les genêts, je grimpais aux chênes, je tressais des colliers de marguerites, je fracassais des barrières, j'en rafistolais d'autres, je dormais dans ma cabane secrète, je dansais sous la pluie, je me battais avec les guêpes, je menaçais les fourmis rouges, je sauvais des papillons et de petits ratons, je surveillais les terriers, j'imitais les vaches, j'insultais les taureaux, j'explosais les épouvantails, je chantais des chansons aux pinsons, je frottais mes joues sur les crinières des chevaux, je dessinais la tête à Toto sur les coquilles de tous les escargots.

L'été, j'embrassais les pins comme j'aurais voulu qu'on m'embrasse, je caressais leur écorce avec tendresse. J'étais douce avec les coccinelles, prévenante avec les chatons, aux petits soins avec les poussins. Je me sentais leur maman. Une maman très gentille toujours attentive aux faibles et méfiante vis-à-vis des forts. L'été, je courais jusqu'à faire tressaillir mon cœur, jusqu'à ce que je le sente prêt à bondir hors de ma poitrine, à bout de forces mais toujours là, avec moi, mon meilleur ami, mon trésor. Un trésor que je remerciais tous les jours de me donner toutes ces émotions giga méga top ! L'été, j'allais jusqu'au bout de moi-même. Je m'épuisais pour me griser, pour fuir la réalité, pour oublier que l'hiver reviendrait et que je serais de nouveau cloîtrée avec l'autre toquée comme un lapin dans sa cage.

L'été, c'était mon grand répit. Les claques, je m'en fichais, les cris, je les oubliais. Même ma peur j'y croquais dedans comme dans une pomme et même que ça marchait ! Et quand des fois le soir juste avant de me coucher alors que je me déshabillais, il arrivait que je trouve deux trois petits cailloux au fond de ma culotte, je les serrais dans mon poing tout en m'endormant et je me disais les yeux fermés : « Un jour, la vie tout entière sera un été chaud, très chaud, interminable, sucré comme du miel, soyeux comme les plumes d'un passereau... chaud, si chaud, que la Viquoque en crèvera et qu'on sera bien débarrassé ! Putain crotte, même qu'on lui creusera pas d'tombe à celle-là et qu'on laissera les renards la bouffer ! »

Le lendemain, c'était reparti. Dès le matin, j'embarquais Jean-Marc avec moi et on allait regarder passer les trains pas loin du ruisseau de Geloux. Des jours comme ça pour rigoler, ça me prenait de me coucher sur la voie ferrée. Quand j'entendais la Micheline approcher, je frissonnais du sommet du crâne à la pointe des pieds et tous les os de ma colonne vertébrale dansaient la gigue tellement ils étaient excités ! « Attention, Maritzé ! Je t'en supplie, soooooors ! Sooooooooooors viiiiiite ! Dépêêêêêche-toooooooi, Maritzéééééééééééééééééé ! », hurlait Jean-Marc juché sur un talus en faisant dans son froc. Moi, je prenais tout mon temps, j'étais une tête brûlée. Je testais mes limites, j'faisais un bras d'honneur aux interdits et surtout, surtout : je trompais la mort ! « Espèce de couilles molles, j'ai fait un pacte avec la chance ! », je lui rétorquais en souriant au ciel, aux animaux, aux arbres et à l'air qui me communiquaient tous leurs super-pouvoirs avant que je déguerpisse au tout dernier moment, ivre de joie et d'orgueil, quand retentissait le klaxon du tortillard.

L'été, c'était la liberté. Le monde du dehors. Celui des crottes de chiens sur lesquelles on dérape et des chiens qui rigolent bien entre eux qu'on soit si naze ! En vrai, elles nous emmerdent, les bêtes, les gens le savent pas mais moi, je l'ai parfaitement compris à cette époque. Elles nous emmerdent parce qu'on pige rien à rien au bonheur et qu'on est persuadés du contraire, nous les hominidés, comme y racontent les savants à lunettes dans les livres de Sciences Nat.

L'été, c'était le soleil qui déployait grand ses ailes, les fleurs qui s'étiraient pour pousser à leur aise. L'été, c'était les aigles qui planaient très haut, très beaux, sur les coteaux. L'été, la nature m'apprenait à vivre... et à vivre bien. Elle m'enseignait comment être heureuse, comment avoir de la jugeote aussi. L'été, je me grattais jamais.

POPPY

Manquait plus qu'ça, Lisa est une balance ! Il y a quelques jours, elle a passé trois quarts d'heure chez le dirlo et quand elle en est ressortie, non seulement elle était complètement décoiffée mais elle était toute cramoisie et encore plus vaseuse que d'habitude. Qu'est-ce que j'en ai immédiatement déduit ? Que sous ses airs de faiblarde hallucinée, la grosse vache sait en réalité parfaitement mener sa barque ! C'est bien connu, le diable se promène toujours avec le regard de l'ange…

Pas besoin d'avoir fait Maths Sup pour comprendre que dans son bureau, le dirlo et elle ont passé un pacte machiavélique. J'imagine que c'est donnant donnant : tu craches le plus d'infos possible sur les copines et en retour, je t'obtiens quelques passe-droits de-ci de-là. Comme par hasard trois jours après leur conciliabule, un gardien s'est pointé dans notre cellule, le bec enfariné, pour apporter une petite radio à la traîtresse. Tiens donc, livraison à domicile… question discrétion on fait mieux. Avec ces deux glands, James Bond peut pioncer peinard le veinard. Bref, l'heure est grave. Il faut agir et vite !

Primo : Feindre de n'y voir que du feu.

Deuzio : Pendant ce temps, observer l'ennemie… les ennemis en l'occurrence.

Tertio : Réfléchir à la meilleure manière de prendre Lisa la main dans le sac.

Quarto : Une fois le flagrant délit constaté (ce qui ne devrait pas être trop difficile, l'Amerloque ayant autant l'âme d'une espionne que moi celle d'un maître yogi), la passer à tabac et menacer de l'achever si elle parle.

Quinto : Voir s'il est judicieux de mettre au jus Maritzé. Certes, l'eczémateuse en chef pourrait se révéler une alliée des plus précieuses étant donné qu'elle a Lisa dans le collimateur depuis le départ mais une fois dans la confidence, sera-t-elle capable de tenir sa langue et d'être maîtresse de ses émotions ? rien n'est moins sûr…

Sexto : Dernier point et pas des moindres : si la situation venait à s'envenimer et si j'étais contrainte d'employer des méthodes musclées pour ne pas dire radicales, il ne s'agirait pas que Maritzé me double (je mettrais ma main à couper qu'elle regrette à mort de ne pas l'avoir embrochée avec le balai des chiottes), ce qui, bien évidemment, me priverait du plaisir de la dégommer moi-même.

Bordel de merde mais j'y pense, décoiffée… cramoisie… vaseuse, ils ne se sont tout de même pas envoyés en l'air, ces deux nazes ?!?

LISA

Comme tout le monde, j'ai eu mon lot de drames, de trahisons, de chagrins d'amour, de déconvenues et de désillusions mais au final, il n'y a que deux événements qui aient sonné comme un véritable coup de tonnerre dans mon existence au point de la changer à tout jamais : mon emprisonnement à Binkara le 4 juillet dernier et le 11 septembre 2001.

Ce jour-là, je me trouvais à New York avec Daisy Clark Peterson. Depuis cinq ans, nous avions pris l'habitude d'y passer une semaine toutes les deux, début septembre, l'été indien rendant notre séjour des plus agréables. Quoique beaucoup en doutent, l'été indien n'est pas une légende dans ce coin des États-Unis, quelquefois il arrive même que la douceur des températures se prolonge jusqu'à la deuxième quinzaine du mois d'octobre pour le plus grand bonheur de tous, habitants et touristes. Je crois pouvoir affirmer que pour Daisy autant que pour moi, cette semaine était de loin la plus drôle, la plus festive et la plus excitante de toute l'année, celle que nous attendions mois après mois bouillonnantes d'impatience. Sept jours dont nous nous réservions l'exclusivité absolue. Sept jours pour lesquels nous opposions un refus catégorique à tous nos amis, connaissances et conjoints désireux de taper l'incruste, quand bien même ils étaient fort sympathiques et d'excellente compagnie.

Les choses se déroulaient toujours de la même manière. Dès notre arrivée à Big Apple, Daisy passait un bref coup de fil à Peter, son époux, histoire d'être débarrassée, puis un autre de l'aéroport JFK le jour du départ, pour lui confirmer l'heure à laquelle il faudrait venir nous récupérer à Los Angeles. Il me semble important de préciser que j'ai toujours connu Daisy et Peter amoureux comme au premier jour, une prouesse quand on sait qu'en 2001 ils avaient déjà deux belles décennies de mariage au compteur. Avec notre escapade new-yorkaise, il ne s'agissait donc pas pour Daisy de fuir un homme qu'elle ne supportait plus, non, vraiment pas. Il s'agissait plutôt pour elle d'être avec moi tout comme pour moi d'être avec elle, notre amitié vieille de douze ans à l'époque, n'ayant jamais connu la moindre anicroche. Une amitié qui ne cesserait de se renforcer au fil du temps, probablement la plus grande réussite de toute ma vie...

Le 11 septembre 2001, cela faisait trois jours que nous avions posé nos valises au *Milton Plaza Hotel*, situé sur la 54ᵉ rue... idéalement situé, devrais-je dire pour celles qui, comme nous, adorent faire du shopping et qui, comme nous toujours, aiment dîner dans des lieux élégants mais pas guindés pour autant. Tout ça en songeant que ce ne serait pas mal un jour ou l'autre de pousser la porte du *Museum of Modern Art* tout proche, oui, pas mal... à part qu'en cinq ans, nous n'y avons pas mis les pieds une seule fois tellement nous les avons usés à arpenter les rues de la ville à la recherche des meilleures adresses de grands créateurs. On ne le dit pas assez mais piétiner dans les boutiques, c'est du sport !

New York, épicentre de la culture, a-t-on coutume d'affirmer ? Pour les gamines attardées que nous étions durant cette semaine de colonies de vacances — Daisy avait alors quarante-huit ans et moi huit de moins — pas vraiment, soyons honnêtes ! Ou bien si, New York, cité de la mode et du style. Un style désespérément inexistant chez nous en Californie où quoi que l'on fasse et où que l'on aille, le clinquant et l'uniformité règnent en maîtres. Pas seulement pour les vêtements d'ailleurs mais dans presque tous les domaines, hélas.

En parlant de lieux élégants mais pas guindés pour autant, je me souviens qu'après un dîner particulièrement arrosé — c'était au milieu de notre troisième séjour —, minuit venait de sonner lorsque nous avons sauté dans un taxi et demandé au chauffeur de nous conduire dans un endroit cool. Au bout de deux jours passés à New York, il est impossible pour qui que ce soit de ne pas prononcer le mot « cool » à chaque phrase ou presque. Raison de plus quand on a un *Chassagne-Montrachet* premier cru — médaillé qui plus est — dans l'estomac, ce qui était justement notre cas à l'une comme à l'autre ce soir-là. « Un endroit cool et brancha... euh branché, jeune homme, s'il vous pla... », a ânonné Daisy saoule comme une Polonaise à notre conducteur de plus en plus inquiet pour l'état de sa banquette arrière. Après nous être délestées de cinquante dollars, nous avons fini par atterrir en plein Brooklyn, au *Duby's* précisément, un bar bruyant et glauquissime saturé de testostérone. J'entends par là un bar bourré à craquer de balafrés et autres gros bras visiblement en manque de chair pas forcément très fraîche eu égard aux mines affamées et aux regards lubriques qu'ils nous ont lancés lorsque nous avons fait notre apparition. Je m'apprêtais à prendre mes jambes à mon cou lorsque Daisy, drapée dans sa veste trois-quarts en astrakan et juchée sur des talons de quinze centimètres, m'a brusquement saisie par le bras : « Pas question qu'on se dégonfle, cocotte, on y est, on y reste ! », a-t-elle fait telle Bette Davis du temps où elle était la reine du mélodrame et d'Hollywood. Puis, chignon défait et rouge à lèvres sur les dents, elle a enchaîné en lançant au barman muet de stupeur : « Deux whiskys si ou plé, m'sieur, deux... et du qui cogne ! » Le « et du qui cogne ! » en plus de faire ouvrir de grands yeux pleins de perplexité à une assistance médusée a eu pour effet simultané de me faire partir dans une crise de fou rire qui a incontestablement été la plus longue mais également la plus jouissive de toute mon existence. Par la suite, le « et du qui cogne ! » est resté notre petit joyau à Daisy et à moi, notre bonbon le plus savoureux, notre meilleur gimmick, un de nos plus grands secrets. Un de nos plus grands mais pas le plus grand... Daisy allant se montrer... comment dire... encore plus créative un moment plus tard... toujours dans ce calamiteux *Duby's*, véritable repaire de malfrats et paumés en tout genre.

Il n'y eut pas un whisky mais deux puis trois, en tous les cas pour Daisy dont une des particularités ce soir-là était de ne jamais parvenir à étancher sa soif... ou de ne pas le vouloir plutôt. À la fin du quatrième, une espèce de VRP vérolé s'est approché pour lui en offrir un cinquième, ce qu'elle a accepté bien volontiers avec le peu de lucidité qui lui restait. Oui, vraiment le peu... le tout petit peu car si elle en avait eu un soupçon plus, elle n'aurait pas manqué de remarquer le costume vert canard au moins une taille trop grande que portait ce pauvre type, ses bottes de cow-boy d'un ridicule achevé mais surtout son regard de chien battu plombé probablement par des années de vie ennuyeuses passées au côté d'une épouse transparente et d'une progéniture exaspérante, ai-je alors pensé. Toujours est-il qu'à cet instant, Daisy avait indubitablement envie d'ouvrir les vannes et ne souhaitait rien d'autre que laisser libre cours à toutes, absolument toutes les excentricités.

Voilà dans quel contexte je l'ai regardée s'éloigner cahin-caha au bras de ce piteux énergumène... une vision véritablement extraterrestre. Daisy, ma Daisy ! Si bien née, si parfaitement élevée et si impeccablement snob — ni trop peu ni pas assez — si délicate, si distinguée, si digne, si droite, si cultivée, si philosophe enfin. « *Avec de la patience, le verger devient confiture* », l'ai-je tant de fois entendue prononcer de sa voix pleine de suavité pour modérer les impétueux et calmer les angoissés dans le but de désamorcer les conflits inutiles. Une phrase extraite d'un poème persan, une langue qu'elle a fait le choix d'aller étudier en France à l'Institut des Langues Orientales alors qu'elle venait tout juste de fêter ses vingt-et-un ans. C'est donc cette même Daisy que j'ai regardée s'éloigner cahin-caha au bras de ce piteux énergumène après qu'elle m'a glissé à l'oreille : « Ne t'inquiète pas, chérie, je sais c'que j'fais... enfin non, je n'sais pas mais je sais qu'il faut que... que... qu'je l'fasse ! »

Le lendemain matin, la reine de la nuit a poussé la porte de notre chambre à neuf heures pétantes, la mine fatiguée mais réjouie et s'est aussitôt exclamée tout en faisant tomber son trois-quarts en astrakan sur le lit : « Tu ne pensais tout de même pas que j'allais te laisser prendre le petit-déjeuner toute seule, ma Lisa ! » Alors que nous commencions à beurrer nos tartines et à goûter à toutes les confitures, elle s'est lancée dans le récit de ses frasques mais très vite elle s'est interrompue pour aller chercher son foulard *Hermès* préféré, un foulard violine vaporeux aussi doux que les plumes d'un paon, foulard qu'elle a élégamment enroulé autour de son cou avant d'aussitôt se relever pour filer dans la salle de bains récupérer son peignoir *Elsa Schiaparelli* en lamé vert pomme, un vêtement auquel elle tient comme à la prunelle de ses yeux et qui la suit dans tous ses voyages. Une fois Daisy redevenue la vraie Daisy, elle a repris, parée de ses plus beaux atours, le récit de son infidélité les joues roses comme de la guimauve et le regard plus pétillant que jamais. Un récit tout en pudeur au début jusqu'à devenir, disons... beaucoup plus explicite ensuite. « On est bien d'accord, chérie, Russell — oui, il s'appelle Russell — est moche comme un pou et d'un plouc pas possible... mais alors il est d'une sen-su-a-li-té... presque irréelle, je dirais ! Ce gars m'a... tu ne peux pas imaginer ce que ce gars m'a... il m'a rendue très heureuse... et plusieurs fois... oui, plusieurs fois, chérie, un homme qui ne me connaît ni d'Adam ni d'Ève, tu te rends compte ! » Puis en fermant les yeux et en faisant de grands gestes, elle a ajouté : « Écoute, Lisy — à cet instant, j'ai frissonné et retenu ma respiration, "Lisy" n'étant réservé que pour les grandes occasions — c'était si merveilleux que je ne me sens même pas coupable. Je ne vais pas me blâmer toute ma vie pour avoir donné un coup de canif dans le contrat... ce serait ridicule... une fois, une seule fois, ça ne compte pas vraiment au fond... c'est expérimental... oui, c'est ça, expérimental... tu ne penses pas ? Ô, mon Dieu, j'ai un de ces maux de crâne, je rêve d'un bon shampoing au caviar. En attendant, peux-tu aller me chercher une aspirine dans ma boîte à médicaments s'il te plaît, Lisy chérie ? » Et Lisy chérie s'est exécutée, pas peu satisfaite d'apprendre que le *Lucky Luke* des tripots était un coup d'enfer.

Bon sang mais je m'égare. Alors que je m'apprêtais à me remémorer le 11 septembre 2001, voilà que je suis partie dans des digressions interminables, je me suis même complètement laissé dépasser, je crois. Pour dire la vérité, je sais très bien pourquoi j'ai dérivé de la sorte, cette journée et celles qui ont suivi ont été si terribles qu'évoquer des souvenirs d'une telle superficialité me permet de gagner encore quelques minutes de « normalité » si je puis m'exprimer ainsi. Avec ces anecdotes des plus légères pour ne pas dire d'une frivolité absolue, je recule artificiellement l'échéance, histoire de laisser remonter le plus tard possible à la surface des heures plus que cauchemardesques... des heures qui m'ont traumatisée, ont traumatisé Daisy, ont traumatisé l'Amérique et le monde entier...

Deux ans après l'épisode du *Duby's*, nous étions de retour au *Milton Plaza Hotel* depuis trois jours lorsque l'attaque du *World Trade Center* a eu lieu. À Los Angeles à part les avocats, les hommes d'affaires et les femmes pressées de se rendre à leur séance de Botox, personne ne se lève tôt mais Daisy et moi sommes l'exception à la règle. Ce 11 septembre, nous étions donc debout depuis sept heures du matin et nous nous préparions en prévision d'une bonne journée de marche. Ce jour-là, nous avions pour projet de faire le tour de toutes les boutiques *Salvatore Ferragamo* de Big Apple pour nous offrir un sac et peut-être une ou deux paires de chaussures. Vers huit heures quarante-cinq, nous nous apprêtions à quitter notre chambre quand nous avons entendu du monde courir dans les couloirs ; aussitôt, nous avons eu la sensation qu'un vent de panique était en train d'envahir l'étage. À l'intérieur de l'hôtel, cris et pleurs ont commencé à grossir et au même moment, des dizaines et des dizaines de sirènes se sont mises à retentir dans les rues. Lorsque nous avons tenté de joindre par téléphone la réception pour savoir ce qui se passait, toutes les lignes étaient occupées. À neuf heures vingt, nous décidant enfin à sortir, nous sommes tombées sur un gros bonhomme avec un nourrisson dans les bras qui nous a hurlé d'allumer la télévision : « Et puis restez dedans surtout, dehors c'est la guerre ! La guerre est déclarée ! », a-t-il lancé plusieurs fois d'une voix que je n'oublierai jamais.

La suite, on la connaît : les désespérés qui se jettent dans le vide, les pompiers impuissants, les anonymes hagards, la peur, la terreur, les mouvements de foule, les hurlements, les larmes, la fuite, la fumée noire, une tour qui s'effondre puis la seconde, une épaisse poussière grisâtre et grumeleuse qui recouvre la ville comme pour la rayer définitivement de la carte. La terre qui s'ouvre et les buildings qui tremblent. Des milliers et des milliers de papiers qui s'envolent, un concert d'alarmes de voitures qui se mettent toutes à sonner en même temps et dans tous les sens. Le chaos, la complète hébétude, l'impression de sombrer dans la folie. L'odeur de la chair et des tôles qui brûlent sous un soleil insolent qui n'en finit pas de briller dans un ciel bleu azur… et puis le silence.

Pétrifiées, Daisy et moi sommes restées cloîtrées à l'hôtel quatre jours et au matin du cinquième, nous nous sommes débrouillées pour prendre le premier vol pour la Californie. À l'aéroport de Los Angeles, Peter nous attendait les bras croisés avec le calme qui le caractérise devant sa *Pontiac Catalina* blanche à laquelle il tient au moins autant que Daisy à son peignoir *Elsa Schiaparelli*. À la première seconde de nos retrouvailles, sans même prononcer la moindre parole, nous nous sommes tous les trois enlacés en chialant comme des gosses. Cette nuit-là, je suis restée dormir chez eux et ne suis rentrée chez moi que le lendemain en milieu d'après-midi.

Ce qui m'a sidérée les jours, les semaines et les mois qui ont suivi, ce sont ces habitudes immuables que j'ai bien été obligée de reprendre. Des habitudes qui me paraissaient d'une incroyable obscénité alors qu'à chaque instant je revoyais ces pauvres humains, mes semblables, s'écraser au sol pour échapper aux flammes dévastant les tours. Tandis que CNN égrenait en boucle les noms des disparus, tandis que des bébés avaient perdu leurs parents, tandis que des âmes erraient en gémissant au-dessus de nos têtes, la vie ordinaire reprenait : la jupe et le chemisier qu'il faut repasser le matin, la cafetière que l'on met en route, l'ananas que l'on pèle, le grille-pain que l'on branche pour qu'il dore gentiment les toasts, le sac de croquettes que l'on se hâte d'ouvrir pour un chien affamé, le linge que l'on met au sale, la chasse d'eau que l'on tire, les robinets dorés que l'on tourne délicatement dans la salle de bains au marbre rutilant, des robinets qui font couler une eau cristalline alors qu'ailleurs, pas si loin, vraiment pas si loin, sang, désolation et non-sens ruissellent tous azimuts.

Dès que je suis arrivée à Binkara, c'est ce même sentiment d'absurdité qui m'a ensevelie pour ne plus jamais me quitter. Tous les jours, c'est l'apocalypse mais je fais mon lit, mes intestins fonctionnent, mes ongles poussent, mes cheveux blanchissent, je me coiffe, je me brosse les dents, je mange, je bois, je me mouche et je dors. La prison, ça n'est que ça : le quotidien, les gestes mécaniques du quotidien, des gestes qui par leur répétitivité et leur inintérêt n'ont qu'une conséquence au final, une conséquence abjecte et inéluctable : braquer les projecteurs sur la faute que j'ai commise. Oui, c'est cela, jour après jour, heure après heure, minute après minute, cette routine gomme lentement mais sûrement celle que je suis au profit de l'assassinat que j'ai perpétré. Bientôt, je ne serai plus que mon crime.

MARITZÉ

Mercredi 9 août 2023

Cet aprèm pendant la promenade, Poppy m'a prise à part pour m'avertir que Lisa est en cheville avec le dirlo. Cette grosse bécasse, l'œil de Moscou ! Si c'était pas franchement pourri, ce serait carrément à pisser de rire. En temps normal, je serais allée lui casser les dents direct mais là, j'ai pas tiqué, ça m'a même pas démangée une seule seconde de lui arranger l'portrait vite fait bien fait à l'Amerloque. Non, encéphalogramme plat, pas la moindre envie de bourre-pif, j'ai continué à faire le tour de la cour comme si de rien n'était.

Si je m'en tape autant, c'est parce que je suis triste aujourd'hui, si triste que j'ai plus de place pour être en colère. Oui, voilà, c'est ça, c'est con à dire, hein, mais c'est tout simplement un problème de place qui fait que Lisa va s'en sortir à bon compte, du moins pour le moment. À quoi ça tient quand même d'avoir la vie sauve des fois, juste à un peu d'espace…

L'explication de mon moral dans les chaussettes, inutile d'aller la chercher bien loin, elle est simple comme bonjour. Ce midi, alors que je me forçais à avaler une espèce de ragoût de poissons bien dégueu dans un coin du réfectoire, je me suis mise à repenser au poisson pané que Vicky adorait que je lui prépare. Elle m'en demandait tous les midis et tous les soirs et surtout, elle insistait pour que je le fasse bien griller. « Comme si y avait du gâteau dessus », elle disait toujours les yeux fixés sur la poêle, prête à dégainer le ketchup et la mayo. En revoyant ma Vicky, son petit nez en trompette et ses bras entourant ma taille alors que je faisais de mon mieux aux fourneaux, des larmes me sont montées et ma poitrine a commencé à me faire mal, très mal, un peu comme si un défenseur des poissons y avait balancé une énorme caillasse à l'intérieur exprès pour se venger l'enfoiré. Faut dire qu'avec tous les panés qu'on s'est envoyés, la gamine et moi, on lui a fait du tort à l'espèce aquatique, ça, je le nie pas.

Toujours est-il qu'après la bouffe quand on est retournées en cellule, je suis directement allée me planquer au fond de mon lit comme à chaque fois que le monde s'écroule autour de moi. Judas… enfin, Lisa a eu la bonne idée d'allumer sa radio qui s'est mise à diffuser des chants espagnols complètement rasoirs, des chants si chiatiques que ça a complètement plombé l'ambiance et que plus personne a causé à personne. Dans mon état, j'aurais été capable de rien de toute façon, ni de blablater ni de surveiller l'ennemie comme je suis censée le faire, encore moins de cogner ou de préparer un sale coup.

Malheureusement même cachée sous les draps, mon cafard a fait que s'alourdir, j'ai pensé encore plus fort à Vicky et j'ai encore eu plus envie de la serrer contre moi. À cet instant, j'aurais donné tout ce que j'avais — pas grand-chose, hélas ! — pour la renifler de la tête aux pieds, la humer, la respirer, l'inhaler, la sniffer en ouvrant bien grand mes poumons. Il faut dire que depuis qu'elle est née, mon occupation préférée est de plonger mon nez dans son cou, dans ses cheveux, derrière ses oreilles, sur son nombril, sur ses jambes, sur ses adorables petits pieds, sur sa nuque, ses seins, son dos, partout quoi ! Toutes les mères font ça, je le sais parfaitement, mais toutes les mères ont pas une drôlesse qui sent la prairie. Ben ouais, c'est comme ça, ma Vicky à moi sent la prairie ! Je me suis jamais trop expliqué le phénomène mais j'invente pas : mes collègues de chez **Farinet** était de mon avis eux aussi quand il arrivait que je leur amène la gamine. Pareil pour la pharmacienne, le docteur et les maîtresses. Même son père qu'était buté comme un âne et con comme un manche osait pas me contredire, c'est bien la preuve ! Personnellement, je pense que c'est parce que j'ai beaucoup fréquenté les champs, les bois et les prés quand j'étais jeune. Ça a dû s'ajouter à mon ADN et ensuite, je l'ai transmis à ma poupée. Je vois qu'ça !

Toujours est-il qu'au lieu de me forcer à penser à autre chose, voilà que j'ai fait la connerie de me poser tout un tas de questions au sujet de Vicky. J'ai commencé à me demander où elle était, si on prenait bien soin d'elle et si elle en mangeait toujours du poisson pané. Résultat, comme à chaque fois que je cogite à ce que peuvent ressembler ses journées loin de moi, je me suis mise à trembler alors qu'il faisait plus de trente degrés dans la turne et en deux secondes mon moral s'est retrouvé au trente-sixième dessous. Faut dire que pour quelqu'un qui s'est fait la promesse que son enfant grandirait jamais en famille d'accueil, je me suis bien vautrée, ma petite fleur a été placée l'avant-veille de ses huit ans !!! Vu que son père s'est fait la malle quelque part en Amérique du Sud et que je suis à l'ombre pour quatorze longues piges, ça lui promet un avenir bien sympatoche à la môme…

Je suis une grosse naze, une nullarde totale, une mégamerde. J'ai vraiment tout foiré, même la vie de ma fille je l'ai plantée. Alors, quand l'assistante sociale de Binkara m'assure avec sa bouche en cul-de-poule : « Ne vous en faites pas, Vicky va très bien. On lui a trouvé une famille adooorraaaable, des Bordelais délicieuuuuuuxxx, absolument délicieuuuuuuux ! », putain crotte, je fais un effort colossal pour pas lui planter une fourchette entre les deux yeux à cette cloche ! De toute façon, depuis que je suis toute mioche, ça me démange de leur faire la peau à toutes les assistantes sociales de l'univers...

Lisa a changé de station, les chants devaient la barber à elle aussi. Soudain, elle est tombée sur *les Pogues*. « Laisse, laisse ! » j'ai fait, tandis qu'elle s'apprêtait à changer de fréquence. Moi, *les Pogues*, c'est ma came. D'ailleurs, en parlant de came, quand j'ai commencé à prendre de la méthadone vers mes dix-sept ans juste après m'être taillée de chez la Viquoque, je pouvais écouter cent fois de suite *Fairytale of New York* tout en planant. À l'époque Shane MacGowan, le chanteur, était mon héros. J'étais amoureuse de ses dents pourries. J'étais raide dingue de sa face de rat et de sa voix de prince même si le groupe était dissout depuis un bail, avant même que je naisse, il me semble. Toujours est-il que je rêvais de rencontrer un type dans son genre, complètement déglingué mais bourré de talent. Un type qui aurait craqué pour moi et qui, par amour, m'aurait écrit des chansons fantastiques, aussi fantastiques que *Fairytale of New York*... Mais les choses se sont pas tout à fait passées comme ça. Un peu plus tard, j'ai croisé la route de celui qui allait devenir le père de Vicky, un beau parleur qui me promettait monts et merveilles quand il était sous héroïne mais qui passait tout son temps à chercher de la dope quand il était en manque...

J'ai bien conscience que j'ai tendance à rabâcher éternellement la même rengaine quand je suis déprimée mais tout de même, c'est un fait, mon début de vie merdique a conditionné tout le reste et cette injustice me rend toujours aussi folle de rage. L'autre jour, alors que je faisais du sport dans la cour, j'ai surpris par hasard une conversation entre des filles du bâtiment A, une conversation plutôt chouette... À propos de ses incarcérations successives, une grosse brune parlait de « damnation éternelle » et de « malédiction ». Elle expliquait que c'était son mauvais karma qui lui plombait son passage sur Terre. Quoi qu'elle fasse, elle avancerait jamais, elle disait, parce qu'elle était ligotée par un truc invisible bien plus fort qu'elle, un truc contre lequel elle s'était pourtant épuisée à lutter très longtemps pour au final constater qu'elle avait fait que multiplier les échecs. Ensuite, elle a émis l'hypothèse que c'était peut-être à cause de toutes les mauvaises actions qu'elle avait commises dans une vie antérieure et puis elle a terminé comme ça : « C'est pas qu'on est plus minables que les autres nous les pensionnaires de Binkara, c'est juste qu'on n'en finit pas de subir un putain de déterminisme à la noix ! » Je connaissais pas ce mot de « déterminisme » mais à la seconde où il est arrivé à mes oreilles, il m'a tout de suite plu. Il m'a surtout donné l'impression de résumer à la perfection la sensation totalement abominable et vraiment très douloureuse qui me bouffe tout entière depuis toujours mais que personne autour de moi a jamais vraiment voulu faire l'effort de comprendre : la sensation d'être punie, d'avoir un fil à la patte, une chaîne aux pieds, une entrave impossible à faire sauter. Quand j'ai entendu ce terme j'aurais certainement dû être au plus mal mais c'est absolument pas ce qui s'est passé, j'ai ressenti un profond soulagement au contraire. C'était comme si le déterminisme m'avait reconnue, comme si subitement il m'avait donné raison, comme s'il m'avait tapé amicalement sur l'épaule en me disant d'une manière hyper cool : « Ben ouais, Maritzé, non seulement tu racontais pas que des conneries mais t'as enfin pu mettre un nom sur ce que tu subis depuis que t'as déboulé sur cette maudite planète. » Même que si ma psy avait pas été en vacances, j'aurais foncé dans son bureau pour qu'on en cause, elle et moi, du binz en question.

Tandis que le sommeil était en train de me gagner, j'ai repensé à cette phrase qui m'avait interpellée dans un bouquin qu'était venue me lire une copine de chez **Farinet** pour m'aider à passer le temps quand j'avais été arrêtée dix jours pour une grippe carabinée en décembre 2021. Moi qui suis pas portée sur les livres, j'ai encore le titre gravé dans ma mémoire, *Une Odyssée américaine* il s'appelait. L'auteur c'était Jack Harrison ou peut-être Jim, oui, c'est ça, Jim et la phrase donnait à peu près ça : « *Tu es un raton laveur acculé par les chiens de meute de la vie*[1] ». Je les ai pas retenus par hasard ces quatorze petits mots qui paient pas de mine comme ça mais qui en disent long pourtant les bougres…

En remontant mes draps sur ma tête, je me suis demandé s'il me serait quand même possible un jour ou l'autre d'avoir un peu de chance malgré cette espèce de grosse saloperie de fatalité. Je me suis demandé si les pauvres âmes

[1] Jim Harrison, *Une Odyssée américaine*, J'ai Lu – p. 177.

qui en étaient victimes comme moi, étaient toutes vouées elles aussi à ce que la veine leur passe immanquablement sous le nez jusqu'à la fin de leurs jours. Tandis que je me creusais les méninges, deux souvenirs sont remontés à la surface. Deux souvenirs où j'ai réellement eu le sentiment d'avoir un bol monstre, où je me suis sentie véritablement bénie des dieux et oserais-je le dire... heureuse ! Le premier événement a bien sûr été la naissance de Vicky. Le matin de l'accouchement, j'étais tellement sur un petit nuage que j'ai cru que cet état de béatitude finirait jamais. Hélas, la réalité m'a rattrapée et j'ai vite été obligée d'envisager les choses autrement. Mon amour pour ma petite s'est jamais affaibli, ça non, évidemment, mais une fois rentrée à la maison, quand il a fallu composer avec son père constamment défoncé et ses copains dealers toujours fourrés chez nous, j'ai rapidement déchanté.

La seconde fois où j'ai senti que ma vie basculait enfin dans le bon sens, celui de la baraka, la vraie, la grande, la toute-puissante, c'était le second dimanche du mois de février 2020 à midi moins vingt-cinq très exactement. Si je m'en souviens avec autant de précision, c'est parce que je venais tout juste de sortir les poissons panés du congélateur au moment où le téléphone a sonné. À l'autre bout du fil, c'était Jean-Marc. Jean-Marc et sa petite voix toute fluette, sa voix qui s'excuse tout le temps d'exister. « Ça y est, elle est morte ! », il a dit sans avoir besoin de préciser qu'il parlait de la sorcière. « Comment, elle est morte comment ? », j'ai répété plusieurs fois le cœur battant la chamade. « Dans son fauteuil, au salon, en regardant la télé, son journal sur les genoux et la télécommande entre les mains. C'est la voisine qui l'a trouvée en apportant des haricots de son jardin. Elle est morte seule... seule comme une idiote », il s'est juste permis d'ajouter. « MERCI, JEAN-MARC ! MERCI BEAUCOUP ! », j'ai fait d'un ton solennel comme si je venais de remporter un trophée. Quand je me suis laissé tomber sur le canapé tout de suite après avoir raccroché, j'ai été envahie par une vague gigantesque, une espèce d'euphorie absolument stupéfiante et totalement grisante, la même que doivent ressentir les gens qui gagnent au loto, j'imagine, ou bien les personnes à qui on apprend que leur cancer est guéri. Vicky qui avait alors cinq ans — et avec laquelle je vivais seule parce que son père avait fait ses valoches depuis belle lurette — est venue me demander pourquoi je restais assise sans rien faire, le regard dans le vide et un sourire jusqu'aux oreilles. En l'attirant contre moi, j'ai murmuré : « Aujourd'hui c'est la fête, ma petite fleur ! »

Une fois mon pouls à peu près calmé, j'ai aussitôt foncé à la cuisine et j'ai ouvert tous les placards à la recherche de quelque chose d'exceptionnel mais malheureusement la pêche a été bien maigrelette ; j'ai trouvé uniquement des spaghettis, un vieux saucisson, une conserve de thon à la tomate et de la purée en flocons. En fouillant bien, j'ai fini par dégoter une grosse boîte de cassoulet que j'ai flanquée au four avec tout plein de fromage râpé dessus. Vingt minutes plus tard, j'ai planté une bougie sur chacune des six saucisses pour la plus grande joie de Vicky. Au moment de passer à table, je les ai allumées en tremblant, les yeux à moitié embués. « C'est l'anniversaire à qui ? », a innocemment demandé Vicky en sautant sur elle-même tout excitée. « À personne, j'ai fait, c'est madame Viquoque qui est partie au ciel. Tu te souviens, c'est la dame qui m'a élevée, je t'en ai déjà parlé. » Après avoir acquiescé, la petite a enchaîné : « Et monsieur Viquoque, il est où… il est mort ? » puis elle a soufflé sur les bougies tout en applaudissant avant de mordre goulûment dans une saucisse. C'est seulement à cet instant que j'ai pensé qu'y avait jamais eu de monsieur Viquoque, qu'y avait jamais eu aucun homme dans cette baraque privée d'amour où la sorcière avait toujours pris toute la place de toute façon. C'est qu'à cet instant que je me suis dit que la Viquoque, aussi abjecte qu'elle ait été, avait eu des parents elle aussi… c'était inévitable… oui inévitable… mais lorsque subitement j'ai réalisé qu'elle avait été une petite fille, alors là j'en ai eu le souffle et l'appétit coupés, un poids énorme m'est tombé sur l'estomac et j'ai cessé aussi sec de jubiler. J'ai éloigné mon assiette à peine entamée et je me suis mise à fixer Vicky comme si j'étais sous hypnose tout en réfléchissant : « La Viquoque, une petite fille… putain crotte, une petite fille… »

POPPY

Quand le gardien est venu distribuer le courrier à sa ronde de dix heures, je venais tout juste de m'installer devant la téloche pour regarder le deux millième épisode — j'exagère à peine — de *El amor es un huracán*[2], la telenovela complètement débile à laquelle on finit toutes par succomber tellement on ne sait plus quoi faire ici pour tuer le temps. Ne recevant jamais la moindre petite lettre de qui que ce soit, je n'ai pas jugé utile de lever mes fesses de la chaise. Pas question de louper ne serait-ce qu'une miette de la crise d'hystérie qui allait mettre en transe cette courge de Dolores — à qui il n'arrive que des tuiles depuis le début de la série mais bon, avec un prénom pareil elle s'attendait à quoi aussi ? — sur le point de prendre en flag Bernardo son amant et Manuela, la nouvelle petite bonne originaire de Buenos Aires venue spécialement à Palma pour travailler chez lui mais pas que visiblement…

Bonjour,

Je t'écris pour t'informer que j'ai réussi ma première année de BTS, c'est papa qui a insisté pour que je le fasse. C'est aussi papa qui m'a demandé de te dire que Massimo est parti dix jours à Barcelone avec Bruno, Édouard et Xabi histoire de se changer les idées. Manuel devait se joindre à eux mais au dernier moment il a annulé parce que son père s'est fracturé la colonne vertébrale dans un accident de la route qui a bien failli lui coûter la vie. À propos de papa, je ne te cache pas que je suis très inquiet. Cela fait plus de six mois qu'il enchaîne les semaines de boulot sans même s'arrêter un seul jour et cela n'est pas près de s'arranger vu que depuis la deuxième quinzaine de juillet, il a accepté un énorme chantier à Bègles alors qu'il vient tout juste d'en terminer un gigantesque à Mérignac. À ce rythme-là, il ne tiendra pas longtemps.

---

2 *L'amour est un ouragan.*

Je n'ai pas envie de le perdre lui non plus alors je te demande d'essayer de le raisonner la prochaine fois qu'il viendra te voir. Peut-être que toi, il t'écoutera. Avec Massimo tous les arguments que nous utilisons pour lui faire lever le pied restent lettre morte.

Pour le reste, je ne sais pas trop comment exprimer ce que je ressens ni où j'en suis. Plus tard peut-être... oui c'est ça, plus tard...

Nino

Dolores a envoyé une bonne mornifle comme dirait Maritzé à cette petite salope de Manuela qui lui en a rendu une tout aussi musclée. Bernardo, totalement indifférent aux crêpages de chignons de ces dames, s'en est doucement allé vers le bar où il s'est servi un copieux Cuba libre dans un grand verre à whisky. Tandis qu'il le sirotait tout en laissant traîner son regard sur la rue, il a aperçu sur le trottoir les bras chargés de provisions la nouvelle domestique des voisins, portoricaine celle-là et à coup sûr mineure. « Intéressant, il s'est dit... très très intéressant... »

LISA

Je n'ai jamais eu de chance en amour ou plutôt je ne me suis jamais donné l'opportunité d'en avoir, ce qui est bien différent. Cette nuance, c'est Daisy qui me l'a fait comprendre. Férue de psychologie, elle est depuis toujours persuadée que notre inconscient régit la quasi-intégralité de notre vie. Depuis toujours peut-être pas, depuis qu'elle a entrepris un long, fastidieux mais passionnant travail thérapeutique (*sic*) avec un des psychanalystes les plus réputés de Bel-Air du moins, qui plus est petit-neveu de Lee Strasberg, le célèbre directeur de l'*Actors Studio*.

Daisy est persuadée que ma vie sentimentale est un fiasco — c'est mon expression, jamais elle ne se permettrait d'employer des mots aussi violents et négatifs me concernant — parce que je n'ai jamais réglé les problèmes que j'avais avec mon père et qu'en fuyant toute jeune le Pays basque, je n'ai fait que tourner le dos à mes névroses d'après elle ; névroses qui se sont empressées de galoper derrière moi pour finir par me rattraper et me dévorer tout entière à peine avais-je posé un pied en Californie. Ça n'est pas entièrement faux mais ça n'est pas non plus tout à fait exact de mon point de vue.

Reprenons depuis le début. Pour une raison que j'ignore, mon géniteur ne m'a jamais aimée. Il aurait pu se contenter d'être indifférent à mon égard mais il a plutôt fait le choix de me le signifier de manière pour le moins ostensible en multipliant dès ma petite enfance les punitions les plus sévères, les humiliations et les marques de mépris en tout genre sans oublier les insultes à tout-va et les interdictions systématiques, ce qui a eu pour conséquence regrettable de m'exclure définitivement de ma propre famille tout en vivant avec elle. Car l'être humain étant ce qu'il est, par une sorte d'accord tacite, ma mère et mes deux sœurs aînées ont spontanément rejoint son clan s'autorisant ainsi à se conduire avec la même cruauté que celle dont mon père était incontestablement passé maître avec le temps.

Tout en étant consciente du caractère totalement injuste de la situation, je ne me suis jamais vraiment opposée, instinctivement, j'ai compris que pour survivre, j'avais davantage intérêt à dépenser le moins possible d'énergie en combats inutiles. J'ai donc préféré mettre en place des stratégies pour parvenir à exister, à mes yeux en tous les cas, aux yeux de mes copains d'école et de mes professeurs également, ainsi me suis-je débrouillée à merveille pour être en toutes circonstances une bonne camarade et une excellente élève. Et puis est arrivé l'anniversaire de mes treize ans. Ce jour-là pour une raison inconnue et sans la moindre explication, j'ai été expédiée dans une chambre de bonne de l'immeuble dans lequel nous habitions en plein centre de Saint-Jean-de-Luz. À partir de ce moment, plus rien n'a été pareil, en apparence du moins. J'ai commencé à créer un petit royaume dont j'étais la reine cette fois, la décideuse, la chef de troupe... sans troupe, la tête pensante ! Un royaume avec ses lois spécifiques — des lois sympas —, son règlement propre — plutôt laxiste le règlement — et un fonctionnement qui à la seconde même où je l'ai instauré m'a été, disons-le, largement plus favorable que celui que durant des années on m'avait imposé chez les miens... ou lesdits miens.

J'ai souvent songé qu'en me chassant de la maison de façon aussi radicale, mon père m'avait sauvée paradoxalement. Une fois hors de leur portée, j'ai pu m'accorder un peu d'attention, je suis parvenue à me prodiguer un minimum de douceur et de bienveillance aidée en cela par les visites quotidiennes et pleines de chaleur de la domestique en charge de m'approvisionner et de laver mes vêtements. Bref, avec cette mise à l'écart, je suis partiellement sortie de la violence psychologique qui, ne nous mentons pas, avait fini par sévèrement abîmer — pour ne pas dire ruiner — ma personnalité ratiboisant en premier lieu et sans que réellement je m'en aperçoive, hélas, l'estime toute légitime que j'aurais dû avoir pour moi-même.

Eh bien, justement nous y voici ! L'amour-propre ou plutôt l'absence d'amour-propre, c'est bien là le nœud de l'affaire, paraît-il ! Daisy soutient mordicus que c'est ce dont nous avons manqué le plus dans notre prime jeunesse qui va être omniprésent dans notre existence d'adulte... Daisy aime beaucoup jouer avec les antinomies depuis qu'elle fréquente assidûment le brillantissime Docteur Strasberg, roi du jeu de mots, de la métaphore et autres subtiles figures de style. Elle affirme aussi que sentimentalement, j'ai eu maintes occasions de faire de belles et enrichissantes rencontres qui auraient pu aboutir à de belles et enrichissantes histoires mais que je me suis moi-même condamnée à « l'errance affective » — ça, ce sont ses termes : l'errance affective — en évitant systématiquement les hommes susceptibles de me rendre heureuse pour automatiquement leur préférer des paumés de première catégorie. « Lisa chérie, tu te fermes constamment des portes quand tu ne te fais pas atrocement mal en sortant avec des vauriens qui ne t'arrivent pas à la cheville ! », l'ai-je entendue me répéter des dizaines et des dizaines de fois tandis qu'elle me récupérait en pleurs après un énième incident avec tel ou tel gros goujat.

Tout cela est vrai... en partie vrai, je ne dis pas le contraire. Je pense seulement qu'il y a des gens faits pour l'amour et d'autres pas. Je pense aussi avoir suffisamment de lucidité pour savoir dans quelle catégorie je me situe malheureusement.

Et puis, à mon sens, l'analyse de Daisy est incomplète, je ne crois pas que notre parcours amoureux se résume à notre seule histoire personnelle. L'élément qu'elle omet de prendre en compte et qui me semble pourtant prépondérant dans ce domaine est très clairement que je suis faible. Mon caractère n'est pas celui d'une combattante, d'une va-t-en-guerre, je suis plutôt du genre à accepter avec passivité et résignation les êtres et les situations qui me posent problème. Aurais-je été radicalement différente si j'avais grandi au sein d'une « famille idéale » ? Je crains que non. Je ne me serais vraisemblablement jamais engagée pour de grands idéaux pas plus que je ne me serais battue pour de nobles causes. Alors, prendre à bras-le-corps mes failles et mes dysfonctionnements psychiques — à supposer qu'ils soient responsables de tous mes écueils affectifs — autant dire que ça a toujours été et ce sera toujours inenvisageable pour un tempérament tel que le mien. Car c'est un fait irréfutable, nous avons le tempérament que nous avons. Entourage destructeur ou pas entourage destructeur.

Certains êtres, dont Daisy, sont capables de faire de leur existence un parcours évolutif... la formule n'est pas de moi, je l'ai empruntée à un des nombreux ouvrages psychanalytiques qu'elle m'a prêtés et que j'ai pris la peine d'étudier scrupuleusement pour certains. Ces êtres d'exception ont non seulement la volonté mais également la force de s'améliorer. Ils ont envie de grandir, d'être meilleurs qu'ils ne le sont. S'ils butent régulièrement contre certains obstacles, ils mettent tout en œuvre pour les éliminer contrairement à moi qui suis à l'exact opposé de ces natures aussi entreprenantes que courageuses. La seule chose qui aurait pu me faire changer est probablement un seuil de souffrance impossible à tolérer ; or, j'ai supporté avec une constance sans faille déception amoureuse sur déception amoureuse. Des drames succédant aux drames et des larmes succédant aux larmes, voilà comment je pourrais résumer ma vie sentimentale avec bien sûr, de temps à autre, quelques épisodes plutôt agréables qui ont pu me faire croire à certains moments que peut-être… pour une fois… ce serait différent… il y aurait éventuellement la possibilité de… pour au final en revenir aux sempiternels drames et aux sempiternelles larmes.

Avec le recul, j'irais même jusqu'à dire que j'ai subi mes histoires d'amour plus que je ne les ai vécues. J'ai regardé mes échecs affectifs noircir ma vie un peu comme on assiste, impuissant, au spectacle douloureux d'un tremblement de terre ou d'un carambolage : sous le choc, pétrifiée de terreur, d'incompréhension et avec la terrible sensation d'être à chaque fois plus détruite intérieurement que la précédente. Mais ce constat, je ne peux véritablement le faire que maintenant, avec l'éloignement (géographique), la distance (temporelle) et également parce que je suis allée au bout du bout. Daisy a beau avoir tout essayé pour m'éclairer, je suis invariablement restée sourde, aveugle et inerte comme si l'on m'avait anesthésiée en utilisant une dose massive de sédatif.

Qu'ajouter d'autre, rien. Démonstration est faite que j'étais, je suis et je demeurerai éternellement d'une faiblesse confondante. Démonstration est faite enfin que cette faiblesse n'est pas autre chose qu'une arme que l'on retourne contre soi… et aussi quelquefois contre les autres… avec les conséquences fâcheuses que cela entraîne évidemment…

MARITZÉ

Samedi 19 août 2023

Putain crotte, j'ai vu du pays cette nuit et le plus fortiche dans tout ça, c'est que j'ai pas bougé le popotin de mon lit ! Dans mon rêve, Vicky, Jean-Marc et moi, on habitait une maison luxueuse en Californie avec une vue imprenable sur l'océan Pacifique. Ça devait être à Pacific Palisades ou à Malibu, en tous les cas, un coin où une belle brochette de veinards ventripotents ont l'habitude de se la couler douce dans leurs baraques de quatre-cents mètres carrés aux immenses canapés blancs. Des canapés géants d'où ils décarrent le moins souvent possible tant ils se frisent les moustaches en songeant aux bénéfices bien balèzes que leurs stock-options leur rapportent minute après minute, et tout ça sans lever le petit doigt évidemment, avec en prime le bruit des vagues en fond sonore vingt-quatre heures sur vingt-quatre, douze mois sur douze.

Je sais pas par quel miracle nocturne on a été catapultés au beau milieu d'un décor aussi paradisiaque Vicky, Jean-Marc et moi, toujours est-il qu'on était comme des coqs en pâte tous les trois dans cette propriété de milliardaire. Tandis que Jean-Marc était occupé à briquer le barbecue qu'il venait de construire dans le jardin, ma petite fleur passait sa planche de surf au jet d'eau. Oui, parce que dans mon rêve, elle était championne de surf, ma gamine. D'ailleurs, tout un mur du salon était réservé aux coupes qu'elle avait remportées dans des compétitions auxquelles elle avait participé aux États-Unis mais aussi dans d'autres endroits canons comme Bali et Hawaï. Quant à moi, j'étais bien confortablement assise les doigts de pied en éventail dans un fauteuil en cannes de rotin sur le balcon du premier étage, le regard perdu sur un petit groupe de phoques en train de prendre le soleil sur un gros rocher, des phoques bien pépères eux aussi. « Quel bol j'ai de mener cette vie oisive et sans la moindre emmerde, je me disais. J'ai surtout le cul bordé de nouilles de pouvoir la partager avec ceux que j'aime… » Et puis soudain, tout a basculé, une vague plus forte que les autres a envoyé valdinguer les phoques en pleine mer et au même moment une énorme *Chevrolet* rouge cerise s'est garée devant notre hangar après s'être amusée à faire connement crisser ses pneus sur le bitume. J'ai aussitôt bondi de mon fauteuil et alors là, qui est-ce que j'ai vu descendre de la bagnole ? NON, MAIS QUI ? Lisa en robe ultramoulante, toute bronzée et délestée d'une bonne trentaine de kilos aux bras d'un Kazimir tout sourire, bodybuildé, short et débardeur rose fluo assortis au vêtement de madame. Éberluée, j'en ai dégringolé de la balustrade pour atterrir directement sur le capot de leur tank.

Quand je me suis réveillée pleine de courbatures, inutile de dire que j'ai lancé un regard noir du côté de l'Amerloque qu'était toujours en train de roupiller en ronflant à moitié la connasse...

POPPY

Depuis que j'ai reçu la lettre de Nino, la lettre glaçante, je dors mal... jamais plus de deux ou trois heures d'affilée. Au réveil, je grince des dents les mâchoires serrées, encore sous l'emprise du cauchemar que je viens de faire. Cette nuit n'a pas été différente des autres, j'ai eu un mal de chien à trouver le sommeil. Quand j'ai fini par m'écrouler de fatigue, j'ai rêvé que j'avais sept ou huit ans et que mes parents venaient de m'abandonner entièrement nue dans les bois. Au début, je n'étais pas du tout inquiète. Insouciante et pleine de curiosité, j'en profitais même pour me vautrer dans l'herbe, me cacher dans les fougères, visiter en douce des champs de maïs, me rouler dans les foins et sillonner toute la campagne avec la sensation formidable d'explorer le monde. Je cherchais des nids, je surveillais les serpents, je scrutais les oiseaux, je respirais la terre, les feuilles et le vent, je me baignais dans les étangs (toujours à poil), je faisais pipi dedans, je chapardais des mûres, j'écrasais des tomates, je parlais aux salades, je rampais sous les genêts, je grimpais aux chênes, je tressais des colliers de marguerites, je fracassais des barrières, j'en rafistolais d'autres, je dormais dans une cabane secrète, je dansais sous la pluie, je me battais avec les guêpes, je menaçais les fourmis rouges, je sauvais des papillons et des petits ratons, je surveillais les terriers, j'imitais les vaches, j'insultais les taureaux, j'explosais les épouvantails, je chantais des chansons aux pinsons, je frottais mes joues sur les crinières des chevaux, je dessinais la tête à Toto sur les coquilles de tous les escargots.

Et puis soudain il s'est mis à faire sombre, le froid est tombé, les branches des arbres ont frissonné et la peur m'a envahie. Nino est apparu devant moi et a commencé à tourner sur lui-même comme s'il était un fantôme tout droit sorti d'un film d'épouvante. J'ai voulu le prendre dans mes bras mais j'ai commencé à sentir une démangeaison tellement aiguë au bout de mes doigts que j'en ai été incapable. Loin de s'atténuer, le mal s'est aggravé se transformant en une sensation de brûlure plus que désagréable qui a d'abord attaqué mes coudes et mes épaules pour ensuite se répandre sur tout mon ventre, ma poitrine, mon dos sans faire l'impasse sur mon cou, mon visage puis mon crâne m'empêchant d'exaucer mon vœu le plus cher : serrer mon fils contre mon cœur. Me gratter, me gratter, je n'avais plus que cela en tête. Soulager par tous les moyens ma peau de plus en plus enflammée et complètement recouverte d'eczéma…

Quand je me suis réveillée, le corps strié d'affreuses marques rouges, inutile de dire que j'ai lancé un regard noir du côté de la gitane qui était toujours en train de roupiller en ronflant à moitié la pétasse…

LISA

Moi qui n'ai jamais passé mon permis de conduire, j'ai vécu une aventure plutôt cocasse cette nuit. Si cocasse qu'au réveil, je me souvenais des moindres détails un peu comme dans les films de *Wim Wenders* où la longueur et la lenteur des plans permettent au cerveau du spectateur de ne rien louper des expressions des visages, des nuances de couleurs, des jeux de perspectives aussi bien que des ambiances mystérieuses et raffinées.

Si mon rêve était intrigant — je me retrouvais parmi les personnages de la telenovela *El amor es un huracán* — il n'en était pas pour autant poétique, hélas, chacun d'eux ne loupant jamais une occasion de se montrer gouailleur, vulgaire, voire bagarreur. Soucieuse d'apaiser les tensions mais sans grand espoir d'y parvenir, je proposais néanmoins à Dolores, Manuela et Bernardo de les emmener promener dans mon taxi... eh oui, l'activité onirique nous réserve bien des surprises quelquefois...

Aussitôt dit aussitôt fait, nous voici donc ma petite troupe d'excités et moi-même partis à la conquête des coins et recoins de Palma. Là, il faut que je sois honnête, le dos et les fesses bien calés au fond de mon siège, je me suis mise à rouler en me régalant au moins autant de l'odeur incomparable de l'intérieur cuir de ma *Mercedes* flambant neuve que de chacun des points de vue exceptionnels où nous faisions halte. Des points de vue tous sublimes — falaises impressionnantes, ravissants petits villages bordés d'oliviers, jolies petites criques aux eaux turquoise à se damner — qui, au hasard des routes, nous offraient des émotions très diverses mais à chaque fois aussi puissantes les unes que les autres. Émotions dont au fond, et là aussi, je me dois de dire toute la vérité, je me fichais de plus en plus au fur et à mesure de nos pérégrinations tant je songeais secrètement à l'habileté avec laquelle je venais de prendre tel virage délicat après avoir conquis telle voie pavée pour emprunter tel chemin de fortune.

Est-ce la sensualité avec laquelle kilomètre après kilomètre j'ai caressé mon guidon en cuir rose saumon pour successivement et toujours avec le plus grand discernement embrayer, débrayer, appuyer sur l'accélérateur, ralentir, klaxonner à tout-va ou doubler à ma guise, est-ce encore le ronflement délicieusement apaisant du moteur ou tout simplement le pouvoir qu'a exercé sur nous tous la magnificence de ces panoramas à couper le souffle, toujours est-il que la magie a opéré : Dolores a fermé son clapet, Bernardo a davantage admiré le paysage que les poitrines siliconées et Manuela a piqué un somme. Bref, ma *Mercedes* s'est fait le théâtre d'un moment de paix absolument inespéré... jusqu'à faire complètement se dissiper l'ouragan... *El amor es armonía...*

Quand je me suis réveillée encore tout excitée de m'être sentie une véritable maîtresse-femme au volant de ce taxi, inutile de dire que j'ai lancé un regard à la fois amusé et ému — une première ! — du côté de Poppy qui était toujours en train de dormir en ronflant à moitié la chanceuse...

MARITZÉ

Lundi 21 août 2023

— Ah, Maritzé ! je vous attendais, comment allez-vous depuis tout ce temps ?

— Comme ci comme ça… vous pensez bien que j'aurais préféré passer l'été sous les cocotiers à faire des châteaux d'sable avec ma gamine mais bon… malgré tout, ça me fait plaisir de vous voir. Votre bronzage vous va bien… très très bien même, vous ressemblez à Liz Taylor comme ça… vos yeux ressortent encore plus, je veux dire… enfin, bon, ça m'a semblé long quatre semaines sans… bref, je suis contente d'être là…

— Moi aussi, Maritzé, je suis contente que vous ayez décidé de reprendre les séances. J'ai également été très satisfaite d'apprendre par monsieur le directeur que pendant mon absence, aucun incident n'a été signalé vous concernant.

— Ah ben, parlons-en de ce trou du… de çui-là ! Avec tout le respect que je vous dois, madame, il faut que vous sachiez que c'est un faux derche de première. Oh, c'est pas la peine de me fixer comme ça, avec ce regard noir, je sais ce que je raconte ! Évidemment, vous allez encore dire que c'est n'importe quoi…

— Vous lisez dans mes pensées maintenant, Maritzé ?

— Je suis sûre que vous allez prendre son parti… forcément… vous êtes du même bord… vous défendez le même bifteck…

— Je ne savais pas que je défendais un quelconque bifteck mais bon, soit… expliquez-moi au moins ce qui vous fait tenir de tels propos sur monsieur le directeur.

— C'est très simple : il a profité de la faiblesse de Lisa pour lui demander de cracher un paquet d'infos sur Poppy et moi.

— Et quelle est la monnaie d'échange… car je suppose qu'il y en a une ?

— Une radio… juste une radio…

— Donc, vous pensez que Lisa est prête à prendre d'énormes risques, comme se mettre Poppy à dos, par exemple, pour une radio… juste une radio, comme vous dites ?

— Ben, j'sais pas… faut croire que oui…

— Vous me semblez moins sûre tout d'un coup… bon, j'essaierai discrètement de tirer cette affaire au clair un peu plus tard…

— Ah non, madame, vous allez pas me balancer vous non plus !

— Il va de soi que je ne vais pas vous mettre en cause, Maritzé. Vous devriez savoir que je ne suis pas là pour vous nuire mais pour vous faire progresser au contraire afin que vous viviez le mieux possible votre incarcération… afin que vous viviez le mieux possible avec vous-même d'une manière générale. Aujourd'hui, ce que je constate, c'est que Lisa est une fois de plus au cœur de vos préoccupations. Vous m'avez quittée en parlant d'elle en des termes plutôt sévères et vous commencez cette séance en l'évoquant de nouveau d'une manière qui n'est ni très tendre ni très élogieuse. Je me trompe ?

— J'y peux rien, moi, c'est le hasard… c'est les circonstances qui ont fait que… elle avait qu'à pas passer un pacte avec le dirlo non plus… c'est pas ma faute si elle a passé un pacte avec…

— Le diable… ça ne serait pas très étonnant de la part d'un monstre, n'est-ce pas ? Je vous rappelle qu'avant les vacances, Lisa était un monstre à vos yeux, la situation ne semble pas avoir beaucoup évolué, on dirait…

— Put… crot… bon sang y a un max de trucs que vous ignorez, madame, sur la prison ! En prison, être une indic, c'est ce qu'y a de plus grave. Vous voulez que je vous explique ce qui leur arrive aux mouchardes ? Ni vu ni connu, un beau matin, on les retrouve inconscientes dans les douches, asphyxiées par une serviette de toilette qu'a malencontreusement terminé dans leurs sales bouches de cafteuses. C'est pas d'chance, hein, à part que ce châtiment c'est pas moi qui l'ai inventé figurez-vous, il est commun à toutes les taules du monde entier parce que donner une fille c'est pas une faute chez les détenues, C'EST UN CRIME, OUI, PARFAITEMENT UN CRIME !

— Dans ce cas, j'espère que Lisa est innocente, sinon, je risque de devoir très prochainement annuler une de nos séances pour assister à son enterrement.

— Vous me prenez pas au sérieux, c'est ça ? Vous vous fichez de moi ?

— Non, je ne me fiche pas de vous, Maritzé, je voudrais simplement que vous arriviez à prendre conscience du fait que vous accusez systématiquement Lisa de tous les maux de la planète… des vôtres du moins. Je voudrais également que vous réalisiez combien vos propos à son égard sont extrêmement violents… si violents qu'on pourrait croire que vous souhaitez sa mort quelquefois…

— Elle a qu'à se tenir à sa place aussi et on lui foutra la paix… je lui foutrai la paix…

— Regardez-moi, Maritzé, êtes-vous sûre que le déchaînement de colère qui vous anime en permanence lui soit essentiellement destiné ? À qui en voulez-vous vraiment ? Qui détestez-vous avec autant de constance et de force ?

— Quoi ???

— Je voudrais que pour la prochaine séance, vous réfléchissiez à cela. Qui avez-vous envie de punir ? Quelle est cette personne que vous rêvez d'envoyer au cimetière tant vous la haïssez ?

— J'ai jamais dit que Lisa devait crever.

— Qui alors ? Qui et pourquoi ? C'est ce sur quoi vous devez vous pencher à présent au lieu de passer votre temps, sans parler de votre énergie, à incriminer Lisa quand vous ne la menacez pas. Les réponses à ces questions, vous les avez toutes, Maritzé, mais vous ne les trouverez certainement pas dans votre tête. Si je peux vous donner un petit conseil, allez plutôt sonder vos émotions. Allez voir ce que cela remue en vous lorsque je pointe du doigt le caractère récurrent et injustifié de votre agressivité.

— LA VACHE ! Et comment qu'on s'y prend au juste ?

— Pour faire simple, regardez votre agressivité en face, Maritzé, et accueillez ce qui émerge… oui, c'est ça… accueillez ce qui remonte à la surface sans chercher à analyser… encore moins à juger.

— Mais j'sais pas… j'ai jamais…

— Justement ! OSEZ PLONGER EN VOUS pour une fois au lieu de toujours aller chercher querelle à l'extérieur. Rien n'est plus important que ce qui se passe à l'intérieur de vous lorsque vous vous approchez de votre agressivité. Bon, vous avez de quoi faire il me semble avec tout ça... il est l'heure de toute façon. La séance est terminée, à la semaine prochaine, Maritzé.

— Madame...

— Oui ?

— Je voulais vous dire...

— Je vous écoute.

— En fait, vous avez les yeux de Liz Taylor mais vous causez comme son mec là... comment qui s'appelait déjà... Burton... Richard Burton ! Oui, c'est ça, vous causez comme Richard Burton !

POPPY

Maritzé est revenue blanche comme un linge de chez la psy, pas sûr que ses rendez-vous chez Docteur Maboul lui fassent tant de bien que ça. La pauvre fille, avec elle j'alterne entre pitié et colère même si la colère prend plus souvent le dessus. Plusieurs fois, il est arrivé que son côté souffreteux me touche vaguement mais la plupart du temps, non seulement elle m'horripile mais elle me tape carrément sur le système. D'ailleurs, pour ce qui est d'avoir à l'œil l'Amerloque, j'ai bien compris que je ne dois compter que sur ma pomme, elle s'en désintéresse royalement.

Lisa justement ! Il y a deux jours vers cinq ou six heures du matin alors qu'elle me croyait toujours endormie — tu parles, je venais de rêver que j'avais attrapé l'eczéma de l'autre truffe ! —, je l'ai surprise en train de me fixer d'un air moqueur… insupportablement moqueur, je devrais dire. « OK… nickel… très bien… c'est parfait grosse pouffe, j'ai pensé. Paie-toi ma poire autant que tu veux, rira bien qui rira le dernier. Même protégée par ce gros fils de pute de directeur, je finirai bien par te montrer de quel bois je me chauffe. »

Rire… exploser de rire… m'esclaffer… me gondoler… j'avoue qu'en ce moment, j'en aurais particulièrement besoin. Ça me donnerait un bon coup de fouet de me bidonner à propos de tout et de rien comme je le faisais autrefois avec Patrick et Liliane, mes deux collègues taxis absolument drôlissimes. Ça me donnerait une vraie bouffée d'oxygène de me boyauter avec Massimo. Et Nino alors ! Plus sensible que son frère, beaucoup plus rêveur aussi et tête en l'air, le roi de la gaffe et des maladresses à la pelle. Qu'est-ce qu'on a pu se fendre la pêche, Massimo, lui et moi, à cause de ses bourdes à répétition !

De franches parties de poilade, j'en ai eu pas mal avec ces quatre-là mais celui avec lequel j'ai le plus ri et de loin, c'est Giacomo. J'ai… nous avons ri ensemble, souvent aux larmes, pendant plus de trente ans ! Et puis plus rien. Une vie sans rire, on n'imagine pas ce que c'est, moi en tous les cas, je n'imaginais pas. Je n'y avais même jamais songé. Quelle idiote j'ai été de ne pas en avoir profité davantage quand je le pouvais encore. Parmi les plus gros regrets que j'ai de mon existence d'avant, celui-là est incontestablement en tête de liste. Je ne parle même pas de la joie… non, je n'en parle pas. Si je commençais à m'étendre sur le sujet, j'éclaterais en sanglots sur-le-champ. Bref, passons, je ne l'ai compris qu'ici à Binkara : le rire c'est comme la santé, c'est seulement quand on attrape une bonne grosse saloperie de maladie qu'on réalise qu'on aurait dû embrasser son corps et remercier tous ses organes chaque matin pour leur témoigner l'infinie gratitude qu'on leur devait.

Si le rire m'obsède autant, c'est parce que ces derniers temps, je ne ris plus mais alors plus du tout. Trois mois que Giacomo n'est pas venu, sa dernière visite date du vingt mai dernier. Mon petit carnet en atteste mais il ne m'est d'aucune utilité en fait, chaque soir avant de m'endormir, je compte les jours mentalement. Je ne sais plus quoi penser et je sais encore moins comment agir. Faut-il agir d'ailleurs ? Est-ce que je dois lui écrire ? Lui téléphoner ? J'ai droit à des communications — deux par mois — mais pour lui dire quoi ? il sait combien j'ai besoin de lui. Et puis appeler à la maison, c'est jouer doublement avec le feu. Non seulement je peux tomber sur Nino mais je cours aussi le risque de faire se braquer Giacomo. Eh oui, il est comme ça Giacomo. Il se ferme comme une huître dès qu'il est confronté à une conversation qu'il juge délicate, une conversation où il a le sentiment qu'il pourrait ne plus avoir les coudées franches. Giacomo déteste être contraint. Il a besoin d'être maître de ses actes, une manière de se faire croire qu'il a une maîtrise quasi totale des événements probablement. Giacomo est italien, fier, entier, jusqu'au-boutiste, borné et têtu comme une mule. S'il ne veut pas il ne veut pas… et là, visiblement il ne veut pas.

LISA

— Bonjour, Lisa, asseyez-vous, je vous en prie. Si je vous ai convoquée aujourd'hui, c'est parce que je n'ai eu aucune nouvelle de votre part depuis notre entretien... un entretien qui date d'un mois tout de même.

— Oui, monsieur le directeur, c'est parce que...

— Je suis surpris, Lisa, je suis extrêmement surpris par votre silence. Je vous fais une proposition plus qu'alléchante, je cherche à vous donner des responsabilités, je tiens à valoriser vos compétences, je fais tout mon possible pour faciliter votre intégration et vous restez complètement sourde à mon offre.

— Je croyais vous avoir dit avant de partir la dernière fois...

— Permettez-moi de vous interrompre, Lisa, mais vous ne comprenez pas. En vous demandant de vous occuper de la bibliothèque, je vous ai fait une fleur. Même chose pour les cours d'anglais.

— Je profite d'ailleurs de ce tête-à-tête pour vous renouveler tous mes remerciements, monsieur le directeur, mais il me semble vous avoir formulé clairement que je n'étais nullement intéressée par un...

— Dois-je en déduire que c'est ainsi que vous réagissez lorsqu'on vous tend la main ?

— Mais je n'ai pas réclamé de...

— Vous avez moins fait la fine bouche pourtant lorsque je me suis débrouillé pour que vous ayez une petite radio. Je pense à vous, Lisa, je réfléchis à votre cas... un cas qui n'est pas n'importe quel cas. Je suis parfaitement conscient que la cohabitation avec vos deux codétenues ne doit pas être des plus faciles et je m'en soucie, voyez-vous. Je tâche de faire en sorte que votre quotidien au sein de la 18 B soit supportable, moins pénible du moins. Poppy n'est pas idiote mais... limitée, disons. Quant à Maritzé, c'est une pauvre fille dont, hélas, personne ne parviendra jamais à tirer grand-chose, ni ici ni ailleurs c'est à craindre. Alors, je vous en prie, Lisa, ne vous rabaissez pas à leur niveau ! Donnez-vous une chance de ne pas perdre totalement votre temps ! Est-il nécessaire que je vous rappelle que vous allez passer quatorze ans à Binkara dont onze incompressibles ? ONZE ANS, vous réalisez ce que c'est ONZE ANS ! Vous ne comptez tout de même pas regarder le plafond allongée sur votre lit pendant onze ans !

— Laissez-moi encore… je viens à peine de… j'ai besoin de temps pour…

— C'est ce que je me tue à vous dire, Lisa, le temps c'est tout ce dont vous disposez désormais ! Le temps c'est votre unique capital en prison, l'unique et le plus précieux, rentrez-vous bien ça dans la tête ! Et s'il faut que je sois encore plus concret, eh bien, je vais l'être… quitte à me montrer quelque peu brutal : dans onze ans, vous aurez soixante-treize ans. Soixante-treize ans, vous imaginez ! Vous ne serez plus de la toute première jeunesse si je puis me permettre.

— Cela ne m'avait pas échappé, monsieur le directeur.

— Je vais vous faire une confidence, Lisa, le quinze novembre prochain, cela fera très exactement trente-quatre ans que je m'efforce de remplir au mieux mes fonctions de directeur d'établissement pénitentiaire. Au risque de vous paraître tout à fait immodeste, je crois pouvoir affirmer que je suis un grand professionnel. C'est un fait, alors pourquoi le cacher après tout, hein, je déteste la fausse humilité. J'en suis à ma septième maison centrale et de la première à la dernière, j'ai toujours donné entière satisfaction à mes supérieurs. Je n'ai pas atterri à Binkara par hasard, vous savez, j'ai été promu. La prison étant réputée pour être une des plus difficiles parmi la plupart des prisons pour femmes de France, d'Espagne et de tout le pourtour méditerranéen, c'est ma hiérarchie qui a fait le choix de m'envoyer ici après avoir étudié les profils de sept autres candidats qui briguaient le poste, eux aussi, des candidats qui avaient tous de la bouteille, je le précise.

Je disais donc que Binkara est réputée pour être une prison particulièrement difficile… et dans un sens, ça n'est pas faux, il y a indéniablement des fortes têtes ici mais les tordues, ça me connaît. Croyez-moi, tout au long de ma carrière, j'ai eu l'occasion d'en croiser et de tout type : des rebelles, des insoumises, des violentes, des complotistes, des manipulatrices, des caractérielles… tout ça pour vous dire quoi déjà ? j'ai oublié. Ah oui ! J'en ai côtoyé de la mauvaise graine, de la chienlit, du rebut humain mais vous voulez savoir quelles sont les femmes qui m'ont toujours le plus inquiété, Lisa, vous voulez savoir quelles sont celles que je mets systématiquement sous surveillance spéciale, vous voulez le savoir ? Eh bien, ce sont celles qui n'usent ni d'agressivité ni de coups bas, figurez-vous. Ce sont celles dont on n'entend jamais parler, celles qui sont suffisamment machiavéliques et obstinées pour être capables de se tenir à carreau des années. Trois ans, cinq ans, huit ans, dix ans, s'il le faut sans un incident, pas le moindre petit accroc. Et puis, un beau jour, BOUM ! Les psychopathes qui sommeillaient en elles se réveillent et tout explose dans leur cerveau. Ce jour-là, croyez-moi, elles font un carnage ! J'ai, par exemple, assisté à des mutineries menées tambour battant par des femmes des plus discrètes, polies et plutôt instruites. J'ai vu des gorges de gardiens méticuleusement tranchées par des filles très sociables et même disciplinées. Tout ça pour en venir où, vous demandez-vous ? Pour en venir au fait que j'espère ne pas me tromper sur votre personne, j'espère ne pas faire fausse route. En d'autres termes, ne me décevez pas, Lisa... non, ne me décevez pas.

— Rassurez-vous, monsieur le directeur, je n'ai pas l'intention d'organiser de soulèvement. Je n'ai pas non plus pour projet d'éviscérer une partie du personnel, du moins pas avant quelques années. D'ici là, vous serez certainement à la retraite.

— Ne vous méprenez pas, surtout pas !!! Mon intention n'était nullement de sous-entendre quoi que ce soit de... enfin vous m'avez compris. Ah ! une dernière chose avant que vous partiez, Lisa, j'ai reçu un courrier... un courrier de vos sœurs.

— De mes sœurs ???

— Compte tenu de la teneur de leur lettre, je me doutais que vous seriez étonnée.

— Je suis surprise parce que nous sommes brouillées ou plutôt, nous n'avons plus aucun contact depuis longtemps... très longtemps.

— Depuis le décès de vos parents, je crois. Elles vous reprochent de ne pas être venue à leur enterrement respectif si j'ai bien tout saisi.

— Je vois qu'elles ne vous ont rien épargné, et encore, je ne sais pas tout des horreurs qui doivent être racontées dans ce brûlot. Ce reproche revient souvent en effet mais d'une manière générale, elles ont toujours eu quantité de critiques à m'adresser, du moins du temps où je vivais encore au Pays basque. Ensuite, je suppose que ça a continué mais j'ai fait en sorte de mettre quelque dix mille kilomètres entre nous, en conséquence de quoi je les ai instantanément rayées de ma mémoire… et de ma vie !

— Effectivement, elles ne vous épargnent pas. Sous des dehors de femme bien sous tous rapports, disent-elles, vous êtes en réalité un être froid, insensible, sans cœur ni morale. Je cite.

— C'est tout ? D'habitude, elles sont beaucoup plus bavardes me concernant. Vous êtes sûr qu'elles n'ont pas ajouté sournoise, cruelle, brutale, sadique… barbare aussi, oui, tiens j'oubliais barbare ! Où avais-je la tête !

— Elles insistent plutôt sur le fait que vous êtes une menteuse, une affabulatrice qui adore se faire passer pour une victime.

— Vous voyez, qu'est-ce que je vous disais ? Elles ont toujours des tas de gentillesses à exprimer à mon sujet.

— Si je tenais à évoquer cette lettre avec vous, Lisa, c'est parce qu'elle est loin d'être banale, sur plus de cinq pages, vos sœurs me mettent en garde contre la complexité de votre personnalité et la dangerosité de vos réactions. C'est plutôt rare. D'habitude, les familles écrivent pour brosser un portrait élogieux de leur prisonnier, un portrait qui tourne à la caricature la plupart du temps et qui les dessert au final. Là, c'est tout le contraire.

Cela étant dit, ce qu'il est important que vous reteniez aujourd'hui c'est que je ne suis pas d'un tempérament à me laisser influencer par ce que me rapportent les uns et les autres. Je suis ce que l'on appelle un homme libre. Je me contenterai donc d'ajouter cette pièce à votre dossier et je vais tâcher de me faire mon propre avis… Bref, quelle conclusion devez-vous tirer de tout cela, Lisa ? Que la balle est désormais dans votre camp, il ne tient qu'à vous de faire pencher la balance du bon côté. L'entretien est terminé, vous pouvez disposer. Un gardien va vous raccompagner jusqu'à votre cellule.

MARITZÉ

Jeudi 31 août 2023

Putain crotte, comment dire les choses autrement, depuis un peu plus d'une semaine ma vie est un cauchemar intégral. Mon corps qu'était déjà vraiment mal en point ressemble aujourd'hui à une gigantesque plaie sur laquelle suinte en continu une espèce de liquide tiède et jaunâtre qui schlingue à mort par-dessus le marché. C'est bien simple, les rares fois où j'ai eu le courage de me regarder dans la glace, je me suis dit que mon eczéma c'était de la gnognotte à côté. J'en ai presque regretté toutes ces nuits passées à me gratter... oui, parfaitement, j'ai regretté...

À force d'assister impuissante au spectacle effrayant de tous mes pores qui crachent un jus infect, je suis morte de trouille, je commence à comprendre que je suis en train de pourrir sur place. Si ça se trouve, dans quelques jours, au mieux dans quelques mois, Vicky sera orpheline parce que cette salope d'infection m'aura bouffée jusqu'à l'os.

Quand est-ce qu'a débuté ce merdier au juste ? Eh ben, c'est pas compliqué, pile le lendemain où je me suis mise à cogiter à ce que la psy m'avait raconté. C'est bien fait pour ma gueule de toute manière. Depuis le départ je sentais que c'était un traquenard cette histoire, mais c'est bien connu, je suis trop débile pour résister à une connerie surtout quand je pressens qu'y en a une bonne grosse qui se profile à l'horizon. Je suis comme ces abrutis d'animaux qui reniflent un énorme morceau de barbaque fixé aux crochets d'un piège et qui peuvent pas s'empêcher d'aller y mettre un coup de museau quand bien même leur instinct leur signale le danger. Quand on retrouve le cadavre de ces pauvres bestiaux à moitié vidé de leur sang, on regrette que l'estomac ait pas de cerveau. Un peu de jugeote aurait certainement changé le cours des choses. Dans mon cas, c'est pareil. Du plomb dans la caboche, voilà ce qui me fait défaut et qui me conduira à ma perte un jour ou l'autre, j'en suis tout à fait consciente.

Bref, je reprends les événements dans l'ordre où ils se sont déroulés. Le mardi 22 août, séance chez ma psy. Le mercredi 23 au lieu de faire ma gym avec Kazimir comme à peu près tous les aprèms où il est de service, je l'informe que je suis pas très en forme et je vais directos m'isoler dans un coin. Là, je commence à me demander à qui j'en veux vraiment et qui est-ce que j'ai envie de voir mourir, exactement comme m'a conseillé de le faire Liz Taylor. Puisque j'ai décidé de jouer le jeu à fond, j'essaie aussi de regarder mon agressivité en face même si cette phrase me paraît aussi loufoque qu'un Esquimau crapahutant dans le désert ou bien un dentier posé dans la bouche d'un bébé. Au début, je me marre. Je pense qu'elle a beau être aussi glamour qu'une star de ciné, la psy, elle est surtout aussi frappée que la vodka. On peut pas tout avoir, remarquez. J'en viens même à plaindre ses gosses que j'enviais encore quelques semaines plus tôt. De gentils gosses qui finiront bien siphonnés, les pauvres... Je rigole donc tandis que je repense à toutes ces âneries. Je me bidonne encore plus quand un pervers de pigeon cherche désespérément à grimper sur une femelle qui préfère s'envoyer un quignon de pain qu'une détenue furax vient de balancer de sa fenêtre. Une fois les volatiles envolés et la distraction terminée, je me dis que si je devais planter quelqu'un, ce serait bien évidemment cette enflure de Viquoque mais, hélas, il est trop tard, à l'heure qu'il est les asticots lui ont déjà fait un sort. Ensuite me vient une drôle d'idée... enfin drôle, pas vraiment, puisque je me fais la réflexion que c'est peut-être moi qui ferais bien de rejoindre le boulevard des allongés. Le soir même, de légères marques rouges apparaissent sur mon cou et autour de mes chevilles mais j'y prête pas vraiment attention, je suis tellement habituée aux démangeaisons de mon eczéma que je laisse pisser le mérinos. Dans la nuit, je transpire comme un bœuf et je délire un max. Je rêve qu'on me pend sur la place publique, en plein Saint-Martin-d'Oney, sous les acclamations d'une foule déchaînée parce que Vicky a été envoyée en famille d'accueil par ma faute. Au réveil, j'ai envie de vomir, mon visage a doublé de volume et des milliers de minuscules boutons violacés ont envahi les trois quarts de ma surface corporelle. Direction l'infirmerie où on m'administre sur-le-champ des injections de corticoïdes, mes habituelles petites pommades bien gentillettes n'étant d'aucune efficacité pour un mal aussi étendu et purulent, en un mot absolument gerbant. Je me fais horreur. Je chouine, je chiale, je multiplie les crises de panique et pendant ce temps, la détestation de moi-même en profite pour enfler encore plus. En résumé, je suis boursouflée de partout, du dehors et du dedans. « Vicky aurait mérité une autre mère que moi, je suis indigne d'elle et pour ça, je mérite de mourir », je suis en train de songer au moment même où le médecin-chef découvre de nouvelles plaques sur mon crâne, mon front et allez savoir pourquoi, le dessus de mes oreilles.

Pendant cinq jours, interdiction de remettre un pied en cellule, à l'infirmerie, on redouble de soins autour de moi. Malgré les cachets, les piqûres, les crèmes et les lotions, aucune amélioration notable ; le nombre de bubons explose au contraire. Quand je suis pas assommée par les calmants, je suffoque comme si j'étais en haute montagne et les rares fois où je tente de quitter mon lit, je suis prise de vertiges. En prime, d'affreuses crampes se sont mises à tordre violemment chacun de mes muscles comme si tous mes membres avaient décidé de se battre les uns avec les autres. Pas de doute, c'est la fin, la vie me quitte. Elle cherche à tout prix à sortir de mon organisme et tout ça passe par une guerre interne effroyablement douloureuse. Bien que je me répugne plus que jamais et que je me répète en boucle que je ferais mieux de me laisser crever, je résiste en m'agrippant aux rebords de mon lit. Par pur réflexe sûrement, comme je le faisais autrefois quand j'étais enfant chez la Viquoque et que j'appelais en pleurant, cachée sous mes draps, une maman imaginaire qui se pointait jamais...

Au sixième jour, l'infection est toujours pas endiguée aux dires du médecin qui décide de me garder. En fin de matinée, c'est le branle-bas de combat. Comme si la situation était pas suffisamment compliquée comme ça, Lisa rapplique sur un brancard, victime d'une crise de spasmophilie aiguë qui vient de la faire tomber dans les pommes au beau milieu d'un couloir. Eurêka ! Subitement, je discerne avec une clarté impeccable quel est l'individu que je rêve de voir calancher ! Yeux fermés et poings serrés, je prie pour que la jeune infirmière stagiaire qui veille sur elle lui administre par erreur une dose mortelle de strychnine. Malheureusement, le petit Jésus sachant même pas que j'existe, Lisa reprend immédiatement connaissance. Dans la foulée, elle me sourit. Nos lits étant côte à côte, je lui ordonne illico de surtout pas toucher un mot de mon état à Poppy en pointant une énorme piquouse de corticoïdes vide dans la direction de ses grosses fesses. Fais gaffe à ton cul, la baleine !

Après tout, faut se mettre à ma place, je m'protège comme je peux. Si Poppy se fiche de moi pour de l'eczéma, qu'est-ce que ce sera pour ma tête de choufleur et mon épiderme de crocodile ? Ça, je me garde bien de le préciser à l'Amerloque. Bien qu'elle acquiesce avec une gentillesse particulièrement désarmante, toujours avec ma piquouse entre les mains, je la menace de l'envoyer à la morgue si elle la boucle pas en lui faisant comprendre que je suis très bien informée sur ses relations avec le directeur... Résultat, en moins d'une seconde, ses mâchoires commencent à se contracter et elle se met à convulser. Nouveau tohu-bohu, Lisa est transbahutée derrière une cloison où on parlemente et on s'agite avant de l'installer sous une tente à oxygène.

Soudain, je me retrouve seule dans mon plumard et alors que je suis peu à peu en train de m'assoupir, je me redresse en sursaut. BORDEL DE MERDE, JE VAIS LUI PÉTER LA GUEULE À MON AGRESSIVITÉ !!!! JE VAIS LUI PÉTER LA GUEULE À CETTE PUTE !!!! Elle est sympa, la psy, mais je peux tout de même pas me contenter de la regarder comme un merlan frit pendant cent-cinquante ans mon agressivité ! Elle me bouffe cette hyène, elle m'étouffe, elle m'oppresse, elle me prend en otage... c'est elle qui me file des boutons si ça trouve. Bordel, j'suis dans une colère noire ! J'suis en colère contre ma colère ! Et j'suis en colère d'être en colère contre ma colère !

Ça peut plus continuer comme ça de toute façon, de ma violence ou de moi, une de nous deux doit disparaître sauf que bon, pour l'instant, c'est pas évident évident... c'est le binz même. Là, tout de suite par exemple, j'ai qu'une obsession, me débarrasser de toute la fureur qui bouillonne au fond de moi mais j'ai envie de le faire comment ? En rossant quelqu'un avec une batte de baseball ou en balançant de gros coups d'pied dans les murs ! C'est n'importe quoi, bon sang ! J'sais plus où j'en suis... non j'sais plus, j'sais vraiment plus. Et ce con de déterminisme alors, voilà que d'un coup, il ressurgit comme un diable qui jaillirait de sa boîte. Faudrait que je lui éclate la tronche à lui aussi, après tout il est responsable de pas mal de mes misères pour pas dire de toutes. Mais noooooon noooon, j'éclate plus la tronche de personne et j'écrabouille plus rien, j'ai dit, même si j'ai la rage !!! D'ailleurs, tiens, j'y pense, j'ai complètement oublié d'en parler à Liz — Taylor — du déterminisme, probablement qu'elle m'aurait considérée différemment si je l'avais évoqué à la dernière séance. C'est certain, ça l'aurait totalement scotchée que le déterminisme et moi on se soit croisés dans l'amour... pfeuuu, quelle naze... dans la cour. Nom d'un chien, c'est le mélimélo dans mon ciboulot et c'est pas mieux sur ma peau, mes furoncles continuent à pousser comme des champignons. Tout est bizarroïde en ce moment, je suis en rogne et en même temps, je veux plus l'être. Je me sens vaseuse… je me sens comme… comme quoi d'ailleurs ? Comme vaincue, sur le carreau, totalement rétamée, rincée, perdue. Putain crotte, comment dire autrement, depuis un peu plus d'une semaine ma vie est un cauchemar intégral.

POPPY

Quand j'ai rencontré Giacomo, je n'étais qu'une gamine. Je ne connaissais rien de la vie. Je ne connaissais rien des hommes. Est-ce que je me connaissais moi-même ? Évidemment non. J'avais tout juste vingt ans et je vivais encore chez mes parents. Je venais de commencer ma deuxième année de sténodactylo dans une école privée de Pessac, des études qui me barbaient considérablement et que j'espérais secrètement abandonner dès que j'aurais rencontré quelqu'un, ma seule ambition étant à l'époque de fonder une famille et de m'occuper de mes enfants. Je n'allais pas chercher plus loin.

Je suis fille unique. Mes parents ont eu beaucoup de difficultés à m'avoir. Quand, enfin, je suis arrivée, ils avaient l'un et l'autre la quarantaine passée. S'ils m'ont énormément choyée, ils ont également mis un point d'honneur à m'inculquer très tôt le sens des responsabilités. J'avais à peine quatorze ans lorsqu'aux vacances d'été, ils ont tenu à ce que je m'occupe de la caisse de la mercerie dont ils étaient propriétaires. Un petit magasin situé en plein centre de Bordeaux qui marchait très bien et qui faisait toute leur fierté. Mes parents — ils sont morts aujourd'hui, paix à leur âme ! — étant tous les deux issus d'un milieu plus que modeste, un milieu dont ils avaient franchement honte, n'ayons pas peur des mots, la réussite professionnelle a indéniablement constitué le ciment essentiel de leur couple, tous leurs efforts, chacune de leurs actions, la moindre de leurs discussions visant invariablement ce but ultime. Dès lors, la ligne a été toute tracée. La vie s'est résumée au travail, lui seul permettant à leurs yeux de gravir l'échelle sociale et d'être quelqu'un. Eux qui tout jeunes avaient considérablement souffert d'être des sans-le-sou et donc des moins que rien, ils ont tout de suite perçu dans leur vision commune l'occasion rêvée de prendre une bonne revanche. Le pire c'est que je ne suis même pas certaine qu'ils aient véritablement aimé la mercerie. Ce qui les stimulait c'était de savoir qu'avec le fruit de leur labeur, ils pouvaient, ils allaient devenir des commerçants respectables et des gens honorables. Le must, c'est quand on le leur a exprimé ouvertement. Je me souviens de ce soir d'automne où mon père est rentré ému aux larmes parce qu'un responsable politique local s'était spécialement déplacé jusqu'au magasin pour le courtiser — courtiser... j'ai encore le terme dans les oreilles — en louant son fabuleux succès dans les affaires ainsi que son courage hors norme. Oui, je me souviens de ce soir où papa s'est assis à table et où j'ai lu dans son regard alors qu'il fixait le portrait de ses défunts parents : la route a été longue, elle a été éprouvante mais ça y est, on reconnaît ma valeur… ce qui bien entendu signifiait : j'ai effacé mes origines…

Tous ceux qui cherchent réparation sur leur passé le savent, cela ne se fait pas sans sacrifices ni souffrances. Au contraire, plus on en bave, meilleur est le triomphe. Conséquence, on ne rigolait pas beaucoup à la maison. Les congés étaient inexistants, les grasses matinées interdites, les voyages exclus, la fête proscrite, toute fantaisie taboue, la rêverie et l'indolence passibles des assises, j'exagère à peine. Quant à l'échec, quèsaco ? On ne savait tout bonnement pas ce que cela signifiait. Très tôt — je n'avais pas plus de cinq ou six ans si mes souvenirs sont bons —, papa m'a encouragée à faire des économies… la fameuse tirelire rose en forme de cochon. Quant à maman, dès le collège, elle a surveillé scrupuleusement mes bulletins et a mis un point d'honneur à assister à tous les conseils de classe, tous sans exception. Un bonheur. Si quelques copines — des jeunes filles toutes triées sur le volet — avaient le droit de me raccompagner jusqu'à l'appartement après l'école — nous vivions en haut de la mercerie pour éviter de perdre du temps dans les transports — elles n'étaient pas pour autant autorisées à pénétrer à l'intérieur du magasin. « Ça va perturber les clientes », argumentait maman. Papa approuvait bien sûr. Et puis, de toute façon, pas question de lambiner après les cours, les devoirs m'attendaient.

C'est ma mère qui a choisi ma voie. Elle rêvait d'être assistante de direction auprès d'un grand patron mais son ambition ayant été tuée dans l'œuf à cause du manque d'argent, son vœu a simplement sauté une génération. Je ne me rappelle pas qu'on m'ait demandé mon avis sur le métier que j'avais envie d'exercer, on m'a inscrite d'office au centre de sténodactylo de Pessac, un point c'est tout. Il n'est venu à l'idée de personne que je puisse rechigner… à commencer par moi d'ailleurs. J'ai accepté mon sort avec d'autant plus de servilité que dans mon for intérieur, je me répétais inlassablement que le mariage finirait un jour ou l'autre par me sortir de ce mauvais pas. C'était juste une question de temps et puis, je me sentais suffisamment forte et endurante pour tenir le choc. Je me disais qu'ensuite, j'aurais des bébés et que tout irait pour le mieux dans le meilleur des mondes. Je me racontais qu'avec un peu de chance, ma ténacité et mon abnégation seraient récompensées. Autre point et pas des moindres, il était primordial pour moi de ne pas faire de peine à mes parents. Cette existence me pesait, elle était mortellement ennuyeuse, austère et répétitive mais le fait de connaître l'origine de leur obstination et la cause de leur rigidité m'aidait à leur pardonner. Voilà très précisément pourquoi pendant des années et des années, j'ai pris mon mal en patience. Je me suis efforcée d'être sage comme une image et douce comme un agneau afin d'être parfaitement en accord avec le tableau de la famille idéale qu'ils désiraient que nous représentions auprès de la bonne société bordelaise. J'en souris maintenant mais ma seule vraie transgression a consisté à mettre chaque matin du rouge à lèvres cinq minutes après m'être installée dans le bus qui me menait au centre de sténodactylo. Un rouge à lèvres que je n'ai pas une seule fois oublié d'enlever sur le chemin du retour naturellement.

En fait, non, je le confesse aujourd'hui, il y a eu d'autres accrocs. En première année, il est arrivé que j'aille boire un verre de vin avec des copines du centre lorsqu'un cours s'annulait au dernier moment. Ça aussi, je le confesse, je n'ai jamais eu le cran — ni même le désir — d'avouer à ces filles, pourtant toutes très sympathiques, le plaisir qui était le mien alors de braver l'interdit, de désobéir, d'enfreindre la loi parentale qui consistait à ne surtout pas faire un pas de côté. Si j'avais clairement honte de faire des révélations sur le fonctionnement on ne peut plus particulier de mes parents, pour être tout à fait honnête, je crois surtout que j'avais envie de garder pour moi et moi seule le goût sublime du péché… un goût si inédit et tellement grisant… En seconde année, nouvelle entorse au règlement. Quelques jours avant les vacances de Noël, un professeur est obligé de quitter précipitamment la classe pour raison familiale. L'aubaine ! Toujours avec la même bande, nous fonçons dans notre bar préféré où je commande une coupe de champagne à la place de l'habituel verre de vin. Ce jour-là, autant dire que je prends un ascenseur direct pour le paradis.

Pour compléter ma formation de sténodactylo, mes parents ont insisté pour que je fasse de l'histoire. « Pour la culture générale, Marie-Pierre — Poppy est venu ensuite, c'est Giacomo qui, bien plus tard, a trouvé ce surnom — dans ce monde de paresseux et d'ignorants, la connaissance est reine… », m'ont-ils répété non-stop toute une semaine tandis que j'essayais timidement d'échapper à une énième année d'étude que je devinais assommante en plus d'être inutile. Comme à l'accoutumée, j'ai fini par céder et un matin du mois d'avril 1990, je suis allée m'inscrire à l'université en traînant des pieds. Malgré les premiers frémissements du printemps, j'étais d'humeur terriblement maussade sur le chemin de la fac. Je commençais à en avoir vraiment assez de vivre sans arrêt sous la contrainte. Je le sentais — et ça n'était pas sans m'inquiéter — mon obéissance jusque-là sans faille commençait à montrer ses premiers signes de fatigue, me sacrifier m'étant de plus en plus pénible.

Ce qui est fantastique c'est que moi qui ne connaissais que l'obstination, la persévérance et l'effort, je n'ai rien eu à faire pour changer mon destin, c'est lui qui a fait tout le boulot. En prime, il l'a fait à l'instant où je m'y attendais le moins et à travers des circonstances au-delà du vraisemblable. Quand j'y repense, j'en ai encore les larmes aux yeux... mais bon, passons... Je disais donc que ce matin du mois d'avril 1990, j'étais d'humeur on ne peut plus maussade sur le chemin de la fac. Maussade, le mot est faible. En plus d'être envahie par une énorme tristesse, j'étais épuisée à force de jouer un rôle, je n'en pouvais tout simplement plus de me mentir. Qui étais-je au fond, en avais-je seulement le début d'une idée ? Je n'étais qu'un fantôme ou plutôt non, une marionnette. Une marionnette qui, et c'était bien là le nœud du problème, l'était devenue de son plein gré mois après mois, année après année. Il y avait de quoi être en colère bon sang ! Et l'être contre moi avant même de l'être contre mes parents ! Réalisaient-ils seulement que ma vie n'était que simulations et mensonges depuis ma naissance ? Bien sûr que non, ils avançaient avec des œillères en ayant l'intime conviction d'être parfaitement exemplaires par-dessus le marché et ça n'était pas près de s'arranger...

Toujours est-il que ce jour-là, j'étais en train de ressasser mon exaspération et mon mal-être croissants lorsque j'ai imprudemment traversé le boulevard alors que le passage piéton était au rouge. Quand j'ai aperçu la petite voiture blanche qui était en train de foncer sur moi, j'ai seulement eu le temps de me dire : « Quelle bécasse alors, c'est juste au moment où je me sens capable de me rebeller que la mort vient me faucher ! » Étrangement, je n'ai pas eu peur. Un peu comme j'étais habituée à le faire depuis vingt ans, j'ai courbé l'échine, j'ai dit amen, j'ai consenti à mourir. Les yeux fermés et l'esprit figé, je suis restée raide comme un piquet au beau milieu de la route sans chercher à me sauver. Résignée, j'ai attendu que mon heure vienne en espérant être tuée sur le coup... tant qu'à faire... à part que ça ne s'est pas du tout passé ainsi, la providence en ayant décidé tout à fait autrement, cette grosse farceuse. Des gens ont hurlé, ça oui alors je m'en souviens comme si c'était hier, partout et de tous les côtés mais la petite voiture blanche ne m'a jamais écrasée... elle ne m'a même pas effleurée ! Par contre, elle a freiné si fort que le bruit de ses pneus sur le bitume m'a subitement sortie de ma torpeur imbécile. Je ne l'ai réalisé que très longtemps plus tard en parlant avec Giacomo, mais ce crissement effrayant s'est révélé être le véritable électrochoc de ma vie. C'est amusant mais c'est ce coup de frein qui a tout accéléré en moi, il m'a définitivement réveillée de la longue et sombre nuit dans laquelle j'étais plongée depuis toujours.

Bref, quand j'ai rouvert les paupières, saine et sauve, je me suis retrouvée nez à nez avec le chauffeur, un homme que j'ai immédiatement trouvé d'une beauté renversante — un comble ! — et dont j'ai eu tout de suite envie qu'il me serre dans ses bras. C'est lui qui a pris la parole en premier : « Mais, mademoiselle, qu'est-ce que vous faites à rêvasser comme ça sur la chaussée, vous êtes complètement inconsciente ou quoi ? » « Je l'étais, lui ai-je répondu du tac au tac, jusqu'à ce que vous apparaissiez ! » Cette réplique digne des plus mauvais soap operas l'a d'abord laissé pantois avant de le faire réagir. « Montez, m'a-t-il dit d'un ton directif. On est en train de boucher toute la circulation. »

LISA

Je ne vais pas me raconter d'histoires, les premières manifestations de la maladie sont apparues quelques heures après mon entrevue avec le directeur. Pour commencer, j'ai eu d'étranges fourmillements dans les jambes puis aux bras et le soir même, j'ai ressenti une douleur plutôt vive au thorax juste avant de me coucher, comme des coups de poignard que le diable en personne se serait amusé à m'asséner en plein cœur pour me tenir éveillée. Au départ, je n'y ai pas réellement prêté attention tant j'étais préoccupée par ce que je venais d'entendre à propos de mes sœurs. À vrai dire, ça n'était pas tant qu'elles aient rédigé une lettre on ne peut plus malveillante contre moi qui me rendait furieuse, ça, je m'en fichais complètement, tout comme je me fichais pas mal des conséquences que leur chapelet de calomnies pourrait engendrer pour la suite de mon incarcération. Non, ce qui me perturbait profondément et ce qui me perturbe toujours d'ailleurs, c'était de me rendre compte que des années et des années après avoir complètement coupé les ponts, je n'étais pas encore capable d'être d'une indifférence absolue à leur égard.

N'éprouver ni sentiment ni émotion comme s'il s'agissait de deux parfaites inconnues, voilà comment j'aurais dû réagir ; or, ça n'est pas du tout ce qui s'est passé. À la seconde même où le directeur a commencé à parler d'elles — sans encore avoir abordé leur glorieux fait d'armes —, un affreux sentiment de dégoût mêlé à de la colère s'est instantanément allumé dans mon ventre tel un feu de broussaille. Un feu léger au début, tout léger, qui au fur et à mesure que nous avons avancé dans la conversation, s'est propagé un peu partout à l'intérieur de mon organisme jusqu'à créer un énorme incendie. C'est tragique mais que je le veuille ou non, ce feu est la preuve irréfutable que malgré la distance plus que conséquente que j'ai délibérément mise entre mes sœurs et moi, un lien demeure. Moi qui croyais mordicus avoir jeté mon passé aux orties, je commence à me poser des questions…

La seule chose qui me réjouisse un peu dans tout ça, c'est d'être parvenue à rester de marbre devant le directeur… à part que ça n'était qu'en surface, pour sauver les apparences, parce que je savais pertinemment que sous son air de ne pas y toucher, le cher homme scrutait à la loupe la moindre de mes réactions tout comme il étudiait chacun de mes mouvements en n'omettant pas, évidemment, d'analyser scrupuleusement mon vocabulaire.

En sortant de son bureau, j'ai encore fait bonne figure quelque temps mais ensuite, j'ai eu l'impression de traverser un épais brouillard pendant plusieurs jours. À l'écœurement et au courroux sont venus s'ajouter nausées, maux de tête, bouffées de chaleur, perte de l'appétit, épisodes d'épuisement total et emballements intempestifs du rythme cardiaque mais je n'ai pas réagi et je n'ai rien signalé à personne. De toute façon, même quand je vivais en Californie, je n'ai jamais écouté les signaux alarmants que m'indiquait mon corps lorsqu'il m'arrivait — souvent hélas — d'être complètement à plat à force d'énormément travailler, de trop voyager ou de sortir de manière inconsidérée. J'ai toujours été négligente de ce côté-là et ça n'est pas depuis que je suis à Binkara que j'ai progressé évidemment. Ainsi ai-je bien senti que mon état se dégradait à la vitesse grand V mais comme à mon habitude, j'ai fait l'autruche. Alors que la fièvre était en train d'augmenter, j'ai pensé plusieurs fois à Daisy qui m'a souvent sermonnée concernant le peu de cas que je fais de ma santé. Comme sur pas mal de sujets, qu'ils soient mineurs ou plus sérieux, Daisy a un avis très réfléchi sur la question. Elle dit que les enfants dont la mère n'a pas pris soin de leur corps, et ne leur a pas montré comment se l'approprier, font des adultes souvent déconnectés de leurs sensations et particulièrement sujets aux maladies chroniques. Elle dit également qu'en plus d'être la plupart du temps fâchés avec leur physique — encombrés du moins, malhabiles, complexés — ils ont une nette tendance à l'autodestruction. Même si je ne lui ai jamais véritablement donné raison — par pure provocation, parce que j'adorais nos joutes verbales et nos chamailleries — je ne suis pas loin de penser comme elle, il est bien difficile de se choyer et d'être tendre avec soi lorsqu'on ne l'a pas appris, petit. Daisy rajoute que mon cas est d'autant plus gratiné — la connaissant, elle n'a certainement pas employé cet adjectif mais à l'instant c'est le seul qui me vienne — parce qu'il y a eu très tôt « séparation de corps » entre mes parents et moi, mes gentils géniteurs m'ayant exilée dans une autre habitation que la leur alors que je n'étais pas encore adolescente. À ses yeux, cette séparation explique en grande partie le fait que je ne sois pas du tout ancrée et que j'aie un mal fou à m'incarner, comme si toute ma vie, j'avais perpétuellement continué à être à côté… D'ailleurs, de temps à autre il arrive à Daisy… enfin il lui arrivait de m'appeler « la femme d'à côté », en référence au film de François Truffaut. D'abord pour faire un bon mot, bien sûr, ensuite parce que nous étions voisines et enfin pour ma propension à être « hors de moi », au sens de « étrangère à moi-même » ou pour le dire plus grossièrement : à côté de mes pompes, perchée, décalée. N'oublions pas que Daisy, comme toute bonne adepte de la psychanalyse qui se respecte, se plaît à décortiquer le langage et jubile au moindre sous-texte. « Séparation de corps » l'a donc régalée plus d'une soirée…

Pour en revenir aux symptômes qui ont suivi mon rendez-vous avec le directeur, c'est bien simple, je suis allée de Charybde en Scylla. Après les maux précédemment cités, j'ai cumulé dans le désordre une gêne respiratoire de plus en plus handicapante avec des spasmes intestinaux abominablement douloureux, une angoisse permanente, l'impossibilité de fixer mon attention sur quoi que ce soit et enfin une bonne demi-douzaine de vertiges avant de bel et bien finir par tomber dans les vapes. Quand j'ai rouvert les yeux, j'étais à l'infirmerie où je me suis retrouvée nez à nez avec Maritzé. Maritzé telle qu'en elle-même c'est-à-dire aussi douce qu'un bouledogue. Enfin telle qu'en elle-même… pas tout à fait puisqu'elle avait doublé de volume, la pauvre, un peu comme si elle avait eu maille à partir avec un essaim d'abeilles particulièrement coriace. J'avais tellement à faire avec ma vieille carcasse mal en point que je n'ai pas donné prise aux menaces qu'elle m'a lancées dès qu'elle m'a vue. Si au début, j'ai eu quelques difficultés à tout comprendre de son charabia plein de hargne, j'ai cependant fini par saisir que malgré l'absence de Poppy, elle était encore et toujours sous son emprise, visiblement rongée par la peur qu'elle puisse la savoir dans cet état.

Mes souvenirs sont flous sur ce qui s'est passé ensuite, mais ce que je sais, c'est que je me suis sentie peu à peu « partir ». Oui, c'est ça, cette fois le black-out n'est pas venu d'un coup, mon esprit s'est progressivement éteint et mes forces se sont effilochées comme l'ampoule d'une lampe qui se serait petit à petit affaiblie avant de cesser complètement d'éclairer. D'où venait le problème exactement… d'une chute de tension, de mes soucis respiratoires ? Difficile à savoir, toujours est-il qu'après un moment de panique généralisé, on a fini par me mettre sous tente à oxygène. Lorsque j'en suis sortie une quarantaine de minutes après puis qu'on m'a ramenée dans ma chambre, un phénomène inexplicable s'est produit comme si pendant ma mise à l'isolement, le monde avait été repeint en rose par un magicien particulièrement doué… enfin, pas tout à fait le monde… mon monde puisque soudain j'étais primesautière comme jamais, aussi reposée que si je revenais d'un long séjour aux Maldives et je me sentais encore plus légère que dans mes rêves les plus fous, moi qui me bats avec mon poids depuis l'enfance ! En outre — ça, ce sont les infirmières qui me l'ont raconté un peu plus tard, je ne me rappelle plus rien —, j'avais, paraît-il, un mot gentil pour chacun des membres du personnel et je chantonnais des mélodies qui ressemblaient à des comptines pour enfants, un large et beau sourire accroché à mon visage.

Par chance, le médecin-chef a fait le choix de me garder en observation ce qui a permis au miracle non seulement de perdurer mais de s'ouvrir vers quelque chose d'encore plus extraordinaire. Je n'ai pas peur de le dire, ce jour-là, je crois avoir embrassé pour la toute première fois ce sentiment véritablement inouï qu'est le sentiment de sécurité, un sentiment jusque-là parfaitement insondable et totalement impénétrable pour moi. Même si ça peut sembler complètement idiot, j'insiste, ce que j'ai vécu — et que je vais raconter — est un des meilleurs sinon le meilleur moment de mon existence. Pourtant des heures d'une intensité prodigieuse, j'en ai connu quelques-unes quand même, à commencer par celles que j'ai passées dans le Grand Canyon quelque huit ou neuf ans en arrière lors d'un road trip entre amis. Ah ça, oui alors, le Grand Canyon et son immensité capable de faire dresser les poils du plus insensible des insensibles, c'est quelque chose ! Plongée toute une semaine au cœur de son époustouflante beauté, j'en ai eu le souffle coupé pendant longtemps, très longtemps… Et la sensation d'être littéralement soulevée de terre alors, j'y ai goûté également lorsque dans le cadre de ma profession, j'ai eu l'occasion de visiter avec des promoteurs immobiliers l'intérieur purement hallucinant de certaines propriétés californiennes — une poignée guère plus, elles se comptent sur les doigts des deux mains — des propriétés dont l'originalité ne rivalisait qu'avec la magnificence. Enfin, il va de soi que parmi les épisodes qui m'ont le plus marquée émotionnellement, je compte en priorité ceux partagés avec Daisy mais ils ont beau avoir été d'une profondeur exceptionnelle — combien de fois nous est-il arrivé d'en avoir les larmes aux yeux, toutes les deux — jamais je n'ai été envahie par autant de paix… jamais…

J'en viens donc aux faits. Tout a commencé lorsque l'infirmière stagiaire s'est proposé de me faire un massage histoire de bien faire circuler mon sang et de réguler ma respiration, histoire aussi de prévenir la rechute d'éventuels troubles de l'anxiété. L'expérience a été si transcendante — et en même temps si simple — que je tiens à la décrire de manière tout à fait fidèle mais bon, c'est difficile… très difficile… Soit, commençons par le commencement, c'est-à-dire par la vague de bien-être qui m'a envahie à la seconde même où les mains chaudes et expertes de cette jeune femme se sont mises à caresser mes cheveux, mon front et mes sourcils puis ont continué leur danse délicate en palpant ma nuque, mon dos et mes bras avant de descendre lentement jusqu'à mes jambes pour terminer par malaxer chacun de mes doigts de pied. Une vague qui a provoqué une détente immédiate en moi, une détente d'autant plus stupéfiante que j'ai plutôt l'habitude de sursauter dès qu'on cherche à me faire une accolade, même des plus anodines…

Avec le recul je pense que c'est parce que j'étais affaiblie par la maladie et peut-être légèrement shootée par les médicaments que j'ai pu m'abandonner à ce point à la douceur des gestes de mon ange gardien tout en écoutant, dans un état de semi-conscience, les encouragements que sa voix cristalline tout droit sortie d'un ruisseau ou d'une petite cascade distillait pour m'encourager à profiter de l'instant présent. Oui, c'est ça… je ne vois que ça, une perte de contrôle liée à mes ennuis de santé pour expliquer que j'ai pu me laisser aller à une relaxation complète, à un lâcher-prise total où je n'ai plus eu la moindre honte de dévoiler mon corps moche et décati, un corps que je traîne comme un fardeau depuis une soixantaine d'années. Quel moment que ce moment ou plutôt quelle parenthèse ! Une parenthèse durant laquelle l'humanité de l'une a fait écho à l'humanité de l'autre faisant s'évaporer tout jugement, toute violence du jugement, tout repère social, toute critique, tout faux-semblant. Une parenthèse de pure générosité où une parfaite inconnue m'a offert son entière sollicitude sans rien attendre en retour. Une parenthèse enfin où je n'ai plus été ni accusée ni criminelle, encore moins paria mais simplement dorlotée, couvée, cajolée, réconfortée et oserais-je le dire… si bien maternée qu'il m'a semblé avoir rattrapé avec cette seule femme tout le temps perdu avec mes parents… qu'il m'a semblé aussi être belle — OUI, BELLE ! — et digne d'être chouchoutée. Quid soudain de la fameuse « séparation de corps » …

Lorsque l'infirmière s'est éclipsée après m'avoir recouverte d'une longue serviette tiède et légèrement parfumée, j'ai pensé que cet épisode hors du temps, hors de tout — hors de tous mes repères surtout — devait se rapprocher toutes proportions gardées de ce que les bouddhistes appellent le nirvana ou de ce que d'autres nomment « le sentiment océanique ». Cette sorte de paradis intérieur où peur, attente, désir, colère, doute et autre rumination toxique ont disparu. Un paradis où l'on se sent réconcilié avec le monde entier — avec soi pour commencer — parce qu'une sorte d'Amour Universel gigantesque nous enveloppe, un Amour Absolu qui nous dépasse complètement même s'il est relayé par un intermédiaire humain. Ce paradis, je m'y suis baignée quelques minutes ou quelques heures je ne sais plus, suffisamment en tous les cas pour pouvoir affirmer qu'il existe, qu'il est pelotonné au fond de nous comme un enfant contre le sein de sa mère. Qu'il faut juste qu'on nous montre le chemin pour nous y rendre... à nous les handicapés du contact, les ignorants de l'estime de soi, les angoissés de la vie. C'est à peine croyable... j'en suis encore toute retournée... d'autant que ce divin, ce merveilleux, cet incomparable éden, j'y ai accédé dans une infirmerie ! Et l'infirmerie d'une prison en plus, avec une jeunette aux doigts de fée et au cœur d'or ! Encore faut-il maintenant que je sois capable de retrouver toute seule la porte d'entrée...

MARITZÉ

Mardi 19 septembre 2023

OK, j'ai fini par dégonfler et je me gratte plus ou quasiment plus mais même si j'ai à peu près retrouvé forme humaine, le cœur y est pas... vraiment pas. Je me sens molle, enfin pas seulement molle, je me sens quelqu'un d'autre comme si à l'infirmerie, on m'avait vidée de ma substance de Maritzé et qu'on avait oublié de me la rendre avant que je parte.

En parlant d'infirmerie, j'ai justement profité d'y séjourner pour faire annuler par le médecin mes deux prochains rendez-vous chez la psy. Aucune envie de la voir pour l'instant, je saurais pas gérer notre tête-à-tête de toute façon, non, je saurais pas, c'est trop tôt. Mon premier réflexe serait de lui rentrer dans l'lard ; or, c'est la dernière chose à faire, il me semble. Mieux vaut tout simplement qu'on s'évite, elle et moi, c'est plus prudent. Autrement, j'ai plutôt de la chance, depuis mon retour à la 18 B c'est assez calmos : Poppy est dans ses pensées et Lisa la boucle bien comme y faut... tu m'étonnes ! Toujours est-il que ça me permet de rester tranquille pépère dans mon coin, après toutes les tuiles qui me sont tombées dessus ces derniers temps, j'ai particulièrement besoin d'être seule.

Enfin, quand je dis que j'ai particulièrement besoin d'être seule, c'est pas complètement exact. Depuis une petite semaine, une drôle d'envie me trotte dans la tête. Oui, c'est ça, une envie... une envie bizarre... depuis cinq ou six jours, ça me démange de me rapprocher de Kazimir. À propos de Kazimir, faut tout de même que je précise que les copines me chambrent en permanence parce que ça crève les yeux que depuis le début il en pince pour moi — dès qu'il peut, il loupe jamais une occase pour m'entraîner à la course, à la boxe ou au saut en longueur histoire de me coller aux basques le plus possible — mais ce qu'elles savent pas les gonzesses c'est que c'est précisément ce qu'il me faut en ce moment, la présence de quelqu'un qui m'aime bien. C'est si rare et encore quand je dis « c'est si rare », c'est jamais en fait.

Je me voile pas la face. C'est pas Kazimir en tant que Kazimir dont je recherche la compagnie, ça pourrait être n'importe qui d'autre à partir de l'instant où ce n'importe qui me regarderait avec des yeux énamourés et un air tout aussi cool. Velouté même. Oui, c'est ça, c'est tout à fait ça, Kazimir a un air si velouté qu'on se demande bien ce qu'il fiche dans cet univers de chiennes enragées. D'après moi, on l'a choisi exprès pour qu'il mette un peu de clarté dans les ténèbres. D'ailleurs, à chaque fois que je le vois dans la cour avec son regard bleu-vert, un regard ultra doux et légèrement mystérieux, ça me fait penser à un reportage que j'ai vu à la télé y a longtemps. Y a longtemps, ça signifie quand j'étais pas encore sous les verrous. Dans ce reportage, une rescapée des camps de concentration racontait qu'à Auschwitz, alors que le printemps venait tout juste d'arriver et qu'un matin à l'aurore, elle partait casser des pierres dans une carrière, son cœur s'était mis à battre la chamade quand elle avait aperçu des dizaines de petites fleurs sur une pelouse attenante à son baraquement. Ces petites fleurs soudain c'était la vie. C'était la joie. C'était l'espoir. Des années plus tard alors qu'elle était une très vieille femme et qu'elle répondait en direct au journaliste venu l'interviewer à son domicile, son émotion était intacte, elle en avait encore des sanglots dans la voix. J'ai pas meilleur exemple pour expliquer que c'est pareil me concernant, exactement pareil, le regard ultradoux de Kazimir, c'est de la petite fleur en milieu plus qu'hostile...

Ma fixette sur Kazimir j'en parle à personne, à qui j'pourrais de toute façon ? À Binkara, les filles préfèreraient crever la bouche ouverte plutôt qu'avouer que de temps à autre, ça leur ferait du bien un peu de tendresse, de douceur du moins, d'amour ou tout simplement d'amitié. Quand elles vocifèrent, quand elles attaquent, quand elles provoquent, quand elles flambent, c'est forcément pour faire passer le message qu'elles dominent le monde entier y compris elles-mêmes, y compris ce qui leur manque ou serait susceptible de leur manquer alors qu'en vérité, c'est tout le contraire. À mon sens, plus une fille sort les crocs plus elle réclame de l'affection à part que l'affection, c'est le tabou numéro un en cabane. Les seules fois où on s'autorise à montrer qu'on a des sentiments, c'est quand on évoque nos mioches et qu'on s'échange des photos. Là, même celles qui sont incarcérées parce qu'elles ont découpé en tranches leurs amants, leurs patrons ou leurs cousines, ont gobé leurs yeux et ont fabriqué des frondes avec leurs viscères, même celles-là ont droit à leurs minutes d'humanité, d'émerveillement, voire de larmichettes.

Avec les gosses tout passe, sinon on ferme sa gueule et on avance dents serrées, trouille au ventre et poings en avant comme des soldats dans les tranchées.

Je disais donc que ça me démange de me rapprocher de Kazimir. Ce dont je rêve les yeux fermés au fond de mon lit depuis que je suis revenue de l'infirmerie, c'est tout simplement de le suivre, de me laisser complètement guider par lui, de m'en remettre à sa gentillesse et à sa grande sagesse. Les paupières closes, j'imagine qu'on traverse les murs de la prison comme des passe-murailles et qu'on marche le long de la plage sur des kilomètres. Le soleil nous réchauffe et une ribambelle d'oiseaux nous accompagne. Des oiseaux à becs rouges et à plumes jaunes. Des fois, Kazimir me parle mais le plus souvent, il se tait et me regarde en souriant. De toute manière, je comprends pas grand-chose à ce qu'il dit — comme s'il s'exprimait dans une langue étrangère — je sais juste qu'il veut mon bien, qu'il m'emmène dans un lieu sûr où il veillera sur moi et où j'aurai plus jamais à craindre quoi que ce soit. Sa grosse main chaude dans la mienne, je réalise que je suis sauvée et que cet homme va me protéger toute ma vie, qu'il nous reste plus qu'à aller récupérer Vicky et ainsi tout sera parfait. La nuit tombe et nous trouvons un abri de fortune, quelques branchages et des feuilles de palmiers qui font office de cabane. Épuisés, nous nous couchons sur le sable. Nous voici en chien de fusil maintenant. Alors que Kazimir est blotti contre moi, son souffle vient caresser ma nuque, on dirait une plume. Je m'endors sereinement.

Voilà une semaine que je fantasme à fond les ballons. Les versions changent mais quoi que j'invente, on quitte jamais notre portion de plage et Kazimir continue de s'occuper de moi comme un mari idéal à part qu'y a pas de sexe. Ça viendra peut-être mais disons que c'est pas encore à l'ordre du jour, la peur de tout gâcher certainement. C'est vrai quoi, des fois, le sexe, ça bousille tout entre les hommes et les femmes… ça ratatine les sentiments et ça finit par flinguer l'harmonie… Toujours est-il que dans mes scénarios personne nous recherche, ni police ni gardiens, rien. On nous fiche une paix royale, on nous croit morts si ça se trouve. Un soir, alors que nous admirons le coucher du soleil en dégustant du poisson grillé, Vicky est héliportée jusqu'à notre refuge comme par magie. Il nous a suffi à Kazimir et à moi de le vouloir très fort pour que le miracle se réalise. Mais c'est pas tout, le conte de fées continue. Aussitôt après avoir fait sa connaissance, Vicky appelle Kazimir papa et Kazimir se met à me servir du « mon amour » à tout bout d'champ. Traduction inutile, subitement, je saisis son langage !

J'ai beau réaliser que tous les films que je me fais à propos de Kazimir et de moi sont complètement bêtas, foutrement tartignoles et totalement cucul la praline, je m'en lasse pas. Au contraire, je les décline à toutes les sauces, mon imagination est débordante. On dirait qu'elle s'en donne à cœur joie, elle aussi, qu'elle a envie de s'en payer une bonne tranche. D'ailleurs, je savais pas que j'en avais autant, je le découvre au fur et à mesure que je crée de nouveaux épisodes et c'est super excitant. En parlant d'épisode, Poppy vient d'allumer la télé pour suivre le deux-mille-trois centième feuilleton d'*El amor es un huracán*. Quelle daube, ce truc ! Ça donnerait presque des envies de meurtre mais y a rien à faire, Poppy est définitivement accro. Ça me rappelle *Dallas* avec *J. R.*, *Bobby*, *Sue Ellen*, *Donna*, *Lucy*, *Pam* et toute la clique des *Ewing*. J'étais pas née quand *Dallas* a commencé à être diffusé mais la Viquoque était tellement fan qu'elle a enregistré la série en entier sur son magnétoscope et pendant des années, mes compagnons d'infortune et moi, on l'a regardée tout au long des grandes vacances assis tous en rond sur le tapis du salon sans en louper une miette. On a fait l'impasse sur aucune saison. C'était formidable *Dallas*, y avait de quoi être mordu. Rien à voir avec la telenovela de chiotte de Poppy. Chez la Viquoque, bizarrement c'était aussi le seul divertissement auquel on avait droit avec les autres mioches et ça, y a pas à tortiller du cul mais ça fait toute la différence... du moins pour moi...

Tous ces souvenirs — ces chouettes de souvenirs, et c'était pas si courant à l'époque — ayant mis mon cerveau en ébullition, il me vient une idée de génie : « Putain crotte, je me dis, Lisa a dû y aller à Dallas ! Si ça se trouve, elle a visité *Southfork Ranch* ! Si ça trouve, elle a même fréquenté les acteurs... c'est évident qu'elle a côtoyé du beau monde, celle-là. » Ni une ni deux, je profite de ce que Poppy ait les yeux vissés sur Bernardo en train de rouler de monstrueuses pelles à Manuela, pour rejoindre en loucedé Lisa qui bulle sur son lit.

— Lisa... heu... j'peux te poser une question ?

— Vas-y, je t'écoute.

— Je voudrais savoir si t'es déjà allée à *Southfork Ranch*.

— Pardon ?

— *Dallas*, me dis pas que tu connais pas... tu viens tout droit de la Californie, non ?

— Oui, à part que Dallas n'est pas en Californie mais au Texas.

— QUOI ??? *J. R.* habitait pas en Californie... ni *Bobby* ???

— Si tu parles de la série télévisée, pour être tout à fait précise, les bureaux de *J. R.* et *Bobby Ewing* se situaient au cœur de la ville de Dallas et leur ranch à une quarantaine de kilomètres de là.

— Attends, Lisa, t'es en train de m'expliquer que *Dusty Farlow*, *Mitch Cooper*, *Donna* et *Ray Krebbs*...

— Que tout ce petit monde résidait au Texas c'est-à-dire à environ deux-mille kilomètres de la Californie.

— Même *Jock* ???...

— Même *Jock*.

— Putain crotte, c'est raide !!! *Ellie* non plus alors... j'ai toujours cru que...

— Non plus, mais qu'est-ce que ça change ? *Dallas* était une série vraiment exceptionnelle.

— Ah bon, tu regardais ?

— Tu plaisantes, Maritzé, je n'ai jamais loupé un épisode et s'il m'arrivait d'être dans l'impossibilité d'en voir un je m'organisais toujours pour l'enregistrer...

— Ça alors exactement comme moi...

— Pour te faire une confidence, j'avais même un petit faible pour *Cliff Barnes*.

— Oh non, pas *Cliff Barnes* ! Tu m'aurais dit *Mickey Trotter*, voire *Mark Grayson* passe encore, mais *Cliff*...

— Et toi, est-ce que tu avais un chouchou ?

— *James Beaumont* sans hésitation ! Je le trouvais très sexy mais surtout... il était le fils caché de *J. R.*.. l'histoire de ce gamin était vraiment compliquée et... et...

— Et ça te touchait visiblement.

— Ouais, on peut dire ça comme ça, ça m'touchait...

— Si ça peut te consoler, j'ai entendu dire que pas mal de scènes de la série ont été tournées dans des studios californiens. Le ranch a même été reconstitué, il me semble.

— Ah, tu vois, j'me disais bien aussi ! Au fait… heu… j'en profite qu'on cause toi et moi pour te remercier… je parle de l'autre jour à l'infirmerie… c'est cool d'avoir tenu ta langue… hyper cool… mais bon, là, faut que j'retourne vite fait dans mon plumard, le feuilleton de Poppy est sur le point de se terminer. Ah, un dernier truc, Lisa… quand tu vivais aux States, t'as jamais rencontré Larry Hagman par hasard ? J'sais pas moi… dans un cocktail, une fête, chez des amis ?

— Jamais !

— Et Patrick Duffy ?

— Non plus !

— T'es sûre ?

— Certaine !

— Pfeuuu, dommage… vraiment dommage… n'empêche que pour *Cliff Barnes*, franchement c'est abusé, Lisa…

POPPY

Dès la première minute de notre rencontre, Giacomo m'a immédiatement fascinée. Au lieu de me passer un savon monumental à cause de l'imprudence dont je venais de faire preuve — je rappelle que je me trouvais en plein milieu de la chaussée alors que le passage piéton était au rouge quand Giacomo qui roulait à vive allure m'a évitée de justesse —, il ne m'a pas adressé le moindre reproche une fois que j'ai été dans sa voiture et s'est aussitôt enquis de ma santé. « Vous êtes sûre que vous n'avez rien, il m'a simplement demandé tout en jetant de temps à autre un coup d'œil inquiet dans ma direction, sinon on s'arrête dans une pharmacie ou bien je vous emmène à l'hôpital. » Après l'avoir rassuré, je lui ai expliqué le motif de mon inconséquence, c'est-à-dire le fait qu'à l'instant fatidique j'étais dans mes pensées car je rechignais à aller m'inscrire en fac d'histoire. De nouveau, il s'est montré très attentif et m'a posé plusieurs questions concernant mes études, ce qui m'a poussée à continuer le récit de mes anecdotes, moi, qui, à l'époque, étais particulièrement secrète pour ne pas dire cachottière. Après avoir évoqué la fac, je me suis mise à parler de la mercerie, du centre de sténodactylo et de quelques-unes de mes copines puis de fil en aiguille alors que nous roulions toujours, j'ai fini par aborder le sujet de mes parents. Sans rentrer dans les détails, j'ai été assez critique à leur égard. Là encore, au lieu de me juger, Giacomo a fait : « Si vous avez un moment, nous pouvons aller boire un verre quelque part. J'ai très envie de poursuivre notre conversation dans un lieu plus confortable que dans le véhicule qui a manqué de vous tuer. » Si, depuis toujours, j'étais impérativement tenue de rendre des comptes sur mon emploi du temps millimétré à mes gendarmes de géniteurs, ce jour-là, je n'ai même pas regardé ma montre et avec mon plus beau sourire, j'ai répondu : « Mais évidemment, avec plaisir. Profitons que nous soyons encore en vie ! » Nous nous sommes garés deux rues plus loin et dans la foulée, nous avons poussé la porte d'un adorable petit troquet.

Je me souviens que lorsque Giacomo s'est assis en face de moi, je me suis dit qu'il ressemblait comme deux gouttes d'eau à l'acteur principal d'*Une journée particulière*, un film qui était passé au ciné-club de mon lycée lorsque j'étais en seconde. Sur le moment, à cause de l'émotion, il m'a été impossible de retrouver son nom, ça n'est qu'en rentrant à la maison et en fouillant dans de vieux magazines télé que je suis tombée dessus : Marcello Mastroianni... mais oui bien sûr ! Bref, nous n'étions pas dans ce bistrot depuis cinq minutes que soudainement, j'ai eu le pressentiment que mon destin et le sien étaient scellés et que plus jamais nous ne nous quitterions. Malheureusement ma joie a été de courte durée, mon manque de confiance en moi s'est rappelé à mon bon souvenir et d'affreux doutes sont venus gâcher la fête. « Je fais vraiment beaucoup trop gamine pour lui, je ne cessais de penser tout en essayant d'éviter son regard. Cet homme est un vrai homme, il aura vite fait de s'apercevoir que je ne connais rien à rien. » À mon air de plus en plus décontenancé, Giacomo a deviné qu'il y avait un problème et le plus fort, c'est que d'instinct, il a visé en plein dans le mille. « Vous n'avez aucune crainte à avoir, mademoiselle. Si vous êtes impressionnée, sachez que je le suis tout autant. Je vous trouve ravissante, de plus, vous respirez l'intelligence sans compter que vous êtes extrêmement fraîche, très naturelle... attention, vous m'inspirez énormément, si vous ne m'interrompez pas à minuit, nous y serons encore. » Tout ça avec un accent — très léger l'accent — à tomber raide.

Notre premier tête-à-tête a duré près de quatre heures, quatre heures durant lesquelles ni lui ni moi n'avons vu le temps passer. Et puis Giacomo s'est montré particulièrement habile, psychologue même, je dirais. Pour éviter que je sois trop intimidée d'être au centre de la conversation et pour me prouver qu'il se sentait à l'aise avec moi, il s'est mis à son tour à me faire des confidences. Confidences qui ont rapidement fait émerger un point en commun entre nous... et pas n'importe lequel... Je me rappelle avoir été extrêmement touchée lorsqu'il m'a raconté ses premières années passées à Lazio, en Italie, en pleine campagne. Une campagne qu'il adorait. Une campagne dans laquelle il aimait s'amuser, se battre, se cacher et qu'il a sillonnée à souhait avec ses copains jusqu'à ses onze ans, âge auquel ses parents ont divorcé — sa mère ayant été diagnostiquée malade alcoolique par les médecins, à la séparation, elle a été déchue de ses droits parentaux — âge auquel il est également venu s'installer à Bordeaux chez son oncle avec son père ainsi que quatre grands frères et une petite sœur. Dire qu'au début, les choses ont été faciles serait mentir — l'apprentissage d'une nouvelle langue, le manque d'argent, l'absence de repère maternel — mais bon an mal an, en se serrant les coudes et en faisant chacun des efforts, la solidarité familiale a fonctionné et tout le monde s'en est plutôt convenablement tiré. Vers sa majorité au moment de s'engager dans une voie professionnelle, Giacomo était très attiré par le métier de sommelier mais son père et son oncle l'ont enrôlé d'office dans l'entreprise familiale de BTP. Tiens, tiens, ça m'a vaguement rappelé quelque chose... Au lieu de se lancer dans une révolte épuisante — toute discussion avec ses aînés étant par avance vouée à l'échec —, il a préféré positiver faisant ainsi preuve d'une grande souplesse d'esprit, d'une bonne dose de philosophie et de pas mal de maturité, j'ai alors pensé sans pour autant lui couper la parole. « J'ai accepté la situation en me disant qu'elle n'était pas figée, en me disant aussi que j'allais apprendre des tas de choses sur moi, ce que j'ai fait et ce que je fais toujours du reste. J'ai eu raison de ne pas me montrer inflexible, aujourd'hui j'adore mon métier et je ne changerais pour rien au monde ! », a-t-il conclu en m'incitant à réfléchir encore un peu concernant mes cours d'histoire. « Vous inscrire ne signifie pas que vous êtes lâche mais que vous savez vous adapter, ce qui est très différent. Ensuite, à vous d'être suffisamment rusée pour arriver à trouver la porte de sortie qui vous conviendra le mieux, je suis certain que vous en êtes capable. La vie réserve bien des surprises à qui ne se montre pas obtus... » « J'ignore si je suis intelligente, ai-je rétorqué de but en blanc mais une chose est sûre, vous êtes loin d'être idiot. Je tiens absolument à vous revoir. »

Ah ça, pour nous revoir, on s'est revus ! Partout, tout le temps et toujours en cachette. Enfin, tout le temps, manière de parler. Le temps que nous laissaient son travail à l'entreprise de BTP et mes examens de fin d'année au centre de sténo ; le plus difficile dans tout ça étant de parvenir à tromper la vigilance de mes parents. Heureusement qu'à ce moment-là, eux aussi étaient on ne peut plus occupés avec la mercerie, il était d'ailleurs question d'agrandir le magasin, voire d'en ouvrir un second, plus petit.

Notre premier baiser n'a pas eu lieu tout de suite. Si cela n'avait tenu qu'à moi, malgré mon inexpérience et ma pudeur, j'aurais sauté sur Giacomo dès le lendemain de notre rencontre mais lui étant plus mûr et certainement beaucoup plus romantique, il a choisi de faire durer le plaisir ce en quoi je lui suis et lui en serai toujours profondément reconnaissante. D'abord, parce qu'il n'a pas cédé à la facilité, ensuite, parce que les semaines où nous nous sommes tournés autour demeurent parmi les plus excitantes de toute mon existence... et de la sienne aussi, un an plus tard durant notre lune de miel, il a fini par me l'avouer lors d'un dîner aux chandelles.

Nous nous sommes connus en avril, autant dire que les beaux jours sont vite arrivés. Un soir de mai alors que je faisais le mur pour la première fois, j'ai été ébahie de découvrir en moi un courage dont j'étais loin de soupçonner l'existence. Enivrée par cette victoire, je ne me suis pas arrêtée en si bon chemin, j'ai même carrément pris goût à la désobéissance. Il est indéniable que retrouver Giacomo, voir Giacomo, penser à Giacomo, rêver de Giacomo, envisager mon futur avec lui s'est avéré le puissantissime coup de starter dont j'avais besoin, celui qui a tout bousculé en moi, celui qui a fait que j'ai enfin trouvé la force de me lancer dans la grande course de la vie… ma course et non plus celle de mes parents ! C'est bien simple, à partir du moment où j'ai été dopée par la perspective de passer le plus de temps possible avec Giacomo, à partir du moment où j'ai été sous sa bonne influence — je parle de la façon qu'il avait de toujours aborder les événements du bon côté — j'ai tout réussi, à commencer par mon diplôme de sténodactylo que j'ai décroché à la mi-juin avec des notes plus que satisfaisantes, excellentes ! Mais ça n'est pas tout, je me suis mise à croire en moi. Je suis devenue vraiment dégourdie et assez manipulatrice aussi, je dois bien l'avouer, mais le plus souvent en douceur, sans violence, pour éviter que ça ne porte préjudice à personne. En octobre, j'ai fini par aller m'asseoir sur les bancs de la fac d'histoire et le pire — ou le meilleur — c'est que j'ai adoré ça ! Giacomo avait raison, à condition de ne pas avoir des idées trop arrêtées, la vie peut nous éblouir, du moins nous troubler dans le bon sens…

Mais revenons à nos moutons ou plutôt au baiser, le premier… Il m'a fallu attendre pas moins de trois mois c'est-à-dire jusqu'à juillet pour que Giacomo se décide enfin à m'embrasser ! On peut dire que l'affreux jojo a bien joué avec mes nerfs, je ne parle même pas de mes hormones. Mes parents étant dans de meilleures dispositions depuis mon succès aux examens, j'ai eu moins de difficultés que d'habitude à leur faire avaler qu'une amie du centre de sténo m'invitait à passer trois jours chez sa grand-mère à Saint-Médard-en-Jalles. C'est rassurant une grand-mère, très rassurant… résultat, j'ai obtenu leur aval sans trop avoir à les baratiner. Bingo ! nous voilà partis Giacomo et moi, direction Arcachon où un de ses frères avait eu l'extrême gentillesse de mettre à notre disposition son ravissant petit cabanon. Un cabanon situé en bord de mer ou plutôt non, les pieds dans l'eau.

LISA

En soixante-dix-huit jours passés à Binkara, j'ai perdu sans même m'en apercevoir pas loin de quinze kilos, un exploit quand je pense aux innombrables régimes auxquels je me suis contrainte toute ma vie. Des régimes draconiens très souvent prônés par des stars montantes de Los Angeles tout obsédées par leur tour de taille au point de clamer haut et fort que deux jeunes carottes et une branche de céleri suffisent largement à un être humain normal comme apports nutritionnels quotidiens. Y a-t-il d'ailleurs un seul être humain normal à L.A., quand on y a vécu comme moi, pas loin de quarante ans, on est en droit de se poser la question...

Ça a l'air d'une blague comme ça et pourtant non, en Californie dès qu'on allume la télévision, dès qu'on se rend chez son coiffeur, au centre d'esthétique ou de massage, ces inepties sont légion, impossible d'y échapper. Le Graal, c'est de réussir à maintenir à cinquante ans le corps qu'on avait à quatorze. Autant dire que pour beaucoup — dont moi — le combat frise vite l'obsession voire la pathologie, surtout lorsqu'on a toujours été boulotte et que toutes les privations du monde sont non seulement inutiles mais mettent fatalement en route un cycle de frustrations qui a tôt fait de virer au cauchemar. Le pire c'est qu'on a beau se croire imperméable à ce genre de débilités, on finit par succomber à la tyrannie ambiante. Une simple petite remarque au travail : « Dites-moi, Lisa, vous n'avez pas un peu pris des joues ces derniers temps ? » ou encore « Décidément, on dirait bien que vous êtes fâchée avec la salle de sport ! » et le mal est fait, vous passez une soirée à déprimer, une autre à lever des haltères et la suivante, vous vous bourrez de crème glacée. Un peu plus ou un peu moins de toute façon, tout le monde n'a pas vocation à pousser de la fonte après tout.

J'ai un rapport tellement problématique à mon corps qu'il a fallu que je me retrouve à l'infirmerie et que l'on me pèse une fois que j'étais à peu près remise sur pied, pour que je découvre que j'avais perdu quinze kilos ! Comme je n'avais pas encore toute ma tête, j'ai d'abord cru que j'avais mal compris mais le médecin, un homme charmant soit dit en passant, a pris la peine de répéter : « Cinquante-cinq kilos et trois cents grammes exactement. En arrivant ici le

4 juillet, vous faisiez presque soixante-dix, votre poids est à suivre de près, Lisa. » J'ai bien conscience que discourir sur des considérations aussi superficielles paraît complètement saugrenu compte tenu du fait que je suis incarcérée dans une prison de très haute sécurité pour quatorze longues années et que c'est ce qui devrait occuper l'essentiel de mes pensées, mais si j'insiste autant sur mes kilos en moins, c'est parce que je me sens mieux physiquement, beaucoup mieux qu'avant en tous les cas. L'avant des régimes, du contrôle monomaniaque et de l'insatisfaction permanente. Je n'irais pas jusqu'à dire que je me sens légère comme une plume mais presque... légère comme deux jeunes carottes et une branche de céleri... Évidemment, si j'ai fondu à ce point, je sais pertinemment que c'est avant tout à cause du stress, de la peur, des nuits blanches durant lesquelles le cerveau fonctionne sans relâche soit pour raviver le passé soit pour inventer le futur — ou ce qu'il m'en restera — et que tout ça... eh bien, tout ça brûle énormément de calories en fait. Mais la grande coupable demeure sans nul doute cette immonde nourriture sans aucune variété et pas davantage de saveur qu'on nous sert matin, midi et soir dans d'affreux plateaux en plastique marron clair pour ne pas dire caca d'oie, une nourriture dont je touche à peine tant elle me répugne... moi qui mettais un point d'honneur jadis à déjeuner et à dîner avec des couverts de chez *Christofle* et des assiettes de chez *Hermès* !

Ah ! mais j'y pense, cette perte de poids spectaculaire s'explique également par la crise de spasmophilie qui m'a empêchée de m'alimenter pendant plusieurs jours, une crise qui m'a tellement mise sur le carreau que j'en ai perdu la mémoire. Je ne m'en suis rendu compte que tout à l'heure, quand Maritzé est venue s'asseoir sur mon lit pour discuter... parfaitement pour discuter, une première ! À ma grande stupéfaction, durant quelques minutes, nous avons réussi à communiquer à peu près normalement — là encore, que signifie communiquer normalement à Binkara, il y aurait matière à débattre mais ça n'est pas le sujet du moment — le plus important étant que nous avons pu nous parler sans qu'aucune tentative d'intimidation ne soit proférée à mon encontre ni sans que la moindre agression physique ne plane au-dessus de ma tête. Tandis que Maritzé commençait à évoquer de vieux souvenirs — précisément la série *Dallas* qui a fait des années et des années le bonheur de millions de téléspectateurs à travers le monde, dont le nôtre — je me suis soudainement rappelé que lorsque j'étais à l'infirmerie à moitié évanouie et qu'elle s'y trouvait aussi, à peine m'a-t-elle aperçue qu'elle s'est aussitôt rapprochée de mon lit pour me menacer avec une énorme seringue. Autant dire que lorsque l'image de la grosse piqûre pointée dans ma direction a ressurgi dans mon esprit, cela m'a fait l'effet d'un cadavre qui serait brusquement remonté à la surface mais pour ne rien montrer de mon trouble à Maritzé, j'ai répondu à toutes ses questions en essayant d'être la plus aimable possible. Des questions plutôt plaisantes, ma foi, en tous les cas assez naïves et gentillettes... à cent-mille lieues des violences dont elle est coutumière... à cent-mille lieues de la volonté récurrente qu'elle a de m'humilier devant Poppy...

Lorsqu'elle a regagné son lit, j'ai pris le temps de l'observer. Je doute de plus en plus que cette fille soit réellement le démon qu'elle s'efforce de paraître. Son talon d'Achille s'appelle Poppy c'est une évidence, son moteur aussi, celui qui la fait se conduire comme elle se conduit à mon égard mais qu'en serait-il si nous n'étions que toutes les deux dans la 18 B ? Aurait-elle encore un motif de manifester autant d'hostilité vis-à-vis de moi ? Je serais bien curieuse de le savoir... Toujours est-il qu'aujourd'hui, Maritzé m'a donné le sentiment de vouloir brandir le drapeau blanc. Je n'irais pas jusqu'à dire que les hostilités sont totalement suspendues mais peut-être s'achemine-t-on lentement mais sûrement vers un cessez-le-feu, du moins une possible trêve. Et tout ça grâce à qui, grâce à *J. R. et Bobby Ewing*, non mais, on croit rêver !

MARITZÉ

Jeudi 28 septembre 2023

Ma maman d'amoure,

Sa fait longtemps que je veux t'écrire mais comme tu le sait, sa a été trés orible toute ses chose qui se sont passé et j'étais tèlement perdu que j'arivé pas a ordoné les mots dans ma tète alore dans une lètre, c'était vrément tro dure.

En parlant de pène, j'en ai toujoure des tonne des tonne et des tonne dans mon queure mais la diférance d'avec le débu c'est que maintenant je sai que sa redeviendra plus jamé comme avant, comme quand on était toute les deu et que cétait le bonheure. Oui c'est sa maintenant je sai. Otrement Sophie, l'assistante Social ma dis qu'elle ta tout raconté sur moi et sur ma vie mais je préfère te raconté à ma maniére. Tu la comprendra mieu ma maniére.

Y a 8 mois tou de suite aprés le truc qu'est arrivé, on ma mis dans une sorte de maison ou tout les enfant enfermé dedan avait plus leur parant. J'y suis pas resté longtemps et tan mieux parce que c'était pas comme la craiche ou l'école ou la garderi, c'était comme une punission et dailleure on faisait que pleuré. Moi je pleuré parce que j'avai peur de plus jamé te voir et puis aussi je savai pas ou t'étais. J'arrête pas de me dire que les gendarme t'avait tué parce que t'avais fait ta grosse bétise. J'avais pas pensé que tétai en prison, je croyai qu'on t'avai tiré dessu avec un pistolé. En plusse je savé pas qu'on pouvé mètre les maman en prison et personne vaulé mespliqué. Aprè je suis allé dans un autre endrois mais je sai plus ou il est cette endrois. La non plus on ma rien dis et j'avais encore plusse peur. Et puis Sophie est arrivé et elle ma amené ici, elle est très jentille Sophie.

Ici c'est un chato. Oui maman tu lis bien un chato, c'est pas une blague que je te fai. Dailleure sa seré pas rigolo comme blague parce que abité sans toi dans un chato c'est pas tèlement bien tu sais. Sophie dit que c'est le bordelé ou je vi, la réjion des vin même elle ageoute. Sa veut dire que le vin c'est la boisson préféré de tout les gens, comme nous le coca avant tu comprens?

Ici y a un messieur et une dame. Y a aussi le chien Totoche et dans le chato c'est lui que je préfaire. Y a aussi des jardinié et des dames qui fon à mangé et des dames qui fon le ménage. Je passe tout mon temp avec Totoche. Quan je suis arrivé il avait pas le droi de rentré dans ma chanbre alore j'ai fai la graive de la fain et aussi la graive de la parol. La dame a fini par craqué et maintenant c'est comme qui dirait mon petit frère Totoche, même qui dore avec moi. Des fois je lui mé mes pulle et mes jupe mais il aime pas tro sa, il aboi très for et après on se fait engueulé. C'est pas malin je lui cri dans les oreille !

J'ai remarqué liver il fait très chau dans le chato alore que chez nous, il faisait toujoure froi. Tu te souvien maman, même que le soir on laissait le four ouver après les poisson pané pour se réchofé et le matin quand on se réveillé sa senté pas bon et on fesait pouahhh ! ! ! ! Otrement je vais a l'école et sa va. La maitresse a une longue nate et j'ai des copine. Je me forsse a être bone élève parce que je me souvien que tu veu que je deviène docteure... a pare que depui que je connais Totoche je veu être vétérinèr. J'espère que t'es pas faché.

Pour le messieur et la dame du chato, faut pas que tu t'inquiète surtou. C'est pas ma mère la dame ! Ma mère c'est toi........ ma maman d'amoure que j'aime tan. ♥♥♥♥ Love queure love ♥♥♥♥ ..... Un jour je vais venire te voir, je te promé. Je viendré avec Totoche pour faire les présentassion. Sophie dit que c'est tro to et que la prison c'est pas un endrois pour les petite fille et encore moinsse poure les chien. Plusse tard elle fait, plusse tard. Elle me dit aussi d'ètre plusse afaictueuse avec la dame mais la dame elle est vielle, un peu mauche et toujoure triste, sa donne pas envi. En plusse elle est pas daccore pour les pané, elle dit que c'est du caoutechou et qu'au chato on mange pas du caoutechou. Moi qui voulé faire gouté a Totoche, je suis tro déssu.

Bon voila je te fai plain de calin d'amoure maman. La nuit, quand je ferme les yeux je te voi alore je dis tout bas, petits bisous volant, fète le voyage jusqua ché maman et posé vous sur ses bèles jous s'il vous plé. Je voudré savoire si tu lé a ressu? Tu peu le dire a Sophie qui me répétera la réponsse.

Ta Vichy d'amoure

♥♥♥♥ Love queure love pour toujoure ♥♥♥♥

Totoche c'est un coquère, il est maron.

Sophie a corigé les fote comme sa tu va pouvoire lire ma lètre plain plain plain de fois.

POPPY

Le petit cabanon situé à Arcachon qu'un des frères de Giacomo nous a prêté en juillet 1990 restera à jamais gravé dans ma mémoire. D'abord, parce qu'il a abrité notre tout premier baiser ainsi que nos premières caresses, ensuite, parce que nous étions si proches de la mer que de notre chambre, nous pouvions entendre le clapotis de l'eau. Le matin, c'était un bonheur de prendre le petit déjeuner sur la terrasse alors que quantité d'oiseaux tournoyaient au-dessus de nos têtes dont une colonie de goélands. Parfois nous avions la visite d'un jeune chat très amusant, un chat gris particulièrement friand de croissants et de pains au chocolat. Le soir avant de sortir dîner en ville, nous prenions l'apéritif sur cette même terrasse tout en admirant le coucher du soleil, un moment parfait pour nous faire de tendres promesses pour l'éternité. Décrit de cette manière, le tableau paraît totalement ridicule, tartignole à souhait même, j'en suis pleinement consciente mais n'oublions pas que nous étions extrêmement jeunes, que nous découvrions tout de l'amour, que nous découvrions nos corps, que nous découvrions nos sentiments, que nous nous découvrions l'un l'autre et que tout ça était profondément bouleversant en plus d'être complètement chronophage... bref, ça n'était pas une mince affaire cette idylle... plutôt un travail à temps plein, j'ai envie de dire... une exploration extraordinaire du moins, une exploration au goût plus que savoureux que nous menions de jour comme de nuit avec une constance sans faille et une passion sans limite.

C'est durant ce court séjour de rêve que j'ai perdu ma virginité. C'est aussi durant ce court séjour que j'ai eu la confirmation que Giacomo était un homme ô combien respectueux, d'une délicatesse infinie et d'une générosité rare, bref, un homme admirable à tous points de vue. J'ai eu beau l'observer sous toutes les coutures, je n'ai rien détecté d'inquiétant dans sa personnalité. Rien non plus qui soit susceptible de clocher dans le futur. Je ne lui ai vu aucun défaut, pas vraiment de faiblesse et encore moins de défaillance. Un homme solide, droit et responsable, tel était celui qui faisait battre mon cœur, celui qui était en train de m'ouvrir grand les portes de l'amour, celui auprès duquel je désirais passer le restant de mon existence, moi, la femme la plus chanceuse du monde !!!!

Pendant ces trois jours, Giacomo n'a eu de cesse de me faire plaisir, son unique préoccupation étant de me rendre heureuse. Il m'a fait découvrir la région, des plages de rêve aux ravissants petits restaurants sans oublier quelques-unes de ses connaissances qu'il était fier de me présenter. Comme il avait coutume de le faire depuis notre rencontre, il a continué à énormément s'intéresser à moi. Du matin au soir, il me questionnait afin de mieux savoir qui j'étais, afin également de combler mes carences, entre autres mon affligeant manque de confiance en moi qui ne s'était pas évaporé comme ça, en seulement quelques semaines. C'est incroyable comme en la présence de Giacomo, je me sentais valorisée, et ce, en n'importe quelle circonstance. La sensation était si inédite pour moi qu'à certains moments, j'étais complètement déstabilisée, j'en perdais carrément les pédales. Il m'est arrivé à deux ou trois reprises de me mettre à pleurer sans motif particulier alors que nous étions en promenade ou alors que nous sirotions un cocktail vautrés dans les fauteuils club d'un bar chic d'Arcachon. Lorsque j'étais dépassée par mes propres émotions, immanquablement, Giacomo savait comment réagir, il prenait toujours les choses en main avec une force de conviction qui n'avait d'égale que sa douceur. « Ma chérie, tu n'as pas l'habitude qu'on te mette sur un piédestal alors tu paniques mais avec moi, tout ça va changer. Tu es une reine, tu es ma reine et tu le resteras jusqu'à la fin pourvu que tu me fasses confiance et pourvu que je puisse également te faire confiance bien sûr », me répétait-il inlassablement de sa voix grave et chaude tout en me serrant dans ses bras pour calmer mes angoisses.

La crise la plus impressionnante est survenue le dernier après-midi de notre escapade alors que nous étions enlacés face à l'océan. Toute tremblante, j'ai alors éclaté en sanglots terrorisée par l'éventualité que Giacomo puisse me quitter à cause de mes sautes d'humeur à répétition. Quand je lui ai exprimé mes craintes, pour toute réponse, il m'a embrassée langoureusement en me murmurant : « Poppy… tu es ma Poppy pour toujours, un point c'est tout… » Cet après-midi-là, Marie-Pierre s'est définitivement envolée avec la brise marine et les cris des goélands. Quant à mes états d'âme, toujours avec l'aide de Giacomo, au fil des ans j'ai appris à les contrôler avec, je le dis en étant la plus objective possible, un véritable succès jusqu'au jour où… évidemment… mais ça, c'est une autre histoire…

À la fin des grandes vacances, j'ai tout avoué à mes parents — enfin tout, pas totalement — sur ma relation avec Giacomo. Je pensais qu'une fois le choc passé, ce serait tout de même plus simple à gérer pour moi, je commençais à en avoir vraiment ras le bol de devoir constamment leur mentir. Comme je m'y attendais, ils sont d'abord entrés dans une colère noire — surtout mon père — batifoler avec un Italien (*sic*) allant à coup sûr me faire échouer à la fac. Après m'avoir aboyée dessus toute une soirée, le lendemain matin, papa s'est ravisé et dès le petit déjeuner, il a exigé de rencontrer au plus vite celui qui était sur le point de lui ravir sa fille... celui avec lequel il avait donc tout intérêt à entretenir sinon de bons rapports du moins des relations polies...

Trois jours plus tard, Giacomo s'est présenté dans son plus beau costume en adressant une poignée de main bien virile à papa et un superbe bouquet de zinnias à maman. Tout en restant très naturel, il a habilement mis en avant ses qualités de travailleur et la passion de son métier en n'omettant pas de préciser qu'il serait bientôt à la tête de l'entreprise familiale de BTP, son père et son oncle étant désormais trop âgés pour continuer à exercer. Évidemment, le détail a fait mouche et lorsque Giacomo s'en est allé, mon père était conquis et ma mère sous le charme. Un bonheur n'arrivant jamais seul, au mois de mai j'ai été reçue à mes examens, en juin j'ai épousé Giacomo en grande pompe au Château de Carolé Liciac à Saint-Yzans-de-Médoc et en juillet, nous avons pris la direction de l'Italie du Nord pour notre lune de miel. Tout ça avec l'assentiment de mes parents.

Contrairement à pas mal de couples de notre entourage, Giacomo et moi sommes restés amoureux très longtemps. Même après plusieurs années de mariage, lorsque j'étais à la maison le soir en train de préparer le dîner et que je l'entendais garer sa camionnette dans le garage de notre pavillon, mon cœur palpitait comme au tout début de notre relation. J'avais hâte de le voir surgir dans la cuisine, hâte qu'il pose un baiser dans mon cou, hâte qu'il me raconte sa journée et moi la mienne autour d'un verre de Chianti. J'oublie de préciser que peu de temps après notre voyage de noces, j'ai racheté sa licence de taxi à un des frères de Giacomo tombé gravement malade. À partir du jour où je suis montée dans ma *Mercedes E 500* — j'ai eu cinq véhicules en tout dans ma carrière mais toujours des *Mercedes* — comme avec Giacomo, j'ai eu un vrai coup de foudre qui n'a jamais cessé du reste. Tout ça pour dire que Giacomo adorait que je lui parle de mes courses et de mes clients, les courses et les clients les plus drôles évidemment et punaise, ça n'est pas ce qui manquait !

Le temps passait donc avec son lot de joies mais aussi de difficultés et de désillusions et malgré tout, rien ne semblait pouvoir altérer nos sentiments. En 1997 la naissance de Massimo nous a rendus fous de bonheur, il en a été de même en 2005 lorsque nous avons accueilli avec trois semaines d'avance le petit Nino. Si je veux être tout à fait honnête, en 2003, notre couple a connu une sorte de flottement, un passage à vide, je n'emploie volontairement pas le mot « crise » qui me paraît trop exagéré. Giacomo était moins présent j'avais l'impression, moins prévenant aussi, je le sentais souvent ailleurs même lorsqu'il était à mes côtés, même lorsque nous buvions le Chianti du soir, notre rituel. Toujours est-il que je n'ai pas cherché à creuser davantage ce qu'aujourd'hui je serais tentée d'appeler un problème... mais qu'autrefois, je nommais sans doute avec pas mal de lâcheté, du moins d'aveuglement, un malaise. Pourtant, quand il m'arrivait de croiser Giacomo dans le jardin en allant étendre le linge ou lorsque je le surprenais pensif au salon le regard plongé dans le vague, j'étais abominablement gênée. De quoi, je l'ignorais alors je tournais les talons au plus vite pour ne pas être confrontée trop longtemps à cette sensation ultra-désagréable. Je n'ai jamais interrogé Giacomo à ce sujet, je ne lui ai même pas fait part de mon embarras. Au lieu d'essayer d'y voir clair, au lieu de tenter de percer le mystère pour connaître la vérité, j'ai fait le choix de penser qu'il était préoccupé par ses chantiers, fatigué également, épuisé plutôt... et puis les choses ont fini par rentrer dans l'ordre d'elles-mêmes, sans qu'il y ait la moindre discussion ni la moindre explication. Peut-être que l'arrivée de Nino a fait diversion aussi, je ne sais pas très bien au juste, non, je ne sais pas.

Ce que je sais et que j'ai toujours su par contre, c'est que le ciment de notre couple était la loyauté. Dit comme ça, ça a l'air d'un poncif, c'est d'une extrême banalité, pourtant il est vraiment nécessaire que je précise que dès le départ — je crois même qu'il en a été question au troquet dans lequel nous nous sommes arrêtés le jour de notre rencontre — Giacomo a insisté sur le fait que quoi qu'il arrive, nous nous devions et nous nous devrions jusqu'à la fin d'être d'une sincérité totale l'un vis-à-vis de l'autre. Dans les premiers temps, il l'a d'ailleurs tellement répété que je n'ai eu aucun mal à comprendre que la franchise était absolument prépondérante pour lui, ce qui ne m'a pas tant étonnée que cela du reste, puisque, je l'ai précédemment exprimé, Giacomo était quelqu'un d'exemplaire. Giacomo était un homme qui avait en permanence le souci de respecter les promesses qu'il faisait. Même si c'est un peu solennel et démodé, j'irai jusqu'à affirmer qu'il avait un code d'honneur. Il vivait comme s'il avait passé un pacte avec lui-même, et ce, depuis son plus jeune âge, celui de ne jamais se trahir et de ne jamais trahir les siens.

Pendant notre mariage, je n'ai pas réellement cherché à savoir d'où lui venait ce sens si aigu de l'intégrité, égoïstement je me suis plutôt contentée d'en profiter. C'était confortable d'avoir un mari qui avait de beaux sentiments, un mari sur lequel mes enfants et moi pouvions inconditionnellement compter et puis, il faut bien avouer que je m'y suis habituée, j'ai même fini par ne plus voir combien cette qualité était rare... rare et précieuse...

Ça n'est qu'à mon procès que ça a fait tilt, alors même que j'entendais à peine ce qui se disait tant j'étais au fond du gouffre. Lorsque sa sœur cadette est venue témoigner à la barre, elle a expliqué que tout petit, Giacomo s'était senti complètement rejeté par sa mère lorsque son père était venu s'installer en France uniquement avec ses enfants. Ignorant tout de la maladie de sa maman ainsi que de la décision des juges et médecins de lui ôter son droit de garde, il avait cru être abandonné par elle alors qu'il était son chouchou et qu'elle lui avait toujours juré ses grands dieux, du temps où ils vivaient encore ensemble à Lazio, qu'ils ne se quitteraient jamais. Depuis, il ne supportait tout simplement plus que l'on puisse déroger à sa parole et à ses engagements, il considérait que la plus haute des vertus était d'être fidèle à ce que l'on pense et surtout à ce que l'on soutient mordicus. « Consciemment ou pas, au fil des ans, il a bâti sa personnalité sur l'honnêteté et la transparence, Monsieur le Procureur, c'était obsessionnel... complètement obsessionnel, a fait sa sœur à la barre en jetant un coup d'œil furtif et gêné à Giacomo, alors quand il n'a plus été en accord avec lui-même, ça a dû être difficile pour lui, très difficile, beaucoup plus que pour quelqu'un d'autre certainement... son monde intérieur s'est totalement écroulé, je suppose... ses valeurs... l'image qu'il se faisait de lui-même... ça explique peut-être le fait qu'il n'a pas su correctement réagir face à la situation, qu'il n'a pas été suffisamment... enfin... je ne cherche pas à excuser mon frère, Monsieur le Procureur... je veux juste expliquer qui il est... »

LISA

J'ai commencé à tenir un journal intime alors que je n'avais pas encore sept ans. Je ne sais pas comment je me suis débrouillée pour que mes parents ne soient jamais au courant — certainement est-ce parce que je ne l'ouvrais que la nuit sous les draps avec une lampe de poche — n'empêche que j'ai réussi à remplir les pages d'une bonne dizaine de gros carnets sans qu'ils s'en aperçoivent. Pourtant, si ma mère était tombée dessus en fouillant dans mes affaires comme elle le faisait régulièrement, elle me les aurait immédiatement confisqués après m'avoir copieusement giflée. Dans la foulée, elle aurait foncé dans le bureau de mon père qui se serait fait un malin plaisir de m'humilier devant mes sœurs. Mes sœurs, ces deux monstres de perversité à queue-de-cheval qui ne demandaient pas mieux évidemment que d'être au spectacle.

Mon journal, c'était mon défouloir. J'y consignais avec une rage folle et un immense souci du détail tous les mauvais traitements et les sales coups dont j'étais victime. C'est incroyable comme tant d'années après, j'entends encore le bruit du crayon à papier qui court sur les feuilles ! Même ici, à Binkara, je l'ai très nettement dans les oreilles !

Combien de fois ai-je cassé des mines tant j'appuyais avec force — celle du désespoir mais est-ce vraiment utile de le préciser ? — tant exprimer mes souffrances avec des mots me soulageait... Quand j'écrivais le rythme de mon cœur s'accélérait, je n'exagère pas, sans compter que mes poumons s'ouvraient, du moins était-ce la sensation que j'avais. Avec mon imagination d'enfant, je voyais leurs parois se déplier un peu comme l'opercule d'une enveloppe qu'on décachète. Parfois, il arrivait même qu'apparaisse dans mon esprit l'image d'une cage d'oiseau, une cage dont la porte se déverrouillait progressivement. Toujours est-il que l'espoir renaissait. Normal, mon crayon à papier entre les mains, je n'étais plus le misérable microbe qu'on piétinait. J'étais Lisa, la petite Lisa qui avait une joie de vivre débordante, de l'enthousiasme, de la gaieté, des talents, des ambitions et des buts même s'ils étaient tous plus empêchés, plus interdits et plus jugulés les uns que les autres.

La nuit, j'existais par procuration. Je ne me contentais pas de relater les conditions de ma détention, j'énumérais aussi mes rêves. Les lister minutieusement m'a ainsi permis de m'envoler en montgolfière entre les murs de ma chambre, et ce, dès l'âge de sept ans ! J'ai également voyagé à dos d'éléphant sur les bords du Gange en sari rose bonbon, j'ai dévalé sur les fesses les dunes du désert d'Atacama, je me suis offert quantité de chats et de chiens que je caressais de tout mon soûl tant j'en étais privée dans la réalité. Même chose avec des singes, d'aimables léopards, de superbes guépards et des lions pleins de fierté, les lions de la savane cela va sans dire. J'ai fait d'une girafe mon amie quand j'ai appris en CE2 que les girafes pleurent leurs petits quand ils viennent à mourir. Non, en vérité, je le confesse, j'ai fait d'une girafe ma maman, j'avais huit ans. Chaque nuit, dans mon carnet, elle entortillait son long cou autour du mien pour me manifester tout son amour. Le plus cocasse, c'est qu'à l'époque, j'étais déjà grassouillette comme un loukoum. Mère girafe et fille loukoum, quel tableau détonnant !

Et puis, j'ai grandi. Peu avant que mes parents m'exilent dans une autre habitation que la leur — quand j'y pense, il fallait quand même qu'ils m'exècrent au plus haut point pour qu'ils en viennent à se priver de l'inestimable plaisir qui était le leur de me torturer quotidiennement ! — mes fantasmes ont changé, eux aussi ont évolué. Peu à peu, je me suis mise à avoir des aspirations autres que des voyages farfelus et de gentils animaux. Peu à peu, la liberté s'est imposée pour finir par devenir mon obsession numéro un. On est toujours friand, voire avide, de ce dont on manque le plus de toute façon. Je devais avoir treize ans, peut-être douze, quand j'ai commencé à envisager Paris comme la ville de la délivrance. Pourquoi ? je ne le sais pas exactement. Peut-être parce qu'il m'en fallait une, coûte que coûte. Un refuge. Un endroit magique. Un endroit capable de gommer mon histoire. Peut-être encore parce qu'à la télévision — que j'avais étrangement le droit de regarder le mercredi après-midi et le week-end — j'étais souvent tombée sur des scènes de liesse dans les rues, au sommet de la tour Eiffel, dans les discothèques, dans les jardins publics, devant les théâtres et les cinémas. Des scènes à chaque fois différentes mais qui se déroulaient toutes au sein de la capitale. Avec le recul, je me dis que je n'ai vu que ce que j'avais envie de voir, c'est-à-dire un lieu où je concrétiserais mes désirs et même si j'avais du mal à les désigner avec précision, je voulais m'y vautrer dedans, je voulais m'en goinfrer, en profiter jusqu'à plus soif. Oui, c'est ça, c'est exactement ça, je voulais pouvoir, je voulais *avoir la possibilité de*, rien ne comptait davantage *qu'avoir la possibilité de* ! « Mon bac en poche je m'enfuirai à Paris, me répétais-je, toute gamine, du fin fond de mon Pays basque natal et je briserai toutes les chaînes qui font de moi une prisonnière. » Mon Dieu, une prisonnière... une prisonnière que je suis de nouveau... et qui a le même besoin vital qu'autrefois, exactement le même, de tenir son journal. Le problème c'est qu'à Binkara, je n'ai rien en ma possession, ni carnet ni stylo. Je n'ai surtout aucun moyen de m'en procurer... or, quel exutoire ce serait, quel exutoire !!!

Tout à l'heure, pourtant, j'ai entrevu une demi-seconde le moyen providentiel d'obtenir un ou deux cahiers, d'entamer une négociation du moins, mais j'ai tellement été prise de court que je n'ai pas su saisir ma chance... Tout à l'heure donc, profitant que Poppy soit partie se faire couper les cheveux — toutes autant que nous sommes, nous sommes régulièrement tenues de passer par chez le coiffeur ou plutôt la tondeuse électrique — Maritzé est venue me voir pour que je lui lise une lettre. Entre parenthèses, cela fait deux fois en très peu de temps qu'elle se rapproche de moi. Une lettre disais-je, et pas n'importe laquelle, celle de sa fille Vicky dont chaque phrase lui faisait venir les larmes aux yeux, une lettre qui m'a complètement bouleversée, moi aussi, même si je n'ai rien laissé paraître de mon émotion. « Li... Lisa, a fait Maritzé au pied de mon lit en bégayant à moitié, j'ai reçu ce courrier mais j'arrive pas à l'déchiffrer parce que ces cons de l'administration ont piqué mes lunettes, putain crotte, quelle merde ! Si tu me donnes un coup de main, j'te promets que j'm'en souviendrai... ouais, j'te promets ! » C'est à ce moment précis que m'est venue l'idée des cahiers et des crayons, une contrepartie en or... mais c'est également à ce moment que j'ai réalisé que Maritzé était analphabète, qu'il lui avait fallu trouver ce mensonge — et probablement aussi pas mal de courage — pour solliciter mon aide. « Ça ne m'étonne pas ! Moi, on m'a privée de mes livres, tous mes livres ! », ai-je répondu pour la tirer sur-le-champ de ce mauvais pas.

Après au moins cinq ou six lectures, Maritzé est retournée dans son lit sans un mot, visiblement assommée. De mon côté, je me suis mise à penser à Daisy, l'intelligence et la culture faites femme. Mon cœur s'est douloureusement serré lorsque j'ai songé que pendant les quatorze prochaines années de mon existence, je n'aurais plus d'amie. Malgré la distance, Daisy viendrait bien me rendre une ou deux visites, je n'avais aucun doute là-dessus, mais ici dans ma cellule ni dans aucune autre d'ailleurs, je n'entendrais plus jamais parler du petit-neveu de Lee Strarsberg, je n'aurais plus jamais de débat animé sur les bienfaits ou les ravages de l'analyse lacanienne, plus personne ne me conseillerait de lire tel ou tel roman de tel ou tel auteur ukrainien, sud-africain ou indonésien, plus personne ne s'exclamerait en poussant de petits gloussements de perdrix : « Mais Lisy chérie, il faut absolument que nous allions voir les licornes en bronze de ce sculpteur norvégien qui expose à la Bel-Air Gallery. La belle-fille de Jessica Lange m'a affirmé que c'était du génie, du pur génie ! » Non, plus personne.

Tandis que je sombrais dans la tristesse la plus profonde, j'ai réalisé qu'au final, l'unique véritable compagnon que je pourrais me faire serait mon journal intime. Dans la foulée, je me suis dit : « Pour quelques stylos et quelques cahiers, il y aurait bien le directeur... » Fallait-il que je sois abominablement malheureuse pour que j'en vienne à pareille extrémité...

MARITZÉ

Jeudi 5 octobre 2023

— Bon, d'accord, madame, c'est pas la peine de me regarder comme ça avec vos yeux qui sont encore plus bleus qu'avant, je sais parfaitement c'que vous êtes en train de vous dire. L'autre excitée a loupé des tas de séances, elle s'est même pas excusée et voilà qu'elle rapplique comme ça, la gueule enfarinée ! Vivement qu'elle se barre une bonne fois pour toutes et que je la revoie plus jamais !

— Maritzé, je crois vous avoir déjà fait remarquer que vous n'êtes pas dans mon esprit pour savoir ce qui s'y passe. Cependant, puisque vous en parlez, dorénavant j'apprécierais que vous ayez la correction d'annuler vos rendez-vous lorsque vous ne venez pas.

— Mais, madame, vous dites ça parce que vous avez aucune idée de tout ce qui m'est tombé dessus, ça a été catastrophe sur catastrophe ! Pour commencer juste après notre dernière séance figurez-vous, j'ai fini à l'infirmerie avec un eczéma géant. Vous voulez savoir pourquoi, eh ben, parce que je l'ai regardée bien en face mon agressivité ! Ah ça, pour la regarder je l'ai regardée, résultat, elle m'a foutue H.S., complètement H.S. ! J'étais comme une grosse citrouille, exactement pareil ! Mais c'est pas tout, madame, dans mon lit à l'infirmerie, j'ai totalement perdu la tête. J'étais plus moi, plus du tout. J'étais à l'ouest, ramollo de chez ramollo, je me reconnaissais pas ! Quand j'en suis sortie, c'était pas beaucoup mieux. J'étais tellement dans le coaltar que j'en suis même arrivée à me dire qu'avec Lisa, y aurait peut-être moyen de moyenner et puis, ensuite, elle et moi on a parlé de *Dallas* et alors là...

— Dallas ?

— *Dallas* le film, la série télévisée, quoi ! M'interrompez pas tout l'temps, madame, parce que croyez-moi, c'est super compliqué à résumer tous ces événements. Bon, ensuite donc, y a eu *Dallas* et là, j'ai bien vu que Lisa était pas un monstre… enfin, pas complètement… surtout qu'après, y a eu la lettre à Vicky.

— Votre fille vous a écrit ?

— Ouais, madame, ma p'tite fleur m'a écrit. Putain crotte, ça m'a bien emmer… enfin, ça m'a bien cassé les pieds mais j'ai pas eu l'choix, j'ai dû demander à Lisa de me faire la lecture puisque bon, comme je vous ai déjà dit…

— Je me souviens parfaitement que vous ne savez ni lire ni écrire, Maritzé, comme d'ailleurs bon nombre de détenues de Binkara. À ce propos, je me permets de vous rappeler que je vous ai déjà proposé d'assister aux cours d'alphabétisation qui ont lieu chaque mardi après-midi dans la salle attenante à la bibli…

— La salle à qui ?

— La salle toute proche de la bibliothèque, mais nous en discuterons une prochaine fois. Vous parliez de catastrophe ; or, je ne vois rien de dramatique dans ce que vous me relatez, au contraire. Pour ce qui est de votre corps, il a réagi à ce que nous avions évoqué à la séance précédente, ce qui est plutôt bon signe…

— Bon signe, non mais vous rigolez là ??? Ressembler à une pastèque, c'est bon signe ???

— Cessez de croire que je ne vous prends pas au sérieux, Maritzé. Si vous n'aviez pas arrêté de combattre, si vous n'aviez pas mis un genou à terre — ce que vous a permis de faire votre crise d'eczéma géante — vous n'auriez jamais été capable d'envisager Lisa avec un regard neuf, un regard objectif. Vous n'auriez jamais pu reconnaître qu'elle n'est pas le monstre que vous avez toujours pensé qu'elle était…

— Ouais, enfin, c'est pas parce qu'elle est cool pour certains trucs que j'dois pas me méfier…

— Maritzé, vous pouvez remercier votre maladie. En vous affaiblissant, en vous faisant perdre vos inconditionnels réflexes d'attaque, de lutte, vos réflexes guerriers en somme, ceux que vous avez mis en place lorsque vous étiez toute petite pour survivre, vous avez enfin cessé de poser sur le monde qui vous entoure — et plus particulièrement sur Lisa — un regard hostile…

— Vous croyez ?

— Non, je ne crois pas, je suis sûre que votre maladie vous a fait évoluer, Maritzé. Bravo ! Vous êtes en train d'accomplir de gros, de très gros progrès. Vous êtes même à un tournant clé de votre thérapie. Vos mécanismes d'autodéfense sont en train de céder.

— J'sais plus trop quoi dire là…

— Ne dites rien et écoutez-moi. Ce monstre que vous voyez tout le temps et chez tout le monde, en Lisa, en moi quelquefois… bref, chez tout le monde, aujourd'hui vous devez réaliser qu'il n'existe pas !

— Ouais, ben ça, ça dépend !

— Non, Maritzé, la seule chose qui existe, c'est un fantôme ! Le fantôme du souvenir, le fantôme du traumatisme, le fantôme de vos années noires chez la Viquoque comme vous l'appelez, mais Maritzé… regardez-moi, Maritzé, s'il vous plaît… la Viquoque est morte, c'est vous-même qui me l'avez dit et si la Viquoque est morte, cela signifie que votre passé est mort lui aussi. Le temps de la maltraitance est définitivement terminé, tout ça est derrière vous. Seul subsiste un fantôme et encore, il subsiste parce que vous le laissez subsister… Vous ne savez pas encore faire sans mais ça n'a pas d'importance, vous êtes là pour apprendre…

— Non madame, j'suis pas d'accord ! C'est faux ce que vous racontez ! C'est archifaux, c'est du flan ! Je sais parfaitement que le monstre existe !

— Où ? Où est-ce que le monstre existe ? Il n'y avait qu'un monstre, Maritzé, dans votre existence et ce monstre, c'était la Viquoque ; or, elle a disparu ! DIS-PA-RU ! Lisa n'est pas un monstre. C'est une femme comme vous, à qui il est arrivé ce qui lui est arrivé et qui fait tout son possible pour…

— Non, madame ! Ça fait des plombes que vous me connaissez et vous voyez même pas que le monstre, c'est moi ! Vous êtes aveugle ou quoi, vous avez d'la crotte dans les yeux c'est pas croyable…

— Non, effectivement, je vous confirme que je ne vois absolument rien de tel, Maritzé, mais je compte sur vous pour m'éclairer. Allez-y, expliquez-moi…

— Aïe, aïe, aïe, attendez, madame, ça m'gratte tout d'un coup, c'est affreux ! Ça allait mieux l'eczéma et juste maint'nant, voilà qu'ça m'reprend. C'est parce que le truc que j'ai à dire, c'est abominable, c'est à gerber, vous avez jamais entendu quelque chose d'aussi pourri. Aïe, aïe ! C'est pire que tout, je vous assure. Après, vous voudrez plus jamais me voir, on me mettra au mitard, si je crache le morceau…

— Personne ne vous mettra au mitard, Maritzé, tout ce que vous me confiez est absolument confidentiel.

— Vous allez être dégoûtée, vous allez avoir envie de me taper dessus, vous allez direct me dénoncer au directeur… à la police…

— Je vous promets que vous pouvez vous exprimer sans crainte, il ne vous arrivera rien… sauf guérir peut-être…

— J'y arrive pas, madame, c'est trop dur. C'est beaucoup plus dur à avouer que la grosse connerie que j'ai faite et qui m'a amenée ici… on en a déjà causé, vous et moi, de ma grosse connerie, ça m'a jamais mis la honte, j'ai assumé… ça, j'assume pas… aïe, ça m'brûle dans le cou, sur les bras, les jambes, partout, c'est affreux !

— Maritzé, vous avez là une occasion unique de vous libérer de ce secret qui vous empêche d'avancer, de ce mal qui vous ronge comme vous pouvez le constater en ce moment même… Votre corps n'en peut plus d'être constamment sous tension, il vous somme de parler !

— Bon, d'accord, d'accord, j'y vais, mais me regardez pas, je vous en supplie. Tournez-vous… là, comme ça, oui, là, c'est bien. Bon, voilà, j'me lance : des fois, ça m'est arrivé de pas aimer Vicky ! Ça m'est arrivé de la rejeter quand elle s'approchait de moi pour que je l'embrasse ou bien quand elle me regardait avec ses p'tits yeux… putain, ça me fait chialer rien que d'en…

— Pleurez, Maritzé, vous en avez tout à fait le droit et continuez tranquillement. Je suis là pour vous aider, pas pour vous juger…

— Un soir, elle devait avoir cinq ans… j'avais des tas d'emmerdes à l'époque, des emmerdes de mec, de fric, de santé, de tout quoi… bref, la coupe était pleine, en fait j'étais fatiguée de mes galères, toutes ces galères qui s'étaient accumulées les unes après les autres depuis des années… bon… je… j'étais en train de donner son bain à Vicky, elle jouait avec un gant, un gant rose, son préféré, quand j'ai eu envie de lui mettre la tête sous l'eau. J'ai voulu la noyer, quoi, ça m'a traversé l'esprit disons… plus que traversé, j'me souviens que j'ai eu une tentation du diable qui m'a prise, de la poitrine jusqu'aux doigts… oui, c'est ça, du diable, le diable qui est en moi, le monstre, j'vous dis ! En fait, c'est arrivé parce que je suis un monstre, ça, c'est sûr et certain, mais c'est aussi arrivé parce que j'voulais pas qu'elle ait la même vie que la mienne, je crois… et puis, je trouvais que c'était trop lourd à porter d'avoir une môme et de l'élever seule… je trouvais que les sentiments, ils me venaient pas tout l'temps spontanément… enfin, des fois ils étaient là, et puis à d'autres moments, ils se faisaient la malle, ces cons. Des fois quand elle piquait des crises, Vicky, des crises normales de gamine quoi, rien de sérieux, je me retenais pour pas la soulever par les cheveux et lui hurler dessus : « J'veux plus d'toi ! T'es qu'une sale morveuse, une putain de sale morveuse ! Ton père aurait dû t'emporter avec lui au bout du monde, j'aurais été bien plus heureuse sans toi ! » Le pire, c'est que j'le pensais ! J'lui ai pas dit, non, j'lui ai jamais dit, heureusement j'ai résisté, mais elle l'a compris, j'en suis sûre, parce que quand j'étais dans cet état, après, elle filait toujours directement dans sa chambre où elle restait figée comme une statue sans faire le moindre bruit. Une heure ou deux après, quand je venais la chercher, je la surprenais planquée derrière son lit, le nez contre le mur et quand elle se retournait, y avait d'la peur au fond de ses yeux… de la terreur même… elle sentait que j'aurais pu la tuer… elle le sentait…

— Prenez ce mouchoir, Maritzé, je vous remercie pour votre témoignage. Il me permet de vous affirmer deux choses : d'abord, que vous n'êtes absolument pas un monstre ensuite, que vous êtes très courageuse. Levez la tête maintenant je vous prie, et écoutez-moi bien. Quand on n'a pas été une petite fille choyée, une petite fille valorisée et qu'au contraire, on a été violentée physiquement et psychiquement, il est tout à fait courant de rencontrer des obstacles dans son rôle de mère par la suite. Mais nous aurons l'occasion de développer tout cela au prochain rendez-vous… Ah, un dernier point, depuis que nous travaillons ensemble, c'est la première fois que vous pleurez, Maritzé, voilà bien la preuve que la carapace a commencé à se fissurer…

— Vous me mettez pas dehors alors, madame ?

— Non, ma porte vous est plus que jamais ouverte, Maritzé. Je vous raccompagne.

POPPY

Journée de merde. Moral de merde. Bilan de merde. Peux pas mieux dire.

Voici dans l'ordre les motifs de la débâcle.

Mon dernier parloir avec Giacomo remonte au vingt mai dernier, soit un peu plus de quatre mois. Ça se passe de tout commentaire.

La lettre de Nino, elle, remonte à un peu moins de deux mois. Quant à Massimo, c'est morne plaine.

Côté Binkara intra-muros, si je peux m'exprimer ainsi, j'adorerais pouvoir nourrir quelques espoirs, compter sur de menues satisfactions, mais là encore, c'est zéro pointé. Je m'attendais à ce que Maritzé manifeste un véritable enthousiasme à l'idée de pister Lisa pour mieux la prendre la main dans le sac avec le dirlo ; or, il n'en est rien. Elle se désintéresse totalement de celle dont elle a pourtant spontanément fait sa proie dès son arrivée, ce qui me laisse à penser que sa hardiesse n'avait qu'un but, un seul : m'en ficher plein la vue. Faire une lèche monstrueuse.

Si le jour je n'ai aucune, mais alors, strictement aucune raison de me réjouir, je pourrais au moins avoir quelques consolations nocturnes, mais de nouveau, le sort s'acharne. Tout bloque. Immobilisme complet, écran noir. Je ne rêve plus de taxi, plus jamais, y compris lorsque Maritzé consent à ne pas se gratter. Serais-je en train de m'éteindre progressivement ? Quelquefois je me fais l'effet d'un point dans l'univers qui, sous le coup des déveines successives, rétrécit peu à peu pour finir par s'effacer intégralement. Et si toutes et tous venaient à m'oublier ? Et si, bientôt, je ne comptais plus pour personne, y compris pour mon mari et mes enfants ? Et si c'était déjà fait ?

C'est anecdotique mais symptomatique malheureusement, depuis hier, la télé ne fonctionne plus. Quand je parlais d'écran noir, je n'étais pas si loin que ça de la vérité. Dommage, parce que dans la cellule d'à côté, on raconte qu'*El amor es un huracán* n'a jamais aussi bien porté son nom. Le corps de Bernardo a été retrouvé lardé d'une bonne trentaine de coups de couteau dans le coffre d'un véhicule garé non loin du domicile d'une de ses maîtresses. Je l'ai dit, tout m'échappe ; décidément, tout m'échappe…

LISA

Très chère Lisa,

J'ai beau chercher la manière la plus douce de t'annoncer ce que j'ai à t'annoncer, je ne parviens pas à trouver de formule édulcorée. Sachant ce que tu as traversé, ce que tu traverses et ce que tu es amenée à traverser, mon vœu le plus cher aurait été de t'épargner, mais ça n'est vraiment pas possible.

Avant de commencer, je te demande d'avoir beaucoup de courage pour lire ce qui suit, le même qu'il me faut pour continuer à avancer jour après jour, minute après minute.

Quelque temps après ton arrestation en juin dernier, Daisy s'est sentie mal, très mal. Je ne me suis pas inquiété outre mesure car j'ai tout de suite mis son état de faiblesse généralisée sur le compte du drame qui venait d'avoir lieu. En effet, malgré sa grande force intérieure, Daisy était littéralement effondrée. Jamais je ne l'avais vue ainsi. Outre son immense désespoir, elle culpabilisait de ne pas avoir été capable de changer le cours des choses. Elle aurait voulu t'influencer davantage. Tu la connais, Daisy croit toujours que son intelligence aura un impact forcément favorable sur les gens et les événements. Bref, tout ça pour te dire que notre Daisy si confiante, si optimiste, si positive, est devenue l'ombre d'elle-même en moins de deux semaines. Comme elle ne s'alimentait presque plus et qu'elle avait des maux de ventre de plus en plus fréquents, je l'ai traînée chez un ami médecin qui l'a immédiatement hospitalisée. Les examens ont rendu leur verdict, Daisy souffrait de tumeurs desmoplastiques. Le terme est peu explicite, en réalité il s'agit d'un cancer extrêmement rare, un cancer du péritoine abdomino-pelvien ciblant, dans la majorité des cas, des jeunes garçons, mais pas que… la preuve, hélas. Il se caractérise par des grosseurs malignes situées au foie principalement, grosseurs qui peuvent néanmoins se répandre à d'autres organes comme les poumons, le cerveau ou les ovaires. Chez Daisy, elles ont essentiellement touché le foie et le cœur.

J'oublie de te préciser qu'à cette heure, il n'existe aucun traitement pour soigner ce mal on ne peut plus agressif. Tout juste peut-on tenter d'atténuer les souffrances, et encore. La durée de survie n'excède pas dix-sept mois pour la plupart des personnes qui en sont atteintes.

Concernant Daisy, les choses sont allées beaucoup plus vite. Quatorze jours après l'annonce du diagnostic, elle rendait son dernier souffle au Cedars-Sinai. Cela faisait quarante-huit heures qu'elle était sous respirateur artificiel et n'avait plus aucune conscience de rien.

À partir du moment où Daisy a su qu'elle allait mourir, elle n'a pas lutté. Elle a accepté les choses avec… philosophie dirais-je, avec calme du moins, un grand calme et beaucoup de dignité. Pas une seule fois elle n'a manifesté de colère ; pas une seule fois elle n'a parlé de malchance, encore moins d'injustice. Elle disait juste qu'elle espérait être prête quand son heure arriverait. Elle disait aussi qu'à sa disparition, il ne faudrait pas que je me laisse dévorer par le chagrin. Elle me répétait que je devrais invariablement sourire en me souvenant d'elle et que je devrais vivre… vivre pour deux, c'était son expression.

Malgré la gravité de la maladie, nous nous sommes beaucoup parlé alors qu'elle était sur son lit d'hôpital. Tout ce que j'espère, c'est que nos échanges, que nos caresses, que ma présence, que ma tendresse, que l'amour infini que je lui portais et que je lui porterai toujours l'ont aidée à passer sereinement dans l'autre monde. Un autre monde qu'elle a mis un point d'honneur à intégrer dans sa petite robe en soie mauve, celle qu'elle mettait toujours avec un collier sautoir à peine plus foncé pour la soirée cocktails que nous organisions chaque année à la maison pour fêter l'arrivée de l'été. Tu te souviens ? C'était notre soirée préférée, la soirée préférée de tout Los Angeles ! Sacrée Daisy, jusqu'au bout elle aura été elle-même, facétieuse, élégante et aimante. Le cancer ne lui aura pas tout volé.

Si je te raconte tout cela en détail, ça n'est pas pour te briser le cœur, Lisa, je crois que c'est déjà fait, c'est pour que tu saches précisément dans quelles conditions ton amie est partie. C'est également pour que tu saches qu'à l'hôpital, tu étais quasiment de toutes nos conversations, j'en étais presque jaloux ! Dans les premiers jours alors qu'elle se savait condamnée mais qu'il lui restait encore un peu d'énergie, elle a tenu à t'écrire une lettre que je n'ai pas voulu t'envoyer. J'attends que tu me dises ce que je dois en faire, te l'adresser à la prison sans ton accord m'ayant paru imprudent. Daisy t'a aussi laissé bon nombre d'objets, de vêtements et de livres que je garde à ta disposition pour plus tard bien sûr.

À ce propos sois tranquille, je continue de veiller sur ta propriété qui se porte comme un charme. Cela me fait du bien de m'y rendre régulièrement. Je suis ainsi obligé de sortir de la maison et de marcher un peu sinon, je resterais à broyer du noir assis dans le salon, portes et volets clos. Heureusement qu'il y a Rizzy pour me tenir compagnie ! Sache que ce fripon s'est parfaitement bien acclimaté chez nous. Au début, il multipliait les bêtises et se montrait très méfiant, mais aujourd'hui, il prend ses aises sur le canapé si bien que je dois lui demander la permission quand je veux regarder la télévision. Daisy disait que les teckels sont de petits chiens très malins et elle n'avait pas tort, mais tu le sais mieux que quiconque naturellement. Sinon, Danzel vient très souvent s'occuper de ton jardin ; d'ailleurs, il t'envoie ses salutations. Lui qui n'a jamais prononcé plus de dix phrases depuis que je le connais, soit une vingtaine d'années, me répète à chaque fois que je le croise que si ses enfants ne faisaient pas leurs études supérieures, il se payerait un billet d'avion pour venir te voir. Je n'ose pas lui proposer d'en acheter un, je ne veux pas le froisser.

À ce jour je ne sais pas à quoi va ressembler mon futur, je ne sais même pas si je vais rester en Californie. Parfois je me dis que le bruit et la folie de New York me permettraient d'y diluer mon chagrin, mais est-ce la bonne solution ? J'essaie de m'en convaincre mais je n'y crois pas moi-même. Toujours est-il que si je décidais de déménager, je te recontacterais afin que nous nous mettions d'accord concernant les questions de logistique.

Je pense souvent à toi, ma chère Lisa, je pense aussi au bon vieux temps... notre bon vieux temps à tous les trois. Nous avons bien fait de croquer la vie à pleines dents !

J'espère que tes conditions de détention ne sont pas trop pénibles et que tu parviens tant bien que mal à surmonter cette terrible épreuve. Je suis vraiment désolé de t'en rajouter une tout aussi dure aujourd'hui, mais ainsi va le destin…

Je t'embrasse bien chaleureusement.

Si tu as besoin de quoi que ce soit, n'hésite pas.

Pardonne-moi de ne pas venir te voir, je n'en ai tout simplement pas la force pour le moment.

Los Angeles, le vendredi 15 septembre 2023.

Peter Clark Peterson

MARITZÉ

Vendredi 13 octobre 2023

J'ai toujours fait des trucs chelous, toujours. Même quand j'étais gamine, j'étais zarbie de chez zarbis. Je crois que ça me vient de mes parents qu'étaient pas très nets, eux non plus. Ils m'abandonnaient, puis ils me reprenaient jusqu'au jour où ils ont plus du tout voulu voir ma tronche. Si je dis ça, c'est parce qu'aller chez la psy, c'est quand même ultra-bizarroïde. D'un côté ça me soulage, ça fait sortir de moi des trucs qui m'enquiquinent depuis longtemps et d'un autre, je sais plus qui je suis des fois quand j'en ressors, je me fais l'effet d'être quelqu'un que je connais pas, je comprends plus mon propre fonctionnement. Ma psy me déstabilise, en fait. Oui, voilà, c'est ça, j'ai trouvé, elle me déstabilise et pourtant, j'y vais de mon plein gré. C'est comme si j'étais aimantée.

Si je continue à aller la voir, c'est aussi parce qu'elle est unique. C'est vrai ça, elle ressemble à personne d'autre à Binkara ! Nous, les détenues, on est toutes en uniforme, même les plus belles ont fini par devenir de vraies mochetés, on est de grosses teignes, et question intelligence, à part Lisa qui sort du lot, on est loin d'être des prix Nobel. Ma psy, c'est tout le contraire. Elle est toujours pomponnée, elle est distinguée, elle sent le parfum — ça a l'air de rien comme ça, mais le parfum c'est formidable, ça donne l'impression d'être propre sans compter que ça aide à se rappeler qu'on est une femme — et surtout, elle a des idées incroyables. Ma psy, elle prononce des mots, elle expose des théories que j'ai jamais entendues ailleurs. J'aime bien… non, j'adore. C'est comme si ces mots et ces théories, elle les avait inventés spécialement pour moi. C'est comme si elle avait pris le temps de bien y cogiter à la maison pour me les servir sur un plateau à la prison. Si elle se donne autant de mal, ça veut peut-être dire que je compte un peu pour elle. Oui… oui… ça veut peut-être dire ça. Y a encore dix ou quinze séances, j'aurais jamais cru qu'une telle chose puisse être possible, mais au tout dernier rendez-vous, putain crotte, j'ai été estomaquée.

Alors qu'elle aurait eu toutes les raisons du monde de me passer un savon du tonnerre et de me foutre un bon coup de pied au cul, elle a été très à l'écoute au contraire et très douce, limite une copine. À la fin elle m'a même raccompagnée, une première depuis qu'on se connaît, elle et moi. Et c'est pas tout, avant d'ouvrir la porte et de me laisser au gardien, elle a posé une main sur mon épaule. Une main vraiment gentille.

Quand j'y repense, j'en reviens pas d'avoir avoué toute la vérité à propos de Vicky. Mon secret, j'ai toujours été persuadée que je l'emporterais dans la tombe. Avec le recul, je trouve que c'est plutôt pas mal d'avoir parlé, même si c'est carrément la honte. Toujours est-il qu'elle a bien joué ma psy. Elle s'est débrouillée pour me faire perdre complètement les pédales, comme ça, une fois que j'ai été totalement à bout, je l'ai enfin crachée ma Valda ! Elle m'a manipulée en fait, et le pire, c'est qu'elle m'a manipulée pour mon bien. Quoi qu'il en soit, y a des secrets tellement lourds à porter qui vaut mieux être plusieurs à se les coltiner...

Mais bon, faut pas rêver non plus, si je prends les choses du bon côté, c'est parce que je viens de m'envoyer trois calmants d'un coup. En d'autres temps, j'aurais été furax qu'on m'ait roulée dans la farine, y compris pour mon bien, mais maintenant, dès que je sens monter ne serait-ce qu'un début de colère au fond de ma poitrine, je prends un cacheton et je mets immédiatement en pratique ce que m'a dit la psy. Mon agressivité, je la regarde bien en face et je lui fais : « Va te faire cuire un œuf, je veux pas de toi chez moi ! » C'est radical, ça lui coupe la chique et elle se trisse chez la voisine. Chez Poppy, à mon avis.

Si j'ai avalé trois calmants, c'est aussi parce qu'hier, j'ai réalisé qu'à la fin de ma peine, je pourrai plus avoir d'enfants, j'aurai quarante-trois ans. Ça m'a ratatinée direct d'en prendre conscience, je l'ai vécu comme une nouvelle condamnation... une énième. De toute façon, mon existence m'a toujours donné la sensation d'être une suite de punitions toutes plus cruelles les unes que les autres. Et puis soudain, je me suis souvenue de mon aveu, je me suis souvenue de qui je suis véritablement. Une maman qui, la plupart du temps, aime sa fille mais qui, des fois, a envie de lui plonger la tête sous l'eau. Avant, il m'arrivait de me mentir à moi-même, ou plutôt non, j'oubliais complètement quelle mère j'étais, je faisais l'autruche, ça m'arrangeait bien, faut dire. Maintenant que j'ai tout déballé, les choses ont changé, je me suis prise à mon propre piège en quelque sorte : le piège de la vérité. Je peux plus me raconter d'histoires sur la grosse dégueulasse que je suis. D'ailleurs, peut-être que la vie a fait exprès de m'expédier en taule un bon bout de temps pour que je puisse plus jamais avoir de mioche. La vie, on dirait qu'elle a tout vu dans la salle de bains, on dirait qu'elle avait le nez collé à la baignoire. On dirait qu'elle a deviné qu'y a de la Viquoque en moi, qu'y en a plein même. Elle m'a percée à jour.

À propos de calmants, c'est la cata. Les trois boîtes que j'avais en réserve — des boîtes récupérées sous le manteau que j'avais bien planquées à l'intérieur de mon matelas — les trois boîtes ont disparu.

POPPY

Tout le monde croit me connaître, mais c'est faux. Quand je dis tout le monde, j'entends par là mon entourage. Tous mes proches, sans exception, sont persuadés que j'ai eu un coup de folie le 24 mai 2022, le jour où j'ai… mais en fait, non, pas du tout. C'est même tout le contraire qui s'est produit. Ce mardi-là, j'étais d'un calme olympien et d'excellente humeur. J'ai travaillé de huit heures trente à seize heures quarante-cinq presque sans interruption, puis je suis passée au pressing et j'ai fait les courses avant de rentrer à la maison préparer des lasagnes aux légumes. Le soir j'ai dîné avec Giacomo et Nino, Massimo était au cinéma avec un copain. Une fois son dessert avalé, Nino est monté dans sa chambre terminer ses devoirs et Giacomo s'est installé devant la télévision où il a fini par piquer du nez.

De mon côté, tout était prêt dans ma tête depuis longtemps — très longtemps — concernant le restant de la soirée, chaque action bien calée, inlassablement répétée des milliers et des milliers de fois de sorte que, lorsque Giacomo est parti se coucher, je n'ai plus eu qu'à passer à l'action.

Ce que les gens ignorent — et que je n'ai même pas pris la peine d'expliquer aux juges, d'expliquer à quiconque du reste — c'est qu'effectivement, comme toutes et tous le disent, j'ai pété un câble ; je suis devenue folle, hystérique, je me suis roulée par terre, j'ai vomi toutes mes tripes au fond des toilettes, j'ai hurlé à la mort, je me suis frappé la tête contre les murs, mais pas ce fameux 24 mai, non, pas ce 24 mai… mais trois mois avant — trois mois ! — à la seconde même où j'ai compris que Giacomo m'avait repris l'essentiel, ce qui faisait le socle de notre relation, ce qui avait illuminé notre rencontre et nourri l'intégralité de notre histoire.

Quand j'ai découvert que Giacomo avait cessé d'être l'homme que j'avais toujours connu, ma vie s'est arrêtée et plus rien n'a eu d'importance. Mais ça, personne ne l'a véritablement saisi, personne ne l'a réalisé. Il ne s'agissait pas simplement de l'usure d'un couple, une usure banale avec toutes les conséquences que cela engendre quelquefois et que cela a engendrées en l'occurrence. Non, ça n'était pas seulement ça. Chacun a cru que. Chacun s'est imaginé que. Chacun y est allé de son petit commentaire sur ma jalousie, mais personne n'a identifié le vrai motif de mon effondrement et de mes sanglots.

Oui, je pleurais, je pleurais sans discontinuer, je pleurais de rage et de désespoir, mais ça n'était pas sur moi que je versais toutes les larmes de mon corps, ça n'était pas sur ma fierté, sur mon ego ni même sur ma souffrance, c'était sur la loyauté ! Cette même loyauté qui était l'ADN de Giacomo et qui, si elle n'existait plus, faisait que mon mari était mort, tout simplement mort.

LISA

— Bonjour, Lisa, asseyez-vous, je vous prie. Vous avez une petite mine aujourd'hui. Si je vous ai convoquée, c'est parce que quelqu'un a porté une accusation contre vous... une accusation plutôt grave.

— Et quelle est-elle ?

— Poppy prétend que vous avez volé Maritzé.

— Je n'ai rien volé à personne, monsieur le directeur.

— Poppy déclare qu'elle vous a vue prendre les calmants de Maritzé, calmants qu'elle s'est procurés frauduleusement, je le précise.

— Je vous le répète, je n'ai rien volé à personne. Ni à Maritzé ni à personne.

— Pourtant, les déclarations de Poppy sont extrêmement précises. Vous avez attendu que Maritzé soit chez sa psy pour lui dérober ses calmants, calmants qui se trouvaient à l'intérieur du matelas de Maritzé.

— À l'intérieur de son matelas ? Quelle drôle d'idée !

— Elle les croyait à l'abri, je suppose.

— Maritzé devrait savoir qu'on n'est à l'abri de rien en prison, malgré tout le respect que je vous dois, monsieur le directeur. Et j'aurais commis le vol en question sous les yeux de Poppy ? J'aurais été assez idiote pour cela ?

— Vous pensiez qu'elle regardait son feuilleton. Quand Poppy suit son feuilleton, rien ne peut l'en détourner, tout le monde le sait.

— Et le présumé vol a eu lieu quand ?

— Le jeudi 5 octobre.

— Impossible !

— Et pourquoi donc ?

— Parce que nous n'avions pas de télévision le jeudi 5 octobre. Elle est tombée en panne le mercredi 27 septembre. Un gardien est venu la chercher et nous l'avons récupérée le samedi suivant, le 30 si je ne m'abuse. Le lendemain, elle a de nouveau flanché. Tout ça pour vous dire que nous avons fini par avoir un nouveau poste, certes, mais seulement le samedi 8 octobre.

— C'est curieux, d'habitude, les téléviseurs défectueux sont changés beaucoup plus rapidement.

— Pas quand on traite le gardien qui s'en occupe de « fils de pute, enculé de ta race, gros bâtard ».

— COMMENT ???

— Lorsque la télévision… la première… est revenue dans notre cellule le samedi 30 septembre et qu'elle a rendu l'âme le jour suivant, Poppy a employé un langage plutôt vert pour manifester son mécontentement. Poppy entre toujours dans une rage folle quand elle ne peut pas suivre sa telenovela. Résultat, le dépannage a duré plus longtemps que prévu.

— Cet incident ne m'a pas été signalé, je vais me renseigner.

— Au vu des éléments que je viens de vous énoncer, l'accusation tombe à l'eau, j'imagine ?

— Je vais tout de même procéder à quelques vérifications, pour le moment, elle tient toujours.

— Pour votre enquête, notez bien surtout : fils de pute, enculé de ta race, gros bâtard. Je tiens à la conformité des termes employés par mon accusatrice lors de son altercation avec le gardien.

— C'est bon, Lisa, j'ai compris. Permettez-moi tout de même de vous dire que la version de Poppy ne me semble pas si invraisemblable que cela. Certes, elle a peut-être commis une erreur sur la date, mais je constate néanmoins que vous n'avez pas l'air dans votre assiette. Vous avez encore maigri et vos traits sont extrêmement tirés, on dirait que vous ne dormez pas. Il ne serait donc pas étonnant que vous ayez besoin de quelques analgésiques pour tenir le coup. Du reste, les gardiens qui vous observent depuis trois mois ont remarqué qu'en règle générale, vous êtes peu active, pour ne pas dire apathique. Hormis votre promenade quotidienne dans la cour, rien ne semble vous intéresser.

— M'intéresser ? Mais qu'est-ce qui pourrait m'intéresser en prison ?

— Vous êtes encore trop sur la défensive, Lisa, trop émotive… je vous croyais plus mature, plus dynamique, plus prompte au changement.

— La seule chose qui pourrait me faire du bien, ce serait d'avoir quelques carnets et aussi des stylos, monsieur le directeur. Ce serait formidable, vraiment formidable. En outre, j'ai appris une terrible nouvelle récemment et…

— Oui, je sais la mort de votre amie Désirée…

— Daisy pas Désirée ! Ah oui, c'est vrai, j'oubliais que le courrier était lu…

— Une nouvelle tragique en effet qui nécessite certainement le recours à des psychotropes, n'est-ce pas ?

— Vous faites feu de tout bois, monsieur le di…

— Non, je suis pragmatique, Lisa. Croyez-moi, quand on a les responsabilités qui sont les miennes, on se doit d'être et pragmatique et réactif. Pourquoi voulez-vous des carnets et des stylos ?

— Eh bien… je ressens le besoin de me remettre à écrire, à dessiner…

— Mais toujours pas de vous occuper de la bibliothèque visiblement alors que le poste vous tend les bras, un poste en or au demeurant… un poste qui vous donnerait l'occasion de faire du bien aux autres détenues, de les sortir de leur ignorance…

— Non, monsieur le directeur, pour l'instant je n'ai pas encore suffisamment de forces pour avoir en charge un travail aussi prenant, un travail où le contact avec les autres soit permanent…

— Bref, vous n'avez pas envie de vous bouger, vous préférez la facilité : le vol, le gribouillage, la rêvasserie… vous savez où tout cela va vous mener un jour, Lisa ? À la zizanie, au chaos ! C'est bien simple, un beau matin on va m'apprendre que vous êtes à la tête d'une mutinerie !

— Mais pourquoi dites-vous une chose pareille ?

— Parce que la léthargie et l'égoïsme mènent aux pires excès, aux erreurs les plus graves, aux actes les plus inconséquents et les plus irréversibles et pour l'instant, vous ne faites preuve ni de vitalité ni d'altruisme, encore moins de bon sens.

— Je ne vois pas en quoi un carnet et des stylos vont me mener à de telles extrémités.

— Vous ne le voyez peut-être pas encore mais, moi, je le pressens et cela m'inquiète, Lisa… cela m'inquiète vraiment…

— Comme vous voudrez. Puis-je regagner ma cellule, monsieur le directeur ?

— Affirmatif. Sachez quand même que Maritzé a donné son avis concernant la disparition de ses calmants. Elle est d'accord avec Poppy, d'après elle, ça ne peut venir que de vous.

— La messe est dite, on dirait.

— On dirait. Vous pouvez disposer.

MARITZÉ

Dimanche 15 octobre 2023

— Maritzé, tu as vu, on dirait qu'un incendie vient de se déclarer du côté du réfectoire.

— Ah ouais, dis donc, t'as raison, Lisa. Putain crotte, quelle fumée !

— Regarde un peu vers moi maintenant, Maritzé, je voudrais te parler… te parler sérieusement j'entends. Tu es d'accord ?

— Ben, euh…

— Qu'on nous ait envoyées au mitard, toi et moi, a au moins un avantage, celui de partager la même courette.

— Si on veut.

— Puisqu'on a quinze minutes de promenade devant nous et que la plupart des matons sont occupés avec le feu, on va pouvoir s'expliquer. Les deux gardiens sur notre droite sont trop loin pour nous entendre.

— J'me doutais bien que tu finirais par vouloir t'expliquer, Lisa.

— C'est la moindre des choses, non ? Que tu atterrisses au mitard parce que tu as volé des calmants, cela me semble somme toute assez normal mais que je subisse le même sort alors que je n'ai rien fait me paraît tout à fait injuste, par contre.

— Ouais, probablement… j'sais pas trop quoi dire…

— Dis-moi seulement pourquoi tu m'as accusée.

— J't'ai pas vraiment accusée, Lisa, disons que j'ai pas nié quand le dirlo m'a demandé si je pensais que c'était toi.

— Trop aimable, voilà où j'en suis maintenant.

— OK, j'avoue, c'est pas top, en vrai j'ai pas su comment me dépatouiller quand il m'a interrogée. J'me suis emmêlé les pinceaux. J'ai avancé un truc puis un autre, c'était le grand cafouillis.

— Alors qu'il te suffisait juste de dire la vérité : « Maritzé, pensez-vous que Lisa ait volé vos calmants ? » « Non ! » « Maritzé, pensez-vous que Poppy ait volé vos calmants ? » « Oui ! »

— Peut-être bien, mais...

— Il n'y a pas de mais ! Je vais te dire moi ce qui s'est passé, tu as eu peur ! Et tu n'as pas eu peur du directeur mais de Poppy ! Tu es morte de trouille face à elle, elle te terrorise. Elle a un tel ascendant sur toi que tu es capable de porter préjudice à n'importe qui pour lui faire plaisir. C'est grave, Maritzé, très grave. De surcroît, tu as la mémoire courte. Je me permets de te rappeler que lorsque tu m'as demandé de me taire concernant ton passage à l'infirmerie, je me suis tue sans même te poser la moindre question pour ne pas te mettre dans l'embarras. Je te rappelle aussi que lorsque tu as eu besoin d'un petit coup de main pour que je lise la lettre de ta fille, je l'ai fait et je l'ai fait avec plaisir. Sans compter que j'ai été bien gentille de te prêter main-forte après l'accueil que tu m'as réservé à mon arrivée dans la cellule. Il n'est pas forcément utile que j'entre dans les détails, n'est-ce pas ?

— Bon euh... pour le balai des chiottes, je reconnais que c'était pas ultra-sympa de ma part. Pour le reste... pour l'infirmerie et pour la lettre, j'te remercie, Lisa. J'ai bien vu que t'étais pas le monst... enfin, la sale bonne femme que j'pensais.

— Un monstre, j'ai bien entendu ?

— Non, t'as mal entendu !

— J'ai parfaitement bien entendu, Maritzé, tu as dit un monstre ! Que tu ne puisses pas m'encadrer je peux le comprendre, mais que tu ailles jusqu'à penser que je suis un monstre, alors là, c'est un peu fort de café !

— Mais non, Lisa, le monstre, c'est pas toi, c'est quelqu'un d'autre... quelqu'un que tu connais pas... et puis, c'est moi aussi, mais le dis pas à Poppy ! Je t'en supplie, lui dis pas !

— C'est pas croyable, même à distance elle te tient en laisse, elle te domine, elle te fait trembler ! Et puis, dis donc, ni toi ni moi ne sommes des monstres !

Nous sommes loin d'être des anges, ça, je te l'accorde, mais de là à nous identifier à des monstres, c'est vraiment excessif. Je suppose que c'est Poppy qui t'a mis cette idée dans la tête ?

— Laisse tomber, Lisa, tu peux pas comprendre. Personne peut comprendre de toute façon à part ma psy peut-être et encore… J'suis pas une fille super, tu sais, j'suis pas très fréquentable, j'suis menteuse, j'suis lâche, j'suis même pire que ça…

— Poppy n'a de cesse de te faire du bourrage de crâne surtout ! Elle te lave le cerveau pour que tu sois à sa botte et que tu lui obéisses au doigt et à l'œil. Elle te fait croire que tu es faible pour que tu sois convaincue qu'elle est la plus forte. Elle sait que tu n'as aucune confiance en toi, c'est son moyen de pression numéro un.

— Arrête, Lisa !

— Elle y réussit parfaitement du reste ! La preuve, le jour où tu m'as demandé de l'aide pour la lettre de Vicky, je n'ai pas eu l'impression d'avoir face à moi une femme sûre d'elle. J'ai plutôt eu l'impression d'avoir affaire à une femme couverte de honte…

— Ça suffit maint'nant !

— Tu es effrayée, Maritzé, complètement effrayée qu'on… enfin, que Poppy puisse découvrir que tu ne sais ni lire ni écrire…

— PUTAIN CROTTE, QUI T'A DIT ???

— Personne ne m'a rien dit et je n'ai rien dit à personne, Maritzé, rassure-toi, mais je ne suis pas idiote, je l'ai deviné.

— Va te faire cuire un œuf, je veux pas de toi chez moi !!!

— Pardon ???

— C'est pas à toi que je parle, c'est à ma colère pour la faire baisser et là… j'ai vraiment besoin qu'elle se calme sinon j'vais faire un malheur… C'est ma psy qui m'a donné l'truc. Au départ, j'ai trouvé ça débile, n'empêche que ça fonctionne du tonnerre et puis du coup, j'me gratte de moins en moins… enfin, non, rien, rien…

— Ah, parlons-en, Maritzé, de ton eczéma. Quand une crise commence à se déclarer, tu préfèrerais te faire couper un bras plutôt que Poppy s'en aperçoive. La liste est longue des raisons qu'elle a de t'humilier. Imagine si elle savait que tu ne sais ni lire ni écrire…

— NON, PAS ÇA LISA, PITIÉ, FAUT QU'TU GARDES LE SECRET !!! FAUT ABSOLUMENT !!!!

— Très bien, Maritzé, je vais me taire mais à une seule condition, que tu ouvres grand tes oreilles sur ce qui va suivre.

— J't'écoute, j't'écoute.

— Toi et moi, on se ressemble beaucoup plus que tu ne le penses. Si je comprends aussi bien qui tu es, ça n'est pas un hasard, Maritzé. Je ne suis ni voyante ni magicienne mais contrairement aux apparences, je viens du même paysage que le tien…

— Hein… quel paysage ?

— Ni toi ni moi n'avons eu une jeunesse facile, il me semble. Ni toi ni moi n'avons été élevées dans le respect, la tendresse et la sérénité de toute évidence.

— Bah, t'abuses ! J'suis sûre que tu pétais dans la soie quand t'étais gamine !

— Laisse-moi terminer, Maritzé. Ça n'est pas parce qu'on vit dans l'aisance matérielle que tout est rose et qu'on est forcément aimé. Du coup, ça laisse des traces. Plus tard, on se traîne des casseroles, on a des lacunes, des complexes et des peurs qui font qu'on se croit toujours inférieur. On a des manques qui nous font commettre des erreurs, beaucoup d'erreurs… comme celle de toujours courir après des miettes d'amour ou de reconnaissance… comme celle d'être prêt à faire n'importe quoi pour les obtenir, y compris les actions les plus graves, les pires compromissions et les plus gros mensonges… si tu vois ce que je veux dire…

— Je vois.

— Alors, maintenant que tu sais qu'on est plutôt semblables toutes les deux, du moins pas si différentes, où comptes-tu aller avec moi, Maritzé ? Est-ce que tu vas continuer à me jouer des tours fumeux comme tu le fais depuis le départ ou bien est-ce que tu vas te montrer un peu plus solidaire, disons moins haineuse et cruelle envers moi ?

— Ben justement, ma psy m'a dit l'autre fois que mon regard était moins hostile vis-à-vis de toi… c'est les mots qu'elle a employés, j'te jure… elle a dit aussi que ma carapace commence à se fissurer, alors, si ça s'trouve... je vais peut-être changer... je suis sur la bonne voie...

— Disons qu'il faudrait que tu sois moins *J. R.* et davantage *Bobby.* Je parle des *Ewing* évidemment.

— Ah ouais, c'est ça, c'est tout à fait ça ! Bon, j'te promets rien, mais j'vais essayer, Lisa...

— Si ça te chante, rien ne t'empêche d'être aussi un peu *James Beaumont...*

— Oh *James*, mon petit *James* ! Putain crotte, motus et bouche cousue, v'là les matons qui s'pointent !

— Une dernière chose, Maritzé, comment sais-tu que c'est Poppy qui a fait le coup ?

— Fastoche. Quand le directeur nous a convoquées, elle et moi, dans son bureau pour causer du vol, à aucun moment, il n'a précisé qu'il s'agissait de calmants ni même de médicaments. Il a juste parlé d'un vol, c'est tout. C'est Poppy qui, d'elle-même, a évoqué les calmants.

— Le directeur sait qu'elle est coupable alors ?

— À moins d'être sourd, ouais, c'est sûr et certain.

POPPY

Je n'en crois ni mes yeux ni mes oreilles, *El amor es un huracán* est sens dessus dessous. Ces deux patates de Dolores et Manuela sont derrière les barreaux. La police est remontée jusqu'à elles après avoir trouvé dans la voiture contenant le cadavre de Bernardo un faux ongle appartenant à Manuela. L'ADN a parlé, elles ont été obligées de passer aux aveux. Après avoir été rivales, elles ont fini par pactiser pour éliminer l'homme infidèle. Résultat : Dolores a pris quinze ans ; Manuela, le cerveau de l'opération... enfin, le cerveau... je m'entends, est sous les verrous pour vingt longues années, ce qui devrait lui laisser suffisamment de temps pour se perfectionner dans l'art de la prothèse ongulaire.

J'ai profité que Maritzé et Lisa soient au mitard pour téléphoner à Giacomo. Je me doutais que ce serait une épreuve. J'ai d'abord appelé sur son portable. J'ai appelé plusieurs fois. Ça a sonné, sonné, sonné... rien. Ensuite, j'ai pris mon courage à deux mains et j'ai composé le numéro de la maison. Nino a décroché immédiatement, mais j'ai été incapable de sortir un son de ma bouche. « Allô... allô... allô, qui est à l'appareil ? Parlez bon sang, parlez ! », il a fait avant de raccrocher, visiblement agacé. Je n'ai pas eu le courage de recommencer.

De retour dans la cellule, j'ai fait un malheur. J'ai tout balancé contre les murs, y compris mes propres affaires : draps, couvertures, matelas... Seuls les lits et la table — soudés au sol — ont été épargnés ainsi que la télévision. Je n'allais tout de même pas me priver du seul plaisir qui me reste : regarder Manuela et Dolores se faire des séances de manucure en prison. Maritzé et Lisa croupissent encore au mitard jusqu'à dimanche prochain et ça, c'est la meilleure nouvelle qui soit. Il faut bien qu'il y en ait une.

LISA

Le mitard est une sorte de boîte d'allumettes à l'intérieur de laquelle je me fais l'effet d'un insecte pris au piège. Ça, c'est l'impression première que j'ai eue lorsque les gardiens m'y ont accompagnée hier en fin d'après-midi. À part que très vite, au lieu de me laisser envahir par une inévitable sensation d'oppression due à la petitesse de l'endroit et à l'absence de fenêtre, j'ai pensé à *Gregor Samsa*, le héros de la *Métamorphose* de Kafka, un voyageur de commerce transformé en insecte... en monstrueux insecte même, il me semble qu'il est écrit dans le livre. L'idée m'a plu, l'image plus précisément. Je me souviens m'être assise sur le lit dur comme de la pierre et avoir commencé à sourire en m'imaginant en punaise. Pour être tout à fait honnête, je me suis très exactement visualisée en scarabée, un joli scarabée argenté et bleu. Jusqu'où va se nicher la coquetterie tout de même ?... Au début, j'ai simplement pouffé et puis tout d'un coup, je suis partie d'un énorme éclat de rire. J'ai ri, ri, ri, ri comme cela faisait des mois que cela ne m'était pas arrivé ! J'ai tellement ri que j'en suis tombée par terre et que, loin de m'arrêter, j'ai continué à me bidonner jusqu'à en pleurer. Ce rire, j'ai eu envie de l'embrasser, de le remercier, de le célébrer. J'ai eu envie de lui faire une petite danse de Sioux, quelque chose de bien tribal, de bien ventral aussi où j'aurais également tapé des pieds sur le sol, tapé très fort, où j'aurais remué les bras et le cou en agitant la tête dans tous les sens. Ce rire, c'était bien davantage qu'un rire, c'était une explosion, un débordement, un geyser, un orgasme, une expulsion cathartique d'où giclaient pêle-mêle désespoir, chagrin, colère et joie. Car au final, de la joie, il m'en restait... c'est ce que je découvrais... et c'était incroyable, totalement incroyable ! De l'élan vital je suppose, une sorte d'instinct, de mémoire ravivée, un coffre aux trésors rempli à ras bord. Je ne sais pas comment appeler cette irruption providentielle, ce jaillissement merveilleux venu du plus profond de mon être, d'une partie intacte à priori, préservée des plus grosses vilenies et des tourments les plus sombres, non, je ne sais pas. Je sais seulement que cette euphorie torrentielle — et exponentielle — m'a fait me dire lorsque je me suis relevée : « En réalité, nous sommes une énigme à nous-même... un véritable mystère... nous nous connaissons si peu... » Et soudain, mon séjour au mitard m'a semblé la plus trépidante des retraites.

Galvanisée par cet épisode, à la première occasion — c'est-à-dire la promenade de cet après-midi — je suis allée parler à Maritzé. J'ai eu de la chance, à peu près au même moment, un départ d'incendie a été signalé dans les cuisines du réfectoire et en très peu de temps, un immense bazar s'est propagé dans plusieurs bâtiments de la prison, ce qui nous a permis d'entamer une petite discussion en toute discrétion. Même si nous nous trouvions dans deux portions bien distinctes de la cour, deux portions séparées par un muret d'environ un mètre, nous n'avons eu aucune difficulté à communiquer. Je ne me suis pas gênée pour dire à Maritzé tout ce que j'avais sur le cœur depuis de longues semaines, ce qui m'a énormément soulagée. Bon… si je ne suis pas convaincue d'avoir été comprise, je peux au moins espérer avoir été entendue. C'est déjà ça…

Je m'en fiche que cette cellule soit minuscule, je m'en fiche de ne voir ni le jour ni la nuit, je m'en fiche d'être constamment ou presque exposée à la lumière électrique, je suis seule et si heureuse de l'être qu'il n'y a que cela qui compte à mes yeux. Hier soir, j'ai pris dans mon cachot mon premier repas — livré à domicile ! — assise en tailleur sur mon lit… **tranquillement** assise en tailleur sur mon lit, je devrais dire. Quel bonheur ce fut pour moi de ne pas avoir à subir les mastications intempestives d'une horde d'immondes cochonnes absolument écœurantes, tout ça, dans un brouhaha assourdissant ! Pas une insulte qui ne soit venue siffler à mes oreilles, aucune menace, pas davantage de grossièreté. Fini les bouts de pain, les morceaux de rôti, les pots de yaourt qui volent d'un bout à l'autre du réfectoire. Plus de sauce vinaigrette renversée sur le crâne, plus de couteaux plantés dans les fesses, plus de croche-pieds dans les allées, de crachats dans les verres, plus rien de tout cela pour me couper l'appétit et me saper le moral. Conséquence, j'ai mangé mes spaghettis lentement, très lentement, religieusement, en mâchant comme si je me nourrissais pour la première fois, en faisant pour commencer de petits tortillons avec ma fourchette puis en jouant avec les pâtes comme si c'était de la ficelle. J'ai tout dévoré, tout, je me suis même payé le luxe de terminer mon assiette en la léchant plusieurs fois. Avec le dessert, une tartelette aux pommes, j'ai procédé de manière similaire… enfin non, pas tout à fait. Je l'ai d'abord mise sous mon nez, puis j'ai pris le temps de sentir son parfum, d'admirer la fine couche de sucre délicatement saupoudrée sur les jolis fruits avant de mordre goulûment dans la pâte feuilletée. Huuummm, cette pâte feuilletée, qui a fait ça ??? Non, mais qui !!! Il ou elle mérite une médaille, voire la Légion d'honneur !!! Ensuite, repue et comblée, j'ai dormi d'une seule traite de dix-neuf heures à cinq heures trente du matin et lorsque je me suis réveillée, de nouveau j'ai eu droit au room service. Autant dire que je me suis empressée de beurrer généreusement trois, quatre puis cinq tartines tout en savourant mon café. Pour que tout fût parfait, il aurait juste fallu un chouia plus de lait et peut-être aussi une petite confiture, mais bon...

Après le petit déjeuner, je me suis remise au lit puisque les douches ne sont accessibles que le lundi et le jeudi lorsqu'on séjourne au mitard. Soit, c'est ainsi. Pas de problème, d'autant qu'il n'y a aucun risque d'incommoder les voisines. Demain, lorsque le gardien viendra me chercher vers seize heures pour ma promenade quotidienne, il y a de fortes chances pour que je décline sa proposition. « C'est très urbain de votre part cher monsieur, je lui dirai avec courtoisie, mais je suis parfaitement bien chez moi... enfin, dans ma cellule. Aujourd'hui, je n'ai pas besoin de me dégourdir les jambes, demain peut-être... » Et la journée passera ainsi entre réflexions diverses, rêveries et siestes.

Tout à l'heure, plusieurs chansons me sont revenues, quelques-unes en français, d'autres en anglais. Des chansons de Joe Dassin, de Frank Sinatra et de Nina Simone. Tout en chantonnant, j'ai commencé à danser, puis je me suis lancée dans des mouvements de gymnastique. Ensuite, je me suis déshabillée entièrement. J'ai observé mes jambes, je les ai examinées sous toutes les coutures. Après j'ai tâté mes fesses, j'ai passé mes mains sur mon ventre et mes seins, je suis remontée jusqu'aux épaules, jusqu'au cou et au visage avant de me lisser les cheveux. « Ça n'est pas si mal, j'ai pensé. Mais oui, avec tous ces kilos en moins, ça n'est pas mal du tout ! »

Me voilà de nouveau sur mon lit. En même temps trois mètres carrés sur trois mètres carrés, on a vite fait le tour. Vue immuable sur les murs, le sol, le plafond et l'éclairage électrique. Le strict minimum. Les toilettes sont dans une autre pièce de sorte qu'il faut demander pour pouvoir y accéder. Soit je demande. Soit, le mot me vient sans cesse à l'esprit depuis que je suis au mitard. Je crois... non, il me semble... non, je suis sûre et certaine que c'est parce que j'ai enfin accepté la situation. Oui, je sais, c'est absolument dément, c'est totalement fou et j'en suis la première stupéfaite mais c'est un fait : j'ai avalé la pilule ou plutôt, j'ai arrêté de lutter. Terminé le combat. Je ne parle pas seulement de l'isolement au cachot mais de mon incarcération en général. De mes quatorze ans. Deux fois sept. Huit plus six. Quarante-deux moins vingt-huit. Je crois même être en mesure d'expliquer où et comment le miracle a eu lieu. Où ? Ici au mitard, dès que je l'ai intégré. Oui, c'est ça, il a fallu que j'atterrisse dans cet endroit plus que minuscule, lilliputien, pour que je finisse par admettre la longueur de ma peine. J'allais dire sa grandiosité mais non pas vraiment, sa grandeur à la rigueur, son ampleur... comme l'ampleur des dégâts, son énormité. Comment le miracle s'est-il produit ? D'un seul coup. L'endroit étant si exigu, il ne m'a plus été possible de fuir la réalité. Je n'ai plus pu regarder ailleurs, de-ci de-là, à gauche, à droite, devant, derrière. Non, je n'ai plus pu, j'ai été obligée de l'affronter. Cela ne signifie pas pour autant que je me sois résignée, non pas du tout, j'ai cessé de me dérober, ce qui est tout à fait différent...

D'un seul coup, l'infiniment petit a rendu l'infiniment grand inévitable. D'un seul coup, l'infiniment petit et l'infiniment grand se sont enlacés pour se faire un long et tendre baiser. Le baiser de l'alliance, de la réconciliation. Le baiser de l'entente, de l'accord mutuel, du consentement, d'un commencement de paix j'ose espérer. Le baiser du soit, c'est ainsi et c'est ainsi pour quatorze ans... enfin, treize ans, neuf mois, neuf jours et des poussières maintenant. « L'éternité c'est long, surtout vers la fin », ironisait Woody Allen. Cette phrase me fait toujours autant rire et si je ris, c'est signe de bonne santé mentale... du moins pas trop mauvaise. C'est signe que soit, c'est ainsi, j'y suis j'y reste, telle est ma destinée.

Woody Allen m'a immanquablement fait penser à Daisy, elle en était raide dingue. Pendant des années, elle s'est débrouillée pour assister à la plupart de ses avant-premières. Lors de l'une de nos fameuses virées à New York, nous sommes allées nous poster devant l'appartement du cinéaste, Daisy ayant réussi à se procurer son adresse privée par une de ses connaissances du show-biz. Nous y avons fait des tas de photos, des photos drôlissimes sur lesquelles nous prenions la pose comme si nous étions des stars internationales. Ce jour-là, Daisy a tenu à ce que nous restions plantées sur le pas de la porte du maître pour essayer de l'apercevoir, mais au bout d'une heure sans la moindre apparition, j'ai craqué et j'ai refusé d'attendre ne serait-ce qu'une seconde de plus. Daisy a fait la tête un moment, un bon moment même, jusqu'à ce que je finisse par lui dégoter une projection de *Manhattan* dans un vieux cinéma de quartier.

Au souvenir de Daisy, mon bel optimisme s'est évanoui et tout s'est assombri lorsque je l'ai imaginée sur son lit d'hôpital. Daisy très maigre, Daisy très pâle et sans énergie. Daisy dévorée par les tumeurs… Daisy agonisante puis Daisy morte. Daisy morte sans moi. Daisy dans un autre monde que le mien, nous qui n'en formions qu'un. Dans la foulée, ce que je muselais de toutes mes forces depuis la lecture de la lettre de Peter — je veux parler de la symbolique des organes — ce que je muselais de toutes mes forces donc a fini par me rattraper. Et pour cause, c'est Daisy elle-même qui m'a appris que chacune de nos émotions négatives, la plupart de nos traumatismes, nos peines et nos chagrins refoulés se transforment en maladies de plus ou moins grande gravité. C'est Daisy elle-même qui m'a enseigné qu'un cœur atteint par une pathologie est sans surprise la conséquence d'un amour disparu, d'une amitié pulvérisée… quoi qu'il en soit, le cri d'un cœur brisé. Le foie, c'est la colère. Celle qui l'a immanquablement dévastée lorsque j'ai fait ce que j'ai fait, lorsque j'ai fichu en l'air mon existence alors qu'elle m'avait si souvent mise en garde. Certes, je vais peut-être survivre à mon incarcération, mais vais-je résister à l'idée d'avoir tué Daisy ? Non, je ne crois pas. Et si je ne le crois pas, c'est parce que je n'en ai pas forcément envie. Je suis coupable et pour cela, je dois payer. Il faut que je sois punie pour avoir précipité par mon irresponsabilité la fin de l'être humain que j'aimais le plus sur terre, l'être humain qui me chérissait comme personne n'a jamais pris la peine de le faire.

MARITZÉ

Vendredi 20 octobre 2023

— Ah, Maritzé, je vous attendais, comment allez-vous aujourd'hui ?

— Ben, pas trop mal pour quelqu'un qui fait un p'tit séjour au mitard. En fait, je crois que si j'ai la pêche, c'est parce que j'en reviens toujours pas qu'un gardien soit venu me chercher pour la séance, j'pensais qu'elle allait me passer sous l'nez. J'étais sûre et certaine que j'serais punie, rapport à que je sors du cachot seulement demain.

— Si vous êtes là, c'est parce que je suis personnellement intervenue auprès de monsieur le directeur afin qu'il vous accorde l'autorisation exceptionnelle d'assister à notre rendez-vous.

— Quoi, vous avez fait ça !? Mais en quel honneur ?

— Je considère que vous progressez plus que convenablement, Maritzé, et si vous progressez autant, c'est parce que vous faites tous les efforts qu'il faut pour évoluer. Cela mérite bien quelques encouragements…

— Ah ben, ça alors, madame Bamb… Liz… ça alors, ça me la coupe !

— Et puis ici on ne punit pas, Maritzé, comme vous l'avez dit à l'instant et comme vous semblez encore le craindre. Ici on ne juge pas non plus du reste, mais on tente de cerner les rouages de votre inconscient afin de vous débarrasser de vos désordres intérieurs, afin que vous cessiez de buter constamment sur les mêmes obstacles. En d'autres termes, on vous reprogramme ; du moins, on essaie. D'ailleurs, si la faveur que je vous ai faite — ou que vous considérez que je vous ai faite — pouvait vous familiariser un peu plus avec le sentiment de confiance, ce serait merveilleux, j'aurais réussi mon coup, si je puis m'exprimer ainsi.

— Ben, ça, j'sais pas, j'sais juste que ça m'touche, ça m'donnerait presque envie de chialer, putain…

— Ce qu'il est impératif que vous réalisiez, Maritzé, c'est qu'il y a encore quelque temps, vous n'auriez jamais accepté que je fasse quelque chose pour vous, vous auriez immédiatement mis ma parole en doute et vous m'auriez agressée sans même chercher à comprendre…

— Euuuhhh… ouais, ouais… c'est pas faux… peut-être bien…

— Cela signifie qu'à présent, vous êtes prête pour entamer une nouvelle étape. Cette étape consiste à vous éloigner — vous éloigner progressivement, je précise — du schéma dans lequel vous vous êtes enfermée concernant les relations que vous entretenez avec les autres. Car voyez-vous, Maritzé, avec vos semblables, vous vous comportez toujours de la même manière, une manière très névrotique : soit vous êtes victime, soit vous êtes bourreau. Victime de la Viquoque, de votre ancien compagnon, de Poppy, de la société en général ; bourreau de Lisa, de Vicky quelquefois. C'est dommage, plus que dommage, les rapports humains peuvent être d'une tout autre nature, vous savez…

— Ben, justement, à c'propos, Lisa est venue me parler pendant la promenade et ça s'est plutôt bien passé, enfin, pas trop mal, vu que c'est à cause de moi qu'elle se retrouve au mitard quand même. Je suppose qu'on vous a mise au courant sur les circonst…

— Mais c'est une excellente nouvelle que vous m'annoncez là, Maritzé ! Qu'est-ce que je vous disais, petit à petit, vous avancez et un jour, avec tous les innombrables pas que vous aurez mis bout à bout, vous vous réjouirez d'avoir accompli un parcours de géant ! Si vous le voulez bien, nous reparlerons une autre fois de ce qui a fait que vous êtes à l'isolement, Lisa et vous. Pour l'instant, il est primordial que vous vous rendiez compte que celle qui fonctionne invariablement sur le mode victime/bourreau, eh bien, celle-là n'est autre que la petite fille qui est en vous, Maritzé.

— …

— Oui, parfaitement, vous avez beau avoir avancé en âge, la petite fille que vous étiez n'est pas morte. Non seulement elle continue d'exister, mais elle vous suit comme une ombre. Régulièrement elle se manifeste à travers vos pensées, à travers vos réactions, vos émotions. Elle oriente nombre de vos choix. Vous croyez être aux commandes de votre vie, mais vous vous trompez, la plupart du temps c'est elle qui tient le gouvernail. À voir la tête que vous faites, Maritzé, je suis sûre que vous êtes en train de vous demander de quelle manière elle s'y prend. Ma foi c'est très simple, elle agit suivant ce qu'elle connaît, ce qui lui est familier : jadis elle était maltraitée, aujourd'hui elle continue à être maltraitée ou bien elle maltraite à son tour. Elle ne sait pas faire autrement, c'est un cercle vicieux et ce cercle vicieux vous fait souffrir, vous l'adulte.

— Mais j'ai vingt-huit ans, j'suis plus une morveuse !

— Oui, pour tout un tas de choses vous êtes majeure et vaccinée, Maritzé, il n'y a aucun doute là-dessus, rassurez-vous, mais pour ce qui est de votre fonctionnement interne, c'est une autre histoire. Lorsque vous êtes face à telle ou telle personne, lorsque vous êtes confrontée à telle ou telle situation qui vous ramène consciemment ou non à vos traumatismes, le scénario de la petite fille blessée se remet en route et c'est reparti pour un tour : soit vous êtes attaquée, soit vous attaquez.

— Mais c'est affreux ! J'pourrai jamais m'en sortir alors, j'suis coincée ! Ah, mais je le reconnais, c'est le déter... le détermino... j'sais plus comment qu'on dit déjà...

— C'est affreux si vous ne comprenez pas que vous êtes la marionnette de votre passé, mais à partir du moment où vous en prenez conscience, vous avez le pouvoir de vous libérer.

— Et comment qu'on s'libère, hein, comment, surtout quand on est en taule ???

— À vrai dire — et c'est la deuxième bonne nouvelle du jour ! — en acceptant que je vous aide à assister à cette séance, vous avez déjà commencé, Maritzé. Vous êtes sortie de l'éternelle trame victime/bourreau, vous avez rompu avec vos habitudes pour une fois.

— À part que j'ai pas fait exprès...

— N'ayez crainte, je vais vous expliquer de quelle façon vous serez sous peu en mesure de « faire exprès » comme vous dites, je suis là pour ça. Regardez-moi et écoutez attentivement, voilà ce qui va se passer maintenant : cette petite Maritzé effrayée, rabaissée, humiliée, violentée, vous et moi, nous allons la faire grandir.

— GRANDIR ???

— Absolument, nous allons lui apporter tout ce qu'elle n'a pas reçu dans son enfance, mais auparavant, j'ai besoin d'en savoir davantage sur l'éducation que vous donnez à Vicky. Mis à part l'épisode malheureux que vous m'avez raconté la dernière fois, je suis sûre que vous êtes une mère très attentive. Comment faites-vous pour que votre petite fleur pousse au mieux, expliquez-moi.

— Je lui prépare... enfin, je lui préparais du pané, des poissons panés...

— Oui, bien sûr, mais...

— Des pâtes aussi, elle adore ça, comme tous les gosses. Par contre, impossible de lui faire avaler un steak, elle déteste !

— Et autrement, vous lui faites des câlins, vous lui dites qu'elle est jolie, qu'elle est intelligente ou bien vous ne l'embrassez jamais, vous lui rabâchez qu'elle est moche, idiote, une vraie bonne à rien ?

— Ça va pas non ? Je lui dis jamais ça ! Sauf les dérapages où j'ai déconné grave, je l'embrasse tout le temps, je la renifle partout. Je lui répète qu'elle est adorable, qu'elle est futée, drôle et trop craquante, que c'est le soleil de ma vie parce que c'est vrai, putain crotte, c'est le soleil de ma vie, ma Vicky...

— Et à vous, vous vous dites aussi que vous êtes adorable, futée, drôle et trop craquante, que vous êtes le soleil de votre vie ?

— Ah ben, non, bien sûr que non, moi j'suis la reine des connes.

— Là, vous voyez, c'est précisément la petite Maritzé à laquelle on a fait croire qu'elle était la reine des connes qui s'exprime. Alors sans plus tarder, nous allons effacer toutes les bêtises et les ignominies qu'on lui a rentrées de force dans le crâne et nous allons lui apprendre à s'aimer.

— Ouh, là, là, tout de suite les grands mots... permettez-moi de vous dire qu'on n'est pas sorties de l'auberge, madame !!!

— Reconnaître que vous ne vous aimez pas est déjà un bon départ, Maritzé ; au moins, vous n'êtes pas dans le déni.

— Ben franchement, j'vois pas trop ce que j'pourrais aimer en moi, j'ai tout foiré. J'suis une cloche, la loseuse intégrale.

— Méfiez-vous, Maritzé, au train où vont les choses dans votre travail thérapeutique, vous n'aurez peut-être bientôt plus d'autre choix que de vous aimer. Profitez donc des quelques heures qu'il vous reste à passer à l'isoloir pour vous faire à cette idée.

— Pfeuuu même si j'voulais, j'saurais pas. J'sais pas comment le bitoniau de l'amour fonctionne… en tous les cas pour moi.

— Je vous donne une piste pour le bitoniau de l'amour : parlez-vous comme vous parleriez à Vicky, c'est-à-dire avec tendresse. Si c'est trop difficile, si vous vous sentez encore trop coupable vis-à-vis d'elle, adressez-vous à vous comme vous vous adressiez autrefois à Jean-Marc quand il était aux prises avec ses angoisses. Vous le consoliez, vous le chouchoutiez, vous le rassuriez lorsqu'il était triste et inquiet. En somme, vous étiez une bonne mère pour lui, une très bonne mère même. Alors aujourd'hui, pourquoi ne seriez-vous pas cette bonne mère pour vous ? Pourquoi ne vous diriez-vous pas : « Maritzé, tu as commis des erreurs, comme tout le monde d'ailleurs, mais tu es une chic fille, une femme formidable, tu as des tas de qualités. »

— Parce que c'est des barres, tiens !!!

— Ta ta ta ta, essayez, qu'est-ce que vous avez à perdre de toute façon ? En ce qui me concerne, je trouve que vous êtes une excellente patiente par exemple, et que votre personnalité est loin d'être sans intérêt.

— Ah ouais, mais vous…

— Inutile de faire de commentaire, Maritzé, acceptez juste le compliment. La séance est terminée, je vous souhaite de passer une bonne journée.

POPPY

Il y a des matins où lorsqu'on se rend au réfectoire, la mer semble s'y être invitée. L'air est lourd et poisseux ; il sent le sel, l'eau, le vent, la houle. On entend presque les rires des marins et les sirènes des cargos. Hier soir, il y a eu un orage et la foudre est tombée. Toute la nuit, la tempête a titillé la Méditerranée qui en est encore tout émoustillée.

De retour dans la 18 B, j'ai réalisé que l'odeur de Maritzé et Lisa me manquait. Maritzé a beau empester l'eau de Cologne bon marché qu'une ancienne connaissance lui envoie par colis de quatre énormes flacons à chaque fois, j'ai fini par m'y habituer comme on s'habitue aux grondements de l'A380 quand on a eu la mauvaise idée de poser ses valises tout près d'un aéroport ou au flot dégoulinant de voitures lorsqu'on a un jardin qui donne directement sur l'autoroute des vacances. Quant à Lisa qui a dû s'asperger d'une flopée de parfums coûteux tout le temps qu'a duré sa pétulante existence outre-Atlantique, il ne lui en reste plus rien, la pauvre. On dirait que sa peau est morte, un peu comme celle des mannequins de cire que l'on exile dans les sous-sols des grands magasins quand on n'a plus lieu d'en disposer.

À ce titre comme à bien d'autres, Lisa est une curiosité. Lorsque le thermomètre affiche plus de quarante degrés, impossible de détecter chez elle la moindre trace de transpiration. La fraîcheur ne la fait pas davantage rosir. Quelquefois il m'arrive de penser que son sang s'est figé dès son arrivée au gnouf et que ses fonctions vitales ne sont plus jamais revenues à la normale. Toujours est-il que dans cet univers de matériaux froids et inesthétiques qu'est l'univers carcéral — tout est en métal en prison, même les couvertures donnent l'impression d'être en fonte tant elles pèsent lourd — bref, dans cet univers parfaitement inhospitalier, la moindre fragrance est une bulle de savon, un équinoxe, un battement d'ailes au-dessus d'un désert pétrifié.

L'odeur, qu'elle soit douce, aigre, envoûtante ou repoussante, c'est l'humain. Je le réalise seulement maintenant, depuis que je suis à Binkara je veux dire, et encore plus, depuis que je suis seule en cellule. Portes, murs, fenêtres, barreaux, serrures sont désespérément égaux à eux-mêmes, définitivement inodores. Dans cent ans, dans mille ans, des dizaines et des dizaines d'autres détenues auront à leur tour le malheur d'être exposées à cette même non-senteur, à ce même néant qu'est l'absence irrévocable de la moindre surprise olfactive. Cependant l'exception confirmant la règle, quelquefois, l'occasion sera probablement donnée à certaines, par le plus grand des hasards de la compatibilité des sécrétions, vapeurs et autres exhalaisons corporelles, de sentir l'espace d'une ou deux secondes vibrer leurs narines — et leur cœur ! — au détour des effluves d'une chevelure impeccablement shampouinée, d'une nuque délicatement enduite de crème, d'une exquise lessive utilisée par telle ou telle matonne ou d'un non moins délicieux après-rasage dont se sera abondamment aspergé un futur directeur pour le moins coquet. En parlant d'odeurs, c'est volontairement que je n'évoque pas le détergent à vomir que le service de nettoyage — à moins que ce ne soit d'extermination — s'obstine à répandre du sol au plafond, et ce, avec la régularité d'un métronome, non, je préfère ne pas l'évoquer... je suis suffisamment perturbée comme ça aujourd'hui...

L'objet de mes préoccupations, le voici. Maritzé et Lisa sont au mitard depuis samedi dernier. Si les premiers jours je m'en frottais les mains, très vite mon enthousiasme est retombé comme un soufflé, beaucoup plus vite que ce que je m'étais figuré en tous les cas. J'ai eu le temps de réfléchir au pourquoi du comment et pour cause, le temps, c'est bien tout ce qui me reste. Hélas, ce que j'en ai déduit est loin de m'avoir fait pousser des cris de joie. J'ai compris en effet que ce qui me réjouit est moins l'absence des filles que le fait d'avoir réussi à les envoyer à l'isolement. Au final si ma jubilation n'est pas à la hauteur de mes espérances, c'est parce que je ne profite tout simplement pas du fait d'être reine en mon royaume, mes vassales ne s'y trouvant pas. Amer constat, cruelle désillusion... moi qui rêvais de savourer ma souveraineté comme un merveilleux bonbon au miel, j'ai découvert que la friandise était au poivre sitôt après l'avoir sortie de son emballage.

J'ai encore poussé davantage l'introspection, et force est de constater qu'il y a un autre obstacle à mon plaisir. Cet obstacle, je le nomme, c'est ma haine. La haine que je porte à Maritzé et Lisa. En leur présence, je m'en nourris. Elle m'occupe, elle me remplit, elle me donne des objectifs et de l'importance. Je n'ai de cesse de dérouler des plans, d'envisager des stratégies, de tendre des pièges. En un mot comme en cent, ma haine est une activité à plein-temps. Mais voilà que sans la Gitane et l'Amerloque, c'est comme si je ne savais plus quoi en faire, ou plus exactement, c'est comme si elle me revenait comme un boomerang. C'est comme si je commençais à me haïr moi-même. Bon sang, mais oui, c'est ça, c'est comme si je commençais à ne plus pouvoir me saquer... Qu'elles reviennent, ces chiennes, qu'elles reviennent et vite !!!

LISA

Hier, j'ai pris la seconde douche à laquelle j'ai droit à l'isolement. Le temps étant compté — chaque pensionnaire du mitard dispose en tout et pour tout de cinq minutes pour se laver — j'ai géré intelligemment, disons plus intelligemment que la première fois. Le déshabillage et le rhabillage ne m'ont pas pris plus de soixante secondes, moins peut-être, de sorte que pendant quatre minutes pleines, j'ai goûté au plaisir inestimable d'une eau chaude, bien chaude, relaxant tout mon corps. Pour profiter au maximum, je n'ai rien laissé au hasard. Après m'être vigoureusement savonnée, j'ai laissé aller ma tête sur mon cou, j'ai fermé les yeux et j'ai dirigé le pommeau sur ma nuque. Le jet a ensuite généreusement aspergé mes épaules avant de cascader sur mon dos... oui parfaitement, cascader, j'ose le néologisme tant le moment fut divin. J'allais poursuivre en remontant sur ma chevelure lorsque subitement, ma vue s'est brouillée, ce qui m'a fait légèrement vaciller. Cette semi-syncope, ce tout petit collapsus, je les ai mis sur le compte d'un trop-plein de volupté sitôt mes esprits recouvrés. Il est vrai que je ne suis plus habituée aux joies du spa, encore moins à celles du jacuzzi ; or, cette douche les surpassait largement. Je l'affirme, cette douche n'était pas une simple douche, ces gouttes d'eau n'étaient pas de simples gouttes d'eau, elles n'étaient rien moins que les « perles de pluie » de Jacques Brel. Les perles de pluie venues de pays où il ne pleut pas...

De retour dans ma caverne — le mot s'est imposé à moi dans la nuit alors que je songeais non sans angoisse qu'il me faudrait bientôt revenir parmi les zombies — les bienfaits de mes cinq minutes d'hydrothérapie n'ont pas fait long feu. Alors que j'étais occupée à me sécher les cheveux avec un bout de drap, Daisy a surgi d'un coup ou plutôt... son absence !!! Car aussi étrange que cela puisse paraître, c'est à ce moment et à ce moment seulement depuis l'annonce de son décès que j'ai véritablement ressenti le manque. Le manque qui emporte tout sur son passage, celui qui vous fait dégringoler de cinquante étages alors que vous déambulez tranquillement dans une verte prairie. En lisant la lettre de Peter, j'ai évidemment été dévastée par le chagrin, j'ai souffert jusqu'à la suffocation, j'ai pleuré toutes les larmes de mon corps mais je n'ai pas tout saisi, je n'ai rien compris au film ou plutôt non, je me suis débrouillée pour me tenir le plus à distance possible du fait que nous étions pour toujours arrachées l'une à l'autre, Daisy et moi. Je m'en suis protégée et pour cause. Si la peine vous plonge dans le désespoir, si elle vous assomme, le manque, lui, vous étrille, il vous cravache sans vous lâcher d'une semelle. Il vous secoue comme un prunier alors que vous n'êtes plus qu'un fantôme, un trou béant. Il vous prend ce que vous avez de plus cher tout en vous ordonnant d'avancer coûte que coûte. L'affliction laisse exsangue, l'absence martyrise. C'est le fouet qui fait saigner mon âme.

« Daisy, oh, ma Daisy, si tu me vois, si tu m'entends, pardonne-moi, je sais que je t'ai livrée à la mort. C'est par ma faute si tu n'es plus là mais je saurai me racheter, je te le promets », me suis-je alors mise à psalmodier agenouillée sur mon lit, mains jointes sur le cœur. « Je vais me remettre à écrire, Daisy, et je vais le faire pour toi, ainsi serons-nous de nouveau réunies... » ai-je terminé en faisant le signe de la croix, moi qui n'ai foi en rien... excepté en l'amitié...

MARITZÉ

Mardi 31 octobre 2023

J'ai jamais vraiment été portée sur le sexe, d'ailleurs, rien que le mot me donne envie de gerber. Je me souviens que chez **Farinet Viennoiseries**, à la pause-café, tout le monde faisait des blagues de cul. Si je me forçais à rigoler, c'était seulement pour pas perdre la face devant les copains parce qu'en vrai, j'étais foutrement mal à l'aise. Faut dire que de ce côté-là — comme de tous les autres d'ailleurs — dès le départ, les choses ont sévèrement merdé pour moi…

J'avais treize ans, presque quatorze, le jour où j'ai eu mes règles pour la première fois. On venait de finir de dîner chez la Viquoque quand, en allant aux toilettes, je me suis aperçue que le fond de ma culotte était tout dégueulassé par une tache brune, un truc très zarbi. Lorsque, moins d'une minute plus tard, j'ai découvert qu'y avait du sang dans la cuvette, j'ai paniqué complet. « Putain crotte, je suis cuite ! », j'ai pensé, terrorisée tout en me demandant si j'allais souffrir longtemps avant de crever ou bien si la mort m'emporterait brutalement. Je me souviens qu'à cet instant, a surgi dans mon esprit l'image du pauvre canard que deux ou trois jours plus tôt un gros naze de voisin avait zigouillé sous mes yeux en lui tranchant la gorge d'un coup sec. CLAC !!!

Bon, eh ben, avec tout ça, il a quand même bien fallu que j'en sorte moi des chiottes. Une fois à l'extérieur, j'ai rien dit à personne évidemment, pas même à Jean-Marc. Malgré notre proximité et malgré l'extrême gravité de la situation, jamais j'aurais osé évoquer avec lui cette partie de mon anatomie. Tremblant de tous mes membres, je me suis contentée de faire un détour par sa chambre avant de rejoindre la mienne. « Adios, crapulos », je lui ai glissé à l'oreille des trémolos dans la voix avant de l'embrasser sur le haut du crâne pour éviter de croiser son regard. Le plus déchirant des « adios, crapulos » de tous les temps…

Le lendemain matin, j'étais pas morte mais c'était tout comme, le sang continuait de couler et j'avais affreusement mal au ventre. Moi qui suis pas très finaude, pour une fois, j'ai essayé de procéder intelligemment en interrogeant en toute discrétion les uns et les autres sur leur état de santé. J'ai même fait remarquer à la Viquoque qu'elle était pâle, très pâle, bien plus pâle que d'habitude, histoire de savoir où elle avait mal si elle avait mal quelque part. Mis à part qu'elle s'était goinfrée d'artichauts la veille au soir, j'ai pas récolté le moindre indice qui ait pu me mettre sur une piste vraiment sérieuse, mais comme dans l'après-midi, j'étais toujours autant bouffée par l'angoisse, j'ai couru récupérer les épluchures d'artichauts au fond de la poubelle… tout ça, pour finir par les mettre hors de cause dans la soirée après avoir passé trois bonnes heures à les examiner sous toutes les coutures.

Et puis au bout de quelques jours, j'étais guérie ! Inquiète que la maladie revienne, ça oui alors, mais guérie… jusqu'à ce que bien sûr — bien sûr, ça, je le dis seulement maintenant — je sois de nouveau atteinte le mois suivant et puis encore, le mois d'après… C'est que bien plus tard que le mystère s'est éclairci, quand un mercredi matin, je suis tombée par hasard sur une émission médicale à la télé pendant que la Viquoque s'était caltée au marché. J'avais quinze piges !

Cloche je l'ai été avec mes règles mais pas que, avec mes histoires de fesses aussi. Mon dépucelage, par exemple, j'y ai vu que du feu ou presque, j'avais pourtant seize ans passés. C'était un quatorze juillet, j'me rappelle, j'avais fait le mur pour rejoindre ma meilleure copine au bal. Pour rien au monde j'aurais loupé l'occase de boire un coup et de fumer un joint ou deux. Danser j'aimais pas trop ou plutôt j'étais gênée de me dandiner devant des inconnus mais me défoncer la tronche, ça oui alors, c'était mon kif ! Ça me donnait l'impression de faire un bras d'honneur géant à la Viquoque. C'était aussi une manière de dire merde à la vie, à ma vie, à tous ceux qui avaient usé et qui continuaient à user de tous leurs talents pour bien me la pourrir. Bref, j'avais déjà plusieurs verres de mauvais vin dans le gosier et je venais de terminer mon premier pétard quand un mec chelou est venu m'aborder près de la buvette, une sorte de punk encore moins frais que moi. J'ai pas refusé quand il m'a proposé un Ricard, même si le Ricard, moi, j'ai toujours eu ça en horreur. On s'est mis à causer, mais comme la tête commençait à me tourner et que la musique était à donf, j'ai pas pigé grand-chose excepté qu'il s'appelait Patrice, qu'il niquait la société et chiait sur l'armée. J'y peux rien, moi, c'est comme ça qu'il a dit. Je sais pas pourquoi mais ce gars était terriblement en rogne contre les militaires. Si j'essayais de changer de sujet, il revenait tout le temps sur ces sales cons d'officiers, ces enfoirés de caporaux, ces têtes à claques de lieutenants et ces enculés de sergents. Et puis d'un coup, il a fait : « Ton père est pas de la partie au moins ? » « Non, non, j'ai répondu bien tranquillement, mon père il est dans le voyage. » « La Légion étrangère ??? », il a répliqué, agressif, en me saisissant par le bras. « Le voyage d'agrément », j'ai lancé en prenant de grands airs, réponse que j'avais l'habitude de servir depuis des lustres à tous les emmerdeurs qui voulaient connaître la profession de mes parents. Bingo, voilà-ti-pas qu'en deux secondes, le Patrice devient doux comme un agneau et m'entraîne dans les buissons avec une fiole d'alcool. On picole, on s'bécote, on se pochtronne de nouveau, on se roule des galoches de plus en plus énormes quand soudain, tout punk qu'il est, il fourre sa crête sous mon tee-shirt. Aussi sec, je me mets à tirer de toutes mes forces sur mon haut pour lui faire comprendre que je suis pas bien d'accord avec ses manières. Il continue de plus belle, il fait genre « J'ai rien capté ». On dirait même qu'il commence à être furax comme si j'étais officier, caporale, lieutenante ou peut-être même sergent ou sergente, je sais pas trop comment qu'on dit pour les filles. Je m'en veux de pas me débattre davantage mais j'me déballonne complètement, j'ai aucun courage, c'est comme si je le laissais avoir de l'ascendant sur moi, c'est comme si je l'autorisais à être le fort et moi la faible. C'est dingue ce qui s'passe, je me vois faire, je me rends compte que je devrais remuer comme une diablesse pour me dégager, mais pourtant, je bouge pas, j'y arrive pas. Dommage, parce que maint'nant, il est sur moi. Il me recouvre comme une crêpe. Il est lourd et il pue le Ricard. « Le Ricard c'est pour les fiottes ! », gueule tout le temps la Viquoque à l'apéro, mais bon, vu le pétrin dans lequel je me suis fourrée, vaut peut-être mieux pas que je mette de l'huile sur le feu en citant cette grande dame de la philosophie...

Un taureau, il me fait penser à un taureau qui fonce ce salop. Un taureau qui pèse un âne mort, c'est presque drôle. Au moment où je trouve enfin l'audace de l'ouvrir, il fiche une main sur ma bouche, baisse violemment ma culotte et m'enfonce son engin. Je pousse un cri, mais le cri sort pas et pour cause. Il est organisé le punk, il pense à tout, tout en faisant ses affaires, il continue à me clouer le bec avec son poing. Le cri fait donc demi-tour et explose dans ma poitrine. Je sais plus où j'ai mal, tellement j'ai mal. À l'intérieur ou à l'extérieur, je sais pas. Si ça s'trouve, tout le monde a vu comment il s'y est pris, l'enragé. Si ça s'trouve même les buissons ont mal, même les gens sur la piste, les gens qui dansent et qui draguent... ils ont certainement senti quelque chose, eux aussi, c'est pas possible autrement... Je tourne ma tête dans leur direction pour vérifier mais non… non… ça continue à guincher et à se conter fleurette. De toute façon, c'est pas grave. Jamais j'aurais été capable de le dénoncer, ce gros porc, même si y avait eu des millions de témoins et même si une tractopelle s'était spécialement déplacée pour me venir en aide… pour l'extraire de moi, quoi. Ouais, ça va, c'est bon, j'suis pas complètement frappée non plus, je sais très bien ce que je dis, il est tellement soudé à moi que même une grue pourrait pas nous désencastrer… l'armée à la rigueur… tiens, c'est dommage que l'armée se soit pas pointée à la fête, ça aurait peut-être eu son petit effet sur monsieur le bouffeur de soldats.

Ben, toujours est-il qu'il finit par se relever. Pas un regard pour moi, pas un mot. Il remonte son froc puis sa braguette et se mouche avec les doigts avant de disparaître vers le parking. Quand je suis bien sûre qu'il reviendra plus, je me rassois. Je saigne. « Putain crotte, je me dis, c'est pire que le coup des artichauts ! » Dans ma tête, je sais que c'est ça qu'on appelle faire l'amour. « La première fois, faut faire ça avec quelqu'un qu'on aime », elles répétaient toutes, les filles à l'école… mais bon, moi, l'école, on m'y a plus trop vue depuis mes quatorze ans aussi… et même avant… « c'était de l'intérim », ils disaient, les profs. Ceci explique peut-être cela.

POPPY

Je n'ai eu qu'un seul homme dans ma vie, Giacomo. Quand je dis un seul c'est un seul. Je n'ai jamais été attirée par aucun autre. Pourtant, j'ai eu une tripotée de propositions dans mon taxi : des timides, des délicates, des charmantes qui en auraient fait craquer plus d'unes. Des coquines, des salaces, des vulgaires jusqu'aux carrément sordides. À une époque, le propriétaire d'une maroquinerie de luxe de Bordeaux que je soupçonnais fortement de ne pas avoir besoin de mes services puisqu'il était véhiculé, m'a couverte de cadeaux. D'abord, des fleurs et des boucles d'oreilles, puis des portefeuilles et tout un tas d'accessoires qui provenaient de sa boutique. Le jour où il s'est pointé avec un sac à main en cuir rouge passion à l'intérieur duquel étaient gravées mes initiales entrelacées aux siennes, je n'ai plus accepté aucune course avec lui. Liliane, ma collègue, a toujours trouvé très suspecte ma fidélité sans faille. Je me souviens que lorsque nous avons commencé à nous faire des confidences de plus en plus intimes, dès le départ, elle n'a eu de cesse de mettre ma parole en doute. « Tu me mens parce que tu n'as pas suffisamment confiance en moi, Poppy », se désolait-elle et elle n'en démordait pas. Avec le temps et en apprenant à me connaître, elle a eu tout loisir de s'apercevoir que mes affirmations n'étaient pas feintes. Jamais je n'ai eu la moindre tentation, pas le plus petit coup de cœur. Le désir d'aller voir ailleurs m'a toujours été étranger. Du reste, je crois que si j'avais eu envie d'une aventure, je me la serais volontiers accordée ne serait-ce que par curiosité. C'est juste que cela ne s'est pas produit et si cela ne s'est pas produit, c'est parce que ça n'est pas dans mon ADN. Je ne suis tout simplement pas construite pour l'adultère.

Contrairement à Liliane qui me trouve bizarre, je ne porte aucun jugement sur mon mode de fonctionnement tant il est normal à mes yeux que l'amour soit indissociable de l'exclusivité. En outre, le jour où j'ai rencontré celui qui allait devenir mon époux, ma vie s'est illuminée comme par magie, en conséquence de quoi, il me semble que j'aurais été parfaitement stupide de m'amuser à éteindre la flamme de mon propre chef... Quoi qu'il en soit, la question ne s'est pas posée puisque mon corps a indéfectiblement suivi mon cœur, mes hormones n'ont vibré que pour le seul et unique représentant de la gent masculine pour lequel j'avais et j'ai encore des sentiments.

Je sais pertinemment que l'être humain est un éternel insatisfait qui aime à se faire croire que l'herbe est systématiquement plus verte ailleurs, mais ça n'a jamais été mon cas. Je vais être directe, du premier au dernier jour de notre vie commune — enfin le dernier… ou presque — notre entente physique à Giacomo et à moi a toujours été fantastique… oui, fantastique, je n'exagère pas. Ma première fois, j'ai déjà eu l'occasion de l'évoquer dans mon petit carnet, a eu lieu à Arcachon dans un joli cabanon que mon beau-frère avait eu la gentillesse de nous prêter pour abriter notre idylle naissante. C'était durant l'été 1990, je venais de décrocher mon diplôme de sténodactylo. J'étais plutôt en retard par rapport aux filles de mon âge, mais qu'importe, j'ai perdu ma virginité de manière si idéale — comparé à la plupart de mes copines qui ont beaucoup souffert et pas mal pleuré pour celles qui ont eu la malchance de tomber sur de sombres goujats — j'ai perdu ma virginité de manière si idéale donc que je n'ai jamais regretté d'avoir attendu l'âge canonique de vingt ans pour passer à l'acte. Je me souviens que lorsque nous nous sommes retrouvés allongés sur le lit, Giacomo et moi, il a tout fait pour me mettre en confiance. C'était en début de soirée. Après avoir passé la journée à la plage, nous nous sommes installés sur la terrasse pour boire une sangria — c'est troublant comme tous les détails sont intacts dans mon esprit, y compris les plus anecdotiques comme celui-ci — jusqu'à ce qu'il finisse par m'entraîner dans la chambre avec un regard qui en disait long sur ses intentions… ses bonnes intentions bien sûr. Je savais — et il savait que je savais — que le grand jour était arrivé. Je savais qu'il savait que j'étais pleine d'appréhension.

Pour commencer, Giacomo a pris la peine d'aller tirer le rideau pour que je me sente plus à l'aise avec davantage d'obscurité. Nous avions beau sortir ensemble depuis pas mal de temps, je continuais à être extrêmement pudique. S'il avait entraperçu un sein en trois mois, c'était bien le bout du monde ! Ensuite tout, absolument tout a été de cet acabit : chaque geste tendre, chaque parole réconfortante, chaque caresse bien choisie, toutes les étapes bien respectées. Quand je dis que toutes les étapes ont été bien respectées, j'entends par là que les préliminaires ont été de véritables préliminaires — ce qui n'est pas monnaie courante d'après ce que mon petit doigt m'a dit — de sorte que lorsque Giacomo était sur le point de faire de moi une femme, lorsque je l'ai senti venir en moi, j'étais totalement prête à le recevoir. Je n'étais pas crispée, encore moins tenaillée par la peur d'avoir mal mais si impatiente que nous nous appartenions l'un l'autre, que je me suis complètement abandonnée à l'intensité de ses baisers autant qu'à la force délicate de ses coups de reins. Quand l'acte a été terminé, j'étais tellement heureuse qu'une larme a coulé sur ma joue. Pas deux ni trois, une seule. Grosse comme une cerise. Je me suis alors retournée vers Giacomo et tout en me serrant contre lui, je l'ai remercié de m'aimer avec autant d'égard et d'intelligence. « Je ne suis pas sûre de te mériter... », ai-je commencé à glousser stupidement, mais il m'a immédiatement interrompue pour répliquer en me caressant les cheveux : « S'il te plaît, cesse tes bêtises et laisse-moi faire, je tiens à m'occuper de toi jusqu'au bout. » Ensuite, il s'est éloigné jusqu'à la salle de bains pour revenir un instant après avec deux gants tièdes, l'un qu'il a passé doucement entre mes cuisses et l'autre sur tout mon corps. J'allais m'endormir lorsque je l'ai entendu me murmurer : « Tu as été merveilleuse, Poppy, et tu es si belle, dommage que tu ne le saches pas... »

Par la suite, ma timidité a rapidement volé en éclats, je me suis même découvert un énorme appétit sexuel. Je n'irais pas jusqu'à dire que l'élève a dépassé le maître mais presque. Très vite après avoir été initiée par Giacomo aux délices des plaisirs charnels, j'étais au moins aussi souvent que lui à l'origine de nos ébats... des ébats de plus en plus passionnés. Je l'avoue sans rougir, si mon mari et moi étions très complices d'un point de vue psychologique, notre entente sexuelle n'en était pas moins parfaite. Quitte à passer pour une horrible vantarde, j'affirme que si nous avons été aussi heureux et pendant autant d'années, c'est parce que nous étions en harmonie sur tous les plans. Oui, c'est ça, c'est bien ça, ensemble, nous avons eu la chance de goûter profondément et durablement à quelque chose d'encore plus fort que le simple bonheur... la complétude.

Bref, je l'ai exprimé plus haut, une fois ma virginité envolée, il n'a pas fallu beaucoup me pousser pour que je laisse libre cours à ma nature coquine, gourmande et épicurienne. La jeune fille sage est devenue une femme dévergondée en un claquement de doigts. J'en veux pour preuve cette époque peu après mon mariage, où du début à la fin de la journée, alors que je conduisais mes clients d'un bout à l'autre de la région aquitaine, je ne pensais qu'à la nuit qui viendrait. J'avais beau me concentrer sur mon itinéraire, sur les conversations et la météo, j'étais obsédée par les moments de sensualité que je partagerais quelques heures plus tard avec mon mari au point d'en oublier quelquefois des rendez-vous médicaux, des déjeuners avec Liliane ou des réunions de parents d'élèves. Un temps, j'ai lutté contre ma libido pour qu'elle prenne moins de place dans mon quotidien, mais rapidement, j'ai fini par laisser faire les choses. Je n'aimais pas seulement Giacomo, je m'aimais en train de l'aimer. Son animalité me rendait dingue — et distraite, j'en conviens — mais qu'importe après tout, elle autorisait la mienne à exister et ça n'était pas pour me déplaire, moi qui, des années plus tôt, m'étais toujours contrainte de faire passer les désirs des autres — de mes parents en l'occurrence — avant les miens. En plus d'être étourdissante, cette liberté sexuelle était une véritable victoire pour moi. Elle était le signe que je m'étais définitivement émancipée des restrictions et des interdits du passé.

Puisque j'en suis aux confidences, autant y aller franco. Si j'avais un souvenir et un seul à retenir de mes parties de jambes en l'air avec Giacomo, ce serait celui de nos petits coups en pleine nuit, je dirais trivialement. Dans ces moments-là, nous n'avions pas besoin de nous parler. Lorsque je me collais contre lui en chien de fusil, le signal était donné, il réagissait immédiatement. C'est amusant parce que même s'il était endormi, en une fraction de seconde, il se réveillait et dans la foulée, il posait sa main sur mon sein gauche comme pour me faire comprendre que la machine était bel et bien en route, prête à démarrer. Ce qui m'excitait au plus haut point, il le savait, c'était qu'il m'attrape par les cheveux et qu'il les tire violemment vers lui. J'aimais cette douleur. Elle était notre secret, notre délire d'amoureux, notre lien indestructible. Ensuite, toujours sans un mot, il me prenait soit tendrement soit brutalement, égoïstement même quelquefois, mais la surprise faisait partie du jeu. Non seulement je l'acceptais mais je n'étais jamais déçue car, quel qu'ait été le scénario, nous finissions invariablement dans les bras l'un de l'autre, apaisés et comblés.

Il y avait ces soirs encore où il rentrait tôt mais épuisé, du plâtre plein la salopette et de la peinture sous les ongles. Alors que j'étais occupée à nettoyer les tomates ou à éplucher les pommes de terre, je m'interrompais pour nous servir un généreux verre de Chianti à l'un et à l'autre, un verre que nous ne prenions pas la peine de terminer les fois où Giacomo, sans même passer par la douche, glissait ses mains sous ma robe ou bien baissait mon pantalon après avoir dégrafé mon chemisier. « Les gosses... ils sont pas là, les gosses ? », il demandait incapable d'attendre la réponse, trop ardent qu'il était. Puis entre deux râles, il faisait : « J'ai pensé à ce moment toute la journée. Quand je donnais des ordres aux ouvriers, je ne rêvais que de ça, ma Poppy, que de ça !!! »

LISA

J'ai connu des années fastes à Los Angeles, plus que ça même. Dès que j'ai posé un pied en Californie, j'ai éprouvé un véritable vertige, le même que celui qu'on ressent quelques secondes avant de plonger d'une immense falaise pour atterrir dans une mer bleu azur, je suppose, y compris lorsqu'on est le roi des casse-cous. Je n'ai pas meilleure image pour exprimer l'excitation qui était la mienne à l'aube de ma nouvelle vie. Une vie que j'avais entièrement choisie, une vie dans laquelle je me sentais d'ores et déjà libre — libérée plus exactement — une vie aux prémices de laquelle j'étais ultra-fière d'avoir été capable de briser les liens toxiques qui m'unissaient à ma famille. Si l'aventure qui s'offrait à moi me stimulait, c'est parce que j'en étais l'instigatrice, je l'avais longuement et patiemment préparée, elle était le fruit de décisions courageuses et d'actes tout aussi culottés. Ça n'est pas rien de laisser les siens derrière soi, y compris lorsqu'ils sont destructeurs, cruels et dangereux. Ça n'est pas rien de sauter dans l'inconnu, y compris si l'on a l'intuition que le futur sera forcément plus reluisant que le passé.

Je me souviens que lorsque j'ai emménagé dans mon premier logement, une maison plutôt coquette du quartier de Westlake en plein centre-ville de L.A., j'ai eu le frisson en franchissant le perron. « Ça y est, Lisa, tu y es, j'ai pensé, le cœur battant. Ça n'est plus seulement dans tes rêves, c'est la réalité et c'est à toi de jouer maintenant, à toi seule ! » La première nuit, je n'ai quasiment pas fermé l'œil, tant le potentiel d'opportunités à conquérir me semblait vaste pour les jours et les semaines à venir. À l'époque, l'idée que je me faisais de Los Angeles était si puérile que je suis rouge de honte aujourd'hui quand je songe à quel point j'étais naïve, mais bon, c'est ainsi, en ce temps-là, la cité des anges était la cité de tous les possibles à mes yeux. La cité de toutes les surprises. De tous les succès. Un éden. Un lieu préservé dont seuls quelques élus avaient le privilège de profiter, une élue que je finirais par devenir moi-même pardi, puisque je m'en étais donné les moyens en franchissant l'Atlantique. Des histoires, je m'en racontais des tonnes, je ne faisais même que cela. Quelle imagination j'avais ! Par exemple, je me disais qu'il me suffirait de marcher dans les rues pour faire la connaissance de gens fantastiques. J'avais la conviction qu'en me trouvant aux bons endroits aux bons moments, j'allais me faire beaucoup d'argent. Ah oui, parce que « se faire beaucoup d'argent », c'est une expression typiquement L.A. ! Le comble, c'est que je n'étais pas venue aux États-Unis dans le but de m'enrichir à tout prix, je n'étais pas le moins du monde vénale, je voulais avant tout faire comme les autres — sous-entendu les encartés, les chanceux, ceux que la fortune avait gâtés — je tenais à être des leurs... enfin, ça n'est pas tout à fait exact. N'ayant pas encore suffisamment confiance en moi pour être absolument sûre et certaine de mériter un destin hors du commun, j'aspirais d'abord à fréquenter une poignée de ces individus sortis du lot pour les observer, pour savoir qui ils étaient et comment ils fonctionnaient. Dans un premier temps, il me semblait primordial de m'en inspirer et si, par la suite, je constatais que j'étais digne de faire partie du clan, eh bien il ne tiendrait qu'à moi d'agir en conséquence...

J'ai donc suivi mes fantasmes ou plutôt, j'en ai été le jouet. Je me suis inscrite à un cours de théâtre — j'avais entre autres désirs secrets depuis mon adolescence celui d'être actrice — hélas, très vite, la tentative s'est transformée en fiasco. Non seulement je me suis révélée une piètre comédienne mais je n'ai rencontré que des fils à papa et des Marie-couche-toi-là en quête de gloire facile.

Qu'à cela ne tienne, comme je n'avais pas encore à chercher un emploi puisque j'avais de solides économies, je me suis mise à sortir dans les bars branchés et les restaurants à la mode. Oh, pas toute seule, non, ça, j'en aurais été parfaitement incapable, j'y suis allée avec une fille très sympa — la seule assurément — dont j'avais fait la connaissance au cours d'art dramatique. Une passionnée de cinéma amoureuse de la Nouvelle Vague qui dès qu'elle m'a fréquentée, a aussitôt vu en moi un signe du Ciel, elle qui voulait devenir réalisatrice. « Lisa, c'est *fabulous*, tu vas pouvoir me parle de François Truffaut, je suis raide dingue *in love from* François Truffaut ! Je veux savoir tout... tout savoir sur Claude Chabrol, sur Jean-Luc Godart. *And don't forget* Claude Chabrol ! » C'est ainsi que je me suis retrouvée à passer toutes mes nuits dehors à décortiquer *À bout de souffle* quand ça n'était pas *La nuit américaine* ou *La Maman et la Putain*. De fil en aiguille — « de fil en anguille », disait madame cinéma —, nous avons fini par lâcher le septième art pour nous concentrer sur les dancefloors. Je n'y allais pas pour être vue, j'y allais pour voir. Je n'avais pas envie de côtoyer des stars, je voulais m'en approcher, persuadée qu'il me fallait tenter de percer leur mystère pour, un jour, essayer d'en avoir moi-même. Quelle idiote j'étais !...

La bringue, les gueules de bois, les discussions jusqu'à pas d'heure, tout ça a duré au moins six ou sept mois, jusqu'à ce que madame cinéma décide de se consacrer entièrement à la rédaction d'un scénario. De mon côté, j'en ai profité pour faire du sport, pour créer un coin potager au fond de mon jardin, pour aller aux expos et enfin, pour m'intéresser aux plus grands designers américains. Peu à peu, je revenais à une vie plus saine, je renouais aussi avec mes premières amours. Je réalisais que si je voulais réussir, il fallait que je passe à l'action. L'idée m'est alors venue d'écrire à plusieurs décorateurs de Los Angeles pour leur proposer mes services. Un beau matin, quelle n'a pas été ma surprise de recevoir l'appel de Samuel Ridley Harrisson *himself*, l'illustre fondateur du non moins célèbre cabinet d'architectes d'intérieur S. R. H. situé en plein cœur de Beverly Hills. Et Samuel Ridley Harrisson me téléphone à moi, insignifiante petite Française, pour me dire quoi ? Qu'il n'a aucun poste à me proposer pour l'instant, mais qu'il faut absolument que je persiste. Il a regardé mon book en détail, et les travaux que j'ai effectués pendant mes études sont très originaux, mon profil est séduisant… je cite. « Vous êtes sur la bonne voie et puis, qui sait, un jour peut-être… » fait-il avant de raccrocher. Ouaooouuuhhh, non seulement je suis folle de joie mais je suis gonflée à bloc. Dans la foulée, je trouve un job, histoire de me renflouer, vendeuse dans l'immobilier de luxe. Trois ans plus tard, j'ai gravi les échelons, je suis la reine du trompe-l'œil, du moins, je suis en passe de l'être et je m'installe à Bel-Air.

Ensuite, je travaille comme une dingue jusqu'à ce que je me sente enfin légitime. Dans le métier, je finis par jouir d'une excellente réputation, en conséquence de quoi j'ai pas mal d'ennemis mais je m'en contrefiche, j'ai gagné mon passeport pour intégrer le beau monde. Ces personnalités atypiques que je voulais connaître, ça y est, je les connais, je leur ouvre même mes portes pour des dîners mémorables qui se terminent souvent en fiestas endiablées. À leur tour des artistes me reçoivent, des peintres, des sculpteurs, des scénographes de renom. Certains avec lesquels je collabore professionnellement, d'autres avec lesquels j'entretiens des liens plus amicaux… du moins, je le crois. Daisy n'est pas encore dans ma vie.

Et puis un soir chez un acteur de séries télé très en vogue, je tombe sur celui qui a donné un coup d'accélérateur à ma carrière sans le savoir, Samuel Ridley Harrisson. Pas besoin qu'on me fasse les présentations, je le remets tout de suite, il a fait la couverture de tant de magazines. Cheveux poivre et sel, grand, mince,

tout de gris vêtu, il a la cinquantaine fringante. Si je remarque immédiatement qu'il parle fort et qu'il rit beaucoup, qu'il aime être vu en somme, il ne me faut pas longtemps pour repérer les boutons en corozo de son costume pied-de-poule, des boutons que j'ai toujours trouvés du plus grand chic. De mon côté, c'est la catastrophe, j'ai la moitié de son âge je présume, mais je ressemble à une vieille rombière dans ma robe *Pierre Cardin* jaune canari qui me boudine affreusement. Je suis en train de repérer la porte de sortie quand, évidemment, c'est le moment que le sieur Ridley Harrisson choisit pour foncer sur moi alors que nous sommes pas moins de quatre-vingts convives. « Il faut une certaine audace pour porter une couleur pareille, me lance-t-il en guise de bonjour, mais je vous félicite, c'est très réussi. Vous êtes la lumière de cette soirée ! » De près, il est encore plus impressionnant. Ses yeux verts sont petits mais superbes, son regard celui d'un loup. Le rythme de mon cœur a beau s'accélérer, j'enchaîne le plus naturellement du monde en l'informant que nous ne sommes pas des inconnus l'un pour l'autre, que nous nous sommes déjà parlé et qu'il s'est même montré particulièrement agréable avec moi. Ne voyant pas à quoi je fais allusion, il fronce les sourcils. Au lieu d'éclairer sa lanterne, je ne sais pas ce qui me prend, je fais durer le plaisir. Même si je crains d'être parfaitement ridicule, l'envie que j'ai de retenir son attention est la plus forte et je me mets à jouer aux devinettes. Je le lance sur une piste puis sur une autre et encore une autre, ça n'en finit pas. Loin de se démonter, il joue le jeu. « On s'amuse bien avec vous parce qu'alors ici, c'est sinistre... », dit-il visiblement conquis. Tout en continuant notre petit manège, nous décidons d'aller chercher une coupe de champagne. « Vous brûlez ! », je m'exclame soudain quand sûr de lui, il déclare : « Ça y est, ça me revient maintenant, je vous ai vue à un colloque à Londres l'hiver dernier ! » Un instant plus tard, alors qu'il vient de proclamer d'un air victorieux qu'il m'a croisée deux années en arrière lors d'un road trip dans le désert de Dubaï, je ne me gêne pas pour me moquer de lui : « Ah non, mais alors là, cher monsieur, vous retournez directement à la case frigidaire... »

Peu après minuit, alors que nous sommes sur le point de nous quitter devant sa *Bentley* et que le mystère n'est toujours pas éclairci, il me demande mon numéro de téléphone. Avant de monter dans son carrosse, il me gratifie d'un ébouriffant : « Vous êtes aussi jolie que spirituelle, c'est rare, surtout dans ce milieu, croyez-moi. » Je me retiens pour ne pas me pendre à son cou.

Pendant quatre jours je n'ai aucune nouvelle, je suis au trente-sixième dessous. Je me dis que j'ai été bien sotte de croire qu'un homme comme lui pouvait s'intéresser à une femme comme moi. Samuel Ridley Harrisson fait partie d'un cercle complètement fermé, un cercle dans lequel je ne pénètrerai certainement jamais même si j'ai mes entrées dans la haute désormais. À côté de lui, mes amis agents immobiliers, saltimbanques, mosaïstes, performers et scribouilleurs ne font pas le poids, aussi friqués et célèbres soient-ils. Et puis voilà qu'un matin, alors que je suis en train de faire la vaisselle de la veille en pyjama, le téléphone sonne : « C'est bon, vous avez gagné Lisa, je donne ma langue au chat mais à une condition, décrète-t-il de but en blanc, que vous acceptiez de dîner avec moi ce soir. » « Très bien, je réponds la gorge serrée, où ça ? » « Au Yukuna à vingt heures, le meilleur japonais de la ville si vous l'ignorez encore. » La cuisine asiatique me donne des boutons, mais je suis prête à faire une exception.

J'arrive l'estomac noué avec une mauvaise intuition, et puis je m'en veux, comme une imbécile j'ai forcé sur le fond de teint or il est trop tard maintenant pour réparer les dégâts. J'espère juste que mes escarpins *Saint Laurent* rattraperont le coup. Contre toute attente, la soirée se déroule à merveille. La conversation est délicieuse, drôle, animée et le curry de crevettes aux champignons, gingembre et kabocha un régal. Je suis sous le charme et même si ça n'est pas complètement clair dans mon esprit, j'ai l'impression que je ne déplais pas non plus à Samuel… oui, dès l'apéritif, il m'a demandé de l'appeler par son prénom. Pourquoi autrement prendrait-il la peine de me poser mille questions sur ma jeunesse au Pays basque, sur mes rapports avec mes parents, sur mon installation en Californie, sur mes aspirations et mes idéaux ? Pourquoi me fait-il comprendre que nous pourrions un jour peut-être, comme il me l'a déjà laissé entendre il y a quelques années, nous pourrions un jour pas si lointain que cela collaborer à quelques projets ambitieux et non moins passionnants ? Il s'est renseigné à mon sujet et un travail en commun lui paraît non seulement envisageable mais extrêmement excitant. Il insiste sur « excitant ». Il effleure même légèrement ma jambe au moment où il fait longuement glisser le « x » sur sa langue.

« Cet homme est formidable, absolument formidable », n'ai-je de cesse de me répéter intérieurement tandis que nous commandons une deuxième bouteille de vin blanc pour trinquer à notre rencontre. Il m'interroge et je me libère, il me sourit et je m'ouvre, j'ai subitement l'impression de valoir quelque chose, d'être sinon brillante, du moins pas complètement transparente. C'est comme s'il m'insufflait de l'intrépidité, du ressort, plus de peps que je n'en ai jamais eus. C'est comme s'il m'offrait tout ce qui me fait défaut depuis toujours et que rien n'a réussi à combler... pas même ma récente ascension sociale. Bien que je sois de plus en plus troublée, j'arrive à analyser ce qui est en train de se passer. Le charisme de Samuel Ridley Harrisson est un levier, son intelligence un moteur, son humour un pied de nez à toutes mes angoisses et mes petits soucis ridicules. C'est bien simple à son contact, je pétille. Chaque fois qu'il pose ses yeux sur moi, je me sens importante et séduisante. D'ailleurs, mes escarpins ne sont pas passés inaperçus. Au dessert il me complimente à leur sujet mais sans excès ni forfanterie. Chaque mot est pesé. Chaque sous-entendu distillé à la perfection, tout en finesse et en élégance.

Quand arrivent les digestifs, il ne dévie pas d'un pouce, les gros sabots ça n'est décidément pas le genre de la maison. Sait-il seulement ce que signifient vulgarité et précipitation ? Moi, je le sais — toutes les femmes le savent — c'est même à cela qu'on devine à quel genre de mâle on a affaire... Après avoir réglé l'addition, il me dit expressément qu'il a envie d'apprendre à me connaître et que pour cela, il prendra tout le temps nécessaire car je lui suis infiniment précieuse. Pour commencer, il voudrait me montrer son univers. « Vous savez, Lisa, contrairement à l'image que je donne, je suis loin d'être sophistiqué, me confie-t-il. Ce que j'aime par-dessus tout, c'est la nature, les animaux et les contrées sauvages. Pour me ressourcer, je suis régulièrement obligé de m'éloigner de la ville et de son rythme trépidant sinon, il y a longtemps que j'aurais perdu la boule. C'est comme ça... ma créativité a désespérément besoin de biches qui courent dans le bush et de rapaces qui tournoient sur des collines arides. Je vais vous faire un dernier aveu, Lisa, mon rêve absolu, c'est un ranch au milieu de nulle part avec personne à qui parler... excepté à vous maintenant, bien sûr... » Oui, parce que nous nous vouvoyons Samuel et moi, c'est plus sexy.

Une fois le dîner terminé, il me propose de me raccompagner, j'accepte en espérant un baiser. Il n'en est rien, juste avant que je sorte de sa *Bentley*, il me glisse de sa voix suave : « Cette soirée n'a fait que confirmer la déclaration que je vous ai faite il y a quelques années, Lisa, votre profil est séduisant, on ne peut plus séduisant... »

MARITZÉ

Jeudi 9 novembre 2023

— Il fallait absolument que je vous voie aujourd'hui, madame, c'est très important. Aucun rapport avec la choucroute par rapport à ce qu'on a dit la dernière fois mais quand j'étais au cachot, y a des trucs de fesses… de sales histoires… qui me sont remontées de je sais pas où…

— Vous avez eu un très bon réflexe de demander un rendez-vous plus tôt que celui que nous avions fixé ensemble, Maritzé, cela prouve que vous croyez en votre thérapie, en votre thérapeute et peut-être aussi en vous, même si vous ne savez pas encore toujours très bien le verbaliser. Et puis, quelque chose me dit que contrairement à ce que vous prétendez, il y a un rapport avec la choucroute.

— Je sais pas si c'est parce que j'ai été enfermée dans une boîte à sardines toute une semaine quasiment vingt-quatre heures sur vingt-quatre et qu'au final, j'ai eu trop rien d'autre à faire que cogiter, n'empêche que d'un coup, je me suis souvenue d'un gros salopard qui m'a forcée quand j'étais jeune…

— Vous a forcée à quoi, Maritzé ?

— Ben, vous voyez à quoi je fais allusion, vous êtes pas stupide quand même…

— Merci du compliment, mais en l'occurrence, j'ai besoin que vous soyez plus claire.

— Oh, là, là, des fois vraiment, vous cherchez la petite bête, vous faites aucun effort, c'est hyper énervant !

— Employez des mots précis et je comprendrai, assurément.

— Pfffffeeeuuu puisqu'y faut vous faire un dessin, je vais vous faire un dessin. J'avais un peu plus de seize piges quand un sale punk de mes deux m'a basculée dans un buisson et m'a…

— Vous a… ?

— Il m'a… vous devinez, putain crotte… il a…

— Il vous a violée ?

— En quelque sorte…

— On viole ou on ne viole pas, Maritzé, on ne viole pas en quelque sorte.

— Ça va, c'est bon, il m'a violée.

— Vous êtes allée au commissariat, je présume ?

— Pour quoi faire ?

— Pour porter plainte, pardi, le viol est un crime au cas où vous l'ignoreriez.

— Eh oh, j'suis pas morte quand même !

— Selon la loi française, un violeur peut encourir jusqu'à quinze ans de réclusion mais vous, Maritzé, vous avez estimé qu'il valait mieux que votre agresseur s'en sorte la fleur au fusil et réitère ses actes délictueux sur d'autres jeunes filles fort probablement…

— Les flics, ils m'auraient pas crue de toute façon. À l'époque, ils nous avaient constamment à l'œil, moi et les autres gosses qu'étaient placés chez la Viquoque parce qu'on se faisait régulièrement gauler pour tout un tas de conneries, des p'tits vols, du chapardage… rien de bien méchant, n'empêche qu'ils étaient tout le temps sur notre dos, les poulets…

— Donc, votre violeur s'en sort à bon compte et vous, vous n'en parlez à personne.

— Sur le moment, non, mais un an plus tard, je l'ai dit à la copine avec laquelle je suis allée à Barcelone. Un soir, on était bourrées, on discutait et c'est parti, j'ai craché ma Valda… eh ben, vous savez ce qu'elle a balancé la dégueulasse : « Ah, c'est pour ça que t'es coincée du cul alors ! » Pardon, hein, madame mais c'est l'expression qu'elle a utilisée…

— Et pourquoi pensait-elle cela de vous à votre avis ?

— Parce qu'après le punk, ça m'a tout faussé mes relations avec les mecs. Ceux qui me draguaient pour coucher avec moi, je leur en voulais à mort, des fois il m'arrivait d'en castagner certains… les plus gringalets, bien sûr… Cette même année en Espagne, j'ai tailladé le visage d'un type avec un tesson de bouteille parce qu'il me disait que j'étais belle. Je voyais bien où il voulait en venir, le baltringue. Ma copine était avec moi justement, elle a assisté à toute la scène sur le trottoir… même qu'après l'altercation, on a fini dans le panier à salade et qu'une fois dedans, elle a pas arrêté de m'engueuler parce que j'étais en train de lui faire louper son rencard avec un Rital qu'elle avait rencontré la veille en discothèque… Bon, madame, à l'époque, j'vous connaissais pas, j'étais pas capable de regarder mon agressivité en face, je fonçais comme un pitbull, j'attaquais direct…

— Peut-être n'auriez-vous pas attaqué direct si vous aviez parlé de votre viol quand il a eu lieu et si on vous avait rendu justice. Peut-être même qu'aujourd'hui, vous n'êtes rien venue chercher d'autre que cela : de l'écoute et de la justice… parce que vous estimez qu'il est temps qu'on vous respecte en somme. Je vous rappelle d'ailleurs, car vous semblez l'avoir oublié, Maritzé, que pendant que vous étiez à l'isolement, nous avons fait une séance. Une séance au cours de laquelle je vous ai expliqué qu'il serait judicieux à présent de vous reconnecter à la petite fille que vous étiez pour commencer à bien la traiter.

— J'vois pas le rapport…

— Moi si, il est même précisément là le rapport avec la choucroute, mais soit, continuez. Par la suite, avez-vous réussi à avoir des relations sexuelles agréables sinon satisfaisantes ?

— À vrai dire, ça, personne le sait, je l'ai jamais crié sur les toits non plus, mais j'ai pas eu beaucoup d'hommes. J'ai eu le punk, un autre gus comme ça pour voir quand j'avais mon appart à Saint-Pierre-du-Mont et ensuite, le père à Vicky.

— Et comment ça se passait avec le père de Vicky… que vous ne nommez jamais du reste, qui est juste un géniteur…

— Ça se passait.

— Vous voulez m'en dire plus ?

— Les premiers temps, c'était pas trop mal, même que bon… j'prenais mon pied des fois et ensuite, patatras, quand il a été à fond dans la came, c'était comme quand je m'étais retrouvée dans les buissons, pareil…

— Qu'entendez-vous par « c'était comme quand je m'étais retrouvée dans les buissons » ?

— Ben, il me demandait pas forcément mon avis. Quand il était trop défoncé, c'était un gros bourrin qui pensait qu'à sa gueule, quoi… vous captez…

— Oui, parfaitement, je comprends que la sexualité est forcément associée à la violence et à la souffrance chez vous et que pendant très longtemps, vous vous êtes murée dans le silence car vous ne vous accordiez pas suffisamment de valeur pour croire qu'il était légitime qu'on s'intéresse à vos blessures les plus profondes. Je comprends également qu'un changement est en train de se produire, un changement très important et excessivement salutaire. Si, en ce moment, les souvenirs remontent à la surface, si vous avez particulièrement besoin de vous exprimer à leur sujet, c'est parce qu'il y a un début de révolte qui gronde en vous, Maritzé. Ce début de révolte a été impulsé par le nouveau regard que je vous ai encouragé à porter sur l'enfant mal-aimée que vous étiez, un regard aimant justement…

— C'est trop compliqué là, vous pourriez pas résumer, madame ?

— Pour faire court, vous commencez enfin à considérer que l'adolescente Maritzé agressée dans son intimité par un fou dangereux peut faire entendre sa voix. Vous commencez enfin à considérer que plus personne n'a le droit de vous faire du mal impunément. Peut-être même, commencez-vous enfin à considérer qu'il est envisageable de…

— De quoi ?

— C'est à vous de me le dire, Maritzé, qu'est-il envisageable de faire avec les gens qui ont subi ou subissent une attaque… qu'elle soit sexuelle ou pas ? Quel est le premier réflexe à avoir ?

— J'sais pas…

— Si vous savez, on les protège et on les con…

— On les con… naît plus !

— Mais non, Maritzé ! Que feriez-vous si Vicky se faisait attaquer sous vos yeux par un inconnu dans la rue ?

— Je lui pèterais la gueule à ce con… enfin, non… j'irais au commissariat, madame… j'vous jure, j'irais.

— D'abord vous consoleriez Vicky, vous la con-so-le-riez après l'avoir mise hors de danger, puis vous fonceriez au commissariat car dorénavant vous savez que c'est ainsi qu'il faut agir. À ce propos, j'ai quelque chose de très innovant à vous proposer Maritzé, une petite mise en scène. Même si c'est purement symbolique, faites comme si en venant à cette séance vous vous étiez rendue au commissariat. C'est bien moi qui ai pris cas de votre parole, nous sommes d'accord, mais imaginez que c'est un officier de police qui a reçu votre plainte.

— Un officier de police ?

— Oui, parfaitement, même si vous avez du mal à croire que la police puisse vous porter secours, laissez-vous aller à ce jeu de rôle. Pourquoi, Maritzé ? Parce qu'en faisant en sorte qu'aujourd'hui les choses se soient passées comme elles auraient dû se passer à l'époque, il y a eu semi-réparation — symboliquement toujours, j'entends — ce qui change la donne : vous êtes désormais à même de prendre un nouveau départ. Nous sommes quoi, jeudi ? Eh bien dès ce soir, demain et tout le week-end, je vous suggère de mettre en pratique ce dont nous avons parlé la dernière fois en tenant compte de ces nouveaux éléments : soyez une bonne mère pour vous, soyez celle qui aurait dû vous serrer dans ses bras lorsque le punk vous a violée.

— Vous êtes sérieuse là, je dois me serrer dans mes bras ?

— Je vous conseille même de vous embrasser, de pleurer si nécessaire, d'être votre propre maman. Une maman attentive, une maman au poil, une maman qui est toujours là pour veiller sur son enfant, qui l'accompagne dans ses joies comme dans ses peines.

— Madame, si je peux me permettre, c'est quand même un truc à devenir toc-toc, à finir complètement schizo...

— Oui, oui, c'est ça, dites tout ce que vous voulez, Maritzé, faites-moi votre cinéma habituel. Vous procédez toujours de la même manière de toute façon, en chicanant, en contestant, en discutant. Mais ça n'est pas grave, si votre mental résiste, votre inconscient fait très bien son travail, lui, il est particulièrement coopératif. D'ailleurs, je vous fais remarquer que vous ne vous êtes quasiment pas grattée pendant l'heure que nous avons passée ensemble... le bouleversement qui a lieu en vous irait-il jusqu'à vous transformer en une douce jeune femme prête à être pleine de tendresse et de compassion pour elle-même... diantre...

— Je rêve ou vous êtes en train de vous payer ma tête ?

— Mais non, Maritzé, je vous taquine car je vous vois faire de grands pas et j'en suis enchantée. Et puis, un peu d'humour ne fait de mal, non ?

— Non. Je vais m'serrer dans les bras devant Poppy, elle va adorer ça. Ciao, madame.

POPPY

Ça y est, Maritzé et Lisa sont revenues au bercail et avec elles, plusieurs raisons de me réjouir. D'abord, l'une et l'autre sont plus éteintes que jamais, forcément les oubliettes, ça n'est pas ce qui prête le plus à la gaudriole. N'empêche que leur morosité a non seulement rétabli mon équilibre psychologique mais elle a aussi rallumé mon feu intérieur. De nouveau, je dors comme un bébé ; cette nuit, j'ai même rêvé que je me faisais culbuter dans mon taxi par Giacomo et pas n'importe où, en plein centre de Bordeaux, place de la Victoire ! Culbuter le mot est faible, j'irais jusqu'à dire pilonner, trombiner, exploser, chevaucher, ramoner ... au diable la bienséance !!! « Vas-y, mon tigre royal, je lui criais en pleine action. Sors tes griffes, bande tes muscles, montre-moi tes crocs. Maintenant, prends mes cheveux dans ta gueule et secoue-les, éparpille-les, ébouriffe-les, mets-en partout et tire-leur dessus... oui, c'est ça, comme ça, de toutes tes forces, tire tire sur mes cheveux... grrreeeuuu !!! » Mon Dieu, comme c'était bon, comme c'était puissant, giclant, à la limite du révoltant. La voracité était telle entre mon amant chéri et moi qu'au réveil, j'ai eu toutes les peines du monde à émerger. Ça n'est que vers onze heures que je me suis véritablement réveillée, lorsque le gardien a frappé deux coups secs contre la porte pour nous livrer le courrier. Une lettre, une seule destinée à Maritzé, que ma bonne humeur et ma perspicacité du jour m'ont encouragée à subtiliser avec la plus grande habileté. Autant dire que je n'ai pas été déçue du voyage.

Ma maman d'amoure,

Se Sophie, l'assistante Social qui m'a dit de t'écrire car je suis triste, trés trés triste, presque otant que quand tu as disparu et que je te cherché partout.

Totoche est parti, Totoche sétait mon meilleure ami. L'otre jour je me révèye et il est plu la. Dabitude il est dans les dras ou bien sure le tapi en dessou de mon lit. La, plus de Totoche ! Je coure a la sale de bain, rien. Je déssens les esscaliés, je fonsse a la cuisine, toujoure rien. Les dames me disent qu'il est peutètre dans le jardin. Je l'apèle mais il vien pas. Je demande au jardinié mais il sé pas. Personne ne sé alore jattend. Je veux pas allé a l'école mais la dame, selle qui est vièye, elle me forsse. Je lui dis que cé pas possible, si Totoche revien et qu'il me voie pas il reparetira. Elle sen fiche, elle aime pas les chien de toute fasson, elle aime que ses copine qui sont vièye comme elle. Les jours passe et Totoche est toujoure pas de retoure. Alore j'ai une idé. Je lui écri des mot que je laisse sur la moquète de ma chambre et aussi dehore, prés de son bol de croquète : ♥♥♥♥Love queure love Totoche, ta Vichy d'amoure♥♥♥♥ J'en met au mainsse4 ou 5 et j'en acroche 2 a l'arbre. L'arbre trés grand pour qu'il voye bien.

Apré j'ai été malade. J'ai vomi et j'ai eu male au ventre. Dans mon lit je me disé allé demain Totoche va revenire, c'est sure, il est juste allé fère une promenade. J'ai demandé plusieure fois au petit jésu qu'il reviène, c'est Sophie qui m'a dit que je pouvé. Et pui non, rien, toujoure rien. Après j'ai encore vomi, j'ai eu male a la tète et j'ai pensé, non Totoche il reviendra pas comme papa qu'est parti y a lontemp et maman ossi qu'a été puni. Je me sui dit cé trop le désépoire, tout le monde pare. Moi je reste et c'est comme si je compté pas, comme si tous les gens avai envi de s'éloigné de moi. Maman d'amoure dit moi la vérité, est ce que je vé te revoire? Sophie dit qu'on va se revoire, que c'est quntemps mais moi je sais pas se que sa veut dire quntemps.

Maman d'amoure je t'envoie plein de ♥♥♥♥Love queure love ♥♥♥♥ mais j'ai peure, jespère que sa va pas te fère disparètre pour toujoure.

Ta Vichy d'amoure

LISA

Après notre dîner au Yukuna comme après notre rencontre, Samuel a de nouveau disparu. Cette fois-ci, je ne me suis pas inquiétée outre mesure. « Il est débordé », j'ai pensé, fière qu'un homme de sa trempe soit parvenu à libérer un peu de son temps pour le passer avec moi. J'ai donc vaqué à mes occupations. Sans trop d'entrain, je dois bien l'avouer mais bon quand même, j'ai signé deux nouveaux contrats, je suis allée chez le coiffeur avant de me rendre d'assez bon gré à la piscine suivre mon cours d'aquagym, un cours que je zappais depuis au minimum six mois. J'aurais pu l'appeler évidemment, ne serait-ce que pour prendre de ses nouvelles — j'ai presque failli un soir où je lisais une bleuette complètement tartignole dans mon bain — mais comme une bêtasse, je n'ai pas osé. Et voilà qu'un vendredi matin, je découvre parmi mes mails.

Lisa,

Si vous ne connaissez pas encore le véritable paradis terrestre qu'est la vallée d'Ojai, je me propose de vous la faire visiter. Que diriez-vous de me retrouver demain matin à dix heures devant le Beverly Center ? Je mets tout mon week-end à votre disposition.

Samuel

Voilà comment quelques heures plus tard je m'installais confortablement au côté du gentleman Ridley Harrisson dans sa *Bentley*. Il faisait beau ce jour-là, merveilleusement beau même, ce qui tombait à pic puisque nous avions une heure trente de route et pas n'importe quelle route ! Qui n'a pas sillonné celle qui longe le Pacifique ignore tout de l'harmonie des contrastes : le bleu de la mer — un bleu pur et dur, j'ai envie de dire — qui soudain rencontre de majestueuses collines avant d'embrasser une généreuse campagne où tout n'est que tranquillité et sérénité et où l'on peut surprendre çà et là quelques groupes de cochons sauvages gambader si l'on est chanceux, tout ça, sous un ciel immaculé bien sûr.

Nous n'avons pas fait le trajet d'un trait. Il devait être un peu plus de onze heures quand Samuel a proposé que nous nous arrêtions dans un petit troquet, le Mandadori, un endroit plein de charme où les propriétaires nous ont accueillis comme si nous étions de vieux amis et nous ont proposé leur meilleure table, à l'extérieur, tout près d'une rivière et d'un citronnier aux fruits si jaunes qu'on les aurait cru directement sortis d'un pot de peinture. Sitôt assis, Samuel a pris la parole tout en nettoyant minutieusement ses *Ray-Ban*.

— Regardez cette énorme montagne devant nous, Lisa, écoutez le frétillement de l'eau et sentez ces odeurs de fleurs d'oranger qui arrivent progressivement jusqu'à nous. Il y a des dizaines et des dizaines d'orangeraies et de sous-bois non loin d'ici, vous savez, des sentiers, des chemins, des ravines, bref une multitude de trésors cachés dont vous ignorez tout encore tant il faut prendre le temps pour les dénicher, les gravir et espérer les conquérir. Lisa, que peut-on vouloir de plus dans la vie qu'une vue aussi éblouissante, une nature aussi généreuse, des senteurs aussi ensorcelantes et un silence aussi profond, que peut-on vouloir de plus que goûter à chacune de ces grâces en agréable compagnie ?

— Je présume que c'est un compliment, je réponds légèrement courroucée car si la formulation est flatteuse, la chaleur que j'avais perçue chez Samuel lors de notre dîner a complètement disparu. J'ai face à moi un homme nettement plus distant — il s'est installé si loin de moi qu'il est rigoureusement impossible que nous nous prenions la main — à la limite du pompeux, tant et si bien que je commence à m'interroger sur ce que peut bien cacher l'étonnant verbiage dont il n'a cessé de m'abreuver depuis que nous nous sommes retrouvés ce matin. Dans la voiture, il n'a pas eu une attention pour moi, pas une question, ni regard ni geste tendre. Il n'a abordé que des sujets généraux, a essentiellement développé des événements culturels et politiques, je ne parle pas de l'explication détaillée d'un nouveau médicament contre la chute des cheveux à laquelle j'ai eu droit pendant un bon quart d'heure ! Que suis-je véritablement pour lui, j'en viens même à me demander pleine de perplexité tandis qu'il scrute le lointain comme un poète inspiré, une connaissance, une amie, une future collaboratrice ? Je n'irais pas jusqu'à dire un passe-temps tant il en manque mais je tombe de haut, j'étais loin de m'attendre au tour qu'est en train de prendre ce rendez-vous, un rendez-vous que je n'ai jamais envisagé comme étant autre chose qu'un rendez-vous amoureux. Avec cette escapade, j'ai cru que nous entamions une histoire, que nous entrions dans le vif du sujet, du moins que nous poursuivions le jeu de séduction que nous avions impulsé de manière si savoureuse et lui et moi dès les premiers instants de notre rencontre. Or, je me rends compte qu'il n'est pas impossible que je me sois lourdement trompée. Mais bon... soit... malgré la déception et les doutes qui m'envahissent, je prends sur moi, j'aurais tort de tirer des conclusions trop hâtives. Samuel Ridley Harrisson me plaît, non, il me passionne, il me transporte sans compter qu'il m'excite au plus haut point, alors il faut raison garder, nous avons encore une journée et demie plus une nuit entière pour installer une ambiance davantage glamour et peut-être, qui sait, nous rapprocher de manière plus significative.

Et puis, une liaison se construit à deux. De mon côté je me dois d'être subtile, pour rompre la glace il y a toujours un moment opportun. Chacun est différent, chacun a son rythme propre, sa sensibilité. Aussi connu, brillant, sûr de lui et sagace soit-il, si ça se trouve, Samuel Ridley Harrisson est d'une timidité maladive et ultra-émotif en ce qui concerne ses affaires de cœur. D'ailleurs à deux reprises déjà, il a fait allusion au fait qu'il était nécessaire de prendre son temps. La première fois, c'était me concernant au restaurant japonais — il voulait prendre son temps pour apprendre à me connaître si je me souviens bien et je me souviens bien ! — et maintenant, il suggère d'être patient pour espérer se délecter des magnificences de la nature. Les grands esthètes sont tous des originaux, je dois vraiment me mettre ça dans le crâne pour ne pas ficher en l'air ce qui a débuté comme un conte de fées et peut encore parfaitement aboutir à une relation absolument fantastique.

Quand nous regagnons la voiture je suis prise de remords, j'ai toujours pesté contre les mufles qui n'en voulaient qu'à ma culotte et maintenant que je tombe sur un homme du monde, je suis de nouveau insatisfaite. « Le problème, c'est toi, cocotte », me dis-je avant de remercier Samuel pour ce moment exceptionnel. « C'était un plaisir de tous les sens », j'ajoute même pour gagner des points.

Il est quasiment quatorze heures quand nous arrivons à Ojai. Samuel propose que nous allions déposer nos bagages dans un des seuls hôtels du village, le Weswood Marquis. Le nom me fait sourire, on dirait celui d'un établissement hôtelier de Malibu, de Carmel ou de San Francisco, un de ces endroits plutôt snobs où il n'est pas rare de croiser des chanteurs à la mode, des acteurs branchés, des producteurs véreux et des starlettes de seconde zone. Le Weswood Marquis d'Ojai est tout le contraire, très simple et peu fréquenté. Un gros labrador est allongé dans le couloir, peu décidé à bouger pour nous faciliter le passage. À la réception je retiens mon souffle, Samuel va-t-il prendre une chambre ou deux ? Pleine de fébrilité, je m'éloigne du comptoir et je feins d'observer l'aquarium. Derrière moi, je l'entends qui sans l'ombre d'une hésitation, demande la chambre huit au deuxième étage. « Celle qui est au fond du couloir », précise-t-il au jeune homme de l'accueil. En une fraction de seconde, tous les soupçons et les craintes que je nourrissais à son sujet s'envolent instantanément. « On dirait que vous connaissez bien les lieux », dis-je en m'approchant de lui avec un sourire jusqu'aux oreilles. « Parfaitement, j'adore venir ici avec un bon livre et mon propre whisky, je ne vous le cache pas, mais cette fois-ci, c'est encore mieux... », répond-il tout en montant prestement les escaliers, nos deux sacs dans les mains. Ivre de joie, je lui emboîte le pas. Si la chambre est exiguë, elle n'en est pas moins coquette. Nous n'y restons pas cependant et d'un commun accord, décidons d'aller directement visiter la ville. Nous voilà donc partis en direction d'une petite chapelle avant de sillonner tout un tas de ruelles dont certaines abritent de superbes maisons au style andalou. Le musée étant fermé, nous choisissons de pousser la porte du centre artistique qui présente les œuvres de créateurs locaux, puis nous entrons dans une librairie avant d'aller boire un verre dans un café situé sous les Arcades. Ojai est vraiment très pittoresque, je me pâme littéralement. Ce qui m'étonne le plus, c'est l'atmosphère très particulière qui y règne, une atmosphère excessivement zen que l'on devine propice au repos et au recueillement. J'en fais part à Samuel qui acquiesce. Il m'indique que les centres de yoga ont poussé comme des champignons ces dernières années mais que ce qu'il faut avant tout retenir, c'est que le grand philosophe Krishnamurti y a longtemps vécu. « Qui donc ? », je fais tout en fouillant dans mon sac pour retrouver mon baume à lèvres. « Non, c'est pas vrai, Lisa, ne me dites pas que vous ne connaissez pas Krishnamurti, s'exclame-t-il d'un ton méprisant, c'est le chantre de la Liberté ! Il n'y a pas que l'architecture d'intérieur dans la vie, vous savez, il y a aussi la quête intérieure, la recherche d'une transcendance, de quelque chose qui nous élève... hélas, les gens comme vous demeurent éternellement sur un plan horizontal, sur un niveau tragiquement basique bien que les apparences témoignent du contraire... » Je prends la mouche, cette fois-ci, c'en est trop : « Qu'entendez-vous exactement par les gens comme moi ? » « Eh, un peu d'humour, Lisa, enchaîne Samuel tout de go, je plaisante, voyons ! Il y a à peine quelques secondes vous parliez de zénitude et à présent, vous êtes un véritable volcan. Du self-control, de grâce, ne sommes-nous pas en train de passer une délicieuse après-midi ? » Totalement déstabilisée, je suis incapable de rétorquer quoi que ce soit. Les larmes aux yeux, je me demande à quoi il joue. Après un silence plus que pesant, nous quittons le bar. Alors que nous nous levons son bras frôle le mien, je ressens aussitôt une décharge électrique, et une multitude de frissons parcourt mon être tout entier. Je ne rêve que d'une chose : qu'il me prenne dans ses bras, qu'il me serre fort contre lui et me demande de l'excuser... sauf que d'un air désabusé, il fait : « On rentre à l'hôtel ? »

Après un brin de toilette, nous allons dîner assez tôt dans un restaurant de poissons situé à la lisière d'un champ d'avocatiers et d'arbres fruitiers. Le cadre est idyllique, on se croirait sur une autre planète. « Je ne voulais pas que vous loupiez le coucher du soleil, Lisa. Krishnamurti trouvait que les couchers de soleil d'Ojai sont les plus beaux du monde. Pardonnez-moi si je vous ai froissée tout à l'heure, ça n'était pas mon intention. Je serais fou de blesser une femme qui a un décolleté aussi renversant ! » C'est vrai que niveau échancrure, je n'y suis pas allée de main morte, mais j'avoue que je suis un peu perdue, je ne sais plus trop ce que je fais, et puis, zut, mes seins, c'est bien ce que j'ai de plus bandant, ça va peut-être encourager le sieur Ridley Harrisson à me sauter dessus. OK, le paysage est à couper le souffle et le ciel un véritable tableau d'Edward Munch, on est d'accord, mais moi, ce qui m'importe, c'est de commander le plus vite possible une tequila Herradura. J'ai envie de boire, j'ai envie de m'amuser, j'ai envie de séduire et, encore plus, d'être séduite, en clair, j'ai envie que tout ça se finisse au lit. Avec ma tenue, j'ai annoncé la couleur...

Le dîner est copieux et l'ambiance légère, du moins Samuel n'est-il plus agressif, c'est déjà ça. Tout en décortiquant mon homard j'observe ses cheveux gominés, sa chemise parfaite, son port altier et son teint noisette. Je l'écoute me parler des voyages qu'il a faits, de ceux qu'il voudrait faire et d'un coup, le blues me gagne, un affreux vague à l'âme me submerge. S'il est prolixe en anecdotes exotiques, il ne me fait toujours aucune avance. « Je ne suis pas à la hauteur, me dis-je, tandis que j'en suis à ma troisième tequila. Il est nettement au-dessus de la mêlée et si je ne suis pas bête, je suis loin d'avoir son niveau. C'est pour cela qu'il ne ressent rien pour moi, il voit bien qui il a en face de lui tout simplement. » Je ne suis pas vraiment saoule mais triste plutôt et de plus en plus, suffisamment en tous les cas pour que lentement mais sûrement se réveillent mes vieux démons, mon sentiment d'infériorité en l'occurrence et l'impression que j'ai toujours d'être grosse et laide. Une impression qui s'est mystérieusement évanouie quand je l'ai rencontré mais qui est en train de revenir au galop.

De retour à l'hôtel, je m'aperçois que j'ai davantage besoin de tendresse que de sexe. Je donnerais n'importe quoi pour que nous nous endormions nus l'un contre l'autre en nous caressant et en nous chuchotant des mots doux. Voilà justement que le moment fatidique arrive. Je fais tomber ma robe sur le sol avant de me glisser furtivement dans les draps, tout ça en essayant d'être parfaitement naturelle évidemment. Pendant qu'il se déshabille, je n'ose pas le regarder, mais je l'entends qui déboutonne son pantalon et le met sur une chaise. Durant quelques secondes nous restons allongés dans un silence de mort et puis soudain, dans un élan de témérité ou d'inconscience, je ne sais pas très bien, je me tourne de son côté pour poser une main délicate sur son torse. Après tout c'est bien lui qui a proposé ce week-end, alors pourquoi tant de gêne, il se doutait bien que ça finirait ainsi… à part que non… non… il ne bronche pas. C'est l'incompréhension totale, je m'arrête ou je continue ? Sentant monter en moi une vague de chaleur, je rapproche précautionneusement une jambe de la sienne. Toujours rien. Je deviens dingue ! C'est bien la première fois que cela m'arrive, d'habitude les hommes sont si pressants. Changement de tactique, il a peut-être besoin que je le flatte, que je le rassure. « Vous êtes vraiment très beau, Samuel », je glousse béatement comme une petite fille qui s'adresserait au père Noël. Pas de réponse. Tant pis. Face à l'énormité de la situation et poussée par le flot d'émotions que je réprime depuis des semaines, je joue mon va-tout, me penche sur son visage, prends sa nuque entre mes doigts et l'embrasse. J'y mets toute ma fougue, j'en mets d'autant plus que j'ignore quelle va être sa réaction. Le stress m'enflamme, je redouble de baisers, des baisers délicats que j'alterne avec des plus ardents. Je rampe à présent, je rampe sur tout son corps et j'ai envie de crier mon bonheur quand je m'aperçois qu'il me désire aussi. Ça y est, nous y sommes, c'est étrange comme il a fallu rompre la glace mais tant pis, voilà qu'à son tour, il m'embrasse. Et avec frénésie, avec passion !!! Sa langue est violente, à la fois moelleuse et violente, impétueuse. Elle a de la personnalité... comme lui !!! Maintenant que je le sens totalement réceptif, je décide d'aller encore plus loin. Je palpe ses fesses, je lui mordille le cou, les oreilles, les cuisses et les pieds pour laisser mon empreinte. Je m'enroule autour de ses bras, de ses jambes, je l'étreins de plus en plus fort pour qu'on ne se quitte jamais. Je ris tant je suis heureuse. Je ris et il rit avec moi ! J'aime sa peau, j'adore ses muscles, je suis folle de son intelligence. Elle est si érotique, si pleine de mystères ! Je ne peux plus m'arrêter, il m'inspire. Le paradis terrestre, ça y est, j'y suis ! Nous y sommes ! Mon imagination est plus vibrante que jamais. Je le renifle de la tête aux pieds. Parfaitement, je renifle Samuel Ridley Harrisson de pied en cap. Je respire ses cheveux, ses ongles, ses genoux tant je veux m'emparer de son odeur. Elle m'appartient et pour de bon ! « Samuel, vous êtes l'homme le plus excitant que j'aie jamais connu... », je soupire tandis que j'approche une main de son sexe. Ni une ni deux d'un geste violent, il me repousse, je manque de tomber du lit. En me relevant, je remarque qu'il a joui et à sa mine déconfite, je comprends qu'il a honte.

— Pourquoi tu me regardes comme ça ? me lance-t-il en remontant les draps sur ses hanches.

— Mais Samuel, ça n'est pas grave. Ça arrive quand...

Je n'ai pas le temps de finir ma phrase que je reçois une gifle sur la joue.

— Ça arrive quand on est avec une petite pute... tu n'es qu'une pute, une sale pute !

— Samuel...

— Arrête de m'appeler par mon prénom, j'en ai assez que ta bouche infâme prononce mon prénom. Ferme-la une bonne fois pour toutes !

— Je te prie de m'excuser...

— Et ne me tutoie pas, descends du lit et mets-toi par terre.

— Pour quoi faire ?

— Mets-toi à genoux et baisse la tête. Je ne veux plus voir tes yeux, je ne les supporte plus !

— S'il te plaît... s'il vous plaît, je bredouille avant de prendre son poing dans mon ventre.

— Je sais ce que tu vas faire, espèce de conne, tu vas raconter à tout Los Angeles ce qui vient de se passer...

— Mais non, bien sûr que non...

— Tu vas m'humilier en disant que je ne sais pas faire l'amour... que je suis trop rapide ou n'importe quelle autre connerie. Tu ne serais pas la première salope à raconter ce genre de bobards à mon sujet et tu sais ce que j'en fais, moi, des salopes comme toi...

C'est à ce moment que l'homme que, depuis des jours et des jours — des années ! — je prenais pour le raffinement et la distinction incarnés me bâillonne la bouche avant de me ligoter les poignets. Deux secondes plus tard, une pluie de coups s'abat sur moi. Des coups qui me fracassent le dos, m'étrillent les épaules, me transpercent les côtes et m'éclatent la tête. J'ai peur pour mon visage. J'ai si peur que j'explose en sanglots. Mon nez dégouline. Je vois du sang sur la moquette, de plus en plus de sang.

— Oui, c'est ça, chiale, je t'avais dit d'attendre, espèce de vicieuse. Aucune femme ne sait attendre, pas plus toi que les autres. Vous êtes toutes de grosses perverses. Vous prenez toutes les hommes pour des taureaux tout juste bons à vous fourrer, toutes sans exception. Ah, ça parle d'amour, ça veut de la romance, mais ça ne pense qu'à nous bouffer les couilles ! Moi, les suceuses de bites, voilà ce que je leur réserve ! Et inutile de gémir, on est au fond du couloir, personne ne t'entendra.

Ce que j'ai subi ensuite, j'ai du mal à le raconter car pendant des années, j'ai tout fait pour l'oublier. Avant que l'événement ait lieu — l'événement, je dis ça tant je n'arrive pas à dire agression —, je ne savais pas que de telles choses pouvaient exister dans la vraie vie. Certes, j'avais lu des témoignages dans les magazines mais sans jamais les prendre à mon compte. Tout ça était tellement loin de moi que j'étais complètement passée à côté du fait qu'on a qu'une seule et unique obsession dans ces circonstances : repousser la mort... une mort que l'on voit de tellement près. Oui, voilà, c'est cela... c'est tout à fait cela, je me souviens que j'ai résisté de toutes mes forces pour ne pas mourir. Non seulement j'avais une furieuse envie de vivre mais je ne supportais pas l'idée d'être vaincue, encore moins par cet immonde manipulateur qui m'avait fait tout un cinéma pour m'attirer dans son piège ! Quand son pied a défoncé mon nez, c'est idiot, mais j'ai pensé à mon père. J'ai eu très mal, c'est nettement le moment où j'ai eu le plus mal, mais c'est aussi celui où ma conscience s'est brusquement réveillée. « Si tu ne flanches pas maintenant, tu ne flancheras plus », m'a-t-elle dit comme pour me donner du courage, comme pour me signifier que malgré les circonstances, tout n'était pas complètement cuit. Et c'est vrai, j'ai tenu bon, je ne sais pas comment, mais je n'ai rien lâché. La douleur a même fini par m'anesthésier pour me permettre d'aller puiser au fond de moi toutes les ressources dont j'avais besoin pour éviter qu'il ne m'achève. Car c'était bien son intention, j'en suis sûre. À cet instant précis, même si je ne le voyais pas et même si j'étais dans un état déplorable, je sais pertinemment que c'est ce qu'il souhaitait : me voir crever. Et tout ça, pour quoi ? Pour que son honneur soit sauf, pour que personne ne découvre que derrière le grand, l'immense, le respectable Samuel Ridley Harrisson se cachait en réalité un fou à enfermer.

J'ignore combien de temps a duré la séance de torture, je sais juste que je me suis évanouie et que lorsque je me suis réveillée, cette ordure n'était plus là. Il avait quitté les lieux avec toutes ses affaires. Dans sa grande bonté, il avait défait mes liens. À cause des hématomes et des ecchymoses, je suis restée trois jours cloîtrée dans la chambre, les narines bourrées de coton. Au matin du quatrième, ayant à peu près repris figure humaine, j'ai appelé Vincent, un collègue français de toute confiance — homosexuel notoire de surcroît pour qu'il n'y ait pas le moindre malentendu — qui est très gentiment venu me récupérer dans la soirée. Dans sa voiture, j'étais en train de lui raconter une histoire à dormir debout concernant une légère dispute avec Ridley Harrisson lorsqu'il m'a soudainement interrompue : « Mais, Lisa, tout le monde sait que ce type est un complet névrosé qui se tape des jeunettes car il a une trouille bleue des femmes et quelques déficiences sexuelles par-dessus le marché ! J'ai même entendu dire qu'il a envoyé des mineures à l'hôpital, estime-toi chanceuse qu'il t'ait simplement plantée là après un petit engueulo. » « Oui, tu as raison, Vincent, j'ai eu du bol... un bol monstre... », j'ai bredouillé toute tremblante en m'épongeant le front.

MARITZÉ

Lundi 20 novembre 2023

Bon, ben, je sais, ça va paraître bizarre, mais ce matin je me suis réveillée avec un sentiment très fort dans le cœur et ce sentiment, je crois… enfin non, je sais pas, j'allais dire que ça s'appelle le bonheur, mais j'en sais rien au fond, c'est vrai. Ce que je sais, c'est qu'on aurait dit qu'une fleur avait poussé dans ma poitrine, une énorme marguerite, un tournesol ou un dahlia. Un truc avec de grandes et belles feuilles en tous les cas. Oup, oup, oup, qu'on aille pas croire que je me suis mise au LSD ou que j'ai pris un coup sur la cafetière, je dis juste que ce matin, je me suis réveillée avec un gigantesque sourire à l'intérieur de moi, de la chaleur même… Ce phénomène, je l'ai vécu seulement une fois, c'était le lendemain de la naissance de ma fille. J'étais toute seule bien tranquille à la clinique avec Vicky sur mon ventre quand j'ai pensé : « Ça y est, Maritzé, maintenant, ta vie sera plus jamais un naufrage, avec ta poupée t'es sauvée. » J'me trompais, bien sûr que j'me trompais mais j'le savais pas à l'époque du coup pendant des heures, j'ai carrément flotté sur un nuage. J'avais l'impression qu'un ange m'avait ouvert les portes du paradis. C'était comme un vertige, comme quand on boit quinze bières d'affilée, allongé, les yeux dans les étoiles les soirs d'été.

Cet aprèm j'ai mis mon short malgré le froid et j'ai couru du début à la fin de la promenade. C'est dingue, hein, mais au lieu de se faire la malle, le sentiment s'est renforcé. Il est même devenu tellement puissant que j'ai dû m'arrêter pour reprendre ma respiration. « Maritzé, si ça s'trouve, t'es en train de devenir intelligente », je m'suis dit. Rien que l'idée m'a donné des sueurs. « Si ça s'trouve, c'est ça, ouais, c'est ça ! » Et boum, j'ai enquillé à toute vitesse un énième tour de la cour sous le regard interloqué de Kazimir. Quand je me suis arrêtée, je me suis interrogée et j'en ai déduit que c'était pas venu d'un coup, comme ça par hasard, que le bon Dieu m'avait pas fait ce cadeau royal pendant mon sommeil. J'ai réalisé que c'était grâce à ma psy que tout ça était arrivé. Elle, elle appelle ça faire de grands pas. Ah ouais, c'est son dada les grands pas. Un jour à la fin d'une séance, elle a sorti : « Un petit pas pour Maritzé et un grand pas pour l'humanité. » Elle était tellement fière de sa blague de cosmonaute qu'elle l'a répétée en faisant légèrement sa crâneuse.

La promenade était presque finie, mais j'étais contrariée. Je cherchais un mot… un mot hyper important, le roi des mots… putain, impossible de m'en souvenir… oh, crotte, même maint'nant, j'l'ai plus ! Ahhh, crooottteee !!!! La détermi… le déterma… le déterminisme, ouaaaiiisss, ça y est, je l'ai !!! Tout d'un coup, j'ai eu les larmes aux yeux. Pas parce que la mémoire m'était revenue mais parce que je réalisais que maintenant que j'étais intelligente — enfin, un peu disons —, j'allais peut-être être capable de lui tordre le cou au déterminisme, du moins dévier sa course, réécrire l'histoire, comme dit tout le temps Liz que j'appellerai plus jamais Liz parce que c'est moche quand même, j'me fiche de sa poire et elle mérite pas. J'ai poussé la réflexion un peu plus loin. « Au fond, l'intelligence, c'est un pouvoir. Si avec ce pouvoir j'arrive à faire de grands pas pour moi, ça va faire boule de neige qui sait et je vais arriver à en faire pour Vicky… » Mon cœur s'est mis à battre la chamade. Finalement, l'intelligence, c'est comme un puzzle qu'on monte, un château d'sable qu'on construit, un gratte-ciel qu'on bâtit ! J'tenais plus en place, j'étais excitée comme une puce, alors je suis allée charrier Kazimir. « Tu sais Kazimir, si t'étais pas toi, si j'étais pas moi et si on n'était pas ici, y aurait moyen de moyenner si ça se trouve… » Ça faisait foutrement intelligent…

POPPY

Six mois, jour pour jour, qu'a eu lieu mon dernier parloir avec Giacomo. Je le savais mais j'ai quand même vérifié dans mon petit carnet. Du coup, j'en ai profité pour relire quelques pages au hasard…

Vendredi 17 juin 2022 :

J'ai été incarcérée hier en fin de matinée et tout m'a tout de suite semblé absolument écrasant : l'immensité du mur extérieur qui longe la mer, la grandeur des bâtiments, la rigidité du règlement. Ici tout n'est que protocoles, directives, consignes, avertissements, je ne parle même pas des interdits tant ils sont légion. C'est étrange mais parmi la ribambelle de règles ultra-contraignantes dont il faut s'acquitter, il y a une exception et pas des moindres : notre coupe de cheveux est laissée à notre bon vouloir à moins d'avoir une tignasse remplie de poux. Si la plupart des filles préfèrent garder leur crinière intacte, j'ai fait le choix inverse. « Rasez-moi tout ça ! » ai-je lancé à la pauvre fille chargée de faire le sale boulot. « Vous êtes sûre, vous êtes absolument sûre ? » elle a demandé deux ou trois fois. « Certaine, plus un poil sur le caillou, ça m'ira parfaitement ! »

En me ratiboisant, j'ai moins dit adieu à ma coquetterie (dont je me fiche éperdument désormais) qu'à ma complicité sexuelle avec Giacomo. Autant je suis capable de tirer un trait sur ma féminité, autant je sais que me brosser les cheveux quotidiennement serait une torture tant ils sont la représentation de nos jeux d'adultes, le symbole du merveilleux dialogue intime que nous avons entretenu pendant plus de trois décennies, lui et moi.

Mercredi 15 mars 2023 :

S'il y a un plaisir que Binkara m'a offert, c'est bien celui du vol. Tout ce qui me passe sous la main je le pique, avec moi tout disparaît. Ça va du shampoing oublié dans les douches aux barrettes et aux élastiques trouvés dans la cour en passant par les sucreries et les puces de téléphone qui circulent au marché noir. Le plus jouissif c'est le courrier et de très loin. Ça fait à peine deux mois que Maritzé, ma colocataire, est arrivée et j'ai déjà détourné deux de ses lettres. Des lettres d'un certain Jean-Marc que je n'ai même pas pris la peine d'ouvrir tant je me suis dépêchée de les déchirer en mille morceaux pour les balancer vite fait au fond des toilettes.

J'oublie le principal, il y a quelques semaines pendant la promenade, j'ai réussi à subtiliser son sifflet à Kazimir. Le soir au dîner, j'ai cassé les oreilles de tout le réfectoire jusqu'à ce que l'on vienne me ceinturer pour m'emmener chez le directeur. Tiens, le directeur, récemment je lui ai dérobé deux tampons encreurs et il n'y a vu que du feu.

Mardi 17 octobre 2023 :

Tragédie aujourd'hui dans ***El amor es un huracán****, Manuela, qui n'a pas supporté son incarcération, s'est tranché les veines avec un petit canif qu'elle avait échangé contre une lime à ongles et un flacon de dissolvant. C'est con, très très con même, mais ça m'a littéralement retournée de la voir les lèvres bleues et le regard vitreux gisant dans une mare de sang.*

Mercredi 25 octobre 2023 :

Si je devais donner un titre à ce carnet, ce serait : Attendre c'est mourir. Cela fait seize mois que je suis à Binkara et je me rends compte que ce qui me détruit le plus, c'est d'être constamment dépendante d'une visite, d'un appel, d'un courrier...

Oui, c'est cela, attendre c'est demeurer pieds et poings liés au désir de l'autre, à son bon vouloir, à sa fantaisie. Toujours est-il que je ne sais pas faire autrement, c'est ma faute, entièrement ma faute, je ne me voile pas la face mais au fur et à mesure que le temps passe, je me sens de plus en plus dépossédée de moi-même. Je ne m'appartiens plus dans la mesure où je donne tout pouvoir à l'autre, Giacomo en l'occurrence. Je suis d'autant plus idiote d'agir ainsi qu'il doit détester ça. Même si je le contacte de moins en moins souvent, même si j'ai lâché du lest, je lui mets une pression d'enfer. Je suis sûre que depuis que je suis ici, il me voit comme un serpent qui rampe dans sa tête. La nuit, il rêve certainement que je lui grignote lentement le cerveau. Le jour il se dit : « Allez, demain, je l'appelle et bientôt, je lâche le boulot pour aller la voir. » Mais je le connais Giacomo, le fait que je me morfonde en le suppliant silencieusement le refroidit. C'est même ce qui explique son silence et le peu de visites qu'il me rend à mon avis. Le pire c'est que je le comprends. Jadis, il était avec une femme active et toujours gaie, à présent, il se retrouve avec une espèce de coquille vide qui ne fait que se languir.

Ce matin ma tristesse est grande, non, elle est vertigineuse. Ce matin c'est l'heure de vérité, je réfléchis à mon couple, à mon passé et les conclusions que je suis en train d'en tirer sont loin de m'ôter mon spleen malheureusement. En réussissant à construire une relation avec Giacomo, certes je me suis émancipée de mes parents et de l'autorité abusive qu'ils exerçaient sur moi, mais ai-je été une femme si libérée que cela par la suite ? Giacomo était tout pour moi : ma respiration, ma sécurité, mes projets, un demi-dieu sous bien des aspects ; or, avec le recul, je réalise que c'était peut-être une erreur de faire reposer entièrement mon existence sur lui. Ne lui ai-je pas octroyé trop de place ? Ne lui ai-je pas donné une importance démesurée, une importance qui a fait que je ne me suis pas accordé à moi-même toute la valeur que j'aurais dû m'accorder probablement ? Le problème c'est qu'à mes yeux, il m'a toujours été supérieur, ses jugements valant systématiquement davantage que les miens, ses actes étant forcément meilleurs, ses idées plus intelligentes et ses décisions plus justes. Ne me suis-je pas perdue au fil du temps... ne me suis-je pas progressivement effacée, délitée, désagrégée... et ne m'en a-t-il pas désaimée — du moins, moins aimée — précisément pour cette raison, même s'il a toujours farouchement nié avoir cessé d'avoir des sentiments pour moi ?...

LISA

— Ah, Lisa ! asseyez-vous, je vous en prie. J'ai toujours été convaincu que ce jour finirait par arriver, vous savez. J'ai de la bouteille, ce qui me permet en un quart de seconde de détecter qui fera ceci ou qui dira cela. Chez vous j'ai immédiatement flairé l'intelligence, l'éducation et la culture pour ne pas dire un certain relief, peut-être même de la classe. Mais passons… vous avez enfin recouvré la raison et j'en suis fort aise, autant pour vous que pour notre bibliothèque, du reste…

— Je crains qu'il y ait méprise, monsieur le directeur. Si j'ai sollicité un rendez-vous, c'est parce que j'ai plus que jamais besoin de papier et de stylos. Une fois que j'aurai accompli ce que j'ai à accomplir alors peut-être pourrons-nous discuter du poste en question.

— Mais, Lisa, ça n'est pas le salon où l'on cause ici. J'ai mal compris ou vous êtes en train de me dire que vous tournez toujours le dos à la proposition que je vous ai faite ?

— Je ne décline pas catégoriquement votre offre, monsieur le directeur, je me permets juste de la reporter. J'y viendrai certainement une fois que j'aurai…

— Une fois que vous aurez obtenu le prix Nobel de littérature et que vous serez dans la *Pléiade*, je présume ? J'en ai connu des entêtées mais alors des comme vous, ça dépasse l'entendement.

— Plus vite vous m'accorderez ce qu'il me faut pour écrire et plus vite je serai en mesure de me tenir disponible pour être responsable de la biblio…

— C'est quoi ça, une menace, un ultimatum, du chantage ? Fichtre ! Et puis que voulez-vous écrire au juste ?

— Veuillez m'excuser mais c'est personnel, je ne tiens pas à dévoiler mes projets.

— Vos projets, un bien grand mot pour un horizon si rétréci, non ? Vous vous égarez, Lisa, vous vous égarez complètement ou plutôt, vous vous trompez de camp. C'est très simple pourtant, d'un côté, il y a les écrivains et d'un autre, les lecteurs. Il me semble que vous devriez faire comme moi, demeurer humblement du côté des lecteurs. Soit dit en passant en vous occupant de la bibliothèque, vous auriez autant d'ouvrages que vous le souhaitez à votre disposition... mais c'est ainsi, dont acte... Ah la, la, la, je devrais être terriblement fâché contre vous, Lisa, mais voyez-vous, en ce moment je m'adoucis... je vieillis certainement... et puis... bon... je suis moi-même féru de littérature. Il m'arrive, alors que tout et tous m'enquiquinent, de me plonger ici même dans les strophes de quelques grands poètes pour m'évader... enfin, m'évader, le mot n'est pas très heureux... bref, quels auteurs affectionnez-vous, Lisa ?

— Jack London, Ernest Hemingway, Truman Capote...

— Vous n'avez pas vécu aux États-Unis pour rien !

— J'aime aussi beaucoup Céline, Dostoïevski, Camus...

— Il ne vous aura pas échappé que tous ces gens ont du talent, beaucoup de talent...

— Je ne prétends pas rivaliser le moins du monde, je voudrais juste... ce serait thérapeutique en quelque sorte...

— Ah, voilà, le mot est lâché, le maudit mot ! Pensez-vous qu'Hemingway ait écrit *Paris est une fête* parce que c'était thérapeutique ? Et Céline alors, considérait-il *Voyage au bout de la nuit* comme un sirop, un suppositoire, un emplâtre ! En tous les cas, si Truman Capote s'est servi de *De sang-froid* comme d'un anxiolytique, le traitement a fort mal fonctionné, il n'a jamais été autant alcoolique, cocaïnomane et dépressif qu'après le succès retentissant qu'a eu son bouquin...

— Ça n'est pas ce que je voulais dire.

— Ça n'est pas ce que vous vouliez dire mais vous l'avez dit, hélas. Non non, Lisa, la littérature, c'est plus que cela heureusement. C'est des tripes, de l'intensité, du feu, de la chair, de la fièvre, de l'exaltation, des secousses, des convulsions ! La littérature est organique ! Tenez, j'ai justement dans ce tiroir un formidable poème de Louise Labé, ça tombe bien. Je vous le lis, soyez très attentive. C'est la Renaissance, toute la subtilité de la Renaissance.

Baise m'encor, rebaise-moi et baise :

Donne m'en un de tes plus savoureux,

Donne m'en un de tes plus amoureux :

Je t'en rendrai quatre plus chauds que braise.

Las, te plains-tu ? ça que ce mal j'apaise,

En t'en donnant dix autres doucereux.

Ainsi mêlant nos baisers tant heureux

Jouissons-nous l'un de l'autre à notre aise. [...][3]

Le poème continue mais point trop n'en faut ce sera pour une prochaine fois, j'ai envie de vous faire découvrir autre chose maintenant. Je suis sûr que vous ne connaissez pas Violette Leduc ou alors si vous la connaissez, vous l'abordez mal probablement, avec timidité, en prenant trop de précautions. Pourtant, son *Thérèse et Isabelle* est plus qu'envoûtant, pénétrant, sans mauvais jeu de mots, sidérant même quelquefois tant il est audacieux. À chaque fois, mes poils se hérissent ! Écoutez plutôt, l'action se déroule dans un pensionnat de jeunes filles en province. La narratrice et sa voisine de dortoir, deux adolescentes qui ne se supportent pas, vont finir par s'aimer passionnément durant trois jours et trois nuits sans que jamais les surveillantes et les autres pensionnaires s'en aperçoivent. Si j'étais imprudent, je dirais qu'on pourrait presque transposer pensionnat et prison mais je ne voudrais pas que cela vous donne des idées, Lisa, je voudrais encore moins que cela m'attire des ennuis. Soit, fermez les yeux. On apprécie beaucoup mieux quand on a les yeux clos.

Je cherchai sa main, je la mis sur mon dos, je la fis descendre plus bas que les reins, je la laissai sur le bord de l'anus.

[3] Louise Labé, Sonnet XVIII tiré des *Sonnets*, deux premières strophes.

— Oui, dit Isabelle.

Je patientai, je me recueillis.

— C'est nouveau, dit Isabelle.

Le timide entra, Isabelle parla :

— Mon doigt a chaud, mon doigt est heureux. [...][4]

Avec un extrait pareil, on pourrait réconcilier Poppy et Maritzé en moins d'une minute n'est-ce pas ? Ah ah ah ah ! C'est une boutade, Lisa, allez, décrispez-vous. J'espère que vous appréciez en tous les cas, je serais déçu si vous passiez à côté de Violette Leduc, si vous ne goûtiez pas à son style osé tout en étant raffiné, à ses images puissantes tout en demeurant suggestives. Sachez en outre qu'elle était la petite protégée de Simone de Beauvoir, ça n'est pas rien tout de même ! Je ne vous fais pas découvrir n'importe qui ! Mais peut-être pourrions-nous renverser les rôles à présent. Oui, c'est ça, amusons-nous un peu. J'adorerais que vous me fassiez la lecture, je suis sûr et certain que vous êtes très douée pour cela... pour cela et pour bien d'autres choses, du reste...

— Je ne pense pas que ce soit une bonne idée...

— Ta ta ta ta, vous ne semblez pas très bien comprendre, Lisa, vous n'avez pas vraiment le choix si vous espérez obtenir ce que vous réclamez.

— Mais...

— Il n'y a pas de mais, ce papier et ces stylos, vous les voulez ?

— Oui, je les veux, mais...

— Vous êtes bornée à la fin, du papier et des stylos, il y en a plein ce bureau. Si vous les voulez, lisez ! Prenez ce livre et obéissez, je suis encore le directeur, bon sang ! À voir votre tête, on dirait que vous êtes béotienne en matière de belles-lettres. La vérité c'est que vous n'êtes jamais sortie des sentiers battus, vous n'êtes jamais allée au-delà de Victor Hugo, Maupassant et Balzac. Comme c'est triste ! Quelle indigence... une femme comme vous ! Il était temps que quelqu'un vous extraie de votre ignorance et ce quelqu'un, c'est moi. Avec Anaïs Nin, vous allez voir ce que vous allez voir justement. Dans

[4] Violette Leduc, extrait de *Thérèse et Isabelle*, le point culminant.

cette lettre qu'elle adresse à Henry Miller — avec lequel je me permets de vous le rappeler, elle entretient une idylle plus que torride — on prend toute la mesure de sa... sa... son... pfffeeeuuu, trêve de bavardages, mes commentaires sont parfaitement inutiles. Je n'ai rien à ajouter sauf que l'on ne s'étonnera pas que cette femme avant-gardiste et courageuse soit l'auteur de la sulfureuse, de l'incandescente et de la non moins lyrique *Vénus érotica*. C'est à vous !

— *Oh ! Henry,*

Ta lettre de ce matin m'a tellement remuée. Quand on me l'a donnée, je me suis sentie submergée par tous mes sentiments artificiellement refoulés. Le simple contact de la lettre me provoquait la même émotion que si tu m'avais prise tout entière dans tes bras. Tu devines alors ce que j'ai éprouvé en lisant. Tu as trouvé tous les mots qu'il fallait pour me toucher et me conquérir et j'étais mouillée et tellement impatiente que je vais tout faire pour gagner un jour. Ce billet que je joins — écrit hier soir deux heures après avoir posté ma lettre — t'aidera à comprendre ce qui se passe.

— C'est parfait, Lisa, continuez comme ça, vous voyez quand vous voulez...

— *De toute façon, tu as dû recevoir le télégramme à peu près en même temps. Je t'appartiens. Nous allons vivre une semaine comme nous n'en avons jamais rêvé. « Le thermomètre va exploser. »*

— Prenez votre temps, Lisa, nous ne sommes pas pressés... allez-y lentement, prononcez bien chaque mot, respecter points et virgules. Tout compte chez Nin...

— *Je veux sentir encore le martèlement violent au fond de moi...*

— Eh bien continuez, Lisa, de grâce, ne vous arrêtez pas ! Votre papier ! Vos stylos ! Pensez-y ! Reprenez la phrase depuis le début.

— *Je veux sentir encore le martèlement violent au fond de moi, sentir le sang brûlant courir plus vite dans les veines.*

— Aaaahhh, sentir le sang brûlant courir plus vite dans les veines... comme c'est bon... et dans votre bouche... muuuhhh... c'est encore meilleur... ça roule comme un galet sur la plage... c'est divin, purement divin. Je le savais, vous êtes une lectrice née, la littérature érotique est faite pour vous. Poursuivez !

— *Sentir le rythme lent, caressant.*

— Redites-le !

— Quoi ?

— Caressant, redites caressant.

— Caressant.

— Muuuhhh, vous caressez à merveille. La suite, s'il vous plaît.

— *Et puis soudain les coups violents, sentir l'excitation pendant les arrêts, quand j'entends les bruits de gouttes d'eau... et te sentir palpiter dans ma bouche.* Ça suffit, j'arrête !!!

— Pas maintenant, Lisa, juste quand ça commence à devenir intéressant. Reprenez, c'est un ordre, reprenez immédiatement !

— Non, rien ne m'y oblige...

— Rien ne vous oblige non plus à m'agresser avec un couteau, c'est pourtant ce que je ne manquerai pas d'expliquer en détail dans le rapport que je rédigerai sur vous dès que vous aurez passé cette porte si vous ne reprenez pas sur-le-champ. Ne faites pas l'idiote, Lisa, vous vous mettez en danger inutilement sans compter que votre cahier et vos stylos sont en train de vous passer sous le nez. *Et te sentir palpiter dans ma bouche...*

— *Henry. Oh ! Henry, je ne supporte pas de t'écrire — je te veux, comme une folle. Je veux... je veux...*

— Que veut-elle, Lisa ? Allez, un effort !

— *Je veux écarter tout grand les jambes, je fonds, je tremble.*

— Elle tremble !

— *Je veux faire des choses tellement folles avec toi que je ne trouve pas les mots pour en parler. Hugh m'appelle, je répondrai au reste de ta lettre ce soir. Anaïs*[5].

---

[5] **Anaïs Nin**, lettre à Henry Miller extraite de *Lettres érotiques*, Le Robert – mai 2005.

— Oh, mon Dieu, un chef-d'œuvre, un pur chef-d'œuvre que cette lettre ! N'est-ce pas, Lisa ?

— Je voudrais mon papier et mes stylos.

— Ouuuhhh, comme vous y allez ! Vous êtes constamment sur les nerfs, c'est incroyable, on dirait que vous ne savez pas vous détendre ! Et puis, je ne vous ai rien promis pour aujourd'hui que je sache. Si vous revenez régulièrement me faire quelques séances de lecture, alors là, oui, je vais pouvoir sérieusement envisager de...

— Ça n'est pas ce qui était convenu !

— Ce qui était convenu comme vous dites, c'est que vous lisiez convenablement une petite lettre de rien du tout ; or, ça a été extrêmement poussif, à maintes reprises j'ai été obligé de...

— C'est bon, j'ai compris. Puis-je disposer ?

— Vous ne partirez pas sans avoir entendu ça, c'est Anaïs Nin toujours : « Seul le battement à l'unisson du sexe et du cœur peut créer l'extase. » Si vous souhaitez que nous en discutions un autre jour, vous êtes la bienvenue, Lisa... d'autant que pour quelqu'un qui a des velléités d'écriture, ça peut être très inspirant, très très inspirant...

MARITZÉ

Vendredi 1er décembre 2023

— Eh pseuuttt… pseuuuttt… Maritzé, viens un peu par là, s'il te plaît.

— Ben, qu'est-ce que t'as, Lisa, t'as le *FBI* au derche ou quoi ? Dans cette cour, y a que cent-trente pétasses et une poignée de casse-couilles qui peuvent nous entendre, pas le pape ni le président des États-Unis. Putain, on dirait que t'es pas habituée à faire avec, depuis l'temps…

— Poppy est toujours à nous espionner, encore plus pendant la promenade que dans la cellule, tu le sais aussi bien que moi ; or, j'ai quelque chose de très important à te dire. Prends ce ballon et faisons comme si…

— Non mais Lisa toi en footballeuse, c'est juste pas possible, ça va éveiller tous les soupçons. Ramène un peu ta fraise par ici… vers les gardiens, là, oui, c'est ça. Les filles ont constamment les yeux rivés sur le poste de surveillance, c'est un réflexe y compris pour Poppy. Elles vont faire attention à eux mais pas à nous, j'te fiche mon billet.

— C'est risqué !

— Crois-moi, moins on se cachera moins on nous verra. C'est un truc de cancre et de bandit, tu peux pas connaître évidemment mais c'est infaillible, ça marche à tous les coups. Faut toujours prendre un air naturel quand on fait un machin chelou, toujours.

— C'est ce que Poppy a fait justement, un machin chelou avec l'air le plus naturel du monde…

— Poppy fait toujours des machins chelous de toute façon, air naturel ou pas… en quoi ça m'concerne ?

— D'abord, promets-moi de garder ton calme. Si tu refuses, je me tais.

— C'est bon, j'te promets !

— Pas comme ça, jure-le-moi.

— Juré craché, cruuussshhhppp… tant pis pour tes pompes !

— Je suis désolée de te demander ça, Maritzé, mais jure-le-moi sur ce que tu as de plus précieux, jure-le-moi sur… Vicky.

— Putain, c'est chelou à c'point ? Elle a rien fait à ma p'tite au moins ?

— Non, pas vraiment.

— Comment ça, pas vraiment ? T'es lourde, Lisa, accouche ! Je vais pas m'énerver, j'ai appris figure-toi, allez vas-y, balance !

— Bon, vers la mi-novembre, Poppy a détourné une lettre de Vicky.

— Détourné… chouré, tu veux dire ?

— Oui, volé, fauché, subtilisé…

— Comment tu sais ? Et pourquoi tu m'en parles seulement aujourd'hui ?

— Un matin, j'ai trouvé des petits bouts de papier au fond des toilettes et j'ai aussitôt reconnu l'écriture de ta fille. Le lendemain, je suis passée à la douche juste après Poppy et j'ai vu un morceau d'enveloppe dans le lavabo, un morceau très abîmé mais pas suffisamment pour m'empêcher de vérifier que le courrier provenait bien de Vicky.

— Oh, putain !

— Si j'ai fermé ma bouche, c'est que j'avais peur de ta réaction. J'ai toujours peur d'ailleurs… mais malgré tout, je pense que tu dois absolument savoir.

— Putain crotte ! Putain de putain de putain croooooooooootte !!!

— Maritzé, tu as juré !

— C'est vrai, j'ai juré. Bon, faut que j'm'assoie… faut que j'm'assoie et que j'respire. Un j'inspire… deux j'expire. Ouf ouf ouf ! Pour commencer, je regarde mon agressivité en face et j'accueille… ouf ouf ouf ! J'accueille…

— Tu accueilles ?

— Ça m'gratte, voilà, putain mon eczéma… il s'réveille, ce con ! Non… pas ce con, j'accueille ce qui émerge… pas le mental, seulement les émotions… les émotions… j'suis plus une victime ni un bourreau… ouf ouf ouf… j'accueille…

— Ça va ? Tu devrais te relever pour qu'on aille marcher un peu…

— Non, surtout pas, j'accueille ! J'ai envie de tout casser mais j'vais pas l'faire… hors de question que la p'tite fille maltraitée continue à tenir le gouvernail ! Ça non, alors, plutôt crever !

— Viens, on va marcher, ça va aller mieux… tu es sous le choc, là !

— Tu comprends pas, c'est la p'tite fille enfermée dans le schéma victime/bourreau qu'a toujours envie de tout casser ; or, moi, ma p'tite fille, je lui donne à manger de l'amour maint'nant. Je la fais GRANDIR en lui donnant de l'amour, pas en nourrissant sa rage !

— Vicky ?

— Mais non, Lisa, ma p'tite fille !

— Vicky !!!

— T'es têtue comme une mule bon sang, je te parle de ma pe-ti-te fi-lle ! Tu sais si je lui offre de la tendresse, du respect, de l'écoute, c'est mieux que si je perds mon temps et mes nerfs à me venger de cette grosse pouffe de Poppy. Ça signifie que je m'éloigne de mes conditionnements de merde, que je me déprogramme quoi. En plus, si je suis une bonne mère pour moi… enfin, pour ma p'tite fille… je serai une bonne mère pour Vicky… ça, je le sais depuis que je suis intelligente… moins tarte du moins… depuis les grands pas… ceux du cosmonaute…

— Oh non, Maritzé, si j'avais su que ça t'ébranlerait à ce point… j'ai été stupide, stupide et imprudente… viens, je t'emmène à l'infirmerie, il faut que tu voies un médecin.

— Non, mon eczéma s'est arrêté. Ça m'gratte plus du tout Lisa, c'est gentil, merci ! C'est l'accueil tu sais, c'est l'amour, c'est l'respect. Attends, j'me relève, faut absolument que j'me serre dans les bras.

— Tu veux me serrer dans les bras ?

— Euh non, pas toi, rêve pas grande saucisse ; je veux ME serrer dans les bras ! Depuis qu'on peut plus me faire de mal impulsivement… impunatement…

— Impunément ?

— Ouais, impunément ! Eh bien depuis, j'me serre dans les bras et tu sais pourquoi ?

— Là, franchement non, c'est pas limpide limpide…

— Parce que je suis une maman au poil, putain ! C'est pas compliqué, Lisa, tout est lié, l'eczéma, la marionnette de mon passé, même toi qu'es plus un monstre… et puis aussi le déterminisme. Tiens, j'l'ai dit du premier coup cette fois ! Un gros casse-bonbons encore celui-là, le chef des casse-bonbons même mais moi je le suis encore plus que lui, c'est ça qu'il sait pas. Bon, bref, alors, la conclusion de tout ça c'est quoi… ? Réponds, Lisa, c'est quoi la conclusion ?

— Je m'inquiète, Maritzé, je m'inquiète beaucoup à ton sujet…

— La conclusion c'est que j'ai tenu ma promesse, j'me suis pas énervée !

— Oui, mais tu…

— J'suis fière de moi, j'suis fière de Liz aussi…

— Liz ?

— Liz Taylor… enfin non, j'ai dit que j'le disais plus, c'est dégueulasse. Hein, c'est dégueulasse ?

— Si tu le dis…

— J'le dis plus, j'ai dit.

— Ah, pardon…

— Remarque, Richard Burton, c'était pire. Faudra carrément que j'm'excuse la prochaine fois.nBen, t'en fais une tête, Lisa ! Tu devrais m'applaudir au lieu de tirer cette tronche, non mais, tu as vu un peu ce self-control ! J'ai bien fait de passer au commissariat à la dernière séance, ça a tout remis à niveau. J'suis nickel depuis que le flic m'a entendue et que justice a été rendue. Hein, tu trouves pas que je suis nickel pour quelqu'un à qui on vient de faire un sacré coup de pute ?

— Nickel, ça n'est pas le premier mot qui me vienne tout de suite à l'esprit… ne bouge pas, ne bouge surtout pas, je vais chercher Kazimir c'est plus prudent…

— Cool, Raoul, viens plutôt t'asseoir à côté de moi Lisa !

— Je crois que je vais me pauser un peu en effet, j'en ai besoin.

— Tu vois, Lisa, j'sais pas lire, j'sais pas écrire mais j'm'en sors pas si mal en ce moment. Pas besoin de livres, de dictionnaires, de cahiers, de stylos, de cartable, de tout l'tralala au final.

— Répète, répète un peu ce que tu viens de dire !

— J'suis illettrée mais l'essentiel je l'ai là, ici, à l'intérieur de moi. Bon, c'est encore un peu le bocson, d'accord, mais mon inconscient fait pas trop mal le job à c'qui paraît...

— Ah, Maritzé, autant tout était obscur autant tout s'éclaire soudain et encore plus que tu peux l'imaginer...

POPPY

– Parloir numéro 7 : le mercredi 29 novembre 2023

Ce parloir, j'aurais voulu ne jamais le vivre. Hier vers dix-sept heures en rentrant de la promenade, le directeur me convoque pour m'informer que le lendemain j'aurai de la visite. De la visite ? D'habitude je suis prévenue dix jours en avance, quelquefois quinze, le temps qu'il faut à Giacomo généralement pour s'organiser par rapport à sa société et réserver son billet d'avion. Cette fois-ci le mystère plane, le directeur me dit sans me dire, il hésite, il ânonne tout ça pour finir par lâcher qu'il a lui-même été mis au courant à la dernière minute par Massimo. « Massimo, je lui demande étonnée, il vient avec son père ? » « Pas que je sache », scande de manière lapidaire le directeur. Je n'insiste pas, je sens que je ne dois pas et puis, de toute façon, à quoi bon…

Ce matin, on vient me chercher dans ma cellule à onze heures pétantes. Je n'ai pas dormi et j'ai un point de côté, j'ai aussi un peu de fièvre. Quand le gardien ouvre la porte du parloir, Massimo est assis le regard vissé sur la glace de séparation. Le dos bien droit, l'air grave, on dirait un candidat qui patiente avant son entretien d'embauche. En m'apercevant, il se lève et me dit qu'il est content de me voir. Je ne le sais pas encore mais ce seront les seuls mots tendres qu'il aura à mon égard. Un malaise s'installe immédiatement, une sorte de froid, un froid polaire. Je lui dis qu'il est ravissant, un vrai play-boy, en vérité je le trouve changé. Il n'est plus un jeune homme mais un homme à présent avec sa nouvelle coupe de cheveux, une coupe bien trop stricte à mon goût. J'ai beau le complimenter sur son élégance, je n'aime ni son pull jacquard gris foncé ni son pantalon beige côtelé. Je ne les aime pas parce que je ne les connais pas. Je ne les ai jamais lavés, je ne les ai jamais repassés ni rangés dans son armoire toujours en désordre. Le désordre, voilà, c'est ça, c'est précisément cela qu'il manque. L'exubérance, la joie, la vie, la chaleur, la proximité. Où est passé le Massimo qui parlait trop, bougeait trop, riait trop et m'inondait sans cesse de tout son amour ? Le Massimo que j'ai sous les yeux est guindé, affecté, étudié, ça n'est pas le mien. Non non, ce Massimo tout en retenue et en politesse, ça n'est pas mon Massimo. Je croule sous la tristesse mais j'esquisse un sourire. Vient le moment des explications. Giacomo est tombé d'un échafaudage il y a un peu plus de deux mois. Ça lui pendait au nez, trop de stress, trop de fatigue et de tracasseries. On ne m'a rien dit pour ne pas m'inquiéter. Les blessures étaient sérieuses, plusieurs fractures, une jambe cassée, une épaule luxée, des côtes fêlées et un traumatisme crânien mais aujourd'hui, ça va mieux. La rééducation a lieu à trente kilomètres de Bordeaux dans un centre spécialisé, les progrès sont notables, les médecins optimistes. Il est très courageux. Il fait face comme à l'accoutumée.

Massimo prend le relai à la société. Il a l'habitude, il ne se plaint pas. À la maison, il assure l'intendance. Le portail mécanique est tombé en panne. On a fait venir le ramoneur pour la cheminée et cette année, on n'a pas oublié la livraison de bois.

Je mets les pieds dans le plat, ce sera ma seule rébellion mais j'y tiens. « Et Nino ? » je fais sobrement. Nino ? Un adolescent attardé qu'il faut suivre pour ses études et surveiller de près par rapport à ses virées nocturnes. Les filles, ah, les filles, quel tombeur ! On n'en saura pas plus. « Fin de la déposition », ai-je envie de scander pour faire cesser la tragi-comédie. Après ce splendide numéro de fils idéal, je me demande ce que Massimo attend de moi, que je me jette à ses genoux et que je lui décerne la médaille de l'Ordre national du Mérite ? C'est vrai ça, en plus de toutes ses galères et ses obligations voilà que maintenant il se coltine les visites à sa taularde de mère ! Si j'avais le courage de lui faire autant de peine qu'il est en train de m'en faire, je me lèverais pour lui distribuer une récompense : « Oui, fiston, c'est bien toi le saint patron des sacrifiés, toutes mes félicitations... »

Je baisse les yeux en gardant le silence, j'ai du mal à le regarder. Dans ma poitrine rugit un volcan. « Mon enfant, ça n'est pas ainsi que je t'ai élevé, je hurle intérieurement, je ne t'ai jamais appris à te comporter avec une telle fausseté. Je suis condamnée mais pas stupide et encore moins dupe. Ta perfection feinte n'a qu'un seul dessein, me balancer mes erreurs en pleine face, me culpabiliser jusqu'à ce que j'en crève. Comme ce serait pratique ! Moi disparue, votre vie à tous les trois reprendrait son cours. On finirait par oublier le drame, la honte, on finirait par *m'oublier tout court. Peut-être même que la légèreté et le naturel reviendraient, ceux précisément que tu as perdus par ma faute. Car c'est bien cela qu'exprime ton air abominablement compassé, n'est-ce pas, un reproche tonitruant, une accusation mordante ? Ta vitalité, ta drôlerie, ta bonne humeur et ton insouciance sont à jamais perdues à cause de moi si je comprends bien ! J'ai plombé ton existence, celle de ton frère et celle de ton père qui, par-dessus le marché, a manqué de se tuer comme si ça ne suffisait pas comme ça question tuiles.*

Eh bien non Massimo je paie ma faute mais je ne me repentirai pas pour ce dont je ne suis pas responsable, tu es maître de tes paroles, de tes pensées et de tes actes. C'est cela que je t'ai appris depuis que tu es tout petit. Si tu n'as pas envie de venir me voir, ne viens pas, en tous les cas pas comme ça, pas comme aujourd'hui. Désobéis à la bienséance mais sois honnête avec toi et sois-le avec moi. Si tu as besoin d'enfiler le costume d'un imposteur pour accomplir ce que tu crois être ton devoir, laisse tomber et oublie-moi, moi, ta mère, ta maman, "ta mamouche", comme tu disais encore il y a peu, les bras pendus à mon cou. Ce Massimo-là est à des années-lumière du Massimo que j'ai mis au monde, du Massimo avec lequel j'ai vécu plus qu'heureuse pendant presque vingt-deux ans. Je t'en supplie, oui, je t'en supplie, ne m'enlève pas les souvenirs que j'ai de toi... de toi et de nous. Ils sont tout ce qu'il me reste, j'y tiens comme à la prunelle de mes yeux. »

« Excuse-moi, je ne me sens pas très bien, ai-je fini par articuler. Embrasse ton père et embrasse ton frère. Je te souhaite un bon retour, la route est longue. » Puis j'ai tourné les talons en essayant de marcher droit malgré le brouillard dans mes yeux.

LISA

L'illumination a jailli tout à l'heure en plein méli-mélo d'une conversation absolument lunaire que j'avais avec Maritzé, une conversation que je m'apprêtais à clore parce qu'elle devenait vraiment trop incommodante. J'étais sur le point de tourner les talons ou plutôt d'aller chercher de l'aide quand elle a lancé : « Pas besoin de livres, de dictionnaires, de cahiers, de stylos, de cartables, de tout le tralala » puis deux secondes plus tard : « J'suis illettrée mais l'essentiel je l'ai là, ici, à l'intérieur de moi. » À cet instant et à cet instant seulement un nom m'est revenu, celui de György Faludy. « Mais bien sûr, me suis-je écriée intérieurement, comment n'y ai-je pas pensé avant, non mais, comment ?!? »

Je ne sais plus dans quelles circonstances j'ai eu connaissance de l'œuvre de ce poète et penseur juif hongrois, je sais juste que cela remonte à assez longtemps. Je sais surtout que son histoire est restée gravée dans mon esprit tant elle est à la fois sombre et lumineuse, absolument hors norme. Cette histoire, la voici en quelques mots. Dans les années cinquante, György Faludy voit son destin basculer quand il est envoyé dans un camp punitif à la suite d'un texte très offensif qu'il a rédigé contre Staline. Alors qu'il s'attend au pire un miracle se produit, c'est précisément lorsqu'il se retrouve dans l'antichambre de l'enfer que loin de se tarir, son inspiration explose au contraire. Dès lors, le poète va réussir le tour de force qui consiste à utiliser comme levier le chaos dans lequel on cherche à l'engloutir. Il ne combat pas les forces adverses, il les utilise. Elles le propulsent, l'aiguillonnent, le stimulent… et il survit ! Le plus extraordinaire dans tout cela, c'est que ne disposant d'aucun moyen pour écrire, Faludy a l'idée incroyable de mémoriser chacun des vers qu'il compose pour qu'ils ne partent pas en fumée. Souvent épuisé, il n'hésite pas à mettre à contribution certains compagnons d'infortune en leur demandant d'en apprendre quelques-uns par cœur, dont une longue élégie qu'il crée spécialement pour sa femme.

Au souvenir du génial Faludy, je me suis d'abord sentie sauvée sinon bénie. Bénie de me rappeler son inventivité, son courage, son intelligence, sa ténacité à ce moment précis de mon incarcération, juste après mon abominable rendez-vous avec le directeur. Bénie de pouvoir l'imiter évidemment en me mettant à mon tour à écrire pour Daisy ! Puis, tout de suite après sont venues les craintes et la perplexité face à l'ampleur de la tâche. « Écrire avec les mêmes ou quasiment les mêmes contraintes que Faludy, n'est-ce pas perdu d'avance pour quelqu'un comme moi ? Je n'ai ni son ingéniosité ni son endurance encore moins son souffle lyrique, je me suis dit, l'humeur assombrie... et quel cerveau il faut avoir ! » Heureusement j'ai immédiatement compris que si je commençais, ne serait-ce qu'un minuscule instant, à me laisser aller aux affres des tergiversations, je chuterais dans l'indécision et les doutes comme dans un puits sans fond et mon entreprise serait terminée avant même d'avoir commencé. Là, mon sang n'a fait qu'un tour et mon instinct a parlé. « C'est l'expérience de ta vie, Lisa, j'ai pensé toute tremblante. Non seulement c'est une manière extraordinaire de rendre hommage à ta plus grande amie mais c'est également l'occasion d'être fière de toi pour une fois. Sans compter que pour écarter les murs de cette prison, il n'y a pas meilleur challenge que celui-ci, un challenge qui va te mobiliser entièrement tant il est exigeant... »

Voilà, c'était fait. Je venais de passer un pacte avec moi-même, un pacte sur lequel il me serait impossible de revenir à moins de commettre la plus haute des trahisons envers ma conscience.

MARITZÉ

Samedi 2 décembre 2023

Ben, voilà, j'le savais, tout au fond de moi j'le savais, le bonheur c'est pas fait pour moi. J'ai jubilé quoi, quelques jours, une semaine tout au plus ? Et j'suis retombée aussi sec comme une merde ! Aujourd'hui, je ressemble à une morte-vivante. J'suis en pleine descente, une vraie junkie en crise de manque. Si j'avais été réellement futée, j'me serais doutée que l'euphorie serait passagère, que c'était du vent tout ça, des flonflons mais moi, comme une andouille, j'ai préféré me faire croire, je me suis bercée d'illusions. La vérité je la connais, elle est pas très compliquée. La vérité c'est que j'avais envie de vivre comme une reine pendant quelque temps, j'avais envie de voir ce que ça fait de penser à demain en se sentant puissante, intelligente, épanouie. Ce qui me faisait le plus plaisir, c'était d'avoir de nouveau de l'espoir. J'avais un désir fou de miracles, oh, putain crotte ooouuiii, j'voulais des miracles à en crever !!! J'me sens tellement privée de tout ici… je suis si lasse… complètement essorée…

Le plus affreux c'est que c'est Poppy qui m'a sortie de mon rêve éveillé. Hier quand elle est revenue de son parloir, elle rayonnait, mieux qu'ça, elle versait des larmes de joie ! « Regardez comme je pleure, elle répétait en bavant. Je pleure parce que mon Massimo est merveilleux, il est fantastique, il me donne tellement d'amour que ça fait déborder mon cœur. Vous ne pouvez pas savoir le bien que ça fait d'avoir une famille comme la mienne, non, vous ne pouvez pas savoir… » Dans la foulée, mon eczéma a repris. J'ai pensé à la lettre qu'elle m'avait piquée la salope, et puis j'ai chassé ça de ma tête, j'avais plus de force pour rien de toute façon. Ni pour être en colère ni pour me rebeller, mais bon, inutile de me raconter des bobards, pour lui rentrer dans l'lard c'est moins le courage que la force qui me manquait. Enfin bref, pour plus l'entendre, j'ai mis les mains sur mes oreilles. Moi aussi je chialais mais dans mon esprit. « Elle a gagné, cette grosse pouffiasse. Elle est mauvaise comme une teigne mais elle est pas seule au monde, j'me disais. Elle a raison d'y croire aux miracles, elle a son mari et ses fistons. Moi, ma fille, j'peux pas la faire venir, elle est trop petite et elle a déjà vécu trop de choses affreuses par ma faute. Par-dessus l'marché, j'suis tellement gourde que j'suis même pas capable de récupérer ses lettres quand elle m'écrit, la pauvre chérie. » Ensuite, j'ai songé que j'irais plus jamais chez ma psy. Si j'avais été dans la cellule au moment où le gardien a apporté le courrier, ce serait pas arrivé et puis à quoi bon toutes ces heures de parlotte à la fin. C'est du cirque, de la guignolade, de la poudre de perlimpinpin, les séances. C'est le père Noël des adultes. Un jour on se réveille et on tombe de haut en s'apercevant qu'on s'est bien fait pigeonner. D'ailleurs c'est pas un hasard qu'elle parle tout le temps de petite fille, ma psy. Elle s'dénonce en quelque sorte, c'est son inconscient qui avoue !

Si, j'vais quand même aller la voir une dernière fois. J'vais m'excuser pour Liz et pour Richard Burton avant de tirer définitivement ma révérence. Contrairement à Poppy, c'est fini pour moi les larmes de joie alors c'est criminel de vouloir me faire croire le contraire. Criminel, j'emploie ce mot délibérément. Ouais, ça me tue à petit feu qu'elle me promette constamment la lune qu'est pas la lune, Liz qu'est pas Liz.

POPPY

Regardez comme je pleure. Je pleure parce que mon Massimo est merveilleux, il est fantastique, il me donne tellement d'amour que ça fait déborder mon cœur. Vous ne pouvez pas savoir le bien que ça fait d'avoir une famille comme la mienne, non vous ne pouvez pas savoir... Regardez comme je pleure. Je pleure parce que mon Massimo est merveilleux, il est fantastique, il me donne tellement d'amour que ça fait déborder mon cœur. Vous ne pouvez pas savoir le bien que ça fait d'avoir une famille comme la mienne, non vous ne pouvez pas savoir... Regardez comme je pleure. Je pleure parce que mon Massimo est merveilleux, il est fantastique, il me donne tellement d'amour que ça fait déborder mon cœur. Vous ne pouvez pas savoir le bien que ça fait d'avoir une famille comme la mienne, non vous ne pouvez pas savoir... Regardez comme je pleure. Je pleure parce que mon Massimo est merveilleux, il est fantastique, il me donne tellement d'amour que ça fait déborder mon cœur. Vous ne pouvez pas savoir le bien que ça fait d'avoir une famille comme la mienne, non vous ne pouvez pas savoir... Regardez comme je pleure. Je pleure parce que mon Massimo est merveilleux, il est fantastique, il me donne tellement d'amour que ça fait déborder mon cœur. Vous ne pouvez pas savoir le bien que ça fait d'avoir une famille comme la mienne, non vous ne pouvez pas savoir... Regardez comme je pleure. Je pleure parce que mon Massimo est merveilleux, il est fantastique, il me donne tellement d'amour que ça fait déborder mon cœur. Vous ne pouvez pas savoir le bien que ça fait d'avoir une famille comme la mienne, non vous ne pouvez pas savoir... Regardez comme je pleure. Je pleure parce que mon Massimo est merveilleux, il est fantastique, il me donne tellement d'amour que ça fait déborder mon cœur. Vous ne pouvez pas savoir le bien que ça fait d'avoir une famille comme la mienne, non vous ne pouvez pas savoir... Regardez comme je pleure. Je pleure parce que mon Massimo est merveilleux, il est fantastique, il me donne tellement d'amour que ça fait déborder mon cœur. Vous ne pouvez pas savoir le bien que ça fait d'avoir une famille comme la mienne, non vous ne pouvez pas savoir...

LISA

Préface

Daisy, ça y est, le grand jour est arrivé, j'entreprends aujourd'hui ma grande œuvre. Le terme te paraît pompeux, laisse-moi t'expliquer. Premièrement, l'œuvre est grande car elle t'est destinée, rien n'est plus cher à mon cœur que t'adresser un cadeau qui vienne de moi, un cadeau qui soit une offrande. Un cadeau qui nous lie en somme car c'est bien là ce que je tiens avant tout à reconstituer, notre union sacrée. Une union qui dépasse les lois terrestres et spatio-temporelles. À ce propos, il me semble que le Grand Œuvre en alchimie désigne une pierre capable d'apporter l'immortalité… tu vois… c'est plutôt un bon début…

Ensuite, je dirais que l'œuvre est grande de par sa difficulté. C'est un énorme chantier dans lequel je m'engouffre, tu sais, d'ailleurs je viens à peine d'écrire quelques phrases que déjà je me demande comment les apprendre par cœur. Je suis probablement folle et présomptueuse de me lancer dans une telle aventure mais qu'importe, je m'en sens capable. Et même si je ne sais pas encore quelle méthode précise il va me falloir employer, j'ai l'intime conviction que je vais trouver un moyen. Il ne peut pas en être autrement de toute manière, j'ai définitivement exclu la possibilité d'un échec. Je m'autorise l'hésitation ça, oui, la panne d'inspiration, voire le découragement mais je ne laisse aucune chance à la défaite. Je ne lui accorde pas le moindre interstice par lequel elle pourrait s'introduire dans mon esprit sous peine d'affaiblir ma mémoire.

Je n'en suis qu'à la préface ; or, j'ai envie de tout effacer tant je m'égare. Mes réflexions ne te regardent pas, c'est ma popote interne. Tout ce que tu as à faire, toi, Daisy, c'est de recevoir ton présent. Voilà l'unique part qui t'incombe.

Enfin pour que les choses soient bien claires, ne crois pas que l'odyssée dans laquelle je m'apprête à plonger la tête la première soit l'expression d'un mal-être directement lié à Binkara. En moi n'existe aucun désir qui consisterait à accomplir un exploit pour me sentir exister dans le néant que représente la longue peine carcérale que j'endure. Ici, je n'ai rien mais je n'ai rien non plus à me prouver. Je ne suis rien mais je n'ai pas besoin de nourrir mon ego avec des défis artificiels dont la seule utilité serait de rassasier mon narcissisme. Crois-moi, mon but si j'en ai un est uniquement de nous rassembler.

MARITZÉ

Vendredi 22 décembre 2023

— Bon, alors, madame, aujourd'hui c'est un jour spécial… je suis venue pour deux choses… enfin trois. D'abord pour m'excuser de vous avoir appelée Liz Taylor, c'était pas vraiment correct, et puis aussi pour vous avoir dit une fois où j'étais vénère que vous aviez la même voix que Richard Burton alors que c'est pas vrai mais surtout… j'suis là pour vous faire mes adieux.

— Je vous remercie pour vos excuses, Maritzé, j'y suis très sensible mais vous devez savoir que dans le cadre professionnel, je laisse ma susceptibilité au placard. Je ne prends rien à titre personnel, jamais, ni les compliments ni les insultes et dans votre cas, ça n'était pas bien méchant de toute façon, plutôt amusant même.

— D'ailleurs c'est quoi votre nom, madame, y a un truc marqué sur votre porte mais j'ai jamais été fichue de le lire ?

— Je m'appelle Nicole Charles, c'est effectivement ce qui est inscrit sur ma porte. Arrêter les séances est votre droit le plus strict Maritzé sans même avoir à vous justifier, du reste. Cependant, seriez-vous d'accord pour m'exposer les raisons qui motivent votre choix ?

— Je vais pas y aller par quatre chemins, j'y crois plus.

— Vous ne croyez plus en vous ? En moi ? En la thérapie en elle-même ?

— J'crois plus en rien… la thérapie c'était une erreur… ma vie est une erreur… j'me suis trompée sur toute la ligne, autant ici qu'à l'extérieur. J'fais tout mal, j'ai toujours tout mal fait de toute façon, j'suis irrécupérable. En plus, depuis quelque temps, je sais pas pourquoi mais je me sens hyper fatiguée alors maintenant, je préfèrerais rester dans ma cellule pour me reposer plutôt que venir ici me triturer inutilement le cerveau.

— Vous considérez que vous n'avez pas fait de progrès ? Que vous n'avez rien découvert sur vous qui puisse vous encourager à poursuivre ?

— Je vais être honnête, au début je venais chez vous pour pas être ailleurs. Ensuite j'ai commencé à m'intéresser vaguement à ce que vous racontiez, c'était tellement étonnant et j'ai si peu d'occasions d'être surprise dans mon train-train quotidien que je rappliquais avec plaisir… avec intérêt, avec curiosité même. J'reconnais que je me suis prise au jeu et puis récemment tout s'est cassé la gueule, j'ai fait une grosse crise… comme un delirium… même que j'ai pensé à Bernadette Soubirous quand ça a été terminé.

— Bernadette Soubirous, c'est intéressant, vous voulez développer ?

— Bernadette Soubirous quand elle voyait la Vierge, elle touchait plus terre, non ? À cause de ses apparitions, elle a fini complètement perchée, vous croyez pas ?

— Dois-je comprendre que dernièrement, vous avez eu l'impression de ne plus rien maîtriser, de perdre totalement le contrôle ?

— J'ai carrément pété une durite, madame, je voyais pas la Vierge mais c'était tout comme ! J'me sentais intelligente, j'me sentais puissante, joyeuse, remplie d'optimisme, moi, la reine des connes, la grosse nullasse, vous vous imaginez ? J'me disais que j'pourrais faire des trucs sympas peut-être plus tard, comme être une meilleure maman pour Vicky par exemple, même que j'en oubliais mon eczéma des fois… la taule aussi… putain crotte j'étais allumée complet !!!

— Pour résumer, même si vous ne saviez pas très bien doser vos émotions, vous commenciez à ressentir des changements positifs en vous ?

— Pas du tout, j'étais en train de devenir givrée. C'est comme si j'avais été en lévitation ou en apesanteur, j'sais pas trop, j'me prenais pour *Superwoman*, je croyais à mes propres mensonges… enfin aux vôtres ! C'est vous qui avez provoqué ma crise à la Soubirous avec vos histoires de p'tite fille, de serrage de bras, de respect, de justice et tout le toutim… et puis, mon désespoir aussi… parce que maintenant j'accuse le coup, je douille, j'vois tout en noir, je suis complètement cassée autant physiquement que mentalement…

— Ne pensez-vous pas qu'il serait plus juste de considérer que vous êtes déstabilisée parce que vous entrevoyez enfin des possibilités d'évolution ?

— Jouez pas sur les mots, pas aujourd'hui, s'il vous plaît.

— Bon, je vais être directe, Maritzé, je m'attendais à ce que vous traversiez une période de découragement qui vous donnerait envie de tout abandonner.

— Figurez-vous que moi aussi, je m'attendais à ce que vous vous y attendiez. Vous êtes Dieu la Mère de toute façon, vous savez toujours tout sur tout !!!

— Dieu la Mère, eh bien, c'est une sacrée promotion que vous m'accordez là ! Non, je n'ai pas la prétention de tout savoir sur tout, Maritzé, simplement je suis habituée à ce que mes patients aient la tentation de tout envoyer valser au moment même où leur métamorphose prend de l'ampleur. Le phénomène est récurrent et il l'est encore plus durant les fêtes de fin d'année. J'ai constaté maintes et maintes fois que la période de Noël est particulièrement délicate pour les personnes incarcérées, celles qui travaillent sur elles ne faisant pas exception à la règle.

— Et les grands pas… j'ai pas droit à la théorie des grands pas ?!?

— Un peu de patience, j'allais y venir ! Si justement, vous faites effectivement de grands pas actuellement à la nuance près que vous les faites à reculons. Les changements que vous percevez en vous vous font tellement peur que vous êtes tentée de retourner en arrière. Ce qui vous effraie c'est l'inconnu, c'est la potentialité qu'une nouvelle Maritzé puisse exister sans eczéma, sans se dévaloriser, sans être agressive, sans quoi au fond ? Sans son passé, sans tout ce qui a constitué sa personnalité jusque-là y compris le pire. Comme par hasard, c'est le moment que la petite fille mal-aimée choisit pour pointer le bout de son nez vous faisant automatiquement renouer avec vos anciens modes de pensée dont la culpabilité, la mauvaise image que vous avez de vous-même et votre sempiternel sentiment d'échec. De nouveau, vous ne valez rien, vous êtes la reine des connes, une grosse nullasse, vous êtes irrécupérable, je vous cite. La petite fille qui se croit indigne d'être heureuse fait tout son possible pour vous séquestrer, vous, la Maritzé adulte qui cherche à s'affranchir. Elle vous prend en otage, elle barre la route à votre émancipation, une émancipation qui passe inévitablement par la thérapie que vous le vouliez ou non. La voici la véritable raison pour laquelle vous voulez tout arrêter, Maritzé, depuis quelque temps a lieu en vous un vrai clivage, vous êtes affreusement tiraillée. Une lutte cruelle se joue entre votre désir d'avancer et votre crainte de progresser, ces deux forces antagoniques s'opposant dans un combat qui n'a jamais été aussi virulent.

C'est terrible vous savez, lorsque la mémoire tire le présent par les pieds, elle fait tout pour mettre à mal le flot d'espérances qu'il contient ! Ceci étant dit, je vais vous surprendre mais je ne suis pas vraiment inquiète vous concernant. Le stade qui consiste à être dans l'incapacité de lâcher ses névroses est classique… et il est provisoire fort heureusement. Cette étape inévitable, je l'ai fréquemment observée chez celles et ceux qui viennent me consulter, en prison comme à mon cabinet du reste. Avant la guérison, il y a très souvent pour ne pas dire toujours une, voire plusieurs rechutes. C'est paradoxal mais c'est comme ça, vivre avec moins d'angoisses peut s'avérer excessivement stressant pour certains. D'une certaine manière ne pas rompre avec ses souffrances est très confortable, cela permet de rester sur un terrain des plus familiers. Quoi qu'il en soit, il faut être particulièrement courageux pour se remettre en question et vous l'êtes, Maritzé, considérablement.

— Cirage de pompes maintenant. Vous êtes vraiment vicieuse en vérité, on vous ferme la porte qu'aussitôt vous rentrez par la fenêtre.

— Attendez vous n'avez encore rien vu, je n'ai pas brûlé mes dernières cartouches ! Concernant votre fatigue j'ai bien une théorie en effet ce qui devrait vous réjouir tant je sais que vous chérissez chacune des hypothèses que je me plais à ficeler spécialement pour vous alors faites-moi plaisir, soyez très attentive sur ce qui va suivre, Maritzé. Modifier son fonctionnement interne, réinitialiser tout son être est on ne peut plus épuisant. Cela requiert énormément d'énergie, autant pour le corps que pour le psychisme. Ce dont vous devez être consciente c'est qu'en changeant vos schémas mentaux, vous intervenez directement sur votre taux vibratoire, vos cellules, votre flux sanguin, votre rythme cardiaque quelquefois. Eh oui, ça n'est pas une invention de ma part, tout ça a été prouvé scientifiquement. Avouez que c'est autrement plus convaincant que mes spéculations farfelues, n'est-ce pas ? Par exemple, un traumatisme peut aller jusqu'à impacter des zones entières du cerveau. Il en est de même pour l'harmonie, elle agit au cœur des molécules ainsi que sur tout le métabolisme, elle améliore la santé mais évidemment, tout cela ne se fait pas sans effort ni sans la volonté d'aller mieux. Or ces efforts, cette volonté, vous les avez largement sollicités pendant les séances, Maritzé, vous vous impliquez très activement depuis des semaines et des semaines… par conséquent, il n'est pas étonnant que vous soyez complètement à plat à présent. Alors vivez tranquillement, accordez-vous davantage de repos, faites des siestes, complaisez-vous dans un sommeil réparateur. Par la même occasion, vous ferez du bien à votre petite fille intérieure. Tous les enfants aiment dormir, offrez-lui donc des nuits de douze heures, je suis sûre qu'elle appréciera, qu'elle se sentira en sécurité et sera moins tourmentée.

— Pioncer, c'est tout ce dont j'ai envie. Tout oublier, être ailleurs...

— Je n'y vois aucun inconvénient, c'est une excellente thérapeutique. Pour le reste, mon souhait ayant toujours été de vous guider sur la voie de l'indépendance et de la liberté, vous êtes seule juge pour savoir s'il est judicieux ou non de continuer à venir me voir.

— Adieu, madame Charles. Et quand même... merci, euh... vous êtes...

— Je suis ravie de constater que vous vous souvenez de mon nom, même si c'est la dernière fois que nous nous rencontrons. Avoir un sens de l'altérité plus apaisé fait partie de vos nombreuses victoires, Maritzé. D'ailleurs si vous le voulez bien, restons sur ce mot, il vous sied à merveille... d'autant qu'il n'est pas sans rappeler une certaine Vicky...

POPPY

« — Bon, je ne suis pas vraiment adepte des grands discours et puis, nous ne sommes pas les meilleures amies du monde toutes les trois, c'est un fait, mais là, c'est différent... l'esprit de Noël probablement. Voilà, c'est ça, Noël loin de me rendre mélancolique et amère m'adoucit au contraire, je me sens d'humeur fraternelle aujourd'hui... Eh oui, Lisa, pas la peine de me regarder comme ça, j'ai un cœur qui bat moi aussi, toi et Maritzé n'avez pas le monopole des bons sentiments.

Je vous parais étrange, insondable, encore plus inquiétante que d'habitude, vous êtes sur le qui-vive, vous vous demandez ce qui va bien pouvoir vous tomber sur le coin de la tête, à quelle sauce vous allez être mangées, eh bien n'ayez crainte, j'ai juste envie de m'exprimer. Avons-nous eu une seule véritable discussion, vous et moi, depuis que nous cohabitons dans la 18 B ? Non, pas la moindre. Rassurez-vous, je n'ai pas l'intention de polémiquer sur les motifs de notre absence de dialogue, d'autant que j'ai une large part de responsabilités, je le reconnais, je dis juste que ça me fait plaisir de parler, de vous parler... vous voyez, tout arrive... Mon sujet de conversation préféré, vous l'avez deviné, c'est ma famille ! Ce qu'est capable de faire ma famille, en l'occurrence mes fils. Savez-vous quelles surprises m'a réservées mon aîné, Massimo, la dernière fois qu'il est venu ? Je ne vous ai pas tout révélé je ne pouvais pas, j'étais sous le choc. Je précise que Massimo c'est un gaillard, un bonhomme d'un mètre quatre-vingt-dix qui ne s'en laisse pas conter, pas une espèce de gars efféminé plein de sensiblerie comme il en existe tant de nos jours. Eh bien, au parloir mon Massimo s'est levé, il a mis ses lèvres à un centimètre de la vitre puis il m'a fait signe de m'approcher. “Le vingt-quatre décembre prochain à minuit je ne penserai qu'à toi, il a miaulé comme un chat. Je ferai comme quand j'étais petit, mamouche — oui, il m'appelle mamouche — je ne te quitterai pas des yeux même si tu es loin de moi, je te couvrirai de baisers même si je n'atteins pas ta joue, je serai si proche de toi que ma présence t'envahira.” Voilà ! Voilà ce que mon aîné d'un peu plus de vingt ans a déclaré, vous vous rendez compte ! Je n'ai rien répondu, mes tremblements ont été suffisamment éloquents. Ensuite il a saisi son sac, un vieux cartable en cuir qu'il traîne depuis le collège et que j'ai essayé mille fois de jeter à la poubelle sans succès. Comme j'étais contente soudain qu'il ait survécu cet affreux sac ! C'est incroyable comme des objets du passé, même les plus laids, peuvent susciter en nous des émotions énormes, des raz-de-marée gigantesques... Bref, voilà que tout d'un coup Massimo extrait de son sac un cahier, pas un cahier classique un cahier grand format. Il l'ouvre et j'aperçois quantité de dessins, d'esquisses, de portraits tous réalisés par Nino. Nino c'est mon cadet, l'artiste, le pudique, le secret, l'original farci d'imagination. Sur chacun des croquis, je reconnais un endroit visité ensemble, le visage d'un proche, des paysages évoquant des souvenirs, des souvenirs drôles, tendres et heureux... puis enfin un pastel ou une aquarelle, je n'identifie pas très bien, qui représente un pont à l'extrémité duquel nous nous tenons par la main, lui et moi, en nous souriant. Ma poitrine déborde, je voudrais hurler mon bonheur mais nous ne sommes pas seuls. "Ooohhh c'est trop, c'est merveilleux... vous êtes merveilleux !", je bredouille tout bas. L'instant d'après Massimo repart, je ne suis même pas triste. Qu'importe mon sort, j'aime et je suis aimée.

Ne le prenez pas mal surtout, les filles, ça n'est pas de la provocation, mais n'avoir ni mari ni enfant comme toi, Lisa, ou bien être dans l'incapacité de s'occuper de sa gamine, toute jeunette pourtant, comme dans ton cas, Maritzé, c'est la vraie misère à mon sens. Misère, oui, parfaitement, je répète, misère, inutile de me fusiller du regard. Pauvreté du cœur si vous préférez, sécheresse des sentiments, désert de l'âme. Voilà pourquoi il est impossible que nous nous comprenions toutes les trois, nous sommes les parallèles qui ne se rencontrent jamais. Ma vie est faite d'amour, de preuves d'amour, les vôtres ressemblent à des blessures qui suintent. On voit bien ce qui nous sépare, c'est flagrant, je n'y peux rien. »

LISA

Voilà trois semaines que j'ai composé mentalement ma préface, le deux décembre dernier précisément. Dès le lendemain, j'avais tout oublié ou presque. Ne me restait plus que de vagues souvenirs, des bribes de phrases, des mots épars flottant de-ci de-là dans mon cerveau ainsi que quelques expressions symptomatiques telles que *l'œuvre est grande car elle t'est destinée*, ou bien *tout ce que tu as à faire toi, Daisy, c'est de recevoir ton présent* et enfin *crois-moi, mon but si j'en ai un est uniquement de nous rassembler*. Au réveil mon premier réflexe a d'abord été de solliciter ma mémoire en allant creuser laborieusement dans mon esprit à la manière d'un motoculteur labourant une terre dure comme le roc, ce qui a eu pour lamentable effet d'effacer sur-le-champ le peu dont j'avais souvenir. Aussitôt, j'ai paniqué. J'ai pleuré et j'ai saigné du nez. L'après-midi, j'ai trépigné de rage contre moi-même pendant toute la promenade. Le soir dans mon lit, j'ai mordu les draps pour ne pas hurler mon désespoir. Le jour suivant après avoir passé une nuit blanche, j'étais si lasse que je n'ai rien cherché à reconstituer, ni formule ni paragraphe, pas la moindre locution. J'ai continué à mener la vie que je mène ici depuis six mois, une vie monolithique dont la lourdeur et la rigidité sont aussi tranchantes que la lame d'un couteau.

Le midi au réfectoire alors que je mangeais sans appétit, une image m'a soudainement happée, celle d'un joli oiseau gris-bleu qui porte des plumes sur le devant de la tête. Un oiseau que l'on nomme le Colin de Californie. Il y a au moins huit ou neuf ans de cela alors que Daisy et moi passions l'après-midi dans son jardin, nous en avons trouvé un grièvement blessé au cou par un fil de fer barbelé probablement, un objet tranchant quoi qu'il en soit. Après lui avoir couru après un bon quart d'heure, le volatile, trop affaibli, a fini par se laisser attraper. Ainsi avons-nous pu désinfecter sa plaie avant de l'installer dans un carton rempli de paille dans lequel nous avons disposé quelques morceaux de pomme, la moitié d'un abricot, une datte et de la chair de crabe. Si le Colin a boudé son goûter, il a apprécié son logis de fortune au point d'y faire un léger somme. Pendant cinq ou six jours, avec Daisy, nous avons continué à porter secours à notre petit protégé en lui chantant des comptines, en lui administrant moult cocktails de graines et jus multivitaminés tant et si bien qu'il s'est rapidement requinqué. Au bout d'une semaine alors que nous nous apprêtions à lui rendre sa liberté, voilà qu'un matin nous l'avons retrouvé mort, le bec dissimulé sous une aile comme pour disparaître discrètement, sans le regard trop curieux des humains... le nôtre à n'en pas douter...

J'ignore pourquoi ce Colin de Californie s'est imposé ce jour-là et à ce moment-là, je sais juste que dans les minutes qui ont suivi, les trois quarts de ma préface me sont revenus sans que je fasse d'effort. Le texte s'est déroulé d'une manière si fluide, avec une telle clarté, que j'ai su qu'il ne s'enfuirait plus, qu'il était gravé à tout jamais dans les strates parfaitement ordonnées de mon hippocampe. Oui, c'est bien cela, l'oiseau ou plutôt sa réminiscence venait de me donner la clé !!! Ma mémoire, je ne la réanimerais qu'en retournant à mes émotions, au plaisir et à l'intensité qu'elles me procureraient, mon cortex préfrontal ne répondant qu'aux sollicitations de mon cœur et non à celles de ma volonté, trop coercitives, trop agressives à force d'investigations exagérément poussées.

Un peu plus de deux semaines se sont écoulées depuis et j'ai rédigé plusieurs textes, mentalement toujours. Des textes que je suis parvenue à retenir pour la plupart car je n'ai pas cherché à brusquer ma mémoire, encore moins à la perquisitionner. Je l'entraîne à chaque instant, ça oui, avec plus ou moins de facilité suivant les jours mais toujours avec délicatesse et surtout en étant reconnaissante pour les résultats avant même de les avoir obtenus. Un moyen respectueux et non moins astucieux de m'assurer le succès d'une certaine manière. Jusqu'à quand l'état de grâce fonctionnera, ça, je l'ignore, je croise les doigts et j'avance...

MARITZÉ

Lundi 8 janvier 2024

C'est affreux ce Nouvel An en prison, la baise complète. En passant de 2023 à 2024, on a l'impression de faire un bond d'une année en une nuit et, en fait, pas du tout, le premier janvier au matin c'est le gros coup de massue, on dégrise rapidos. Le temps s'écoule toujours aussi lentement, il se traîne comme une limace et nous avec. Voilà ce que j'étais en train de me dire lundi dernier retranchée au fond de mon lit quand soudain profitant que Poppy ait été appelée à la lingerie, Lisa est venue me voir.

« — Tu sais quoi, Maritzé, on pourrait débuter 2024 sur de nouvelles bases… des bases à la *J. R.* et *Bobby Ewing* en quelque sorte. Je m'explique, même si dans la vie ces deux-là étaient souvent rivaux, ils savaient mettre leurs différends personnels de côté pour sauvegarder leurs intérêts communs au sein de leur compagnie pétrolière. Leur attitude était extrêmement intelligente au fond, elle profitait à tout le monde et si je t'en parle aujourd'hui c'est parce que j'ai quelque chose d'assez similaire à te soumettre… dans l'esprit du moins. Tiens-toi bien Maritzé parce que ce que tu t'apprêtes à entendre est fantastique, absolument fantastique, je n'exagère pas. Voilà, je te propose d'être la première illettrée au monde à écrire un livre ! Oh oh oh ! ne monte pas sur tes grands chevaux, pas tout de suite. Laisse-moi continuer s'il te plaît, ensuite je te laisserai t'exprimer, c'est promis.

Commençons par le commencement. Depuis environ un mois, j'ai démarré la rédaction d'un bouquin… enfin, pour le moment ce sont des textes plus ou moins longs, plus ou moins complexes aussi mais soit, passons, ça n'est pas le sujet. N'ayant ni papier ni stylo, je les élabore uniquement dans ma tête. J'en suis à cinq pour l'instant d'une dizaine de lignes chacun à peu près, vingt au maximum. Ces textes, je suis tous arrivée à les retenir jusque-là… je dis bien jusque-là car à présent je sens que je m'essouffle, je crains d'être rapidement saturée, j'ai peur de perdre pied à force d'être seule. Bref j'en viens au but, j'ai besoin que tu m'aides Maritzé, et pour ce faire, il est nécessaire que tu apprennes certaines de mes compositions par cœur. Non seulement cela me faciliterait la tâche mais cela me donnerait du courage, je me sentirais épaulée dans cette entreprise qui est, certes, très excitante mais aussi parfaitement effrayante parfois tant elle ressemble à une forêt... une forêt si immense qu'il ne serait pas impossible que je m'y perde un de ces jours si je n'ai personne à mes côtés. Que ce soit clair, le fait que tu sois analphabète n'est pas un obstacle pour ce que je te demande. Il te faut juste utiliser ta mémoire et ça, ne me raconte pas d'histoires, tu n'en manques pas.

Si tu acceptes, voilà comment nous allons procéder. À la promenade de l'après-midi, je te réciterai les passages que tu devras enregistrer, des passages simples sans termes ni expressions trop difficiles. Je te les répèterai plusieurs fois, ne t'inquiète pas, et je te laisserai tout le temps qu'il faudra pour les assimiler évidemment. Quand tu te sentiras prête, toujours dans la cour, ce sera alors à ton tour de me faire la récitation. Ne me lance pas ce regard noir Maritzé, commence plutôt cette année sur un nouvel élan, en étant positive, en allant de l'avant. Si tu penses que la mission est trop lourde, que tu n'es pas en mesure de l'honorer parce que tu es trop ceci ou pas suffisamment cela, en ce qui me concerne je suis convaincue du contraire. Je crois en toi et en tes capacités.

Et puis ma proposition ne s'arrête pas là, c'est un deal il y a donc une contrepartie. Là aussi fais-moi confiance, tu es loin d'être perdante. Es-tu prête à savoir quelle est la monnaie d'échange en question ? Eh bien, pour te remercier de tes bons et loyaux services, je peux écrire à ta fille si tu en as envie. Tu me dictes une lettre et quelques jours plus tard, Vicky la reçoit ! Avoue que c'est motivant comme rétribution. Imagine un peu sa joie, non mais imagine ton enfant chérie découvrant pour la première fois un message de sa maman... "sa maman d'amoure" ! En plus tu n'auras aucun mal à obtenir une feuille ou deux auprès de l'administration si c'est pour ce motif, au contraire, ils seront enchantés de ta démarche. Bien sûr, pas un mot à quiconque. Notre marché est un marché à la *Ewing* ; or, tu sais aussi bien que moi que *J. R. et Bobby* n'ébruitaient rien de leurs petits arrangements et autres grosses magouilles... »

POPPY

Le 24 mai 2022 c'était un mardi, un agréable mardi de printemps je dirais, avec dans le ciel de splendides zébrures rose argenté dès le lever du soleil, des températures d'une étonnante douceur et déjà un petit air d'été. Si je m'en souviens avec autant d'exactitude, plus d'un an et demi après, c'est parce que c'est ce jour-là que tout a basculé. Enfin non pas tout à fait, le grand chambardement, l'explosion atomique, le cataclysme intégral s'est produit trois mois plus tôt par une journée tout aussi lumineuse du reste, flamboyante même. Une de ces journées où on se sent léger comme une plume et gai comme un pinson sitôt on a posé un pied par terre.

Ce matin de février, j'étais en route pour aller chercher mon troisième client quand arrêtée à un feu rouge du boulevard du Président Wilson à Bordeaux, mon regard a été attiré par un véhicule garé à une quinzaine de mètres sur le bas-côté d'une rue adjacente. Véhicule à l'intérieur duquel deux personnes étaient en train de se bécoter copieusement. Au départ, j'ai songé à des étudiants et j'ai souri en me demandant si Massimo s'amusait à faire la même chose avec ses conquêtes au lieu d'aller en cours et puis en entendant à la radio les premières notes de *Life on Mars* de David Bowie, j'ai immédiatement monté le son. J'adore cette chanson que j'écoute toujours à tue-tête comme une gamine. Un camion de déménagement ayant bloqué la circulation, je me suis mise à chanter pour patienter tout en m'amusant à scruter les automobilistes en colère à cause du bouchon. De nouveau, je suis revenue aux amoureux dont je n'apercevais que les silhouettes de dos mais dont je pouvais aisément deviner la fougue tant leurs corps se pressaient l'un contre l'autre visiblement attirés comme des aimants. Au même moment, trois conducteurs excédés sont sortis de leurs voitures avec la ferme intention de régler leur compte aux déménageurs. J'ai baissé ma vitre pour assister au combat de coqs tandis que Bowie terminait son refrain *Is there life on Mars ? Is there life on Mars ?* Pour Mars je ne savais pas mais sur Terre, ça chauffait sérieusement... Après quelques noms d'oiseaux lancés de-ci de-là, le trafic a repris ce qui ne m'a pas empêchée de me retaper un énième feu rouge. Et c'est là que j'ai vu !!! J'ai nettement vu dans le véhicule des amoureux la main de l'homme assis sur le siège passager empoigner la chevelure de sa partenaire pour la tirer violemment vers lui. Ce mouvement viril, sauvage, à la limite de la brutalité, au comble de la sensualité, il l'a refait plusieurs fois, trois ou quatre au moins, tant et si bien que j'ai eu le temps de caler, démarrer, caler à nouveau et me faire généreusement enguirlander avant de foncer droit devant, pied au plancher. Ensuite, j'ai roulé au hasard sans plus savoir où j'étais ni où j'allais, les joues de plus en plus brûlantes, les muscles de plus en plus crispés. D'un coup j'ai pensé à mon client, un client fidèle de surcroît. J'allais être en retard ce qui ne m'était pour ainsi dire jamais arrivé mais qu'importe, j'ai chassé cette idée de ma tête et j'ai immédiatement fait demi-tour. Je voulais en avoir le cœur net, je voulais voir de mes yeux à quoi pouvait bien ressembler l'être humain qui avait les mêmes gestes que Giacomo, exactement les mêmes.

Quand je me suis retrouvée boulevard du Président Wilson, le feu était vert. L'estomac noué, j'ai pris sur la gauche rue de Caudéran et là en ralentissant à la hauteur du véhicule, j'ai su que l'être humain qui avait les mêmes gestes que Giacomo, exactement les mêmes, n'était autre que Giacomo lui-même. Giacomo en vêtements de ville alors qu'il était parti à l'aurore avec sa salopette de chantier. Giacomo agrippant sous mon nez, sous mon cœur, la tignasse brune et fournie de cette inconnue dont je n'ai pas réussi à distinguer le visage n'étant subitement plus en mesure de voir. Je ne dis pas regarder, je dis voir. Ça paraît fou, complètement fou, je le reconnais mais c'est la pure vérité, je ne mens pas. Ma vue s'est brouillée comme ça, en un claquement de doigts. Quelques minutes plus tôt tout fonctionnait parfaitement et un instant plus tard, un voile opaque recouvrait ma rétine ou ma cornée, je l'ignore. Je sais juste qu'étant brusquement plongée dans le noir quasi complet, la panique m'a saisie, alors quand j'ai réalisé que j'étais bloquée là, à deux mètres de mon mari et de sa... sa... « Non non, pas ça, non non non !!! », j'ai répété hystérique, en me frottant frénétiquement les paupières et en m'administrant gifle sur gifle. À force de suppliques et de claques, la machine a fini par repartir. Petit à petit, le flou a disparu et les couleurs sont revenues, pas totalement mais suffisamment en tous les cas pour être enfin capable de reprendre le volant. Après je me suis uniquement concentrée sur ma conduite, c'était ça ou l'accident de toute façon. Malgré ma vigilance, je n'ai pas pu éviter de frôler plusieurs passants, d'érafler un panneau publicitaire et de cogner un poteau avant de comprendre que je devais impérativement m'arrêter. Une fois stationnée au fond d'une impasse, j'ai saisi mon téléphone et j'ai appelé mon amie Liliane pour lui donner toutes mes courses de la journée. Puis j'ai enlevé mon manteau, suis sortie de ma *Mercedes*, me suis allongée sur les sièges arrière, ai verrouillé les portes avant de me recroqueviller sur moi-même dissimulée sous mon paletot. J'ai tenté de pleurer, j'ai tout fait pour éclater en sanglots, pour expurger par un torrent de larmes le gigantesque amas de béton qu'on venait de couler dans mon corps mais tout était sec en moi. Sec et glacé, lourd comme un cadavre. Rien ne sortait parce qu'il n'y avait plus rien. Plus rien de vivant du moins.

Quand j'ai regardé ma montre il était quatorze heures, j'avais dormi plus de deux heures. Malgré les rayons du soleil qui caressaient le pare-brise, je grelottais. L'extrémité de mes doigts était bleue, mon nez gelé et mes pieds frigorifiés. Mon premier réflexe a d'abord été de rentrer chez moi avant de me raviser. Un quart d'heure plus tard, j'étais rue de Caudéran où je relevais le numéro de plaque d'immatriculation de la voiture. La voiture... oui, la voiture... comment l'appeler autrement ? Le repaire des amants ? Des lâches ? Des criminels ? Des barbares ? Non, la voiture vidée de ses occupants mais parquée au même endroit. Une fois à la maison, j'ai téléphoné à Patrick mon collègue taxi dont le beau-frère policier s'arrange toujours pour lui communiquer les coordonnées des chauffards qui ont le malheur de lui faire des queues de poisson à condition de lui fournir leur numéro de plaque d'immatriculation. J'ai donné celui que je venais de noter en prétextant une algarade avec un goujat. « T'inquiète, beauté, il a dit. Dans deux jours, trois au maximum, tu vas pouvoir lui rendre la monnaie de sa pièce à ce gougnafier. »

Ensuite, j'ai tout chronométré. Ma vie venant d'exploser, il me fallait impérativement une feuille de route, une direction nette et précise, de quoi reprendre le contrôle par n'importe quel biais. Alors pendant quarante minutes, j'ai préparé un poulet au coco, j'ai fait cuire du riz, j'ai vidé le lave-vaisselle, j'ai lavé le micro-ondes et j'ai passé l'aspirateur au salon. Je l'ai passé deux fois. Me sachant seule pendant une heure entière, je suis montée dans ma chambre — notre chambre — et j'ai ouvert les vannes. Je me suis déshabillée et j'ai cogné contre l'armoire, je me suis roulée sur la moquette, j'ai maudit le Ciel, l'amour, mes parents, mon passé, mes erreurs, nos erreurs, je ne savais plus... plus du tout. Ce dont j'étais sûre c'est que je devais lancer sur les murs ma douleur comme un projectile. Je devais rosser les chaises, tordre les cintres, cingler les coussins. Je devais cracher sur les vitres, jeter l'opprobre sur la monstruosité, celle des humains, leur inconséquence, leur odiosité. La dangerosité de leur odiosité. Parfois je m'arrêtais à bout de souffle, les lèvres dégoulinant de bave, pour reprendre des forces, les coudes appuyés contre le buffet. Je respirais comme un bœuf jusqu'à ce qu'un semblant de calme revienne peu à peu, un semblant seulement. Car aussitôt, je reprenais et de plus belle. De nouveau je bombardais, j'agressais, j'accusais, je torpillais pour que cesse de me torturer par sa violence obscène la scène à laquelle j'avais assisté. Je frappais pour faire repartir mon sang, mes neurones, mes poumons, ma vue, mon âme, je tambourinais pour ne pas m'éteindre, je débordais pour ne pas être ensevelie. Si je m'étais laissé aller à des sanglots longs sur mon lit, j'aurais flanché. Et c'est bien ce qui me terrorisait le plus à cette heure, tomber dans le vide, être seule comme un tout petit enfant au fond d'un gouffre et finir complètement folle.

Vingt-deux minutes, il me restait encore vingt-deux minutes avant que Nino rentre du lycée. Moi qui ne prends jamais de bain, je suis allée jusqu'à la baignoire et j'ai actionné les robinets. En me glissant dans l'eau chaude, je me suis aussitôt calmée et je n'ai plus pensé à rien. C'était merveilleux d'arrêter de mouliner, c'était comme une sorte d'apnée qui me soulageait et me régénérait en profondeur même si ça n'était que provisoire. À un moment, j'ai simplement songé : « Et si je faisais comme si rien ne s'était passé ? » avant de plonger ma tête sous l'eau, étranglée de honte. En remontant à la surface, je me suis fait un shampoing et j'ai vigoureusement frictionné tout mon corps avant de laisser aller doucement ma nuque sur le rebord. C'est alors que j'ai réalisé que parmi le flot d'insultes que je venais de proférer, je n'en avais pas adressé une seule à Giacomo ni même à cette femme… l'autre femme. En réfléchissant, je me suis aperçue que ça n'était pas tant l'infidélité qui me dévastait. Ça n'était pas le sexe non plus. Ça n'était même pas le fait que Giacomo ait fait le choix d'utiliser nos gestes privés, d'emprunter nos codes les plus secrets ni même qu'il ait subtilisé les clés de notre coffre-fort commun je dirais, non, les racines de mon désespoir se nichaient ailleurs et malheureusement, peu à peu, je commençais à entrevoir avec de plus en plus de clarté lesquelles elles étaient… En me trompant Giacomo ne me reprenait pas seulement ses promesses, son inconditionnelle loyauté, son code d'honneur prétendument inaltérable, il me dépossédait littéralement de moi-même. Il m'arrachait mon identité, celle qu'il m'avait choisie et que je m'étais bien volontiers appropriée. Désormais je n'étais plus Poppy, je ne pouvais plus l'être c'était impossible, la Poppy qu'il avait créée de toutes pièces ou presque, qu'il avait façonnée, fortifiée et consolidée dès le début de notre relation sans jamais réellement cesser mais en finissant par se lasser probablement, je ne le comprenais que maintenant tout comme je devinais que Marie-Pierre, la fille craintive, insécure et inquiète que j'avais fuie trente ans plus tôt venait d'être tragiquement réanimée.

Voilà ce que provoquait en moi l'adultère, une panique épouvantable, le sentiment absolument suffocant d'être entièrement livrée à moi-même, faible et vulnérable. Cet adultère, c'était plus qu'un adultère, c'était un abandon au goût d'apocalypse en ce sens où une vérité m'était révélée, une vérité impitoyable que je contournais depuis des années avec un art extrêmement bien maîtrisé de la lâcheté, je l'avoue. Le baiser de Giacomo et de cette femme, leur passade, leur aventure... leur relation en somme qu'elle ait été brève ou longue, me flanquait par terre pour la bonne et simple raison qu'elle m'obligeait à sortir de ma cécité. Une fois mon orgueil calmé et ma fureur passée, elle me forçait à me questionner en me mettant carrément en joue. « Tu n'as jamais voulu voir, m'apostrophait-elle un pistolet sur la conscience. Ce matin encore, tu as tout fait pour éviter de distinguer le visage de ta rivale car il te contraint à regarder le tien. Or, quel est-il réellement ton visage ? Qui es-tu sans celui qui t'a donné de la matière, de la consistance, de l'assise, une colonne vertébrale ? Qui est Poppy sans Giacomo ? QUI ??? RÉPONDS !!! »

LISA

Je n'ai jamais eu de réelle passion pour mon métier. Je l'ai exercé avec succès sans trop de difficultés et rapidement j'ai gagné beaucoup d'argent, beaucoup plus que je pouvais en dépenser, du moins ce qui est le cas de la plupart des habitants de L.A. Pour être honnête, je crois que j'ai eu de la chance. Je suis tombée à une époque où la principale tocade des Californiens était d'en mettre plein la vue à leur entourage en se faisant construire des propriétés toutes plus pharaoniques les unes que les autres. Je suis arrivée sur le marché de l'immobilier pile au moment où les architectes et les décorateurs d'intérieur étaient en train de devenir des stars, des icônes, quelquefois même de véritables gourous. J'ai eu à satisfaire des demandes complètement démentes de la part de clients tout aussi dérangés comme cette fois où un chirurgien plastique a exigé que j'installe dans son salon une statue en marbre rose de Bithynie à l'effigie de son joueur de football préféré, une statue de trois mètres de hauteur incrustée de diamants gros comme le poing, je précise. Je ne compte plus celles où j'ai tapissé des sols de piscines et des plafonds de salles de bains avec des trompe-l'œil représentant des forêts tropicales, des grottes, des juke-box, des cascades, des pluies de lucioles ou de météorites, des *Cadillac* et des vaisseaux spatiaux. Tout ça en fuchsia, orange flashy ou jaune canari. À un moment la mode a été de posséder son serpentarium personnel, de le garnir de pythons et de l'installer entre la chambre d'enfants et la salle de jeux… chacun son truc. Dans la série folie furieuse, ma préférence va peut-être à ce quinquagénaire canadien ayant fait fortune dans la vente de spiritueux dont l'obsession était de creuser à deux pas de son tennis privé un lac qu'il s'est dépêché de remplir d'une colonie d'alligators, aimables bestioles qu'il adorait nourrir lui-même en leur balançant les quatre-cents kilos de viande crue qu'il se faisait livrer tous les matins à leur attention. Jusqu'au jour où il s'est pris les pieds dans un tuyau d'arrosage qui l'a fait chuter dans le bassin où, disons-le clairement, les caïmans se sont montrés peu reconnaissants et excessivement gourmands.

Quelle aurait été mon existence si je n'avais pas cartonné dans ma profession, je me suis souvent posé la question. Ma carrière d'actrice ayant pris l'eau avant même d'avoir éclos, je me serais certainement rongé les sangs sans être capable de rebondir, du moins pendant une période. Ensuite, j'aurais forcément réagi n'envisageant pas une seule seconde de revenir en France. Toujours est-il que rien de tout cela ne s'est produit. J'ai réussi, plutôt vite et plutôt facilement mais je ne peux pas dire que je me sois réellement accomplie dans ce que j'ai fait. Je me suis amusée plus que je me suis réalisée. Il y a une raison à cela, une raison toute bête. Aussi douée et reconnue ai-je été dans mon domaine, je me suis toujours considérée en deçà des véritables créateurs, ceux qui ont le pouvoir d'inventer, de transformer en or ce qu'ils sont. Si je suis devenue décoratrice d'intérieur, c'est parce que je n'avais pas le talent suffisant ni l'audace et encore moins l'obstination nécessaires pour être peintre. Savoir combiner harmonieusement des meubles, optimiser les dimensions d'une pièce, jouer avec la lumière, accomplir un trompe-l'œil même s'il est génial, ça n'est pas réaliser un tableau, partir de rien et élaborer un univers à grands coups d'imaginaire, d'inspiration, de fulgurances mais également d'angoisses et de doutes. Tout le temps où j'ai vécu aux États-Unis je n'ai jamais rien sorti de mon chapeau, j'ai obéi à des commandes commerciales avec un certain savoir-faire, j'en conviens mais guère plus.

Voilà pourquoi depuis un mois, je suis sur un petit nuage. Écrire me stimule, écrire m'excite. Je me sens vibrer comme une fillette hypnotisée par les circonvolutions envoûtantes de la toupie, comme le malentendant qui perçoit enfin le chant du rossignol ou le malade détectant les premiers signes de guérison. J'irais même jusqu'à affirmer que je me sens fière car j'ai eu le courage de me lancer dans un projet qui me force à une réelle exigence et cette exigence, je l'honore. Il ne s'agit pas de m'acquitter de la requête d'un client cette fois, d'être bonne élève, pas du tout. Il s'agit de faire naître des émotions du néant comme le font les artistes. Je ne devrais pas m'en vanter tant cela me paraît outrecuidant, pourtant, c'est bien ainsi que je vois les choses aujourd'hui : depuis un mois que je compose des paragraphes, que je retranscris des histoires, que je donne forme à des souvenirs, j'ai acquis la certitude que je suis riche intérieurement, du moins que je ne suis pas vide. C'est sidérant, merveilleusement sidérant, il y a bel et bien en moi un monde que je n'ai jamais approché et pour cause, je le pensais inexistant tant je me croyais creuse et stérile, tout juste bonne élève comme je le décrétais plus haut. Un monde vaste qui plus est, immensément vaste… Moi, Lisa, je suis une boîte aux trésors et je l'ignorais. Je suis et la magicienne et le tour de magie…

Hier à la promenade, tandis que je répétais à voix basse un passage conçu la veille, je me suis mise à pleurer. À l'instant où j'ai réalisé qu'en cherchant à me rapprocher de Daisy, j'étais aussi en train de me rapprocher de moi, j'ai versé des larmes de joie. Si j'ai été autant bouleversée par cette découverte c'est parce que j'y ai retrouvé l'esprit de Daisy, Daisy qui a toujours affirmé haut et fort que le rôle d'un ami est de nous révéler ce que nous sommes véritablement, en bien comme en mal. « Voilà pourquoi l'amitié est si rare, déclarait-elle. Il est plus facile d'être complaisant qu'intransigeant... affectueusement intransigeant, on a davantage à y perdre car on passe forcément pour le méchant. Mais on a tout à y gagner si chacun joue le jeu. »

En parlant de jouer le jeu, Maritzé me bluffe complètement. Elle retient des phrases, des extraits et des morceaux de texte que je lui livre avec une rapidité et une efficacité à peine croyables. Quand je l'ai questionnée sur sa manière de procéder, elle m'a simplement répondu que la vie d'une analphabète est jalonnée de combines, de ruses et autres stratégies plus ou moins adroitement élaborées au fil du temps. « Il faut bien s'en sortir », a-t-elle fait le regard baissé tout en se rongeant les ongles. Étant dans l'incapacité de lire dans une société où tout est à décrypter, elle a pris l'habitude d'emmagasiner un maximum d'actions, de situations et d'endroits qu'elle se doit d'exécuter, d'affronter ou de visiter. Actions, situations et endroits que nous exécutons, affrontons ou visitons mécaniquement, sans y prêter la moindre attention, nous, les instruits ou considérés comme tels. Ainsi a-t-elle exceptionnellement musclé sa mémoire à force. Par pudeur ou par honte, elle n'a pas voulu s'étendre sur ses petites recettes personnelles mais si j'ai bien compris, en plus d'une vigilance constante, elle associe certains mots à des couleurs, des gestes à des odeurs, des lieux à des événements bien particuliers et vice versa quelquefois. Bref elle possède toute une panoplie de procédés, de trucages et de tactiques qui forcent le respect. Je la soupçonne même d'avoir réussi à cultiver un septième sens si l'on considère que le sixième est l'intuition. Toujours est-il que je l'admire. Je l'admire profondément.

MARITZÉ

Vendredi 26 janvier 2024

Ma maman d'amoure,

L'otre jour sa a trop été le bonheure quand Sophie m'a donné ta lettre. Au dépare, j'avai pas compris que c'était toi qui m'écrivé. Après sa a été comme une explozion dans mon queure, comme le feu dartifisse qu'on allé regardé toute les deux avant à la fête du village l'été et qu'on disait que c'était des diamans et des étoile que le père Noel lanssai dans le ciel expré pour s'amusé. Ta lettre je l'emporte partou, a l'école, au lit, au jardin, a la pissine, a la télé et même au cabinet. J'ai perdu Totoche mais j'ai gagné ta lettre. Sophie elle dit que c'est mon cadot de Noel. Elle dit que la vie c'est sa, sa va sa vient.

Apré j'ai eu un otre cadot, c'est la visite de Jean-Marc ton frère. Comme je me souvenais pas de lui au débu j'ai pensé Ouh la la, il est un peu moche selui la. Il a parlé a la dame du chato et a Sophie et après je suis monté dans sa voiture. Une voiture moche ossi. Il m'a demandé si j'été déjà allé a la mere, j'ai dit non jamé. On a roulé et on est arrivé a la dune du pila. Ouaaaooouuuhhhh j'ai fait quand j'ai découvert la montagne de sable et l'eau jusqu'à perte de vu comme dans les filme. Sa caillé alore on a couru et sa faisait frai au visage et aux mains. Je suis tombé et j'avais le pantalon tout mouyé alore Jean-Marc a déclaré comme un chef, allé maintenant on va au restauran !

Au restauran j'ai pri du poisson mais quan l'assiète est arrivé j'ai été trop dégouté ; un truc trés long et trés lai comme un serpent me fixcais avec ses gros yeux affreus et en plusse sa puait ! C'est pas du pané j'ai dit, j'avais hyper envie de pleuré. Jean-Marc il a dit c'est du poisson, t'as commendé du poisson. Pas comme sa j'ai répondu plus fore que lui, j'étais en colèr. Mange tes frite il a fait, après tu prendras de la glasse avec de la chantilli. Ah bon d'accore j'ai dit et après j'ai ajouté, la vie c'est sa, sa va sa vient.

Jean-Marc il a dit il faut que je te parle quand la glasse est arrivé, trop géante la glasse, fantastiquement délissieuse avec ses petites perle de chocolat sopoudrée sur la tonne de chantilli. Ma maison est trés grande pour ma fame, ma fille et moi alore si tu veux, tu viens vivre avec nous en attendant que ta maman te reprène. Quoi???? j'ai crié, même que j'ai cru que j'allais m'étoufé avec l'ombrèle en papier de la glasse. Je vais partir du chato? Ah chouette alore, j'aime pas le chato et encore moinsse depui que Totoche y est plus !!!! Et maman, elle viendra habité avec nous après? Et c'est quand qu'elle viendra maman? J'étais tèlement excitée que je me suis mise a posé plein de questions, je pouvé plus m'arrété impossible. C'est dingue parce que sa l'énervait même pas à Jean-Marc, il m'expliquait calmement les choses en faisant des jolis sourires. Il est vrément trop genti ton frère, il est comme toi, vous êtes jumos comme qui dirait nivo gentillerie.

On est reparti dans son auto, sous le soleil elle était moinsse moche. Dans la forêt on a aperssu une sorte de chevreuille et ossi un énorme cochon poilu qui s'appelle le sanglié. Jean-Marc il connait des tas d'animaux et il dit que c'est grasse à toi parce que quand vous étiez petit, vous allié vous promené dans les bois. Si tu veux, tu pourras avoir un chat et même un chien à la maison il a dit alore qu'on était presque arrivé au chato. A se moment si j'avais eu un stilo, je lui auré déssiné des million de queure sur les vitres de sa voiture à Jean-

Marc. Les chien c'est ma plusse grande passion, j'ai répondu, mais cette fois faudra pensé a une laisse... une trés trés longue laisse...

Voila les nouvèles ma maman d'amoure, elle sont bèles hein ?

S'il te plé, reécri moi encore et quand t'as pas le morale, pense que la vie c'est sa, sa va sa vient. Pense ossi qu'un jour, on sera réuni chez Jean-Marc ! ! ! ! ! !

♥♥♥♥ Love queure love ♥♥♥♥

Ta Vichy d'amoure

Ma chère sœur,

Depuis un an que tu es incarcérée, c'est la quatrième lettre que je t'adresse en espérant que celle-ci ne restera pas sans réponse contrairement aux autres. Je suis bien placé pour savoir que tu as des difficultés pour lire et écrire mais futée comme tu es, j'ai du mal à croire que tu n'aies jamais trouvé quelqu'un qui puisse te donner un coup de main. Peut-être n'as-tu pas reçu mes précédents courriers. Peut-être encore es-tu trop abattue pour me faire signe, peut-être as-tu trop honte toi qui as toujours été la forte et moi le faible. Si c'est le cas, sache qu'il y a peu de chances pour que ta susceptibilité mal placée fasse le poids face à ma ténacité. Laisse-moi donc t'expliquer deux ou trois petites choses...

Comme tu le sais, ma femme ne peut plus avoir d'enfant depuis Virginie. Elle me demande souvent de tes nouvelles et de celles de Vicky, elle se fait du souci à son sujet. Une idée lui trotte dans la tête depuis longtemps mais elle ne m'en a parlé qu'il y a trois mois. Le temps que j'y cogite, que je me rapproche des services sociaux dédiés à la petite enfance, que je contacte Sophie l'assistante sociale, qu'elle te convainque de m'autoriser à aller chercher ta fille dans le Bordelais pour passer une journée avec elle, bref... mon épouse et moi, si tu es d'accord évidemment, souhaiterions accueillir Vicky à la maison jusqu'à sa majorité. Si elle se plaît, elle pourra rester parmi nous toute la durée de ton séjour à Binkara bien sûr. Virginie qui a un an de plus qu'elle et rêve d'avoir un frère ou une sœur est enchantée, elle nous demande tous les matins quand est-ce que Vicky arrive. Elle a déjà mis de côté plusieurs jouets et une dizaine de peluches à son attention. Elle ne l'a jamais oubliée même si cela fait longtemps qu'elle ne l'a pas vue.

Je te connais Maritzé et je sais à quel point tu as du mal à accepter de l'aide. Je sais combien tu peux te montrer obtuse, bornée, agressive, voire blessante si on insiste. J'en ai fait les frais lorsque le père de Vicky est parti, que j'ai cherché à t'épauler et que tu m'as envoyé bouler alors que tu étais dans une galère monstre. À part qu'aujourd'hui, il ne s'agit pas de toi... mais de ta petite fleur, espèce de tête de mule !!!

Je n'ai pas envie de me mettre en colère comme il m'est si souvent arrivé de le faire lorsque tu as refusé ma présence, mes conseils et mon argent à l'époque où tu t'es retrouvée seule. Nous n'avons fait que nous écharper ce qui nous a éloignés au final et n'a strictement rien réglé de surcroît. Je ne compte pas me mettre à genoux ni te supplier, je veux juste que tu réfléchisses aux arguments qui suivent.

Tout d'abord, ne laisse pas la vie abîmer Vicky en la faisant valdinguer d'une famille d'accueil à une autre. Elle peut tomber sur des gens bienveillants mais elle peut aussi devenir la proie de personnes peu recommandables. Ne la laisse pas grandir dans la peur, sans amour ni repère. En as-tu seulement le droit toi qui sais mieux que quiconque ce que cela implique ?

Montre-toi généreuse pour une fois et laisse-moi te rendre ce que tu m'as donné lorsque nous étions gamins. Tu n'étais pas beaucoup plus âgée que moi et pourtant tu as pris soin de moi, tu m'as écouté, consolé, encouragé, guidé durant de longues années, tu m'as traîné partout avec toi, tu as été mon flambeau dans les ténèbres qu'était mon enfance... notre enfance. Je n'ai jamais osé te l'exprimer clairement mais aujourd'hui c'est l'occasion, je ne pouvais espérer de meilleure sœur que toi. Tu as été formidable et rien que d'y penser, j'en ai des frissons quand je te revois me donner le bain, me faire rire quand j'avais du chagrin, me raconter la vie des coccinelles, des ragondins, des conifères, des torrents, des volcans... en inventant absolument n'importe quoi la plupart du temps mais tant pis ou tant mieux, cela faisait partie du folklore. Mes yeux s'embuent quand je me rappelle ce jour où, chez la Viquoque, tu t'es dénoncée à ma place alors que je venais de faire s'écrouler le vaisselier du salon en me cognant dessus et que tu t'es pris une rouste monumentale. J'en passe et des meilleures... D'ailleurs, non, tu n'as pas été une sœur formidable, tu as été la maman que tous les morveux de la planète voudraient avoir alors même que tu en manquais tellement.

Malgré tout avec le recul je réalise que j'ai eu beaucoup de chance d'être plus vulnérable, plus craintif et moins courageux que toi. Je n'ai pas cultivé ton orgueil, ton sens aigu de la bataille, ta pugnacité qui au fil du temps est devenue une seconde nature jusqu'à finir par faire de toi un véritable petit soldat. Je suis indiscutablement moins costaud mais j'ai davantage d'humilité, de souplesse. Je sais arrondir les angles quand je juge que c'est nécessaire. Je ne ferme pas la porte de manière systématique aux opportunités qui me tombent dessus. Tu devrais essayer pour voir, Maritzé chérie. La vie est beaucoup plus simple, la vie est même infiniment plus belle quand on accepte sans chichi qu'un jour elle ne soit plus seulement un combat. Souviens-toi, oui je te demande expressément de te souvenir, autrefois pansais-tu mes plaies avec de l'attention, de l'humour et de la tendresse... ou bien avec la morgue et la brutalité avec lesquelles tu es tentée de m'envoyer promener à cet instant même ?

Ah, une dernière chose et pas des moindres, j'ai appris que la Viquoque était une enfant de la DASS, tabassée par ses parents dès l'âge de cinq ans, laissée pour morte à dix et pas vraiment mieux lotie par la suite. Le choc a été énorme. Petit, je croyais dur comme fer qu'elle était née pour nous torturer, j'étais convaincu qu'elle le faisait exprès... le regard que je pose sur elle a quelque peu changé aujourd'hui, je la vois davantage comme une malade. J'espère qu'un jour nous aurons l'occasion d'en parler tous les deux.

Je t'embrasse très fort, sœurette.

Jean-Marc, ton petit roi des froussards. Au cas où tu l'aurais oublié, c'est quand même ainsi que tu m'as appelé pendant des années, vieille grue !

J'en profite pour te remercier d'avoir donné ton accord à Sophie pour me laisser passer un moment avec Vicky. Elle est absolument sensationnelle et tellement drôle ! Elle a très envie de venir vivre avec nous tu sais, elle a besoin d'une famille... la sienne qui plus est...

POPPY

Les jours et les semaines qui ont suivi le désastre — j'allais dire l'accident… l'accident de voiture car c'en fut un, ce fut même un vrai carambolage si on y réfléchit bien — j'ai vécu dans la dérobade, l'évitement, l'esquive. Je n'ai parlé de rien à personne, pas plus à Giacomo qu'à Liliane. À peine à moi-même. J'ai fui dans le ménage — j'ai fui mon ménage dans le ménage, il faut quand même le faire ! — de sorte que mes séances de décrassage ont carrément viré à la monomanie. Pourquoi me suis-je mise à briquer toute la maison ? Pour quel motif ai-je subitement nettoyé, récuré, astiqué de manière si compulsive ? Pour que mon secret s'estompe, pardi ! qu'il finisse par être complètement javellisé, qu'il devienne poussière parmi la poussière… qu'il n'ait même jamais existé va-t'en savoir. Un soir, en épluchant les patates, je me suis tranché le pouce. Le sang a giclé partout dans l'évier. « Aïe, aïïïeee je suis cocue, me suis-je exclamée, putain, aïe ! » En me badigeonnant de mercurochrome, j'ai répété la phrase tout fort comme pour m'obliger à l'entendre mais même prononcée à tue-tête, elle continuait à sonner comme une mascarade, une farce, une complète tartufferie, une tirade empruntée au plus mauvais théâtre. « Cocue », quel mot dérisoire pour un si grand naufrage…

Patrick a rappelé : « La plaque d'immatriculation a parlé, beauté. Ton pignouf s'appelle Marcello Durusi, c'est un Rital comme ton époux. Il est marié à une certaine Monica. Lui est commercial dans une boîte d'informatique et elle est coiffeuse. Ils vivent à Floirac, je t'envoie leurs coordonnées par texto. Je te laisse, je suis pressé, une course urgente à Libourne. »

Ça peut paraître dérisoire mais au début, le plus douloureux à affronter dans mon quotidien a été le Chianti du soir, notre rituel depuis toujours à Giacomo et à moi, avant même la naissance de nos enfants, notre moment sacré, presque plus intime que notre chambre à coucher. C'est terrible comme du jour au lendemain, le nectar s'est transformé en ivraie. La magie de nos rendez-vous d'amoureux s'est évaporée d'un coup, elle m'a filé entre les doigts, comme ça, psssiiittt !!!!! À cette période, combien de fois ai-je inventé des prétextes pour me soustraire au cérémonial tant j'avais le sentiment d'en être chassée, d'être poussée à l'extérieur de mon propre foyer, un sentiment vraiment trop atroce pour que je le subisse sans finir par me trahir.

Giacomo lui aussi a continué à vivre comme si de rien n'était. Dès qu'il rentrait du travail, je l'épiais avec la concentration d'un biologiste scrutant au microscope les mécanismes complexes d'une mutation chromosomique. Je l'épiais jusqu'à la fascination. Chaque soir c'était un véritable vertige de le voir passer la porte à la même heure avec la même salopette, les mêmes taches de peinture, la même fatigue, les mêmes paroles, les mêmes baisers, le même sourire, la même gentillesse. La même écoute. Le même appétit. Le même sommeil. Un jour en ramassant son linge sale, je me suis demandé où est-ce qu'il pouvait bien la mettre à elle, l'autre femme, dans quel coin de sa tête, de son cœur, de ses principes, de son code d'honneur ? Quelle place prenait-elle ? La mienne ? La sienne propre ? D'ailleurs quelle était-elle sa place ? À quoi ressemblait-elle bon sang ? Sa place... prenait-elle toute la place !?!

Aussitôt après, j'ai été terrassée par un lumbago, le premier de toute mon existence. Clouée au lit pendant six jours. C'est à ce moment que j'ai décidé de cesser de me poser des questions. Si elles me lacéraient les vertèbres, c'était un coup à me précipiter dans la tombe avec les réponses. En parlant de tombe, une fois guérie, j'ai couru sur celle de mes parents au cimetière de la Chartreuse. Je m'y suis rendue sans trop savoir pourquoi, comme un zombie, comme une petite fille prise en défaut, pour subir leur verdict probablement. Ça n'a pas loupé, je n'étais pas arrivée depuis trois minutes que déjà mon père me faisait la leçon. Je l'ai très bien entendu, c'était net, parfaitement net : « Bien fait pour toi, Marie-Pierre ! Fallait épouser un énarque, un polytechnicien, un normalien ou un centralien et continuer tes études. Taxi... taxi... voilà où ça va te mener, AU DIVORCE !!! » Pourquoi, non mais pourquoi me suis-je jetée dans la gueule du loup en allant les voir !?! C'est ensuite que j'ai flanché, que j'ai complètement sombré. Régression totale.

Les psys appellent ça décompenser, je crois. Toujours est-il que c'est le divorce qui a provoqué l'onde de choc, celui de mes parents... enfin, non, le mien mais... bon, ça va, on a compris, pas la peine d'en rajouter. En rentrant du cimetière, j'ai vérifié la définition du mot dans le dictionnaire : **Dissolution du mariage civil prononcée par jugement**. C'était ça, tout à fait ça, ils n'avaient pas planché pour rien les académiciens. S'ils m'avaient connue ne serait-ce qu'un tout petit peu, à coup sûr, ils auraient ajouté : à l'évocation de la dissolution de son mariage, Poppy a commencé à se dématérialiser. La phase de défragmentation est même bien entamée. Bientôt elle ne sera plus qu'un minuscule tas de rien du tout, un point tourbillonnant dans l'infini, un rebut interstellaire. Pour l'instant elle est un chien abandonné sur la route des vacances, un chien à la recherche d'une forêt pour gratter profondément, très profondément, se dissimuler dans un trou et attendre la fin en jappant. Depuis qu'elle a pris conscience que la dissolution de son mariage est possible, pour ne pas dire imminente, Poppy se cache sous un grand bonnet, de méga lunettes et un immense cache-nez. Dans la rue, elle chancèle quand elle marche. Elle halète quand elle s'arrête. Le sol tangue et manque de la faire tomber. Dans son taxi elle pousse de drôles de gémissements, des gémissements de hyène, et ses mains se mettent à trembler comme celles d'une nonagénaire. Dans les embouteillages, son cœur fait les montagnes russes. Au supermarché, tous les clients sont sur le point de l'attaquer. Elle le sait, elle n'est pas folle non plus, c'est plus qu'évident qu'ils la suivent avec un long couteau, ils voient bien qu'elle est au bord de la séparation ! La nuit, elle rêve qu'elle vole accrochée à Giacomo par un indestructible fil d'or. Au réveil, elle a la sensation d'être cloîtrée dans une pièce noire fermée à double tour dont la clef a été jetée.

C'est fin avril que je me suis mise à rôder devant chez les Durusi. C'est lui que j'ai aperçu en premier, un matin à sept heures quarante-cinq alors qu'il sortait de leur pavillon une sacoche à la main. Un homme grand et mince, brun, plutôt élégant dans son costume bien coupé. L'air d'un brave type. Par contre, j'ai dû m'y reprendre à plusieurs fois pour surprendre Monica. Monica Durusi, j'ai du mal à prononcer son nom. Un nom prêt à me dérober le mien. Je lui ai tout de suite trouvé une allure vulgaire à cette vandale. Non, franchement, en toute objectivité, elle était plus qu'ordinaire avec son manteau blanc pelucheux, ses immondes escarpins ivoire et son brushing ultra-laqué. Un look tapageur, voilà c'est comme ça qu'on dit, un look tapageur et encore quand on est poli ! Outrageusement maquillée par-dessus le marché, au moins cinq ou six bagues à chaque main, des mains parfaitement manucurées cela va de soi même si j'étais un peu trop loin pour vérifier.

Je n'ai pas réfléchi longtemps, l'équation s'est faite très rapidement dans mon esprit à la seconde ou à la troisième visite, je ne me souviens plus exactement. Tout m'a paru limpide et d'une simplicité enfantine : plus de Monica Durusi, plus de divorce. La Durusi, je l'ai suivie à plusieurs reprises jusqu'à son salon de coiffure. Un jour, je suis même entrée pour prendre un pseudo-rendez-vous mais elle était occupée à ranger des produits à la réserve m'a dit son employée. Je n'ai pas réitéré, à quoi bon… À partir du moment où les choses s'étaient mises en place dans ma tête, le calme est revenu en moi comme par un coup de baguette magique. Un sentiment de sécurité s'est installé, la paix m'a envahie. Une paix diffuse et durable. Une paix qui me faisait régulièrement venir les larmes aux yeux tant j'avais été désespérée de l'avoir perdue. J'ai de nouveau dormi. J'ai de nouveau souri. J'ai emmené les garçons faire du shopping. J'ai dansé, chanté et bu plus que de raison avec Liliane pour son anniversaire. J'ai accompagné Patrick à Hendaye pour assister à une foire au jambon. J'ai fait des conserves de foie gras et même de la confiture de myrtilles. J'ai acheté une canne à pêche à Giacomo plus un nouveau sac pour qu'il y range ses hameçons et tout son barda. L'été reviendrait, assurément il reviendrait, en tous les cas pour lui… Ah, j'oubliais, j'ai aussi commandé trois caisses de Chianti à mon caviste préféré.

Pourquoi suis-je passée à l'action — à l'acte — le mardi 24 mai et pas le lundi 23 ou le mercredi 25 ? on me l'a souvent demandé. Je ne sais pas au juste… peut-être parce que tout était idéalement calé dans mon cerveau, parce que le scénario me donnait l'impression d'être parfaitement au point, répété maintes et maintes fois je l'ai dit. Je l'ai dit aux juges, aux médecins, aux experts psychiatres, aux graphologues, à mon avocat, je n'ai eu de cesse de l'expliquer à tous ceux qui cherchaient à savoir et qui semblaient ne jamais vouloir me croire pourtant. Ce soir du mardi 24 mai 2022, on a dîné aux alentours de dix-neuf heures trente Giacomo, Nino et moi. Massimo était au cinéma. Ensuite, Nino est monté dans sa chambre faire ses devoirs et Giacomo est parti regarder la télé où il s'est endormi au bout de dix minutes. J'ai fait la vaisselle, je me suis préparée et j'ai dit adieu à la maison. J'ai dit adieu vite fait, il ne fallait pas que je me laisse dépasser par mes émotions, surtout pas. C'était le piège à éviter. Après, je me suis faufilée dans le garage. Je n'ai pas démarré ma *Mercedes*, je l'ai poussée jusqu'au portail puis j'ai roulé direction Floirac. Je suis arrivée devant chez les Durusi à vingt-et-une heures quarante-trois, à cinquante, Monica était censée revenir de son cours de salsa. Ça n'a pas loupé, ponctuelle avec ça ! Je l'ai laissé se garer, rentrer chez elle et ressortir comme tous les soirs avec un sac-poubelle jusqu'au local à ordures. Trois bonnes minutes de marche tout de même pour y accéder et dans une rue moyennement éclairée en plus. C'est lorsqu'elle est réapparue que je lui ai foncé dessus. Alors qu'elle était à dix mètres de moi, j'ai allumé les phares et j'ai accéléré plein pot de sorte que je me la suis prise de face. Je me la suis payée bien comme il faut, ça, oui alors, en plein dans le mille ! Elle est venue cogner contre mon pare-brise avant de voler par-dessus le toit pour s'étaler comme une grosse bouse sur la chaussée. Un sppplllaaaccchhh dégoûtant ça a fait, jouissivement dégoûtant !!! Malgré le boucan personne n'a bronché, le quartier somnolait déjà de toute évidence. Le temps d'enlever ma ceinture, je suis descendue de la voiture pour me rendre compte du résultat. Elle était toute disloquée la Durusi, la jambe gauche surtout, complètement tordue en angle droit. Brrreeuuu, c'était vraiment pas beau à voir. Le sang qui lui dégoulinait des oreilles non plus ça n'était pas du plus grand chic. Son visage, aucune idée, écrabouillé contre le sol, pulvérisé sans doute. Au final, c'est son brushing de princesse qui avait le mieux résisté.

Elle était morte la salope, du moins c'est l'impression qu'elle donnait à part que soudainement, j'ai eu un doute. « C'est qu'elle est capable de se relever, cette chiennasse ! », j'ai pensé. Ni une ni deux, j'ai repris le volant et j'ai fait marche arrière. Une fois, deux fois, trois fois, quatre fois, je lui suis passée sur le corps. À quatre reprises, j'ai entendu ses os se broyer, sa chair éclater, ses viscères exploser. Je n'ai pas la preuve mais je suis sûre que ses yeux sont sortis de leurs orbites et qu'ils ont roulé jusqu'au trottoir. Peut-être même qu'ils sont tombés dans les égouts, là où ils auraient toujours dû être de toute façon. L'espace d'une seconde, j'ai songé aux éboueurs qui mettraient la main sur une paire d'yeux le lendemain matin, deux yeux perdus au milieu des crottes de chien, des paquets de biscuits éventrés et des mégots de cigarettes. J'ai rajusté le rétroviseur intérieur, j'ai plongé une main dans mes cheveux et j'ai souri en me regardant.

Je ne me suis pas éternisée pour autant. J'ai remis le contact et j'ai roulé dans la nuit. J'ai roulé en écoutant en boucle *Enjoy the silence* de Depeche Mode. J'ai sillonné tout Bordeaux comme pour posséder la ville, m'en imprégner avant de ne plus la voir avant longtemps, peut-être même jamais. À trois heures du matin j'ai poussé la porte d'un troquet, un petit bar de fêtards sans fêtard, avec seulement quelques âmes égarées et hagardes. J'ai commandé du champagne. C'est lorsque le serveur m'a servie que je me suis souvenue de ma toute première coupe, j'étais en seconde année de sténodactylo accompagnée d'un groupe de copines. Dès qu'une occasion se présentait, nous trouvions refuge toujours dans le même bistrot avec toujours les mêmes filles. N'importe quel événement était bon pour aller boire un coup, du moins pour moi. M'enivrer d'espoir m'était vital à l'époque... À cet instant, une vague de nostalgie s'est invitée par surprise mais je m'en suis aussitôt dégagée. Pas d'émotion, surtout pas d'émotion. Dans la foulée, j'ai repris ma *Mercedes*.

J'ai loué une chambre d'hôtel et j'y suis restée soixante-douze heures. J'ai éteint mon téléphone portable, j'ai beaucoup dormi, j'ai pas mal regardé la télévision en évitant soigneusement les infos, j'ai feuilleté des magazines, j'ai bu la totalité du gin et de la vodka du minibar et le reste du temps, j'ai observé la rue assise sur le balcon en croquant du chocolat aux noisettes. Quand j'ai quitté l'hôtel et que je suis montée dans ma voiture pour rentrer chez moi, je me sentais prête, complètement prête. De fait, lorsque j'ai aperçu les deux voitures de police garées devant la maison, je me suis laissé cueillir comme une fleur sous les yeux d'un Nino cadavérique soutenu par un Giacomo non moins livide. Au commissariat, j'ai appris que j'avais été dénoncée par une espèce d'adolescent boutonneux qui était en train de jouer sur sa console vidéo le soir du 22 mai. Interrompu par des grincements de pneus, il s'est penché à sa fenêtre où il a assisté à une partie de la scène. Terrifié, il a quand même eu la présence d'esprit de saisir un bloc de papier sur lequel il a noté mon numéro de plaque d'immatriculation, le petit con. Un petit con qui s'est avéré être un des meilleurs amis de Nino sinon le meilleur...

LISA

Depuis six jours c'est la panne, le trou noir, impossible d'avancer dans mon livre. Des passages s'intervertissent comme pour me piéger, m'emmêler les pinceaux et me faire perdre complètement les pédales. Mots, phrases, expressions, tournures, images, locutions semblent tous ligués contre moi me stoppant net dans mon élan narratif. Certains textes que je maîtrisais parfaitement vont jusqu'à s'effacer pour réapparaître carrément tronqués, entièrement modifiés ou bien dans un désordre absolu avant de s'éclipser de nouveau. Quelquefois, c'est l'orthographe qui me fait défaut. Mais de plus en plus je me rends compte que c'est mon énergie qui se volatilise entraînant inévitablement une baisse de la concentration, parfois même de l'envie. L'envie de raconter, de transcrire, de faire revivre Daisy. Dans ces moments de grande fatigue, il arrive que le courage me manque littéralement. Moi qui, à l'accoutumée, suis extrêmement rigoureuse pour ne pas dire perfectionniste, depuis dimanche dernier je me laisse aller à la facilité. Je me creuse moins les méninges pour trouver la construction stylistique la meilleure, je suis peu exigeante quant au choix du terme exact. Il m'est même arrivé d'être tentée d'inventer quand cela me paraissait plus simple que coller à la pure réalité, trop complexe à reproduire fidèlement. Mardi dernier, j'ai volontairement raccourci un épisode marquant de la vie de Daisy, un épisode si cher à son cœur pourtant, son séjour en France à l'âge de vingt-et-un ans pour apprendre le persan à l'Institut des Langues orientales — les Langues O', comme elle fanfaronnait souvent pour faire sa parisienne — j'ai sciemment écourté le récit, disais-je, tant le ressort me manquait pour le développer. Alors le mémoriser, je n'en parle même pas !

Pour relancer la machine, j'ai tout fait pour me relier à Daisy, à son parfum, à son sourire, à l'intensité de son regard, à son humour sans faire l'impasse sur ses colères ni sur quelques-unes de ses paroles cinglantes, des paroles très crues quelquefois, jamais cruelles cependant, encore moins injustes. Hier après-midi, alors que je me sentais au bout du rouleau, j'ai fermé les yeux et j'ai visualisé son peignoir *Elsa Schiaparelli* en lamé vert pomme, le vêtement auquel elle tenait le plus et dont elle n'a jamais été capable de se débarrasser malgré l'usure de plus en plus apparente. J'ai repensé à ce soir de printemps où elle l'avait porté en guise de manteau léger pour se rendre à l'Opéra et où une bonne partie du public s'était subitement tue, médusée, lorsqu'elle avait fait son entrée. Le meilleur dans l'histoire reste la justification qu'elle s'était fait une joie de me donner le lendemain. « Écoute, Lisa, je savais que ce spectacle serait assommant et qu'il n'y aurait que de vieux croûtons mais je me devais d'y aller pour Peter — lui-même étant contraint de répondre à l'invitation de l'une de ses connaissances — alors je me suis consolée comme j'ai pu. Et puis mon peignoir peut tout à fait passer pour une veste de soirée voyons, ça n'est pas ma faute si les gens n'ont ni goût, ni fantaisie et encore moins d'imagination ! »

Cette nuit, la honte m'a empêchée de dormir. Pendant des heures et des heures, j'ai été dévorée par l'angoisse de ne pas être à la hauteur. Cette angoisse je la connais, elle m'a traversée tout au long de mon existence. Si elle m'est si familière, c'est parce que je la fréquente depuis toujours. Nous ne nous sommes jamais lâchées d'une semelle elle et moi, y compris dans mes périodes les plus fastes. Je la hais autant qu'elle me déteste et réciproquement, nous sommes en quelque sorte le couple le plus querelleur au monde mais le plus uni aussi, il n'y a aucun doute là-dessus hélas. À part que j'avais beau me trouver en terrain connu, cette fois la situation me semblait beaucoup plus alarmante que d'habitude. L'anxiété qui montait en moi ne concernait pas uniquement ma seule personne, elle n'impactait pas que mon propre parcours, c'est mon challenge tout entier qu'elle était en train de compromettre en le contaminant. Or, s'il y en avait bien un qu'il n'était pas envisageable que je rate, c'était celui-ci, le plus important de tous. Les autres, je m'en fichais. Je m'en étais toujours fichue de toute façon, que ce soit l'acquisition de ma somptueuse propriété de L.A. en passant par mon train de vie plus que confortable ou encore mon carnet d'adresses généreusement garni. Toujours est-il qu'au petit matin bien que n'ayant quasiment pas fermé l'œil de la nuit, la visibilité que j'avais sur l'avenir était d'une netteté accablante. L'échec ne m'apparaissait plus comme probable mais comme certain, imminent de surcroît. Avec ce projet, je m'étais fourvoyée dès le départ en présumant non seulement de mes forces mais également de mon intelligence. C'était l'évidence que je n'avais rien, mais alors strictement rien des capacités ni du talent de György Faludy.

Dans la cellule j'ai réussi à ne pas craquer mais une fois sous la douche, j'ai éclaté en sanglots. J'ai tout fait pour masquer mes pleurs, malgré tout, trois minutes à peine après avoir explosé, Maritzé qui se lavait dans le box d'à côté a pointé son nez. Ma détresse était telle et j'étais si épuisée que je n'ai même pas essayé de jouer la comédie. « C'est trop dur tu sais, Maritzé, ai-je seulement pu hoqueter, je vais foirer mon livre comme j'ai foiré tout le reste ! » Ni une ni deux, elle a posé son pouce sur ma bouche. « Putain crotte, t'es dingue ou quoi, c'est juste une petite baisse de régime, elle s'est illico indignée, y'a vraiment pas de quoi chier une pendule ! T'es crevée parce que t'y bosses trop à ton bouquin, la voilà l'explication. Lâche l'affaire quelque temps et tu verras, ça repartira. J'peux pas t'laisser dire que t'y arriveras pas, Lisa, pas quand je vois la lettre que t'as écrite à ma gamine. C'est de l'or cette lettre, plus que ça même. C'est du sucre d'orge, c'est un pont, c'est le ciel, c'est des champs à perte de vue, c'est la campagne, la montagne et la mer réunies ! Et c'que tu fais pour ta Daisy, c'est pareil. Ça me fait le même effet que quand je courais dans les bois autrefois. Ça me transperce le bide comme quand tu me lis les courriers de Vicky... ouais, ça me fout un coup à l'intérieur, un grand coup de bonheur. C'est pas la peine de me regarder comme ça, je sais de quoi je cause, bordel. C'est quand même moi qui m'en coltine des tartines de mots, de passages et de textes ! Alors, OK, si je les retiens aussi bien ces mots, ces passages et ces textes, c'est parce qu'ils me font vibrer, on est d'accord, mais pas seulement, Lisa, c'est aussi parce que je me mets à la place de ton amie. Des fois je suis même un peu jalouse d'elle, tu sais, jamais personne a fait un truc aussi sensas pour moi et jamais personne le fera surtout. Mais tant pis, j'mets ça de côté et j'me dis que c'est tant mieux pour elle qu'elle ait autant de chance, surtout là où elle est, la pauvre. Du coup, j'me concentre à fond pour faire du bon boulot parce que j'veux qu'elle en reçoive le plus possible de feuilletons. Elle peut plus s'en passer maintenant, c'est certain, déjà que moi je suis accro, alors elle, j'imagine même pas, elle les attend comme le Messie, j'en mettrais ma main à couper. Conclusion, c'est vraiment pas l'moment d'abandonner, ma vieille. Tu t'reposes un peu et ensuite tu repars de plus belle, tu m'suis ? » « J'te suis... », me suis-je contentée de répondre tout en reniflant. Le plus incroyable, c'est qu'elle était presque arrivée à me convaincre.

MARITZÉ

Mardi 6 février 2024

— Bonjour madame Charles et bonne année. J'avais pas l'intention de me repointer ici, vous savez et puis tiens, il s'est passé tellement de trucs récemment qu'il fallait absolument que je vienne vous raconter…

— Je vous présente tous mes vœux également, Maritzé. À voir votre mine réjouie, j'imagine que les événements dont vous allez me parler sont positifs.

— Accrochez-vous, ça déménage. Déjà, j'écris un livre !

— Voyez-vous ça !

— Ça en jette, non ?

— Plus que ça même, c'est une énigme fort alléchante. Je brûle d'impatience d'entendre vos explications.

— La vérité, c'est que Lisa écrit un livre dans sa tête parce qu'elle a ni stylo ni papier. Entre parenthèses, c'est top secret. Comme elle a du mal à se souvenir de tout, elle m'a demandé de lui filer un coup de main en mémorisant certains passages.

— Et vous avez accepté ?

— J'ai accepté !

— Effectivement, ça méritait le déplacement car nous sommes là face à un véritable miracle… non, face à deux, trois… quantité de miracles… et Dieu sait si pour vous ils ont toujours eu de l'importance. Ils étaient même votre bouée de sauvetage à une époque.

— Ah ouais, c'est vrai, j'avais pas vu les choses sous cet angle… j'ai pas pensé aux miracles, en fait…

— Je reprends mes fiches et je vous cite, Maritzé. À la séance du jeudi 13 juillet dernier, vous avez successivement déclaré : « Le désespoir, c'est quand on croit plus aux miracles et moi, j'y crois plus. » Ensuite : « Quand j'étais petite je croyais aux miracles, j'étais tellement au fond du trou qu'il fallait bien que je me raccroche à quelque chose. » Enfin : « Des miracles pour moi, il y en aura plus, plus un seul parce que le malheur est un éternel recommencement. Et celle qui m'a fait ouvrir les yeux sur cette injustice, c'est Lisa. Je persiste et je signe, sans cette grosse baleine, je me serais jamais rendu compte que mon passé me reviendrait dans la tronche jusqu'à la fin de mes jours et j'aurais continué à rêver... »

— Putain crotte, j'ai dit ça !?

— J'ai noté d'autres phrases sur le sujet mais pour le moment, je pense que le point majeur à souligner est que les miracles se concrétisent enfin. Ils se concrétisent alors qu'il y a six mois, vous n'y croyiez plus du tout, de surcroît, ils se concrétisent par l'intermédiaire de celle que vous jugiez responsable de vous avoir fait perdre toute espérance. Quel joli pied de nez au déterminisme tout de même !

— Oh non, c'est trop fort ! J'en ai presque la tête qui tourne, sérieux, j'vais pas tarder à tomber de ma chaise, là.

— En effet, il y a de quoi vaciller quelquefois quand on découvre à quel point la vie peut être inventive. Mais vous n'avez pas fini la liste de vos révélations il me semble.

— En échange de mes efforts, Lisa m'a proposé d'écrire une lettre à Vicky et quelque temps plus tard, Vicky m'a répondu. Elle était folle de joie !

— Et vous aussi, je suppose.

— Oh, là, là, quand Lisa m'a fait la lecture du courrier de ma p'tite fleur, mon cœur s'est envolé comme une montgolfière. Il était plus à Binkara mon cœur, il était au-dessus, nettement au-dessus... j'sais pas trop où... près d'un rayon de soleil, d'un baobab, au pays de l'amour certainement... et c'est pas tout, à la même période, Jean-Marc... vous vous souvenez de Jean-Marc ?

— Bien sûr, votre petit frère.

— Jean-Marc m'a contactée pour me demander si je l'autorisais à accueillir Vicky chez lui au moins jusqu'à sa majorité.

— Et qu'avez-vous répondu ?

— Au début, j'étais complètement désarçonnée. J'alternais entre bonheur et colère, j'me sentais constamment ballottée. Du coup, mon eczéma en a profité pour se réveiller ce con.

— Votre réaction me paraît on ne peut plus normale. Vous n'avez pas l'habitude que la vie vous gâte autant, qu'elle vous fasse cadeau sur cadeau.

— C'est ça. D'abord j'ai été plus furax qu'heureuse, j'dois dire. Et puis Lisa a relu la lettre de Jean-Marc plusieurs fois, une lettre vachement bien. On en a pas mal parlé toutes les deux et peu à peu, ma rage a fini par s'éteindre. C'est seulement quand j'ai été calmée que j'ai réalisé que ma fille allait pas galérer comme j'ai galéré, que j'ai compris que j'avais les moyens de lui offrir...

— Un autre destin.

— Voilà, un autre destin. Mon frère est adorable en plus, sa femme aussi et ils ont une gamine très mignonne quasiment du même âge. Vicky sera bien mieux chez eux que chez des étrangers, c'est un nouveau départ pour elle. C'est de la stabilité, de la sécurité. Une chance inespérée, elle dit Lisa.

— Justement, venons-y ! Toutes ces merveilleuses nouvelles que vous m'annoncez là sont-elles uniquement dues au hasard ou bien y a-t-il autre chose d'après vous... une autre cause, j'entends ?

— Madame Charles, ma...

— Veuillez m'excuser, Maritzé, je vous coupe juste un instant mais je suis toujours estomaquée par votre mémoire. Je vous ai dit mon nom une seule fois et cela a suffi pour que vous le reteniez. Avec vous Lisa a indéniablement fait une bonne pioche mais pardon, je vous ai interrompue, poursuivez.

— Je disais, ma vie a toujours été une suite d'emmerdes phénoménales ; d'ailleurs, j'ai vite fait d'atterrir en cabane et puis brusquement, boum, retournement de situation : j'ai un cul d'enfer !!! Désolée, mais c'est vrai, je vois pas comment l'exprimer autrement... avouez qu'y a de quoi en perdre son latin, non ?

— Mais qu'y faites-vous en cabane, Maritzé ?

— J'me fais iéch.

— Merci pour moi !

— Noooon, pas chez vous, mais sinon la plupart du temps, j'me fait iéch, on va pas s'mentir.

— Je comprends que vous soyez troublée par la tournure inattendue que prennent les événements, alors je vais vous aider à y voir un peu plus clair car il est fondamental que vous saisissiez ce qui est en train de se passer. En fait vous commencez à récolter ce que vous avez patiemment et courageusement semé. Depuis des mois et des mois que vous travaillez sur vous, vous avez instauré un nouveau dialogue avec votre inconscient. Vous l'avez nourri — et vous continuez à le nourrir — avec des données bien plus constructives et nettement plus avantageuses qu'auparavant. La conséquence directe de cette modification des paramètres est que vous avez ouvert le champ des possibles. Petit à petit, le monde extérieur se modèle au regard de votre progression intérieure. La vie vous sourit car vous lui souriez.

— Ah...

— Je reprends point par point. Pourquoi Lisa est-elle venue de son propre chef vous proposer de l'aider pour son livre ? Parce que votre attitude vis-à-vis d'elle s'est radicalement transformée. Vous n'êtes plus dans l'hostilité systématique, vous avez cessé de la prendre pour celle qui vous martyrisait, ce qui a entraîné un changement de comportement de sa part à elle aussi. Elle vous permet même de réaliser l'irréalisable, c'est prodigieux pour une analphabète de contribuer à l'élaboration d'un ouvrage ! En outre si elle a décelé certaines capacités en vous, c'est parce que votre estime de vous-même a changé. Progressivement, elle a grimpé. Vous avez accepté d'avoir quelques qualités, peut-être même d'être intelligente.

— Oh, m'en parlez pas...

— Admettre que vous puissiez être intelligente a été un cap très difficile pour vous, au point de vous faire arrêter notre collaboration. C'était trop, trop d'un coup, voilà pourquoi vous avez claqué la porte. Si je ne vous ai pas retenue, Maritzé, c'est parce que j'étais bien consciente que vous aviez besoin de ce temps de vacance, de retrait, un temps durant lequel vous avez pu relâcher la pression et vous reposer. Et puis, je n'étais pas inquiète dans la mesure où je savais que vous reviendriez. Je le savais parce que vous avez terriblement soif de victoires, même si vous affirmez souvent le contraire. D'ailleurs c'est en toute connaissance de cause que j'ai clôturé la dernière séance précisément avec ce mot « victoire », pour que votre inconscient auquel je m'adressais l'entende et parte avec…

— Oh, là, là !!!

— Parfaitement et ça n'est pas terminé. Si vous désirez autant progresser, c'est parce que vous pressentez depuis longtemps que cela peut vous permettre de devenir une meilleure mère. Vous l'avez exprimé à maintes reprises du reste. Or, ça y est, vous y êtes, vous y êtes même en plein, Maritzé ! Grâce à vous, grâce à l'investissement que vous avez mis et que vous mettez dans votre thérapie, grâce à une conjonction de circonstances directement provoquées, et j'insiste là-dessus, par votre ténacité et par votre perspicacité exceptionnelles, Vicky est sortie d'affaire, du moins, elle est en passe de l'être, je crois qu'on est en droit de l'affirmer. Tout comme on est en droit d'affirmer que désormais, vous tolérez qu'on vous vienne en aide, vous consentez que de fabuleuses surprises puissent entrer dans votre existence pour l'illuminer… bref pour résumer, vous avez réussi à vous ouvrir, Maritzé ! La preuve, vous n'avez pas seulement dit oui à Lisa pour son livre, vous avez encore dit oui à Jean-Marc pour votre fille. Ça a tout changé… et ça va tout changer, vous verrez.

— J'suis séchée.

— Conclusion, la seule responsable de cette actualité absolument épatante, c'est vous, Maritzé ! L'univers ne fait que mettre à votre disposition ce que vous êtes maintenant prête à accepter. Vous pouvez vous remercier pour ce que vous avez accompli et pour tout ce que vous allez encore accomplir.

— Ah bon, il reste beaucoup d'boulot ? En fait, j'étais juste passée comme ça pour vous mettre au courant, j'comptais pas forcément…

— Le pardon… il nous reste le pardon… nous allons tranquillement nous y diriger. Il y a toujours de la rancœur en vous, une rancœur qui entrave votre chemin vers la pleine libération. Mais chaque chose en son temps, cette année 2024 démarre sur les chapeaux de roues et c'est essentiellement ce que nous devons retenir en ce 6 février.

POPPY

Je suis arrivée à Binkara le 1er juin 2022 en début d'après-midi, c'était un mercredi. Le ciel était gonflé de nuages, le temps n'allait pas tarder à tourner à l'orage. Après quelques jours passés dans une prison bordelaise, on m'a expédiée ici par avion militaire. Je n'étais pas seule dans cette espèce de bombardier aux faux airs d'aéronef d'avant-guerre, quatre autres femmes m'accompagnaient. Des femmes toutes menottées comme moi et tellement tétanisées qu'elles osaient à peine se jeter un regard entre elles. Il faut dire que nous étions sous bonne escorte puisque nous disposions chacune de trois policiers armés jusqu'aux dents pour nous surveiller. « Pas un mot, pas un geste, a lancé peu avant que nous décollions l'un des leurs, un sinistre bonhomme aux allures de baroudeur. Au moindre problème, vous serez immédiatement neutralisées. » Saucissonnées comme nous l'étions les bras derrière le dos, je ne voyais pas très bien comment nous aurions pu ne serait-ce que lever le petit doigt mais ne souhaitant pas provoquer le moindre incident, je me suis contentée de fixer le paysage en silence à travers le hublot. En outre je n'avais pas la plus petite velléité de rébellion, j'étais même prête à accomplir tous les ordres qu'on m'intimerait d'exécuter, y compris les plus idiots. Je voulais juste qu'on me laisse tranquille. Voilà, c'est ça, je voulais passer inaperçue et qu'on me laisse tranquille.

Quand l'avion s'est posé, un aréopage de gardes et de militaires est venu nous cueillir. C'était amusant de les scruter en train de nous encercler, on aurait dit une danse d'étranges bestioles, un ballet de cancrelats parfaitement bien huilé. Alors que les uns se transmettaient des informations par téléphone, d'autres faisaient le guet tandis que de nouvelles têtes apparaissaient sans cesse des quatre coins du tarmac pour nous ouvrir la voie. La voie vers quoi ? Vers le camion blindé qui nous a finalement déposées, mes acolytes et moi, au beau milieu de la cour intérieure de la prison, une cour immense savamment bordée d'une demi-douzaine de miradors. Ensuite il y a eu les formalités administratives, le discours du directeur — les menaces plus exactement — la distribution des uniformes, la fouille au corps puis la douche au savon antiseptique. Enfin j'ai intégré ma cellule, la 18 B, qui m'a fait plutôt bonne impression lorsque les deux matonnes ont ouvert la porte. « Pendant quelque temps vous serez seule, on vous garde en observation. Ce soir, vous prendrez exceptionnellement votre dîner ici à dix-huit heures, ensuite ce sera au réfectoire », a aboyé la plus balèze, une grosse dondon qui tenait visiblement à ce que le ton soit donné dès le départ. « Très bien », ai-je poliment acquiescé. Je l'ai dit, ce que je voulais, c'était passer inaperçue et qu'on me laisse tranquille. Pas de vague, surtout pas de vague, du moins pour le moment.

J'ai posé les deux trois affaires qu'on avait bien voulu me laisser sur l'unique table dont je disposais et j'ai aussitôt jeté mon dévolu sur le lit du haut, le plus proche de la fenêtre, celui où il me serait possible d'entrevoir un peu de ciel, celui où je serais également en mesure de garder un œil sur mes futures colocataires quand arriverait le jour où je devrais m'en coltiner. Deux couchages étaient encore disponibles. Ensuite, je n'ai eu aucun mal à trouver mes marques. J'ai déplié draps et couvertures, j'ai rangé mes sous-vêtements ainsi que mes uniformes de rechange, j'ai inspecté les toilettes, j'ai fait un brin de ménage de-ci de-là et lorsqu'on m'a apporté mes macaronis au thon à dix-huit heures pétantes, je les ai avalés bien volontiers assise sur le lit situé en face du mien. Je n'avais pas encore terminé qu'une merveilleuse sensation de bien-être m'a envahie. J'ai lâché ma fourchette, j'ai mis une main sur ma poitrine et j'ai fermé les yeux avant de me passer une main sur le visage. Mon Dieu, comme j'étais soulagée que l'abominable cauchemar que je venais de traverser soit bel et bien terminé. Pour être honnête, je ne songeais même pas à Giacomo en me disant cela, encore moins à Nino et à Massimo, c'est la pure vérité. Je pensais juste *Monica Durusi n'aura pas mon mari, elle ne l'aura plus jamais*, mais dans ma tête tout comme dans mon cœur, Giacomo n'était presque plus Giacomo… je ne sais pas très bien comment expliquer le phénomène. Il n'était plus le Giacomo de ma jeunesse, le Giacomo du Chianti, le père de mes enfants, mon époux depuis plus de trois décennies, autrement j'aurais hurlé de douleur. Ça oui alors c'est certain, je me serais tordue de souffrances sur le sol, je serais devenue totalement incontrôlable sinon complètement givrée. Non, pour l'heure, Giacomo était juste l'homme à qui j'avais enlevé sa maîtresse, il était un quasi-étranger, une vague entité masculine qui me laissait entièrement froide et sans émotion si bien que je pouvais me restaurer, respirer, exister tout simplement sans craquer ni pleurer et encore moins souffrir. Parfaitement, c'est bien ainsi que je voyais les choses : une immense tuile m'était tombée dessus et j'avais agi en conséquence pour solutionner le problème. À tuile exceptionnelle solution exceptionnelle, certes, mais était-ce ma faute à moi ?

Je n'étais pas le moins du monde responsable, seules les circonstances m'avaient poussée à une telle radicalité. Voilà pourquoi j'étais capable d'analyser la situation avec rationalité, calme et bon sens. J'assumais entièrement mon geste, je n'avais ni regret ni remords et pas davantage de culpabilité. J'avais fait ce que je croyais juste et bon de faire, point barre. En conclusion, me retrouver dans ce cachot à manger tranquillement des pâtes, et ce, pour une éternité vraisemblablement, me paraissait on ne peut plus logique et je n'y voyais aucun inconvénient, vraiment aucun. J'allais enfin pouvoir me reposer.

Pendant les semaines qui ont suivi, j'ai répondu avec patience, sincérité et courtoisie aux interrogatoires de mon avocat, des juges, des psychiatres et médecins en tout genre. J'ai fait preuve d'une extrême bonne volonté, ça, personne n'a jamais pu me reprocher quoi que ce soit de ce côté-là. Il m'est même arrivé de devancer des questions, de les affiner, de corriger un détail inexact, d'apporter des précisions sur une parole ou une action qui me paraissaient approximatives, brouillonnes ou encore mensongères. Mon intention était indéniablement de collaborer mais pas collaborer pour collaborer, collaborer pour qu'on me fiche la paix de sorte que tout était bon à mes yeux pour satisfaire la curiosité des uns et des autres. C'est bien simple je ne faisais obstacle à rien, je consentais à tout. J'expliquais, j'éclaircissais, j'illustrais, je décrivais les scènes qu'on me demandait de décrire, je les répétais autant de fois qu'il était nécessaire pour qu'on avance, qu'on accélère le mouvement et que la sanction tombe, bon sang. Qu'elle tombe et qu'on m'oublie !

Le procès a eu lieu et là encore, je me suis tenue à carreau, la détenue modèle ni trop démonstrative ni pas assez. Plusieurs de mes proches ont assisté aux audiences, certains ont témoigné au dire de mon avocat mais je n'ai vu personne. Tout juste ai-je entendu des sons, des voix familières, un immense brouhaha un matin où le ton est monté, où l'on m'a montrée du doigt, je crois, et où j'ai été menacée il me semble par un membre de la famille Durusi. Mais bon, voilà, pour moi, ça n'était plus mon affaire tout ce cirque dans la mesure où j'avais avoué et où j'étais prête à purger ma peine, entièrement prête. « Dix-sept ans ! » a finalement décidé le juge. « C'est correct, tout à fait correct », ai-je fait à mon avocat avant de regagner la 18 B.

Par la suite j'ai vécu des jours plutôt tranquilles, sans trouble, tapage, ni entretien d'aucune sorte, du moins concernant l'enquête. Je me sentais bien, détendue, sans la moindre perturbation pour brouiller mon humeur et mon esprit. Parfois j'avais maille à partir avec une ou deux emmerdeuses, des grandes gueules qui tenaient à marquer leur territoire mais sans l'ombre d'une hésitation, je leur rentrais dans le lard. Ça n'était qu'une formalité pour moi. Je fonçais, j'affrontais, je tabassais encore plus fort pour qu'elles passent à une plus faible, une qui n'aurait pas les moyens de se défendre. Toujours est-il que cet état de grâce a duré un certain temps, je serais bien incapable de dire combien exactement, je sais juste que lorsque je me suis réveillée de mon grand sommeil, ça a fait mal. Très très mal. J'ai reçu un bon coup de massue derrière la nuque et mon moral a fait grise mine lui aussi.

Avec le recul, je pense que c'est parce que j'étais complètement reposée que j'en suis venue à voir les choses autrement. C'est à peine croyable, j'ai ouvert les yeux et la réalité qui m'est apparue était soudain radicalement transfigurée par rapport à celle que j'avais perçue en arrivant. Bref, le chambardement en question a débuté un après-midi où je rentrais de la promenade, un jour comme un autre pourtant où rien de spécial ne s'était produit. Cela faisait un peu plus de quatre mois que j'étais à Binkara, je m'en souviens maintenant. J'étais en train de réintégrer ma cellule, disais-je, lorsque j'ai été prise d'une crise d'angoisse si intense que j'ai été obligée de me mettre au lit. C'est mon cœur qui m'a alertée en premier en battant la chamade comme s'il se remettait en route après une longue interruption. Immédiatement après s'est ensuivi ce que je redoutais le plus, j'ai recommencé à souffrir. Dans la foulée, mes sentiments se sont ranimés à leur tour. Giacomo a cessé d'être une vague entité masculine, mes gosses sont redevenus mes gosses, mon geste s'est révélé un meurtre d'une lâcheté sans nom et moi une pauvre criminelle. Pour faire court, le processus d'anesthésie que j'avais mis en place pour me protéger s'est arrêté net. Je n'ai plus pu échapper à moi-même. Je n'ai plus pu échapper à la vérité.

Cette vérité, elle portait un nom : la fuite. Car oui, j'avais fui en éliminant la Durusi. J'avais fui la confrontation avec Giacomo. J'avais fui les reproches qu'il aurait été en droit de me faire. En trente ans de mariage, m'étais-je seulement demandé une seule fois s'il était heureux… si je le rendais heureux ? Non, il vivait à mes côtés et c'était bien là tout ce qui comptait à mes yeux. Cet homme solide, fiable, égal à lui-même, attentif et généreux, je l'avais pour moi trois-cent-soixante-cinq jours sur trois-cent-soixante-cinq. Je le possédais comme on possède un bien inestimable, j'en disposais à loisir. Il veillait sur moi, sur nos enfants, il nous garantissait une existence agréable et facile, alors pourquoi serais-je allée chercher midi à quatorze heures, hein, pourquoi ? Pour quel motif me serais-je préoccupée de ses désirs, de ses besoins, de ses soucis à partir du moment où il comblait chacune de mes envies, où il répondait à toutes mes attentes et se chargeait encore d'apaiser mes inquiétudes ?

Que se serait-il passé si je ne m'étais pas réfugiée en prison ? Réfugiée, je n'emploie pas ce mot par hasard... J'aurais moralement été contrainte de divorcer, pire, Giacomo aurait vraisemblablement pris l'initiative de me quitter. Et là, patatras ! Marie-Pierre aurait immédiatement repris sa place flanquant sur-le-champ un bon coup de pied au cul à Poppy, je l'ai déjà expliqué précédemment. Sans mon pilier pour me sécuriser, je n'aurais pas su faire autrement que renfiler mon ancienne panoplie, celle que j'avais remisée au placard, celle que je n'avais jamais complètement lâchée même si pendant longtemps je m'étais plu à faire croire le contraire sous mes grands airs de femme indépendante et joyeuse... Ah, la prison ! Elle m'arrangeait bien la prison, même si j'en payais le prix fort ! Certes j'étais privée de liberté, j'étais privée de tout pour un sacré bout de temps, mais... j'étais toujours la femme de Giacomo tandis qu'à l'extérieur, s'il s'était séparé de moi, s'il m'avait délaissée, abandonnée, chassée, je me serais retrouvée face à moi-même. Face à Marie-Pierre, la petite fille entièrement assujettie à ses parents, l'adolescente fragilisée par des années d'obéissance qui ne demandait qu'à reprendre du service...

La vérité... ou plutôt les vérités étaient si laides et si dégradantes que j'en ai vomi tripes et boyaux. Ça n'est qu'une semaine ou deux plus tard qu'un nouveau système s'est installé sans même que je cherche à élaborer quoi que ce soit. Comme ça, un beau matin, venu de je ne sais, où un personnage s'est imposé, celui de l'ignoble Poppy. Dans un premier temps, j'ai tyrannisé les plus coriaces de la maison, histoire d'asseoir ma réputation, ensuite tout s'est fait naturellement. Les unes et les autres ont rapidement été sous ma coupe. Les mois ont ainsi filé entre insultes, actes de violence et coups bas. Des mois durant lesquels personne n'a jamais percé à jour mon secret, celui de ma faiblesse magistralement dissimulée sous les griffes de l'oppression. J'étais la seule, et je le suis toujours du reste, à savoir que ce camouflage n'avait pas d'autre raison d'être que de me permettre de continuer à me tourner le dos...

LISA

J'ai suivi les conseils de Maritzé, avais-je vraiment le choix de toute façon... Pendant plusieurs jours j'ai complètement abandonné mon livre, je l'ai totalement rayé de mon esprit tout comme j'ai évacué de mon quotidien toute notion d'effort, de concentration, de construction, d'élaboration... Je n'ai fait que dormir, bayer aux corneilles, écouter la pluie tomber ou regarder les oiseaux voler pendant la promenade. Ah non je mens, j'ai appris à jouer au volley-ball avec Kazimir, j'ai même fait quelques pompes, moi qui suis aussi flasque qu'un flétan au dire de la débonnaire Poppy. À ce propos, j'ai informé Kazimir — qui l'ignorait — que le peintre abstrait Malevitch se prénommait Kazimir lui aussi, Kazimir avec un z. Il a eu l'air si surpris qu'une détenue puisse s'intéresser à lui autrement que pour se payer sa tête ou lui faire un coup tordu qu'il en a laissé tomber son sifflet avant de bégayer une explication quasi inaudible quant à ses lointaines origines polonaises. Quelle énigme que cet individu ! Que fait donc un être aussi doux et sensible dans un contexte aussi luciférien ? Par quel étrange hasard ou quelle obscure circonvolution de la vie s'est-il retrouvé à exercer un métier qui lui ressemble si peu ?

Bref, tout ça pour dire que durant une bonne semaine, voire une dizaine de jours, j'ai tourné le dos à toute forme d'exigence, à toute contrainte et à tout objectif. J'ai oublié le devoir de loyauté auquel je m'étais soumise — volontairement soumise — envers Daisy. J'ai oublié Daisy pour me focaliser essentiellement sur mon sommeil, mon appétit, ma santé, mon moral... mon nombril en somme. Bien m'en a pris puisque c'est au sortir d'une longue sieste qu'une idée m'est venue, une idée particulièrement astucieuse...

Sans perdre une minute, j'ai sollicité un rendez-vous auprès du directeur qui s'est lui-même empressé de répondre favorablement à ma requête. Quand je suis arrivée dans son bureau, il m'attendait tout sourire assis comme un pacha dans son fauteuil à bascule, sans cravate, les trois premiers boutons de sa chemise ouverts laissant apparaître un poitrail volumineux et poilu. Après avoir congédié la gardienne qui m'accompagnait, il s'est exclamé : « Ah, vous voilà enfin, Lisa ! » tout en sortant un livre d'un tiroir, son front rosissant à mesure que ses pensées lubriques se bousculaient dans son cerveau.

« Monsieur le directeur, j'ai fini par me ranger à votre avis, nous nous voyons trop peu… trop peu en tête-à-tête j'entends. J'ai tellement de choses à vous dire pourtant ! » « À me dire ou à me lire ? » s'est-il aussitôt enquis en caressant frénétiquement la couverture de son ouvrage. « À vous dire, monsieur le directeur », ai-je répondu d'un air entreprenant… entreprenant et coquin. « Je vous écoute, je suis tout ouïe, depuis le temps que je vous répète que nous avons beaucoup à partager vous et moi. » « En effet, monsieur le directeur, je suis fébrile car… » « N'ayez crainte, Lisa, moi aussi, cette situation m'émoustille. Votre timidité m'excite, elle m'excite d'autant plus que je devine le tempérament de feu qui se cache derrière… un tempérament qui me donne envie de… ah, vous ne pouvez pas savoir ce qu'il me donne envie de vous… » « Sans vouloir vous ordonner quoi que ce soit, monsieur le directeur… » « Appelez-moi Frédéric, lorsque nous sommes seuls appelez-moi Frédéric, vous me ferez plaisir. » « Très bien, permettez-moi de vous demander de m'écouter à présent, Frédéric. » « Allez-y, Lisa, exprimez-vous ! Laissez jaillir vos réflexions les plus audacieuses ! Laissez parler votre corps s'il le faut, votre maturité, vos courbes si généreuses ! Laissez s'extérioriser l'intelligence de vos sens ! » « Mon intelligence justement, elle m'intime de vous informer qu'il y a un bruit qui court à votre sujet Frédéric. » « Ah et quel est-il ? Faites vite s'il vous plaît, qu'on passe à ce qui nous intér… » « Il se raconte un peu partout que vous êtes un immonde salopard. » « Pardon ??? » « Oui, vous avez bien entendu. Il se raconte dans tout Binkara que vous êtes un immonde salopard ou bien une infâme raclure, tout dépend. » « Tout dépend ? » « Tout dépend des femmes que vous avez pelotées et menacées si elles vendaient la mèche. » « Calomnie, pure calomnie ! Si vous êtes venue dans l'intention… » « Je suis venue dans l'intention de rétablir la vérité, je ne pense pas comme elles évidemment… » « Dieu merci, ça ne m'étonne pas de vous, Lisa, vous avez du discernement. Vous êtes à mille lieues de ces cent-vingt-neuf cruches décérébrées aussi bandantes que des épouvantails ! » « L'idée que je me fais de vous est assez différente en effet. À mes yeux vous êtes un pauvre impuissant qui n'a jamais été capable de faire jouir une femme, encore moins de l'aimer. Vos jeux libidineux ne servent qu'à dissimuler le fait que vous êtes inapte à tout acte sexuel. Votre perversité est un aveu de dérèglement mental, c'est une évidence, mais elle dénonce également vos déficiences physiques… En fait, les filles se trompent quand elles vous qualifient d'immonde salopard ou d'infâme raclure, c'est vous considérer comme un homme ; or, vous n'êtes pas un homme, vous ne l'avez jamais été et ne le serez probablement jamais. Vous êtes un gamin tout juste bon à jouer à touche-pipi, un minable petit puceau déguisé en adulte. Il était temps que quelqu'un apporte un rectificatif, n'est-ce pas, Frédéric ? » « UNE SEMAINE À L'ISOLEMENT, VOILÀ CE QUE VOUS AVEZ GAGNÉ ESPÈCE DE FOLLE ! » « Avez-vous déjà songé à consulter, Frédo ? Je me permets de vous appeler Frédo après les considérations on ne peut plus intimes que nous venons d'aborder vous concernant. » « Taisez-vous, ne m'adressez plus jamais la parole et sortez d'ici !!! Il me faut quatre gardes et sur-le-champ !!! Qu'on me foute immédiatement cette dingue au mitard !!! Pas une semaine mais deux !!! DEUX !!! »

Je ne suis pas passée par la case 18 B et j'ai directement atterri en cellule disciplinaire comme on dit pour être politiquement correct. J'étais tellement ravie que mon plan ait fonctionné à la perfection que j'en aurais pincé les fesses des quatre mammouths aussi dédaigneux que mutiques chargés de m'escorter. Quand ils m'ont poussée à l'intérieur et qu'ils ont verrouillé la porte derrière moi, j'ai eu un long soupir de soulagement. Un soupir dans lequel la joie n'était pas loin. Je n'ai pas mis longtemps à décider de ce que j'allais faire de mon après-midi, je me suis étendue sur le lit et j'ai savouré ma victoire. Je l'ai savourée jusqu'au soir où l'on m'a servi un bouillon ridicule dans lequel trois carottes et deux haricots blancs se battaient en duel. En avalant mon eau de vaisselle, je riais en repensant à la scène du matin. C'était si drôle de voir cet abruti de directeur en train de se décomposer ! Si je m'émerveillais d'avoir trouvé le courage de le ridiculiser, ce qui me faisait carrément jubiler, c'était d'avoir osé prendre symboliquement le dessus sur tous les hommes qui m'avaient rabaissée tout le long de mon existence. Mon père pour commencer, Samuel Ridley Harrisson un peu plus tard ainsi que tout un tas de tordus dont l'innommable cruauté me semblait purement et simplement inadmissible aujourd'hui.

Forte de mon... de mes succès, je ne me suis pas pour autant reposée sur mes lauriers et dès le lendemain, j'ai mis mon plan à exécution. Un plan qui consistait à profiter du calme et du silence inhérents au cachot pour me remettre au travail et m'y remettre à fond. J'avais tout prévu. Je consacrerais les matinées à la composition des textes et les après-midis à la mémorisation. Si je réussissais à suivre ce programme et à le suivre à un rythme soutenu — ce dont je ne doutais pas puisque je me sentais particulièrement en forme — dans quinze jours, je serais sûrement en mesure de m'enorgueillir de ma progression.

Dont acte. Le mercredi 7 février juste après le petit déjeuner, c'est-à-dire dès sept heures trente du matin, je me suis retroussé les manches sans perdre une minute. Quelle félicité ! Au-delà même de ce que j'avais envisagé, l'inspiration a immédiatement été au rendez-vous, la composition facile, phrases, paragraphes, parties, sous-parties jaillissant spontanément comme dictées par une entité supérieure. L'âme d'un écrivain disparu peut-être, m'arrivait-il de penser dans mes heures les plus mystiques, un écrivain plein de compassion qui, me découvrant si novice, se serait décidé à voler à mon secours. Toujours est-il que la magie était là bien présente, celle du récit mais également celle du plaisir que j'avais à marier les histoires entre elles après les avoir développées avec justesse, cohérence et émotion. Le plus d'émotion possible sinon à quoi bon… J'ai parlé de travail un peu plus haut mais non, c'est totalement faux et tellement réducteur de présenter les choses ainsi. Ce qu'il faut dire, ce qu'il est exact d'affirmer, c'est qu'il n'y a pas un matin où je n'ai été littéralement happée par l'énergie des mots, secouée par leurs muscles, leur ossature, leur roulis. Car oui, pour ceux qui l'ignorent, les mots ont des mouvements qui leur sont propres, un déhanché particulier quelquefois, une danse du ventre même, qui, si vous êtes parfaitement en harmonie avec eux, en osmose, provoquent en vous une ondulation mystérieuse et des remous organiques à vous donner le tournis. Je ne parle pas d'une agitation stérile du corps et de l'esprit comme lorsqu'on s'éparpille dans tous les sens, une agitation qui ne rime à rien, je parle d'une montée intérieure grandiose, une montée qui vient de l'abdomen, s'empare de tout votre être et l'ensorcelle jusqu'à vous faire le même effet que si vous étiez assis au sommet d'une dune de sable en plein désert saharien à vous laisser mordre par l'incandescence d'un coucher du soleil. Je persiste et je signe, il n'y a pas un matin où confinée dans mon réduit, le pouvoir cosmique des mots ne m'ait transportée tout près des cieux, non loin des dieux.

Idem pour la mémoire. J'apprenais avec tellement d'aisance que c'était à se demander si mon cerveau n'avait pas attendu cette expérience extrême du cachot pour donner le meilleur de lui-même ! Comme si la privation de tout lui donnait subitement davantage de potentiel, d'essor, d'élasticité, d'appétit. Comme si l'ascétisme du lieu et des conditions de vie favorisait son expansion, accroissait ses capacités, les surmultipliait. Les résultats étaient si prodigieux qu'il m'arrivait de me prendre pour une machine enregistreuse, un ordinateur, un magnétophone ou un perroquet bien dressé. Avec mes horaires ultra-cadrés et mes activités on ne peut plus compartimentées, je me faisais surtout penser à une fonctionnaire zélée se rendant au bureau du lundi au vendredi. L'image n'était pas sans m'amuser, toujours est-il que ma créativité décollait et que je m'éclatais...

MARITZÉ

Samedi 24 février 2024

Juste avant que Lisa parte au gnouf, je lui ai raconté mon histoire. Je suis en confiance maintenant avec elle, je sais qu'elle se moquera pas et qu'elle ira pas non plus cafter. Ça fait longtemps que je voulais lui faire des révélations sur ma vie. Mon objectif, c'est qu'elle les écrive pour qu'un jour Vicky connaisse la vérité, qu'elle sache exactement ce qui s'est passé. Je veux qu'elle puisse se faire sa propre opinion.

« — J'ai échoué à Binkara dans un état lamentable le 6 janvier 2023, c'était la veille de l'anniversaire de ma p'tite fleur, elle allait avoir huit ans. À cette époque, elle et moi, on habitait dans une résidence de Saint-Martin-d'Oney dans les Landes depuis plusieurs années, une résidence pas très grande et plutôt chouette. Notre appartement était pas immense mais il me serait jamais venu à l'idée de me plaindre vu que je l'avais obtenu grâce à la cousine d'une copine qui bossait à la mairie. Un sacré coup de piston qui m'a bien dépannée quand je me suis retrouvée seule avec ma fille. Bref, non seulement le loyer était bon marché mais juste en bas de chez nous, y avait une aire de jeux pour les gamins et à deux pas, une supérette, une boulangerie, le coiffeur, un bar-tabac et même une pizzeria où on est allées qu'une seule fois mais bon, quand même, ça faisait de l'animation ce resto dans le quartier. Ça faisait un peu comme si on habitait une grande ville. Vicky adorait la décoration de la vitrine sur laquelle était tagué un gros pizzaïolo moustachu qui faisait tournoyer une Margherita multicolore jusqu'à la Lune. Pour se rendre à l'école on devait marcher dix minutes, onze minutes quarante-trois exactement d'après Vicky qui passait son temps à chronométrer. Quand j'avais des sous et qu'il faisait vraiment trop mauvais, je la mettais dans le bus mais en vrai, je préférais l'emmener. Ça nous faisait une promenade. Vicky chantait des chansons de dessins animés ou bien elle me lisait les affiches des publicités. Les matins où je commençais à l'aurore chez **Farinet**, c'était le père de Nicolas, un copain de sa classe, qui passait la chercher en voiture. J'aimais bien et j'aimais pas, on sait jamais à qui on confie ses gosses. Sinon on s'arrangeait avec la maman de la petite Coralie, une maman célibataire elle aussi. Une femme adorable, très douce et très serviable. Je préférais plutôt qu'un bonhomme.

On roulait pas sur l'or, Vicky et moi, on voyait pas grand monde et on faisait pas grand-chose mais on était bien. On vivait en vase clos comme on dit. On formait une mini-famille à toutes les deux et ça nous bottait au final. Moi du moins. Vicky aurait voulu inviter des amis le dimanche mais je freinais des quatre fers. On sait jamais qui est-ce qu'on fait entrer chez soi. C'est qu'après... bien longtemps après que j'ai réalisé que peut-être elle étouffait avec moi, qu'elle s'ennuyait, qu'elle me trouvait trop bête et pas assez cultivée, elle qui était déjà si intelligente à la maternelle. Je mens pas, toutes les maîtresses s'accordaient pour le dire. Le samedi soir, elle faisait des colères des fois. Je mettais ça sur le compte de la fatigue mais c'était de l'angoisse aujourd'hui je crois, des peurs qui devaient l'envahir et dont elle osait pas me parler. J'ai jamais été très causante sur le départ de son père. J'ai jamais été très causante sur les dettes qu'il m'avait laissées sur les bras, des dettes qui m'empêchaient de dormir et qui devaient me rendre lointaine, cassante aussi et pas toujours à l'écoute. Je lui faisais des câlins pourtant à ma fille, je l'aimais à la folie sauf que quand j'y réfléchis maintenant, je réalise que je lui ai jamais vraiment exprimé avec des mots. Ça allait de soi pour moi, je me posais pas plus de questions que ça mais peut-être qu'à force de me voir toujours absorbée par mes soucis, elle se sentait rejetée, mise à l'écart même si on était en permanence l'une avec l'autre. C'est certainement pour ça qu'elle a toujours dessiné des cœurs partout Vicky, sur les murs, les fenêtres, le parquet, le frigo, la télé, les escaliers sans oublier l'entrée de l'immeuble ! Même que ça me mettait dans une rage dingue vu que le directeur des HLM devait pas en raffoler, lui, des cœurs peinturlurés au feutre rouge qui lui bousillaient ses tapisseries et son hall ! Quand j'ai eu suffisamment d'économies pour lui acheter un vélo à ma p'tite fleur, tous les samedis après-midi on est allées au bois qui se trouvait à moins d'un kilomètre. Fallait voir le spectacle ! À chaque dérapage, elle me criait : « Mamaaannn, regaaarrrdeee, je m'envooole !!! » Je la félicitais évidemment, même si j'étais morte de frousse qu'elle se casse un bras ou une jambe. Bon, bref, tout ça pour expliquer qu'on avait notre rythme, nos habitudes, nos plaisirs et que tout ça aurait pu durer jusqu'à la fin des temps si une connasse était pas venue s'installer juste à côté de chez nous. La porte d'en face, putain crotte, pile en face ! Une connasse qui m'a tout de suite prise en grippe parce que son mari me reluquait d'un peu trop près soi-disant. Je m'en cognais moi de son mari, je m'en suis toujours cognée des hommes de toute façon.

Au début, elle s'est contentée de coller du chewing-gum sur mon paillasson. Après elle m'a volé du courrier, puis elle s'est mise à raconter à tous les commerçants des alentours que j'étais une Marie-couche-toi-là. Quand elle a fait en sorte que la rumeur arrive jusqu'aux oreilles de ma fille, j'ai vu rouge mais j'ai réussi à garder mon calme. À part que je l'ai payé cher, mon eczéma qui s'était plus ou moins calmé a subitement refait des siennes. Les crises étaient tellement fortes que j'étais obligée d'aller régulièrement chez le pharmacien. Un soir, alors que j'étais en train de lui montrer mes bras bien amochés, quelqu'un m'a tapé sur l'épaule. Je me suis retournée, c'était elle. « Alors, ça gratte, ma pauvre chérie ? », elle m'a fait tout sourire avant de lancer bien fort : « C'est que ça la gratte de partout à celle-là ! » J'ai laissé tomber mon porte-monnaie et, rouge de honte, je me suis enfuie en oubliant ma pommade sur le comptoir. Les moqueries ont continué non-stop pendant plusieurs mois sans que je me défende, sans que je puisse demander une explication, une trêve, des excuses encore moins, sans que je sois capable d'articuler quoi que ce soit. J'étais tétanisée à un point tel que lorsque j'avais le malheur de me retrouver dans l'ascenseur avec elle et qu'elle faisait exprès de m'écraser les pieds de tout son poids, soit quatre-vingt-dix kilos au bas mot, je bougeais pas d'un iota qu'y ait du monde ou pas. *Idem* quand elle me tirait les cheveux, qu'elle me piquait des provisions dans mon sac ou qu'elle se bouchait le nez comme si je sentais mauvais. Bref tous les jours c'était le même cinéma, je bouillais, j'encaissais, je gardais tout à l'intérieur. La nuit, je me grattais en me traitant de tous les noms parce que c'était impossible pour moi de trouver le courage de répondre à ses attaques. Je me détestais, je la haïssais, elle me faisait vivre un enfer... mais c'était rien à côté de ce qui allait arriver. Écoute ça, Lisa... écoute-moi bien.

Un après-midi y a eu l'humiliation de trop, celle qui m'a fait péter un boulon. Je précise que c'était mi-décembre, que j'étais complètement crevée à cause des trajets que je me tapais le matin à vélo sous moins deux, moins trois, moins cinq degrés des fois pour aller au boulot. Sans compter que j'avais les huissiers au cul à cause des dettes de mon ex et que je me demandais comment est-ce que j'allais bien pouvoir acheter des cadeaux à Vicky pour Noël... Je te dis pas ça pour me chercher des excuses, Lisa, pas du tout, juste pour que tu comprennes le contexte, que tu saches que j'étais totalement à cran. C'était un après-midi donc. Vicky était à l'école, c'était pas encore tout à fait les vacances. Moi, c'était mon jour de repos. Je faisais le ménage quand l'affreuse a tapé chez moi. J'ai ouvert et voilà ce qui est sorti de sa grande gueule. « Faudrait dire à votre Gitane de fille d'arrêter d'écrire **Love Queure Love** sur ma boîte aux lettres, d'autant qu'elle est pas très douée en orthographe. Si ça continue, je vais porter plainte à la police pour dégradation des lieux. J'aurais dû le faire depuis longtemps d'ailleurs, avec les Bohémiens ça finit toujours au poste de toute façon ! »

J'ai pas prononcé une parole, ni un « oui, d'accord, très bien » ni « merde », rien. J'ai juste senti une pierre grossir en moi, un énorme rocher qui l'aurait décapitée direct si j'avais ouvert la bouche. J'ai fait un pas en avant, j'ai mis une main sur sa poitrine et en plantant mes yeux dans les siens, je l'ai poussée dans son appartement. J'ai continué comme ça tout le long du couloir, elle reculant d'un air pas vraiment rassuré et moi avançant avec une expression très déterminée au contraire, plus déterminée que jamais. Quand on est arrivées dans sa cuisine, je lui ai envoyé une gifle qui l'a presque assommée. Une seconde encore plus forte puis une troisième qui a claqué comme un pétard. C'est là qu'elle a commencé à crier. « Au secours, au secours ! » Pour la faire taire, j'ai saisi une casserole et je l'ai frappée sur la tête. Je me souviens que lorsqu'elle a passé ses doigts sur son crâne, elle m'a fait penser à une vache en train de se frotter les fesses contre une barrière. J'ai trouvé ça formidable de l'imaginer en bovidé... ça lui allait comme un gant, alors ni une ni deux, je lui ai donné un coup dans les tibias pour voir comment elle allait réagir. Je m'attendais à ce qu'elle fasse le héron à cloche-pied ou bien l'autruche, le dindon, je m'attendais à un truc drôlissime où elle se serait bien ridiculisée. Eh ben, non pas du tout, elle a simplement gémi. Elle souffrait pourtant, le tibia ça fait des dégâts. J'ai recommencé parce que j'étais vraiment déçue. Elle a encore chouiné, elle savait rien faire d'autre apparemment. Je m'apprêtais à rentrer chez moi quand elle a attrapé une cuillère en bois pour me l'enfoncer dans l'œil. En voulant l'éviter, avec mon coude j'ai renversé la friteuse qui était allumée. L'huile s'est répandue sur un mur, sur le carrelage qui s'est transformé en vraie patinoire et sur les rideaux qui ont rapidement pris feu. Le temps qu'on se regarde, la grosse vache et moi, qu'on se demande ce qu'il fallait faire, qu'on tourne le robinet, qu'on jette de l'eau par-ci par-là, qu'on ouvre une fenêtre et les flammes ont grossi à une vitesse incroyable embrasant un torchon, des serviettes, un journal qui était ouvert sur la table et… et puis, on s'est mises à courir en appelant à l'aide. En deux temps trois mouvements, le couloir était plein de fumée. Ça puait le plastique fondu, c'était irrespirable mais tant pis, on a quand même tambouriné chez les gens pour les faire déguerpir. À bout de souffle, on a fini par sortir. Une fois dans la rue, on s'est aperçues que les flammes avaient fait exploser plusieurs vitres de l'appartement et commençaient à gagner celui du dessus, alors je me suis précipitée sur un passant pour qu'il téléphone aux pompiers. Ben, ouais, on s'était carapatées sans rien, ni nos sacs, ni nos clefs, rien.

L'autre, elle chialait assise sur le trottoir, son visage caché sous un foulard. « Vos gosses, y sont à l'école au moins ? » je lui ai demandé. « Oui, par la grâce de Dieu ! », elle a répondu avant de tourner de l'œil. « La mienne aussi !!! », j'ai enchaîné rien que pour le bonheur de me l'entendre dire et je me suis mise à prier. Je sais pas qui, je sais pas quoi mais j'ai commencé à implorer une force supérieure, un magicien, un sorcier, un super-héros, pour qu'ils arrêtent l'incendie sur-le-champ. « Pendant les cinquante prochaines années, je promets de faire tout ce que vous voudrez, absolument tout ! », je répétais en faisant les cent pas.

Des curieux, y en avait des dizaines et des dizaines quand les pompiers sont arrivés. La police a fini par se pointer elle aussi, et puis le SAMU. Après… eh ben, après… j'ai pas les mots, Lisa, pour t'exprimer ce que ça m'a fait quand les pompiers ont descendu deux corps par l'échelle. « Ils sont pas morts… hein… ils sont pas morts ? », j'ai fait à un inconnu en le secouant par le bras. « Peut-être qu'ils sont juste intoxiqués », a articulé une voix masculine avant qu'une autre réplique : « C'est fini pour eux. Paix à leur âme ! » Après j'ai titubé jusqu'au camion des flics, je me souviens que la nuit était tombée. « C'est moi qui ai fait ça, mais faut absolument que quelqu'un s'occupe de ma fille. Par pitié, punissez-moi, mais touchez pas à Vicky ! » C'est seulement deux jours plus tard, pendant un interrogatoire que j'ai appris que les victimes étaient la petite Coralie et sa maman. La gamine avait pas encore cinq ans. Ce jour-là elle était à la maison parce qu'elle avait une angine, c'est sa mère qui la gardait. »

POPPY

Pour une raison que j'ignore, *El amor es un huracán* a été déprogrammé. En même temps depuis la disparition de Manuela, la telenovela avait perdu tout son intérêt. À la place on nous a refourgué un mélo péruvien copieusement déprimant dans lequel de sombres affaires politico-financières s'entremêlent à des histoires de fesses plutôt tristounettes, tout ça dans un Lima poussiéreux et décati malgré une débauche de décors en carton-pâte. Ils sont loin les ongles manucurés de Manuela et Dolores, leurs robes à froufrous moutarde et carotte, leurs rouges à lèvres écrevisse, leurs rires tonitruants et leurs crises d'hystérie tout aussi pétaradantes…

Un malheur n'arrivant jamais seul, cette nuit, j'ai rêvé que je conduisais ma *Mercedes* sur les routes de l'agglomération bordelaise. Jusque-là pas de drame sauf qu'au détour d'un carrefour, la voiture a glissé sur une plaque de verglas faisant une gigantesque embardée puis quelques jolis tonneaux avant de renverser une malheureuse piétonne qui passait par là. Ma porte étant enfoncée, j'ai tout de même réussi à sortir pour me précipiter sur la victime qui n'était autre que… MOI !!! Oui… moi… Poppy… aplatie comme une crêpe… aussi mince que du papier à cigarettes… définitivement rayée de la planète des vivants.

Si je rêve c'est que je dors et si je dors, c'est que Maritzé ne se gratte plus ou quasiment plus. Lisa a été envoyée au mitard quinze jours. Son absence m'a davantage déstabilisée que réjouie pour la bonne et simple raison qu'elle m'a permis de faire une constatation sidérante : Maritzé a cessé d'avoir peur de moi. Je ne l'impressionne même plus. Désormais, elle est comme un mur métallique contre lequel je me cogne et je glisse lamentablement n'ayant plus aucune prise. Cette découverte a eu une conséquence des plus tragiques puisqu'une terreur intense s'est aussitôt emparée de tout mon être. Une sensation d'épouvante oppressante et diffuse que je m'efforce en permanence de dissimuler ou de rentrer en moi plutôt, de sorte que j'ai l'impression de passer mon temps à avaler un gros ours, un énorme pachyderme tout en ayant l'air de rien. Non, un sous-marin… je suis habitée par un sous-marin de plusieurs tonnes qui est en train de me faire couler à pic…

LISA

Du plus loin que je me souvienne, j'ai toujours attendu. D'ailleurs si je devais résumer ma vie en un mot, je ne choisirais ni le voyage ni l'aventure encore moins l'argent, le travail, la fête ou la réussite ni même l'amitié, indiscutablement je dirais que j'ai été suspendue. Suspendue à un rêve, à un espoir quand ça n'était pas à une histoire d'amour… quoi qu'il en soit, suspendue.

Enfant, je n'aspirais qu'à être adulte pour ficher le camp de chez moi. Une fois en Californie, je n'ai eu de cesse quand je suis arrivée de convoiter le meilleur quartier puis le job le plus intéressant, la reconnaissance, les cercles privés les plus prestigieux, les réceptions les plus drôles et les artistes les plus prisés. Ensuite, j'ai multiplié les croisières et road trips en tout genre. Pas forcément pour voir du pays, pas vraiment pour rencontrer de nouvelles peuplades, pour entrer en contact avec des civilisations différentes, des cultures qui m'étaient étrangères mais plutôt pour alimenter la croyance qui m'habitait selon laquelle le bonheur se trouvait forcément ailleurs, sous d'autres latitudes ou sous d'autres formes encore telles qu'un objet précieux, un projet rare, une rencontre enthousiasmante, une passion ébouriffante, bref une possibilité insolite qui m'épanouirait entièrement dès l'instant où elle me tomberait dessus.

Dans la même veine pendant très longtemps j'ai été complètement obsédée par mes kilos, là encore en quête du poids idéal. À part que chaque fois que je touchais au but c'était irrémédiablement le même scénario, je me lamentais ne le trouvant jamais suffisamment correct. Conséquence, je continuais à m'affamer alimentant paradoxalement mon appétit pour le manque, mon goût maladif pour l'insatisfaction. Ça y est, c'est dit, j'ai craché le morceau, le mot est lâché : insatisfaction. Je n'ai pas d'autre choix que de me l'avouer aujourd'hui, je n'ai jamais su exister autrement qu'en ayant au plus profond de moi un manque abyssal, une béance, un trou impossible à combler. Avec le temps j'en ai même fait un sport, une religion… une jouissance !!! Pourquoi ? Tout simplement parce que ne jamais être rassasié, demeurer dans un inassouvissement permanent, le nourrir, c'est une façon d'apporter à son quotidien de la lumière, du panache, des palpitations, celles des lendemains qui chantent, celles d'un âge d'or béni où plus tard, tout sera forcément merveilleux, pétillant, éclaboussant, sinon parfait du moins faramineux... sans jamais s'exposer au moindre risque.

Cette manière de sacraliser l'espérance, de fouetter la promesse de tous les possibles, je ne l'ai jamais autant ressentie que dans l'ébriété. Pas n'importe quelle ébriété cependant, pas avec n'importe qui, ni n'importe où évidemment... je m'explique...

Avec Daisy, très vite après notre rencontre, nous avons pris l'habitude d'écumer pléthore d'hôtels à la mode, pas seulement aux États-Unis mais un peu partout dans le monde. Pour elle autant que pour moi, notre préférence allait incontestablement vers les atmosphères élégantes et feutrées des salons Art déco. Au fil des années nous avons visité bon nombre d'alcôves aux tapisseries épaisses, aux drapés chauds et moirés, aux éclairages discrets propices aux confidences les plus intimes. Notre plaisir lorsque nous poussions la porte d'un palace postmoderne de New York, Tanger ou Paris, c'était de songer que le soir venu, nous découvririons son bar. Car Daisy et moi avions « nos rendez-vous cocktails » comme nous aimions les nommer. Des rendez-vous que nous habillions inconditionnellement de luxe, de parfums musqués, d'étincelles dans les yeux et d'un brin de snobisme. Si Daisy était fana du Gin Ginger Al, j'étais une inconditionnelle du Green Sugar, une boisson spécialement créée pour moi — à l'époque où j'ai commencé à connaître une vraie notoriété — par le délicieux barman du non moins exquis *Sinbadaref*, un des hôtels les plus en vogue de Los Angeles dans les années 1990 et 2000.

Au sommet du *Sinbadaref*, confortablement installée dans un fauteuil modèle Hollywood — ça ne s'invente pas — à peine mes lèvres touchaient-elles le verre à cocktail qu'aussitôt la machine se mettait en route. J'étais avec Daisy, je communiquais avec elle mais dans le secret de mon cœur, j'avais déjà embarqué à l'intérieur d'une fusée qui me menait droit vers un futur imaginaire et splendide. Silencieusement, je surfais sur des projections oniriques où je me voyais belle, sûre de moi, mince et aimée naturellement... À mesure que mon front et mes joues rosissaient, je galopais au gré de mes fantasmes de surpuissance mais sans jamais rien en révéler bien sûr. J'étais avec Daisy, je le répète, même si je menais en parallèle un dialogue avec moi-même, une conversation souterraine où chaque sensation, toutes les images étaient une idéalisation, un embellissement, un travestissement avantageux de la réalité, la mienne du moins.

Bien que le dieu du shaker du *Sinbadaref* n'ait jamais accepté de me dévoiler sa recette, à force de fréquenter son inimitable breuvage, malgré le caractère approximatif des proportions, j'ai fini par en identifier la composition : caïpirinha, cachaça, vodka, citron vert, sucre roux, glace pilée plus une larme de curaçao, un soupçon de jus de tomate et peut-être même un chouia de Tabasco. Déduction qui me permettait d'exiger, à chaque fois que j'allais m'encanailler dans telle ou telle réception — Daisy et moi avions également le nez creux pour dégoter les garden-partys les plus chics et les plus déjantées — qu'on me servît dès mon arrivée un généreux Green Sugar. MON GREEN SUGAR !!! Le soleil vert qui, à la seconde où il se diffusait dans mes veines, me faisait voir la vie en rose.

Petit à petit, j'en suis venue à me faire mes Green Sugar maison. Je me vois encore quelques années en arrière à la tombée de la nuit, assise au premier étage de ma propriété, la fenêtre de ma chambre grande ouverte, à siroter verre sur verre tout en fixant du regard les deux rangées de palmiers qui bordaient mon jardin, des palmiers secoués par les vents tièdes et secs de Santa Ana. Me revient, comme si c'était hier, le bruit du moteur de la *Buick Riviera* de mes voisins qui roulait lentement sur le gravier pour rejoindre leur garage, un bruit sourd, velouté, aussi léger que les pattes d'une panthère foulant un tapis de broussailles. Qu'elles étaient douces ces heures de divagations sucrées, de méditations sirupeuses, douces et grisantes, des heures bercées par l'expectative d'un avenir que je n'envisageais pas autrement qu'étourdissant. Je ne compte plus les soirées passées à rêver au grand amour ni celles consacrées à tenter de percer le mystère des couchers de soleil auquel j'avais droit presque chaque soir, j'y ai mis autant de ferveur que lorsque je me suis donné pour mission de deviner celui de mon cocktail chéri. Généralement, l'orange clair niché à la pointe du ciel se transformait progressivement en oranger vif pour devenir légèrement rose puis bleu clair. Mais ce qui me laisse le souvenir le plus ému, ce sont ces longs moments où j'observais en cachette Danzel, le jardinier. Un homme d'origine ivoirienne à la peau noire comme du goudron, doux comme un agneau, d'humeur toujours égale, parfaitement serviable et complètement taiseux. Un homme dont l'immense bonté transparaissait à chacun de ses gestes, au moindre de ses sourires. Un homme dont j'aurais éperdument désiré qu'il m'entraînât dans sa cabane à outils pour m'embrasser fougueusement en caressant tout mon corps. Les jours où il venait, je forçais la dose d'alcool de mon — mes — Green Sugar et je me positionnais dans un angle bien précis pour ne louper aucun de ses déplacements. Tandis qu'il ratissait, je l'imaginais passer ses mains sur mes fesses. Alors qu'il se baissait pour ramasser des fleurs fanées, je frissonnais en songeant qu'il pourrait se coucher sur moi avant de me prendre sans un mot, à peine déshabillée, dans un entrelacs de râles enflammés et de soupirs exaltés. J'aurais donné n'importe quoi pour qu'il me supplie de le rejoindre tant il m'excitait, tant j'avais envie qu'il me morde les seins, qu'il me pétrisse les reins, qu'il m'apprenne l'amour, le vrai, celui qui brillait au fond de ses yeux. Celui dont il devait combler son épouse pour laquelle je savais qu'il avait le plus grand respect. À la place, lorsqu'il s'en allait, je lui lançais comme une pierre : « À mardi ! » « Au revoir, madame Lisa, bonne semaine... », répondait-il invariablement sur le même ton poli. Un après-midi où ma frustration débordait plus que de coutume, je lui ai injustement reproché d'avoir mal coupé la haie avant de le regretter aussitôt.

Car voilà bien ce qui a fini par advenir, l'ivresse a lamentablement viré en gueule de bois. De simples divagations fantaisistes, de gentilles fictions érotico-romantiques, je suis passée à des réflexions et des sentiments plus amers sinon des idées noires et pas seulement à cause de Danzel bien sûr ni même à cause du Green Sugar, ce dernier ayant simplement accéléré ma chute...

Je l'ai expliqué plus haut, au lieu de vivre je n'ai fait qu'aspirer à vivre. J'ai sempiternellement remis à plus tard quantité de succès et de joies que j'aurais certainement pu obtenir au présent pour certains si je m'en étais donné les moyens. J'ai cultivé une insatiabilité forcenée pour me faire croire que la plénitude était pour demain mais c'était sans compter l'écueil fatal qu'il y a à fonctionner de la sorte, celui de n'exister que dans le mental, la pensée, l'illusion, à travers le concept du bonheur, le concept seulement et certainement pas le bonheur lui-même. Autant l'affirmer clairement, à force de demeurer hors du réel en courant après tout un tas de chimères, à force d'échafauder mon destin au lieu de le laisser spontanément se dessiner, j'ai pipé les dés pour ne récolter que des drames et des larmes au final.

Ça n'est qu'ici, en prison, que j'ai ouvert les yeux sur mon incapacité à appréhender la réalité, sur mon inaptitude à affronter mes démons car bien sûr, je n'aurais pas passé toute ma vie à multiplier les leurres si je m'étais acceptée telle que j'étais, si j'avais eu davantage confiance en moi et si je m'étais remise en question sur mes fiascos amoureux. C'est ici encore que j'ai compris que je m'étais inconsciemment « amenée à Binkara » pour sortir définitivement de mes hallucinations, pour m'extraire de mes mirages, pour stopper mon parcours… en trompe-l'œil ! Oh, ça n'est pas venu tout de suite évidemment, plutôt lentement au contraire, jusqu'à ce qu'un jour, confinée dans mon minuscule cachot, je remarque que j'avais cessé de souffrir. Parfaitement, c'est bien au milieu de cet obscur cagibi, au cœur de cette niche oppressante que la plupart des prisonnières redoutent que tout a radicalement changé. Changé pour le meilleur.

J'étais en train de composer mentalement mon livre dans la nudité de mon réduit quand je me suis aperçue que je n'avais plus du tout envie d'être quelqu'un d'autre et que mon incessant besoin d'être ailleurs s'était tari lui aussi. En écrivant, j'étais en si totale symbiose avec moi-même que tout délire fantasmagorique n'avait soudain plus lieu d'être. L'unité était telle qu'il n'y avait plus de place pour aucun fantôme. Pourquoi alors continuer à entretenir les convoitises puisque j'étais parvenue à destination, c'est-à-dire aux entrailles de ma personnalité, à mon centre ? Un centre subitement affranchi de toute attente, de toute appétence, de toute pression, de tout orgueil, de tout espace temporel où je n'étais plus esclave de rien, pas même du plaisir de créer, où le seul fait d'être assise sur les couvertures miteuses de mon lit me satisfaisait minute après minute, seconde après seconde.

À partir de cet instant, tout a été différent. Peu m'importait que mon ouvrage aboutisse ou pas. Peu m'importaient la durée et les conditions de ma détention. J'avais atteint un non-vouloir absolu, un renoncement qui me donnait un sentiment de béatitude incomparable qu'aucun Green Sugar n'aurait été capable d'égaler, aussi sublime fût-il. À partir de cet instant, j'aurais pu mourir car je savais enfin ce que vivre signifiait.

MARITZÉ

Mercredi 20 mars 2024

— Ah, bonjour, Maritzé, asseyez-vous, je suis bien contente de démarrer mes consultations avec vous aujourd'hui. Vous n'ignorez pas que c'est le premier jour du printemps… et le printemps, c'est quoi ?

— C'est chouette !

— Outre le fait que ce soit chouette, c'est la saison des petites fleurs et les petites fleurs, ça vous connaît !

— Ah ouais, ça, c'est pas faux.

— Qu'avez-vous envie d'évoquer ce matin, Maritzé ?

— Ben justement, y a un truc que j'ai complètement oublié de vous dire, madame Charles, quand je vous ai raconté pour la lettre à Jean-Marc.

— La lettre de Jean-Marc… celle qu'il vous a envoyée ?

— Voilà.

— Allez-y, je vous écoute.

— En fait, dans son courrier, il m'explique qu'il a appris que la Viquoque était une gosse de la DASS. Ses parents lui flanquaient des roustes, à c'qui paraît, même qu'elle a bien failli y passer. À la fin, Jean-Marc ajoute que son point de vue sur elle a changé, qu'il a très longtemps considéré qu'elle était le diable, le diable incarné, mais que maintenant il croit plutôt que c'est une malade. Malade, c'est le mot qu'il a employé, je me souviens.

— Et qu'est-ce que cela vous a fait d'apprendre l'histoire de la Viquoque ?

— Ça m'a fait bizarre, très bizarre…

— Mais encore ?

— Jean-Marc et moi, on a toujours été convaincus qu'elle faisait exprès de nous torturer, qu'elle...

— Que c'était intentionnel ?

— Hein ?

— Que c'était un choix délibéré ?

— Oui.

— Et à présent ?

— Ben à présent, on dirait que Jean-Marc l'excuse, qu'il lui trouve des circonstances atténuantes parce qu'elle vient de la DASS.

— Et cela vous paraît injuste ?

— Heu... c'est un peu plus compliqué qu'ça. D'un côté, je pense que c'est trop facile de passer complètement l'éponge sur son comportement, mais d'un autre... ça me touche quand même qu'elle ait été...

— Comme vous ?

— Comment comme moi ???

— Qu'elle ait été violentée comme vous ?

— La Viquoque et moi, faut pas nous mettre dans l'même sac !!!

— Je fais parfaitement la distinction entre elle et vous, n'ayez crainte. Je cherche juste à souligner le fait que toutes les deux, non seulement vous avez été des petites filles mais en plus, vous avez été des petites filles maltraitées.

— C'est drôle que vous disiez ça. C'est seulement le jour où elle est morte que j'ai réalisé qu'elle avait été une gosse elle aussi, ça m'était jamais venu à l'esprit avant. Au début, j'étais plutôt contente qu'elle ait calanché et ensuite, ça m'a gâché tout mon plaisir, ça m'a complètement coupé la chique...

— Êtes-vous d'accord avec moi pour affirmer que la Viquoque et vous avez un point en commun, et pas des moindres, qui est votre enfance ?

— Ouais... ouais, ça, j'suis d'accord.

— Quelle est ou quelles sont vos différences alors ?

— Y'en a des tas !

— Allez-y, citez-en quelques-unes.

— Bah, euh… c'est difficile… faudrait que j'y réfléchisse au calme, dans ma cellule…

— C'est très facile au contraire, pour moi, ça crève les yeux !

— Elle était grosse comme une baleine et moi maigre comme un clou !

— Oui, certainement… et d'un point de vue psychologique ?

— Comment ça ?

— Mentalement, qu'est-ce qui vous distingue l'une de l'autre ?

— Pfffeeeuuu, je sèche là…

— Pensez-vous que la Viquoque ait consulté un ou une psy dans sa vie ?

— Bah, noooon ! Elle était du genre à rester vautrée devant sa télé ou à ramasser des haricots verts dans le potager plutôt que… que…

— Plutôt que quoi ?

— Plutôt que causer avec un docteur.

— Plutôt qu'essayer d'agir pour éviter de reproduire sur de pauvres innocents les exactions qu'elle avait elle-même subies. Je me permets de vous rappeler que vous avez fait exactement le contraire, Maritzé. Vous vous êtes engagée dans votre thérapie car vous étiez résolue à sortir de ce cercle vicieux — et pas inévitable — des coups, de la brutalité et des sévices en tout genre. C'est parce que vous avez toujours été soucieuse d'épargner Vicky que vous avez eu le courage d'évoquer ici vos défaillances. Voilà bien ce qui vous éloigne diamétralement de la Viquoque, même si sa jeunesse et la vôtre se ressemblent.

— Et alors ?

— Alors, vous êtes entrée dans la conscience et elle non !

— Et alors ?

— Alors, il est peut-être temps de lui pardonner.

— Tiens donc et pourquoi j'ferais ça ?

— D'abord, parce qu'entrer dans la conscience, c'est accéder à la liberté… la liberté mentale qui est la seule et véritable liberté qui soit. Vous êtes peut-être physiquement en prison, Maritzé, mais vous vous êtes émancipée de la plupart de vos peurs, de vos souffrances, des liens problématiques qui vous enchaînaient à votre passé. Aujourd'hui, pardonner à la Viquoque, ce serait dire un adieu ferme et définitif à votre rôle de victime. Vous êtes un être évolué à présent, bien plus évolué qu'elle. Je rejoins l'avis de Jean-Marc, cette femme était malade en ce sens où elle était inapte à vous élever n'ayant pas réussi — ni voulu vraisemblablement — guérir de ses propres blessures. Elle n'avait pas votre force.

— Meuh... j'sais pas...

— D'ailleurs vous ne devriez pas seulement lui pardonner, vous devriez également la remercier car c'est en partie grâce à elle que vous avez atteint ce bel équilibre, cette maturité psychique et spirituelle qui n'est pas donnée à tout le monde. Même à l'extérieur, rares sont celles et ceux qui en sont là où vous en êtes, vous savez. Bon nombre d'individus, apparemment bien sous tous rapports, vivent entièrement ou partiellement sous le joug de leurs névroses. Nous évoluons dans un univers d'aliénés et, croyez-moi, ils sont loin d'être tous enfermés !

— C'est difficile ce que vous me demandez... mais là où je crois que vous avez raison, c'est que ça me bouffe de continuer à la détester...

— Bien sûr, vous perdez énormément de temps et d'énergie à la haïr. La colère prend encore trop de place dans votre cœur, une place qu'il serait bien plus judicieux de laisser à l'amour, celui que vous vous accordez désormais et celui que vous avez pour Vicky. Sans compter que vous vous êtes rapprochée de Lisa, que Jean-Marc est revenu vers vous... bref, vous avez de quoi faire pour les cinquante prochaines années au bas mot !

— Ouais, ce serait mieux, beaucoup mieux. Je sens qu'une page est en train de se tourner. Ça me perturbe mais je suis... heureuse... ouais, heureuse... j'en ai les larmes aux yeux...

— Je vous comprends, Maritzé, moi aussi je suis extrêmement émue. Quand je pense à la jeune femme abîmée que vous étiez quand vous êtes arrivée...

— Oh, là, là, pour rien au monde je retournerais en arrière !

— Ni vous ni moi n'en savons rien, Maritzé, mais peut-être que si vous n'aviez pas croisé la route de la Viquoque, vous n'auriez jamais fait ce travail de libération. Votre cauchemar a peut-être été une chance inouïe au final. En tous les cas, vous avez su transformer le plomb en or, vous avez été suffisamment curieuse et opiniâtre pour faire d'un grand malheur une occasion inestimable pour vous réparer et repartir du bon pied. C'est un miracle que vous en soyez là à cette heure, et celle qui, d'une certaine manière, en a été le médium, l'intercesseur, n'est autre que la Viquoque...

— Oh, les miracles, j'ai l'impression d'être en plein dedans... comme avant, quand j'étais gamine et que je me couchais dans l'herbe pour rêver en regardant le ciel. J'y voyais de l'espoir et maintenant, c'est comme si je le tenais entre mes mains !

— C'est joliment dit, très poétique...

— Putain crotte, mais oui, madame, ici j'ai capturé tout l'espoir du ciel !!! Ça me donne une envie de vivre que vous pouvez pas imaginer !!!

— Je suis absolument ravie de l'entendre. Passez une excellente journée, Maritzé, à bientôt.

LISA

Quand j'ai réintégré ma cellule, j'ai immédiatement aperçu Poppy pendue aux barreaux de la fenêtre. J'ai fait un pas en arrière avant de mettre aussitôt mes mains sur ma bouche pour couvrir mes cris, cris qui auraient inévitablement alerté les gardiennes. J'avais peur, je tremblais, j'avais des haut-le-cœur, cependant une curiosité irrésistible me poussait à me diriger vers le corps, une curiosité que je ne m'expliquais pas tant elle était supérieure à l'effroi. Ça n'est pas que j'étais particulièrement attachée à Poppy, la connaissais-je seulement, malgré tout c'était plus fort que moi, je voulais me rendre compte. Il fallait que je sois témoin de l'ultime décision de celle auprès de laquelle j'avais cohabité durant neuf mois.

Lentement, je me suis approchée en prenant bien garde de ne pas la toucher. Tandis que j'avais les yeux levés sur son cou qu'elle avait solidement noué avec la manche d'un de ses uniformes, certainement par mimétisme, je me suis arrêtée de respirer. Quand je m'en suis rendu compte, j'ai pris une profonde inspiration et j'ai poursuivi mon inspection. Je n'avais pas la possibilité d'observer son visage qui était beaucoup trop haut mais ce qui me frappait, c'était sa tête penchée en arrière comme si on l'avait lestée avec du plomb. Et puis ce silence, il me semblait si décalé par rapport à la gravité de la situation ! C'était presque une insulte faite à la morte. C'était comme si le monde entier lui tournait le dos, comme si on lui signifiait que sa disparition n'avait pas la moindre importance, son existence non plus par la même occasion. Tout d'un coup, j'ai eu de la peine. Une peine qui s'est accrue lorsque mon regard est tombé sur un petit morceau de peau entre ses chaussettes et le bas de son pantalon. Une peau blanche, une peau fine de femme, une peau douce apparemment qui ne ressemblait en rien à la personnalité violente et vindicative de la suicidée. « Une peau triste, une peau au désespoir », je me souviens m'être dit en ayant brusquement mal au ventre. J'étais sur le point de m'éloigner quand j'ai été attirée par un détail. Il y avait comme une bosse dans l'ourlet de sa chemise, quelque chose de blanc, un mouchoir peut-être… non pas un mouchoir. En prenant mille précautions, j'ai tiré dessus du bout des doigts et un papier est tombé. Un papier plutôt épais plié en plusieurs morceaux que j'ai glissé dans ma poche avant d'aller m'asseoir sur la petite table, me sentant de plus en plus nauséeuse.

C'est au moment où j'ai voulu prévenir les gardiennes que j'ai remarqué une tache de sang sur le sol. Sans bouger de ma place, j'ai examiné avec inquiétude Poppy en me demandant d'où il pouvait bien provenir. Si le cadavre commençait à saigner, il y avait peut-être un risque pour qu'il se vide ou qu'il explose sous la pression de la strangulation. Dans la foulée, je me suis mise à imaginer les cervicales en train de se rompre et la dépouille chuter tel un vulgaire sac de patates, ce qui m'a poussée à me déplacer vers la montagne de vêtements et de couvertures qui étaient éparpillés sur le lit de Maritzé pour en faire un matelas. C'EST ALORS QUE J'AI VU CE QUE JAMAIS JE N'AURAIS VOULU VOIR !!! Maritzé, la gorge tranchée de l'extrémité d'une oreille à l'autre, les yeux ouverts, figés et blanchâtres, sans la moindre expression, des yeux partis loin... très loin de Vicky, complètement absents, des yeux qui n'étaient plus des yeux. Maritzé recouverte de sang jusqu'aux dents, jusqu'aux ongles, jusqu'aux semelles de ses baskets, un sang grenat, épais, malodorant, un sang qui m'a sauté dessus dès que je lui ai pris le pouls. Un sang qui m'a maculé tout le bras lorsque j'ai appuyé sur son cœur pour le faire repartir. Même si la vie s'était définitivement enfuie, même si l'évidence était là devant moi, frondeuse, fielleuse, scandaleusement triomphante, je m'acharnais en répétant : « Non, Maritzé, tu ne peux pas me faire ça ! Allez, je t'en prie, secoue-toi, secoue-toi !!! »

Au bout de longues minutes d'efforts aussi inutiles qu'absurdes, rompue de fatigue, je me suis écroulée par terre. Au lieu d'appeler à l'aide j'ai insulté Poppy, je l'ai maudite, j'ai piétiné sa mémoire, j'ai voué son âme aux gémonies, comprenant soudain le pourquoi de mon voyeurisme malsain, réalisant qu'inconsciemment j'avais pressenti dès le départ que quelque chose clochait... sans aller jusqu'à deviner bien sûr que cette abominable bonne femme ait pu sauvagement assassiner Maritzé avant de mettre fin à ses jours.

Ensuite... eh bien, ensuite, la folie a continué. J'ai rampé jusqu'à mon lit et j'ai éclaté en sanglots. J'étais si brisée qu'il m'a fallu un certain temps avant de m'apercevoir de la présence d'un objet sous mes draps, une forme rectangulaire que je n'ai pas cherché à identifier tout de suite tant mon esprit était sens dessus dessous. Ça n'est que lorsque j'ai recouvré un minimum de lucidité et de calme que j'ai plongé mes mains sous les draps pour en retirer un sac en plastique noir à l'intérieur duquel se trouvaient une quarantaine de feuilles vierges ainsi que deux stylos, le tout accompagné d'un mot dont l'écriture élégante et stylée m'était parfaitement inconnue :

T'as intérêt à en faire bon usage, ma vieille !

Maritzé

LISA

Vendredi 5 avril 2024

Lorsqu'une certaine madame Charles a cherché à me voir, je n'ai eu aucune réaction. J'ai pensé qu'il s'agissait d'une énième infirmière qui voulait me faire une énième injection. Il faut dire que cela faisait quinze jours qu'on s'évertuait par tous les moyens à me bourrer d'une quantité astronomique de tranquillisants qu'avec une obstination sans borne, je refusais. Il était hors de question que je passe à côté de mon chagrin, je n'envisageais pas un seul instant de diluer Maritzé dans du Valium. Quitte à en perdre la raison, mon souhait était de vivre chacune de mes émotions, je tenais à ressentir jusque dans ma chair la douleur autant que le manque. Si je mettais un point d'honneur à ne pas étouffer artificiellement ma souffrance, c'est parce que j'avais le désir de prolonger ma relation avec Maritzé... une relation qui avait été si longue et si délicate à construire. La maman de Vicky existait toujours, du moins dans mon cœur et mes souvenirs et ça, rien ni personne ne réussirait à me l'enlever. Je n'étais peut-être qu'une citoyenne de seconde zone, mais je me reconnaissais encore le droit d'aborder mon deuil comme je l'entendais.

Toujours est-il que j'ai fini par me retrouver dans le bureau de ladite Charles. Au départ je n'ai pas bien compris à qui j'avais affaire. Était-elle médecin, juge, avocate, policière ? Me tendait-elle un piège, elle aussi ? Cherchait-elle à son tour à endormir ma tristesse et à assommer mes sentiments ? Par lassitude plus que par curiosité, je l'ai laissée s'exprimer.

En préambule, elle s'est présentée comme étant la psychiatre attitrée de Maritzé. Sans transition elle a poursuivi en insistant sur le fait qu'elle ne trahirait rien du travail thérapeutique qu'elles avaient mené ensemble, le secret professionnel étant autant valable pour les morts que pour les vivants. Elle garderait également le silence quant à tout ce qui serait prononcé lors de notre entretien. La direction n'était pas au courant de cette entrevue, il s'agissait là de sa propre initiative.

Compte tenu des rapports que j'entretenais avec Maritzé — des rapports dont elle avait suivi toute la progression — madame Charles considérait qu'il était légitime que j'aie connaissance de certaines informations la concernant, à commencer par le résultat du rapport d'autopsie.

« Ma proposition ne tient que si vous êtes d'accord évidemment », a-t-elle ajouté en plongeant son regard indigo dans le mien. « Bien sûr, vous avez très bien fait », ai-je répondu avec gratitude, mon impression première étant que cette femme avait sinon de l'affection, du moins du respect pour son ancienne patiente. Un respect qu'elle lui témoignait jusqu'au bout, quitte à prendre le risque de se mettre à dos toute sa hiérarchie si je parlais.

Voilà comment dans la minute qui a suivi, j'ai appris que Maritzé avait été égorgée avec une paire de ciseaux que Poppy s'était procurée en échange de médicaments dont des anti-inflammatoires, des antihistaminiques et des neuroleptiques. Ciseaux qu'elle avait ensuite consciencieusement rincés avant de les dissimuler sous la télévision. On évaluait l'heure du décès aux environs de quatorze heures, entre quatorze heures et quatorze heures trente précisément, le 20 mars dernier, soit à peu près quatre heures après sa dernière séance avec madame Charles. On ne notait aucun acte de violence préalable. Maritzé ne s'était ni battue ni défendue, certainement avait-elle été tuée pendant qu'elle faisait la sieste ? Les légistes qui avaient pratiqué l'autopsie indiquaient qu'elle était décédée rapidement, la section de la carotide ayant entraîné une baisse de la tension artérielle quasi instantanée puis une hémorragie externe massive tout aussi soudaine avant l'arrêt pur et simple des organes vitaux majeurs.

Quant à Poppy elle ne s'était pas pendue immédiatement après, les légistes étaient formels sur ce point. Qu'avait-elle fait entre le meurtre et son suicide, ça, ils n'en savaient rien, mais ce qui était sûr et certain c'est qu'une bonne heure s'était écoulée entre les deux. Juste pouvaient-ils supposer que c'était le laps de temps qu'il lui avait fallu pour faire un, voire plusieurs essais de nœuds, pour évaluer la distance entre les barreaux et le sol, pour hésiter aussi éventuellement...

Ensuite contrairement à sa victime, son cœur n'avait pas tout de suite cessé de battre, la rupture des vertèbres cervicales n'ayant pas été radicale ce qui était, de l'avis des experts, un phénomène des plus courants dans les pendaisons dites « sans chute ». L'asphyxie avait probablement pris entre huit à dix minutes, douze au maximum. Enfin, la cyanose visible au niveau de son visage était la conséquence de tout le sang qui s'était accumulé dans sa tête.

« Ensuite on entre dans un jargon beaucoup trop complexe, y compris pour moi. L'essentiel de cette tragique journée du 20 mars, vous l'avez. Enfin, non... vous ne l'avez pas justement ! Si j'ai voulu vous rencontrer, Lisa, c'est aussi parce que je vous dois une explication. Ce même jour, vous avez certainement trouvé dans votre lit un sac en plastique contenant des feuilles et des stylos, eh bien... ces feuilles et ces stylos, c'est Maritzé qui m'a demandé de les lui procurer pour qu'elle puisse vous en faire cadeau. Elle y tenait beaucoup, c'était très important pour elle. Je ne vous cache pas qu'au début, j'ai hésité et puis en y réfléchissant bien, j'ai trouvé l'idée excellente. Je suis au courant pour votre projet tout comme je savais à l'époque que vous mettiez Maritzé à contribution, ce que je trouvais d'ailleurs absolument formidable pour son évolution. J'ai donc pensé que ça ne serait pas inopportun que je lui fournisse ce dont elle avait besoin, mon geste demeurant en parfaite cohérence avec le travail thérapeutique que nous poursuivions toutes les deux. Le petit mot d'accompagnement, c'est moi qui l'ai rédigé sous sa dictée. Bon... euh... je ne crois pas utile de vous préciser qu'il vaudrait mieux que ce dernier détail reste entre nous, il passerait mal s'il venait à s'ébruiter, très très mal...

Pour finir... avant que vous partiez... je voudrais quand même vous préciser que Maritzé était une patiente que j'aimais particulièrement accompagner. Sa transformation a été spectaculaire sans compter qu'elle avait une personnalité très... atypique... très vivante si je puis dire. Elle m'a beaucoup marquée et je ferai tout ce qui est en mon pouvoir pour suivre de près sa petite fille. La pauvre enfant, elle n'avait pas besoin d'une épreuve supplémentaire et quelle épreuve ! »

Je suis sortie de chez madame Charles épuisée mais un brin soulagée, Maritzé n'avait pas souffert longtemps apparemment, ce qui lui avait peut-être évité de trop penser à Vicky... et à ce qu'elle deviendrait sans elle. À peine avais-je réintégré ma cellule que je me suis souvenue du papier que j'avais trouvé sur Poppy ce fameux 20 mars, un papier que je gardais bien caché dans mon soutien-gorge depuis et que je n'avais pas encore déplié.

Maman,

Comme tu le sais, je t'en ai beaucoup voulu pour ce que tu as fait. Je t'en ai aussi beaucoup voulu pour avoir fait exploser toute la famille. Si ça a été très dur à vivre pour papa et pour Massimo, pour moi, ça a été encore pire. Je n'ai tout simplement pas pu le supporter tout comme j'ai eu beaucoup de mal à encaisser les moqueries dont j'ai été victime au BTS.

À cause de ça j'ai fait tout un tas de bêtises, j'ai vraiment joué au con. Évidemment, ça n'a rien arrangé mais ça m'a permis d'extérioriser ce qu'il m'était impossible d'exprimer avec des mots. Ma colère entre autres. Ma colère contre toi et contre tous ceux qui se fichaient de moi.

Il m'a fallu du temps pour accepter la situation mais aujourd'hui, ça va mieux, je suis bien dans mes baskets. D'après Massimo, ça se voit sur ma tête, avant j'avais toujours les mâchoires serrées et le visage crispé. À présent, je ressemble de nouveau à quelque chose. Bref, si je te raconte tout ça, c'est surtout pour que tu saches que je suis enfin prêt à venir te voir, ne reste plus qu'à organiser un rendez-vous. Papa dit qu'il m'aidera dans les démarches et qu'il m'accompagnera.

À bientôt alors.

Nino

LISA

Jeudi 2 mai 2024

En attrapant le sac en plastique qui contenait le lot de feuilles vierges et les stylos, je n'avais ni idée ni but précis. Certainement voulais-je écrire mais ça n'était même pas certain. Je me sentais tout simplement suprêmement bien en leur compagnie. J'étais si profondément heureuse de les avoir en ma possession que je les tenais sur mes genoux avec autant de précautions que si j'avais veillé sur un nourrisson. J'osais à peine y toucher, tels ces bijoux précieux qu'on observe avec gourmandise plus qu'on ne les porte de peur de les perdre ou de les abîmer. M'avait-on déjà fait un aussi sublime cadeau ? Peut-être... oui peut-être... n'empêche que sur le moment, je n'en avais pas le moindre souvenir tant j'étais habitée par la certitude de détenir le plus inestimable des trésors.

Toujours est-il que je suis restée comme ça une ou deux heures, assise sur mon lit, à savourer la chance incommensurable que j'avais... jusqu'à ce qu'une envie me vienne, un désir auquel j'ai aussitôt cédé. Je n'ai pas réfléchi, je n'ai rien calculé et j'ai rempli quatre pages sans m'arrêter.

J'admire ceux qui déclarent qu'ils ne regrettent rien, ceux qui referaient tout à l'identique si on leur donnait la possibilité de recommencer leur vie. C'est loin d'être mon cas. Si une fée pleine d'indulgence m'accordait ses grâces, si elle me permettait de réécrire l'histoire, je changerais le scénario du tout au tout. Ce que je modifierais en premier, ce serait les dernières années que j'ai passées en Californie. Des années qui n'ont pas été les meilleures parmi celles que j'ai partagées avec Daisy. Tant s'en faut.

J'ai déjà eu l'occasion de m'exprimer sur mon parcours amoureux alors pour l'heure, je dirais juste qu'il s'apparente davantage à un naufrage qu'à un conte merveilleux. Oh, tout n'est pas de ma faute, les mauvais rapports que j'ai entretenus avec mon père sont probablement à l'origine du fait que j'ai toujours fonctionné en totale disharmonie avec la plupart des hommes qui ont traversé mon existence... oui sûrement, cependant, me contenter de présenter les choses ainsi me semble pour le moins réducteur, cela me paraît même légèrement mensonger. La vérité c'est que j'ai multiplié les mauvais choix et lorsqu'il m'est arrivé d'en faire des bons, je n'ai pas su gérer la possibilité d'un éventuel bonheur. Je me suis systématiquement sabordée. J'ai ruiné toute éventualité de réussite sentimentale.

Après le désastre Samuel Ridley Harrisson, j'ai connu une longue traversée du désert. Une traversée volontaire. Un éloignement. Un retrait, voire une retraite indispensable à ma reconstruction. J'avais mis tant d'espoir en cet homme providentiel et la chute a été si douloureuse que l'idée même d'avoir un simple flirt ensuite m'était tout simplement insupportable. Pendant longtemps, très longtemps, j'ai tiré un trait sur l'amour. Durant cinq ou six ans, j'ai tenu à distance tout représentant de la gent masculine. C'était pratique. Oui voilà, le souvenir que j'ai de cette période est que c'était pratique d'agir... ou de non agir ainsi. Je n'encourais aucun danger, je ne risquais pas de me tromper et encore moins de souffrir. J'en ai profité pour travailler, pour voyager, j'ai trouvé mille moyens pour m'occuper et puis à l'âge de vingt-huit ans, Daisy a fait irruption dans ma vie. La connexion a été si immédiate que je me suis engagée dans cette amitié comme dans aucune autre. Elle aussi je crois, non, je suis sûre.

Au bout d'un moment, Daisy a fini par s'inquiéter de mon célibat. Pour elle — encore plus que pour moi —, j'ai accepté de faire sauter l'armure. Lors d'un festival de musique country, j'ai fait la connaissance d'un homme qui était l'exact inverse de Ridley Harrisson, du moins en apparence. Un guitariste au look pas forcément du meilleur goût pour ne pas dire foncièrement tapageur puisque été comme hiver, il ne sortait jamais sans son blouson de motard en cuir d'alligator et ses santiags en peau de serpent. Un zoo à lui tout seul, un zoo qui ne m'effrayait pas le moins du monde puisque la seule aversion maladive que je nourrissais était pour les allures sophistiquées et les styles impeccables qui me donnaient envie de m'enfuir sur la Lune tant je n'y voyais que laideur, anéantissement et monstruosité.

Bêtement donc, je suis sortie avec bon nombre de losers, de voyous, de drogués, de ratés en tout genre comme si le fait d'être un raté était précisément gage de succès. Je n'ai fait preuve ni de nuance ni de psychologie en collectionnant les toquards, je me suis simplement laissé dominer par un système purement réactionnel qui consistait à prendre obligatoirement le contre-pied de tout ce qui pouvait me faire penser de près ou de loin à Ridley Harrisson.

Et puis, le vent a tourné. Je venais tout juste d'avoir trente-neuf ans lorsque j'ai croisé la route d'un homme plutôt charmant et élégant… par conséquent terrifiant. J'aurais très bien pu le rencontrer dans le cadre professionnel puisqu'il était éditeur de revues et d'ouvrages spécialisés dans la décoration d'intérieur, mais non pas du tout, je lui ai foncé dedans alors que je faisais mon footing tout près de chez moi et qu'il promenait tranquillement son setter irlandais. Je lui ai présenté mes excuses en lui expliquant que j'avais été distraite par une très jolie petite robe rouge exposée dans une vitrine, ce qui était parfaitement exact. Il a ri, moi aussi. Nous avons parlé quelques minutes sur le trottoir avant de nous revoir trois jours plus tard dans un troquet du quartier autour d'un verre de Brouilly. Soirée délicieuse que j'ai racontée par le menu détail à une Daisy aux anges que je me sois enfin rangée des voitures… « Alléluia un homme à la hauteur, pas un de ces guignolos de bas étage ! », répétait-elle à tout bout de champ comme si le crier haut et fort allait m'en persuader en plus de me guérir. C'était sans connaître mon incroyable capacité à ratatiner sans le moindre état d'âme l'être le plus exquis qui fût — précisément parce qu'il l'était —, c'était sans considérer ma peur panique d'être réduite à néant par un homme beau, cultivé, respectueux et bourré d'humour. Car ce que Daisy a toujours eu beaucoup de mal à saisir, c'est qu'être blessée, pire être larguée par un minable est infiniment moins destructeur que par un gentleman, intelligent et séduisant de surcroît. Je me suis donc débrouillée pour laminer ce pauvre innocent afin d'éviter qu'un beau jour, il ne me broyât avant de me laisser pour morte.

Daisy m'en a beaucoup voulu. Elle a tout fait pour me traîner chez son psychanalyste chéri mais rien n'y a fait. Je suis retournée dans le désert où le Green Sugar et moi avons passé pas mal de temps collés serrés. J'ai vécu mille passions par procuration. J'ai vibré, j'ai fantasmé, j'ai orgasmé à outrance. Est-il utile de s'étendre sur le sujet ?…

Après une jolie descente aux enfers, je suis revenue vers Daisy l'air de rien. Elle ne m'a fait aucun reproche, a évité toute leçon de morale préférant me sortir la tête de l'eau en m'emmenant aux musées, aux expositions, aux concerts. Petit à petit grâce à elle, j'ai repris goût à la vie. Je me suis mise à aller à des conférences. Un peu par hasard, j'ai commencé à m'intéresser à l'hypnose tant et si bien que je me suis inscrite à des cours de parapsychologie tout en fréquentant parallèlement un groupe d'étude dont la vocation était de lever le voile sur toutes sortes de phénomènes paranormaux tels que la transe, la clairvoyance, la sorcellerie, le chamanisme, j'en passe et des meilleures. La réaction de Daisy ne s'est pas fait attendre, elle m'a immédiatement mise en garde quant aux dérives de ce genre de rassemblements charlatano-sectaires d'autant que le chef de troupe n'était autre qu'un certain Eddy di Mazzio, ancien perceur de coffres-forts reconverti dans le New Age. Un New Age arrangé à sa sauce qui associait dans le désordre et sans la moindre logique doctrines sur le spiritisme, guérisons par cataplasmes, un peu de réincarnation par-ci, beaucoup de logosophie par-là, bref, « un patchwork d'inepties toutes plus énormes les unes que les autres », au dire de Daisy. Une Daisy de plus en plus ulcérée.

Je ne l'ai pas écoutée lorsqu'elle m'a suppliée de me méfier et si je ne l'ai pas fait, c'est parce que dès les premiers jours, le piège s'était déjà refermé sur moi. J'étais bel et bien sous la coupe d'Eddy di Mazzio qui, en parfait gourou qu'il était, se démenait comme un diable pour me laver le cerveau avec ses pseudo-connaissances sur l'union intime entre êtres humains et divinité. Ce qui est sûr et certain, c'est que ce sale type n'a pas ménagé sa peine en me faisant de longs discours sur les travaux d'Edgar Cayce, Gustavo Adolfo Rol ou Carlos Bernardo González Pecotche alias Raumsol, mystiques parmi les mystiques dont il connaissait quantité d'expériences par cœur. Tout ça pour quoi ? Pour m'impressionner bien entendu, pour renforcer son emprise ! Ça n'est évidemment pas un hasard s'il a mis un point d'honneur à me faire croire que j'étais une élue, une disciple de choix, une âme pure et rare qu'il avait la faculté de rendre encore plus pure et plus rare pour peu que je me montrasse reconnaissante en l'aidant à financer la libération complète de tous mes chakras, une libération qui me permettrait de mener une existence sans aucun blocage, une existence en alliance absolue avec des guides célestes capables de veiller sur moi.

Il a fallu trois semaines au maître pour me glisser dans son lit, cinq pour me soutirer plusieurs milliers de dollars. Il m'a fallu six mois pour ouvrir les yeux, huit pour arrêter de pleurer, dix pour décider de me venger. Tant pis pour la pureté et la rareté de mon âme !

Je savais que j'étais sur le point de faire la plus grosse connerie de toute mon existence mais il fallait coûte que coûte que je la fasse. Ce sombre connard devait payer. Peut-être même devait-il payer pour tous les autres. Juste à ce moment Daisy m'a proposé de partir à Rome, certainement sentait-elle que je m'apprêtais à me brûler les ailes. J'ai refusé prétextant trop de boulot plus une grosse fatigue. Voilà comment au lieu de profiter de la dolce vita, moi Lisa, trouillarde patentée, reine des mondanités, du chic et du glamour, je me suis retrouvée à traîner seule en pleine nuit dans les bars malfamés de quartiers tout aussi sordides tels que Watts, Compton ou Inglewood à la recherche d'une petite frappe qui ne verrait aucun inconvénient à intimider un mentor de pacotille contre quelques billets. Vu mon peu de pratique dans le domaine, j'ai mis pas mal de temps à parfaire mon recrutement. Untel était trop bavard, l'autre pas assez, bref je commençais à désespérer lorsqu'après quatre semaines de démarches infructueuses, je suis enfin tombée sur la perle rare : un ancien truand qui s'était recyclé dans le proxénétisme et qui, quelques années en arrière, avait justement eu maille à partir avec ledit di Mazzio, ce dernier ayant « oublié » de lui remettre sa part du gâteau après un casse particulièrement juteux.

J'étais tellement soulagée que je n'ai pas négocié, en outre j'ai payé comptant. Ce que je voulais, c'était de l'efficacité et de la discrétion. Le loulou m'a juré ses grands dieux que c'était un jeu d'enfant de faire peur à ce zouave... surtout qu'il emmènerait avec lui son cousin, une armoire de deux mètres légèrement maquereau sur les bords lui aussi. La transaction étant conclue, nous nous sommes mutuellement remerciés autour d'un solide bourbon après nous être mis d'accord sur le fait que nous ne nous connaissions pas. Nous ne nous étions jamais rencontrés et encore moins parlé. S'il y avait le moindre problème, les deux lascars gardaient l'argent et nous remettions ça à plus tard. Pour le moment, on ne se contactait plus avant le fameux coup, coup qui consistait à aller pointer un Beretta 92 sur la tempe de di Mazzio à la fin d'une de ses conférences — juste pointer — coup qui aurait lieu dix jours plus tard.

Je l'avoue, je ne me suis jamais sentie aussi bien que pendant ces dix jours. J'allais d'une fête à une autre, je m'achetais des vêtements, des tapis, des tableaux, des ustensiles de cuisine ! Je testais de nouvelles recettes, il m'arrivait même de danser dans ma chambre avec Rizzy, mon teckel grincheux qui n'aimait rien tant que son canapé. Il y a une seule chose que je me suis bien gardée de faire à l'époque, c'était de rendre visite à Daisy. Un après-midi où elle a sonné chez moi, je me suis couchée sur la moquette et je n'ai pas répondu. Quand elle a frappé contre le carreau du salon, j'ai compris qu'elle savait que j'étais bien à la maison.

Lorsque la police est venue m'arrêter, c'est pourtant elle que j'ai vue en premier. Elle était là, derrière ma porte d'entrée, comme si elle n'avait pas bougé d'un iota. Comme si elle avait attendu jour et nuit pour me soutenir quand le moment serait venu de le faire. Au début, je n'ai pas bien compris. Je pensais que les brigadiers s'étaient déplacés pour me questionner sur les nombreux cambriolages qui avaient eu lieu dans le coin récemment. C'est seulement quand ils m'ont demandé de les suivre au Bureau fédéral que je me suis souvenue de di Mazzio. « Ne t'en fais pas, ai-je lancé à Daisy. Ne t'en fais pas et occupe-toi de Rizzy, s'il te plaît ! » Ensuite, je n'ai pas eu le courage de la regarder. Je l'ai juste entendue qui suppliait les policiers de ne pas me faire de mal et on m'a poussée sans ménagement à l'intérieur de leur véhicule.

Durant mon interrogatoire, je n'ai rien nié de mon deal avec les deux malfrats tout en insistant bien sur le fait qu'il s'agissait simplement de titiller la susceptibilité de di Mazzio. Mes interlocuteurs n'ont pas aimé l'expression pas plus qu'ils n'ont apprécié le sang-froid dont je faisais preuve. Pour moi, il s'agissait juste d'une mauvaise blague poussée un peu loin, ça, j'en convenais volontiers, mais pour eux, il en allait tout autrement. Il était plutôt question d'un règlement de comptes avec préméditation, un règlement de comptes qui avait fait deux morts… et qui était passible de vingt ans de prison ! « Deux morts, mais quels morts ? », me suis-je écriée sous le choc. L'enquêteur en chef s'est planté devant moi. « Un des bras cassés que vous avez engagé s'est disputé avec Eddy di Mazzio, visiblement il avait de la rancœur par rapport à une ancienne affaire, un vieux conflit dont on ignore encore les tenants et aboutissants. Bref, le ton est monté, ils se sont menacés, je précise que l'un et l'autre possédaient une arme. Le troisième larron a essayé de les calmer mais il n'a rien pu faire tant ils étaient devenus incontrôlables.

La rixe a continué à enfler jusqu'à ce que di Mazzio et son assaillant en viennent aux mains. C'est pendant la bagarre que les coups de feu sont partis. Je dis bien les coups de feu car les deux hommes sont décédés, ils se sont abattus mutuellement. Le survivant s'est enfui mais on a fini par le retrouver caché derrière les poubelles d'un sex-shop. Il était tellement effrayé qu'il vous a balancée sur-le-champ avant de cracher le morceau sur le marché que vous aviez passé avec lui et son cousin... Bravo madame, vous êtes dans de beaux draps ! Non mais franchement, une femme comme vous, qu'est-ce qui vous a pris de frayer avec la pègre ? Ces gars sont des gangsters, des bons à rien, vous alliez forcément à la catastrophe ! Et puis, il y a peut-être d'autre moyen pour titiller la susceptibilité des gens, vous ne croyez pas ? »

LISA

Mardi 11 juin 2024

Il m'a fallu un peu plus d'un mois pour transcrire le livre qui était en jachère dans ma tête. Je ne sais pas si c'est peu ou beaucoup au contraire, la seule chose dont je suis sûre c'est que nous étions trois à faire le boulot : moi qui notais sur le papier, Maritzé invariablement présente pour raviver ma mémoire quand il arrivait à la capricieuse de flancher et Daisy toujours prête à me donner des ailes elle aussi. C'était fabuleux ce travail en commun, cette union des forces entremêlées. C'est comme si nous avions ri, dansé et chanté sous une pluie d'été en nous tenant par la taille et que cette folle carmagnole ait donné naissance à un arc-en-ciel.

Et puis il y a une semaine, le directeur a fait fouiller ma cellule. Deux gardes-chiourmes ont fait irruption en pleine nuit. Évidemment, ça n'a pas manqué, les gros bras sont directement tombés sur une dizaine de feuilles éparpillées sur le sol. Il faut dire que j'ai pris l'habitude — la mauvaise habitude — d'écrire tard le soir jusqu'à tomber de sommeil de sorte que le matin, je me réveille souvent une joue collée contre du papier froissé, un stylo entre mes seins et du bazar partout. Quand j'y pense, j'ai fait preuve d'une imprudence absolument insensée ! Une imprudence pour laquelle j'ai de l'indulgence néanmoins car si j'ai perdu la tête à ce point, c'est à cause de l'euphorie que j'ai… que nous avons à créer.

La ou plutôt les sanctions n'ont pas tardé. Confiscation immédiate de tout mon barda — je cite le grand homme — déménagement dans une cellule plus… moins… enfin carrément dégueulasse, particulièrement sombre et sans aucun attrait contrairement au cachot pour lequel j'ai plus qu'un gros penchant. J'oublie l'interrogatoire mené péniblement par un sous-fifre bègue et incrédule. « Et qui qui vous a pro pro procuré tout vot' machin là, vous n'avez ja ja jamais aucu cu aucune visite et pas da da davantage de colis… hein hein, qui ? », a ânonné pendant un bon quart d'heure le petit chauve en se grattant le crâne. « Un amant… un amant secret, excellent papetier de surcroît ! », ai-je fini par lâcher en lui faisant un sourire jusqu'aux oreilles, ce qui l'a pas mal contrarié.

N'empêche que tout est à recommencer, TOUT !!! Tout ce que Daisy, Maritzé et moi avons longuement, patiemment, ardemment élaboré et peaufiné ensemble. Que faire à présent ? Je l'ignore complètement, alors je laisse à mes deux anges l'opportunité de m'éclairer du haut de leur paradis si le cœur leur en dit…

LISA

Lundi 29 juillet 2024

Deux jours après l'incursion des gorilles dans la 18 B, une solution extraordinaire m'est venue de l'au-delà. Oui, de l'au-delà, je suis formelle, jamais je n'aurais pu trouver par moi-même un stratagème aussi sensationnel ! Prétextant une neurasthénie galopante liée aux récents événements tragiques, je suis allée mendier quelques psychotropes à l'infirmerie, psychotropes que l'on m'a bien volontiers accordés et dont je me suis illico débarrassée dans les toilettes. Ensuite, j'ai sollicité auprès de la direction d'être suivie par un ou une psychiatre. Au hasard, Nicole Charles. — Depuis la découverte de ma malversation ou « brigandage » comme la nomme de manière assez moyenâgeuse le vénérable directeur, je suis soumise de passer par lui pour toute demande, qu'elle soit exceptionnelle ou non. — Demande acceptée sur-le-champ. Il ne s'agirait pas d'avoir un autre suicide sur le dos, la réputation de Binkara ayant déjà suffisamment pris de plomb dans l'aile comme ça avec celui de Poppy, sans compter l'abominable assassinat de Maritzé.

Voilà comment dès le lundi 17 juin, je me suis retrouvée à exposer mon plan à l'ancienne thérapeute de Maritzé. Voilà comment, avec son assentiment, je me suis également retrouvée à raison de deux séances hebdomadaires à utiliser son bureau, ses feuilles et ses stylos pour réécrire mon ouvrage.

Durant ces six semaines, le scénario se déroule toujours de la même façon. À mon arrivée, pas de bavardage superflu. Elle me cède aussitôt sa table avant de me rendre les pages que j'ai noircies la fois précédente, des pages qu'elle conserve précieusement dans une armoire qu'elle prend soin de fermer à clé chaque soir. Ensuite, alors qu'elle s'assoit légèrement en retrait pour me laisser me concentrer, je m'attelle à la transcription de la transcription sans perdre une minute. Pendant ce temps, pour donner plus de crédibilité à nos rendez-vous et dans le cas où on lui collerait un contrôle, elle remplit des fiches factices sur l'avancée, la stabilisation ou la rechute de ma pseudo-dépression. Elle n'oublie pas mon — faux — traitement médicamenteux dont elle s'amuse à modifier régulièrement les dosages dans un souci de vraisemblance là aussi.

Il m'est arrivé à deux ou trois reprises de sécher lamentablement. Panne complète. Mémoire vide. Moral à zéro et début de panique. Ces jours-là, Nicole Charles a immédiatement volé à mon secours. Tout en posant ses mains sur mes épaules, de sa voix douce et rassurante, elle m'a distillé des paroles positives dont la pertinence a fait baisser toute la pression que je me mettais. Autant d'encouragements qui m'ont rapidement débloquée ou m'ont fait abandonner la partie pour mieux la reprendre à la séance suivante. Car il s'agit bien de séance entre nous ! J'en veux pour preuve lorsque nous nous quittons, la conviction avec laquelle elle déclare haut et fort dans le couloir tout en me gratifiant d'un splendide clin d'œil : « Très bonne séance, Lisa, nous progressons ! » ou encore : « Pensez à prendre vos cachets surtout ! »

En six semaines, j'ai précisément écrit cinquante-sept pages que j'ai réunies en un recueil dont le titre s'est imposé de lui-même, **Love Queure Love**, recueil que j'ai dédié à Daisy et Maritzé bien évidemment. Pour dire la vérité, j'ai eu un mal fou à mettre un point final à l'aventure, n'ayant de cesse pendant plusieurs jours d'ajouter des anecdotes, d'en enlever d'autres, de revenir sur des faits, des dates, une foultitude de détails parfaitement inutiles dans le seul but de reculer le moment où je devrais me séparer de mes deux acolytes. Face à mes valses-hésitations et mon désarroi, comme à son habitude, Nicole Charles a su trouver les mots : « Ne vous accrochez pas exagérément à votre livre, Lisa, réjouissez-vous plutôt d'avoir réussi à le faire aboutir. Vivez votre vie à présent et laissez-lui vivre la sienne. » Après une nuit particulièrement agitée, ce matin, je me suis rendue à notre dernier entretien qui n'a pas dû excéder dix minutes. La voix tremblante, j'ai demandé à madame Charles d'avoir l'amabilité de bien vouloir envoyer le texte à Peter Clark Peterson de ma part. « Dites-lui qu'en ce qui concerne la lettre de Daisy… celle qu'elle m'a laissée… dites-lui que… non, rien rien, ne dites rien… », ai-je fait avant de prendre congé.

Structures éditoriales du groupe L'Harmattan

L'Harmattan Italie
Via degli Artisti, 15
10124 Torino
harmattan.italia@gmail.com

L'Harmattan Hongrie
Kossuth l. u. 14-16.
1053 Budapest
harmattan@harmattan.hu

L'Harmattan Sénégal
10 VDN en face Mermoz
BP 45034 Dakar-Fann
senharmattan@gmail.com

L'Harmattan Cameroun
TSINGA/FECAFOOT
BP 11486 Yaoundé
inkoukam@gmail.com

L'Harmattan Burkina Faso
Achille Somé – tengnule@hotmail.fr

L'Harmattan Guinée
Almamya, rue KA 028 OKB Agency
BP 3470 Conakry
harmattanguinee@yahoo.fr

L'Harmattan RDC
185, avenue Nyangwe
Commune de Lingwala – Kinshasa
matangilamusadila@yahoo.fr

L'Harmattan Congo
219, avenue Nelson Mandela
BP 2874 Brazzaville
harmattan.congo@yahoo.fr

L'Harmattan Mali
ACI 2000 - Immeuble Mgr Jean Marie Cisse
Bureau 10
BP 145 Bamako-Mali
mali@harmattan.fr

L'Harmattan Togo
Djidjole – Lomé
Maison Amela
face EPP BATOME
ddamela@aol.com

L'Harmattan Côte d'Ivoire
Résidence Karl – Cité des Arts
Abidjan-Cocody
03 BP 1588 Abidjan
espace_harmattan.ci@hotmail.fr

Nos librairies en France

Librairie internationale
16, rue des Écoles
75005 Paris
librairie.internationale@harmattan.fr
01 40 46 79 11
www.librairieharmattan.com

Librairie des savoirs
21, rue des Écoles
75005 Paris
librairie.sh@harmattan.fr
01 46 34 13 71
www.librairieharmattansh.com

Librairie Le Lucernaire
53, rue Notre-Dame-des-Champs
75006 Paris
librairie@lucernaire.fr
01 42 22 67 13